Mark Lawrence

Le Prince Écorché

L'Empire Brisé – tome 1

Traduit de l'anglais (Grande-Bretagne) par Claire Kreutzberger

Bragelonne

Collection dirigée par Stéphane Marsan et Alain Névant

Titre original : *Prince of Thorns*

Illustration de couverture :
Victor Manuel Leza Moreno

ISBN : 978-2-35294-572-7

Bragelonne
60-62, rue d'Hauteville – 75010 Paris

E-mail : info@bragelonne.fr
Site Internet : www.bragelonne.fr

Remerciements

J'aimerais remercier de leur aide et de leur soutien Helen Mazarakis et Sharon Mack.

À Celyn, les meilleurs éléments ne furent jamais brisés.

FLÈCHE
BELPAN
LES MARAIS
DE KEN
Man
NORMARDY
Limoges
ORLANTH

CONAUGHT
Bien
Le Rhyn
Castel Rouge
Raims
Lux
Cité de Crath
ANCRATH
La Sayne
GELLETH
HAUTES TERRES DE RENAR
La Hantise
Lion
100 kilomètres
La Loare

Chapitre premier

Les corbeaux ! Toujours les corbeaux. Ils se posèrent sur les pignons de l'église avant même que les blessés soient devenus les morts. Avant même que Ric ait fini de séparer les doigts des mains et les bagues des doigts. Je m'adossai contre le poteau du gibet et adressai un signe de tête aux oiseaux dont une dizaine, l'œil avisé, aux aguets, formaient une ligne noire.

La place publique coulait rouge. Du sang dans les caniveaux, du sang sur les dalles, du sang dans la fontaine. Les cadavres prenaient la pose en bons cadavres qu'ils étaient. Certains, comiques, tendaient leurs phalanges amputées vers le ciel ; d'autres, paisibles, se recroquevillaient sur leurs blessures. Des mouches s'élevaient au-dessus des blessés qui se débattaient. Dans un sens et dans l'autre, certains aveugles, certains sournois ; tous trahis par leur bourdonnant entourage.

— De l'eau ! De l'eau !

C'est toujours de l'eau, avec les mourants. Étrange… Moi, c'est tuer qui me donne soif.

Voilà ce qu'était Mabberbourg. Deux cents fermiers morts gisant avec leurs faux et leurs haches. Vous savez, je les ai avertis que c'était comme ça qu'on gagnait notre vie. Je l'ai dit à leur chef, Bovid Tor. Je leur ai donné cette chance, je le fais systématiquement. Mais non. Ils voulaient le sang et la boucherie. Et ils les ont eus.

La guerre, mes amis, est beauté. Ceux qui prétendent le contraire sont du côté des perdants. Si j'avais pris la peine de m'approcher du vieux Bovid, appuyé contre la fontaine, ses tripes sur les genoux, il aurait probablement manifesté sa désapprobation. Mais regardez où ça l'a mené, de ne pas être d'accord.

— Crevards de cul-terreux, dit Ric en jetant négligemment une poignée de doigts sur la panse ouverte de Bovid. (Il vint à moi en brandissant sa prise, comme si la faute me revenait.) Regarde ! Une bague en or. Une ! Tout un village et une seule putain de bague en or. Je relèverais bien tous ces bâtards pour les trucider encore une fois. Putains de fermiers des marais.

Il en aurait été bien capable : c'était un beau salopard, et cupide avec ça. Je captai son attention.

— La paix, frère Ric. Il n'y a pas qu'une sorte d'or à Mabberbourg.

Je lui adressai mon œillade dissuasive. Ses jurons retiraient à la scène toute sa magie ; sans compter que je devais me montrer ferme avec lui. Ric était invariablement sur les dents après un combat, il en voulait plus. Mon expression lui indiquait que j'avais plus. Quelque chose de trop gros pour qu'il puisse gérer ça tout seul. Il marmonna, rangea son fichu anneau et replaça son couteau à sa ceinture d'un geste brusque.

C'est alors que Makin s'avança et qu'il passa un bras autour de chacun de nous, gantelets claquant contre nos épaulières. Si Makin avait un talent, c'était bien celui d'aplanir les différends.

— Frère Jorg a raison, Petit Riquet. Il y a moult trésors à dénicher.

Il avait l'habitude d'appeler Ric ainsi, rapport au fait que notre frère dépassait d'une tête le plus grand d'entre nous et qu'il était deux fois plus large. Makin disait sans cesse des plaisanteries. Il en racontait à ceux qu'il tuait, s'ils lui en laissaient le temps. Il aimait les voir partir avec le sourire.

— Quels trésors ? voulut savoir l'intéressé, encore maussade.

— Quand tu moissonnes des fermiers, qu'est-ce qui va avec, Petit Riquet ?

Makin haussa des sourcils tout en suggestivité.

Ric releva sa visière, nous offrant un bel aperçu de sa laideur. Ses traits étaient plus brutaux que repoussants, à vrai dire. Je pense pour ma part que les cicatrices l'embellissaient.

— Des vaches ?

Makin pinça les lèvres. Je ne les ai jamais aimées, les trouvant trop épaisses et charnues, mais je lui pardonnais ce défaut, à cause de ses blagues et de l'œuvre mortelle de son fléau d'armes.

— Eh bien, tu peux te garder les vaches, Petit Riquet, dit-il. Moi, je vais me trouver une ou deux filles de fermier, avant que les autres les aient pressées comme des citrons.

Sur ce, ils s'éloignèrent tous les deux, Ric riant de ce rire qui n'appartenait qu'à lui, « heur, heur, heur », comme s'il toussait pour essayer de recracher une arête de poisson.

Je les regardai forcer la porte de chez Bovid, en face de l'église, une belle demeure au haut toit d'ardoise qui était précédée d'un jardinet fleuri. Le villageois les suivit des yeux, mais il n'était pas en état de tourner la tête.

Je regardai les corbeaux, j'observai Gemt et son frère un peu simplet, Maical, qui prenaient des têtes, le second avec la charrette et le premier avec sa hache. Une beauté, vous dis-je. À contempler, du moins. Je vous accorde que ça sent mauvais, la guerre. Mais on n'allait pas tarder à mettre le feu à l'endroit, et l'odeur de la fumée remplacerait sa puanteur. Des bagues en or ? Superflu, comme paiement.

— Gamin ! me héla Bovid, d'une voix comme toute creuse, et faible.

Je me tins devant lui, appuyé sur mon épée ; il avait la faiblesse communicative.

— Dis vite ce que t'as à dire, fermier, ça vaudrait mieux. Voilà que frère Gemt rapplique avec sa hache. Coupe-coupe.

Ça n'eut pas l'air de trop l'inquiéter. C'est difficile de se faire du souci quand on est mûr pour le festin des vers. N'empêche que ça m'irritait qu'il me prenne tellement peu au sérieux et qu'il m'appelle « gamin ».

— As-tu des filles, paysan ? Cachées dans le cellier, peut-être ? Le vieux Ric s'en va les débusquer, il a du flair.

À ces mots, Bovid redressa vivement la tête. Vivement et d'un air peiné.

— Q-quel âge as-tu, gamin ?

« Gamin », encore.

— Je suis assez grand pour te fendre en deux comme une bourse replète, dis-je, la moutarde commençant à me monter au nez.

Je n'aime pas m'énerver. Ça m'énerve. Même ça, je crois que ça lui échappait. Je ne suis même pas sûr qu'il savait que c'était moi qui l'avais éventré pas plus d'une demi-heure avant.

— Quinze printemps, pas plus. Pas plus, assurément...

Les mots montaient lentement de ses lèvres bleues qui s'ouvraient dans un visage blanc.

Deux de trop, lui aurais-je répondu, mais il n'était plus en état d'entendre. Derrière moi, la charrette grinça, flanquée de Gemt dont la hache gouttait.

— Prenez sa tête, dis-je. Son gros bide, laissez-le aux corbeaux.

Quinze ans ! À quinze ans, je ne serais certainement pas en train de chahuter des villageois.

D'ici à ce que mes quinze ans viennent traîner dans les parages, je serais roi !

Certains sont nés pour vous caresser à rebrousse-poil. Frère Gemt était né pour caresser le monde à rebrousse-poil.

Chapitre 2

Mabberbourg brûla bien. Tous les villages brûlaient bien cet été-là. Makin appelait ça une saloperie de fournaise trop avare pour nous céder un peu de pluie, et il n'avait pas tort. La poussière flottait derrière nous à notre arrivée. Quand nous sommes repartis, c'était la fumée.

— Qui voudrait être fermier ?

Makin aimait poser des questions.

— Qui voudrait être une fille de fermier ?

Du menton, je désignai Ric qui oscillait sur sa selle, épuisé presque au point d'en tomber, affichant un sourire stupide, un écheveau d'étoffe samite posé sur son corselet. Où il avait trouvé de la samite à Mabberbourg ? Je n'ai jamais réussi à le savoir.

— Frère Ric apprécie ses plaisirs simples, oh oui ! dit Makin.

Effectivement. Ric avait de l'appétit pour la chose. Il avait la voracité du feu.

Les flammes consumèrent Mabberbourg, à peu de chose près. J'approchai la torche de l'auberge au toit de chaume, et le brasier nous chassa. Rien qu'un jour sanglant s'ajoutant aux longues années que notre Empire Brisé passait dans les affres de l'agonie.

Makin épongea sa sueur, et il se mit des traînées de suie partout. Il avait le don de s'encrasser, oui.

— Toi non plus, tu n'as pas dédaigné ces plaisirs simples, frère Jorg.

L'argument était imparable. « Q-quel âge as-tu ? » avait voulu savoir le gros paysan. J'étais assez grand pour rendre une petite visite à ses filles. La rondouillette avait jacassé à n'en plus finir, exactement comme son paternel. Elle avait poussé des cris d'orfraie à m'en casser les oreilles. J'avais préféré son aînée. Elle s'était montrée fort calme. Si calme que vous lui en remettiez un petit coup par-ci par-là juste pour vérifier qu'elle n'était pas morte d'effroi. Mais bon, je doutais fort qu'elles se soient tenues coites, l'une comme l'autre, quand le feu les avait atteintes.

Gemt poussa sa monture à ma hauteur et me gâcha la scène.

— Les hommes du baron verront la fumée à quinze bornes. T'aurais pas dû mettre le feu.

Il secoua la tête, remuant à tout va sa stupide crinière poil-de-carotte.

— Fallait pô, renchérit Maical, sur le dos du grand gris.

On laissait l'idiot monter le grand gris attelé à la charrette. Le gris ne quitterait pas la route. Ce cheval était plus futé que Maical.

Gemt voulait systématiquement faire des remarques. « T'aurais pas dû mettre les corps dans le puits, maintenant on va avoir soif. » « T'aurais pas dû tuer ce prêtre, maintenant on va avoir la guigne. » « Si on l'avait ménagée, le baron Kennick nous aurait filé une rançon. » Ça me démangeait de lui planter mon couteau en travers de la gorge. Là, tout de suite. Juste de me pencher et de lui transpercer le cou. *Plaît-il ? Qu'est-ce tu dis, frère Gemt ? Des gargouillis, tu fais des gargouillis ? J'aurais pas dû te trouer la tuyauterie ?*

— Oh, non ! m'écriai-je, faussement catastrophé. Vite, Petit Riquet, va pisser sur Mabberbourg. Faut éteindre ce feu.

— Les hommes du baron vont le voir, s'entêta Gemt, rougeaud.

Il virait toujours au rouge lorsqu'on le contrariait. Cette face de tomate me donna encore plus envie de le tuer.

Je m'abstins néanmoins. Vous avez des responsabilités, quand vous êtes chef. Vous avez la responsabilité de ne pas trop tuer vos recrues. Sans quoi, à qui c'est que vous allez commander ?

La colonne s'agglutina autour de nous, comme chaque fois que quelque chose se tramait. Je tirai les rênes de Gerrod, et l'animal s'arrêta en piaffant avec un petit hennissement. J'observai Gemt et je patientai. Je patientai jusqu'à ce que mes trente-huit Frères se soient rassemblés au grand complet, et que Gemt soit si rouge que vous aviez l'impression qu'il allait saigner des oreilles.

— Où c'est que nous allons, mes Frères ? demandai-je en me dressant sur mes étriers afin d'examiner les visages hideux à la ronde. (Je leur posai la question sans hausser le ton, et ils se turent sans exception pour m'entendre.) Où ? répétai-je. Sûrement que je suis pas le seul à le savoir. Je vous fais des cachotteries, mes Frères ?

Entendant cela, Ric parut désorienté et son front se barra d'un pli. Gros Burlow se présenta à ma droite ; à ma gauche, le Nubain avec ces dents si blanches sur sa face de suie. Le silence.

— Frère Gemt peut nous le dire. Il sait ce qui devrait être et ce qui est. (Je souris, même si mes doigts fourmillaient encore, désireux de voir ma dague dans son gosier.) Où qu'on va, frère Gemt ?

— À Wennith, sur la côte du Cheval, répondit celui-ci bien à contrecœur, lui qui ne voulait pas me concéder quoi que ce soit.

— Bel et bien. Comment qu'on s'y rend ? Nous, presque quarante, sur nos beaux chevaux ô combien volés ?

La mâchoire de Gemt se crispa. Il voyait où je voulais en venir.

— Comment qu'on s'y rend, si on veut une bonne part du gâteau, et encore chaude avec ça ? demandai-je.

— Par la route de la Liche ! s'exclama Ric, tout content de connaître la réponse.

— La route de la Liche, répétai-je, toujours placide et souriant. Pas d'autre chemin, si ?

Je soutins le regard sombre du Nubain. Je ne pouvais pas déchiffrer son expression, mais je le laissai lire la mienne.

— Pas d'aut' moyen.

Ric est au taquet, me dis-je. *Il ignore les tenants et les aboutissants de la situation, mais ça lui plaît de participer.*

— Les hommes du baron savent-ils où nous allons ?

Je m'adressais à Gros Burlow.

— Les chiens de guerre suivent le front, répondit celui-ci.

Gros Burlow n'est pas demeuré. Ses bajoues tressautent quand il parle, mais ce n'est pas un demeuré.

— Donc… (Je les dévisageai tous, avec une lenteur consommée.) Donc, le baron connaît la destination de bandits dans notre genre, et il sait par où nous devons passer. (Je laissai infuser.) Et je viens juste d'allumer un sacré gros incendie qui leur explique, à lui et aux siens, quelle mauvaise idée ce serait de nous suivre.

C'est à ce moment-là que je plantai Gemt. C'était superflu, mais j'en avais envie. Il dansa joliment d'ailleurs, son sang gargouillant, gargouillant, et il tomba de son cheval. Son visage rougeaud pâlit sans tarder.

— Maical, dis-je. Prends sa tête.

Et il obéit.

Gemt avait mal choisi son moment, voilà tout.

Ce qui a brisé frère Maical, quoi que ça puisse être, a laissé la coquille intacte. Il avait l'air aussi solide et aussi coriace et hargneux que le reste d'entre nous. Jusqu'à ce que vous lui posiez une question.

Chapitre 3

— Deux morts, deux gigoteurs.

Makin arborait ce large sourire qui lui était coutumier.

De toutes les façons, nous aurions campé près du gibet, mais Makin était parti en avant pour vérifier le terrain. Deux des quatre cages suspendues contenaient des prisonniers vivants, et je pensais que la nouvelle remonterait le moral aux Frères.

— Deux, grommela Ric.

Il était éreinté, et un Petit Riquet éreinté voit toujours la potence à moitié déserte.

— Deux ! beugla le Nubain à l'intention de la colonne.

Je vis certains des gars prendre les paris et s'échanger des piécettes. La route de la Liche est aussi lassante qu'un sermon dominical. Elle file droit et à plat. Tellement droit que vous finiriez par tuer pour un virage à gauche ou à droite. Tellement à plat que vous accueilleriez une pente avec des cris de joie. Et de chaque côté, marécage, moucherons, moucherons et encore marécage. Sur la route de la Liche, on ne pouvait jamais avoir mieux que deux gigoteurs dans une cage suspendue.

Bizarre que je n'aie pas songé à me demander ce qu'une potence pouvait bien faire là, au milieu de nulle part. J'ai pris ça comme un don. Quelqu'un avait abandonné ses prisonniers à leur sort, se balançant dans des cages au bord de la route. Drôle d'emplacement pour ça, mais tout de même un divertissement gratuit pour ma petite bande. Les Frères étaient fébriles, alors je poussai Gerrod au trot d'un petit coup de talons. Un bon cheval, Gerrod. Il se secoua pour chasser la fatigue, et ses sabots claquèrent sur le sol. Rien ne vaut la route de la Liche pour faire claquer des sabots.

—Des gigoteurs ! cria Ric, et tous s'élancèrent pour me rattraper.

J'allongeai la bride de Gerrod. Il ne laisserait aucun cheval le dépasser. Pas sur cette route, dont chaque mètre était pavé, et dont chaque dalle épousait la suivante avec tant de précision qu'un brin d'herbe n'aurait pu espérer y voir la lumière. Pas une pierre retournée, pas une pierre usée. Une voie bâtie au-dessus d'un marécage, pourtant, notez bien !

J'arrivai le premier aux gigoteurs, naturellement. Gerrod avait des ailes. Surtout avec moi sur son dos, et les Frères qui pesaient tous moitié plus lourd que moi. À la potence, je me retournai pour regarder la colonne qui s'étirait le long du chemin. Je poussai un cri de joie sauvage, assez fort pour réveiller les têtes de la charrette. Là où se trouvait Gemt, ballotté à l'arrière.

Makin arriva juste après moi, même s'il avait déjà parcouru deux fois la distance au préalable.

—Qu'elle vienne, la troupe du baron, lui dis-je. La route de la Liche vaut bien n'importe quel pont. Dix hommes pourraient retenir une armée, ici. Ceux qui voudraient nous prendre à revers, qu'ils se noient dans le marais si ça leur chante.

Makin opina du chef, le souffle encore court.

—Ceux qui ont construit cette voie... S'ils voulaient bien me faire un château...

Le tonnerre, à l'est, me coupa la parole.

—Si les Gens de la Route bâtissaient des châteaux, on n'arriverait jamais nulle part, répondit Makin. Réjouis-toi qu'ils ne soient plus là.

Nous regardâmes les Frères approcher. Sous le soleil couchant, les flaques bourbeuses se muaient en feu orange, et je songeai à Mabberbourg.

— Une bonne journée, frère Makin, dis-je.

— En effet, frère Jorg.

Les gars finirent par arriver, et ils entreprirent de se disputer à propos des gigoteurs. Je m'adossai contre la charrette à butin pour profiter de la lumière et lire tant que le temps se maintiendrait. La journée m'avait mis d'humeur à feuilleter du Plutarque. Je l'avais pour moi tout seul, pris en sandwich dans une couverture en cuir. Un moine méritant avait passé une existence entière penché sur cet ouvrage, pinceau en main. À s'en user les yeux, probablement. À y déverser sa vie, de la prime jeunesse aux cheveux grisonnants de la vieillesse, afin de rehausser les mots du vieux Plutarque. Ici l'or pour les auréoles, le soleil et les volutes. Là un bleu semblable à du poison, plus bleu que le ciel à midi. De minuscules points vermillon pour figurer un massif de fleurs.

Le tonnerre gronda, les gigoteurs gigotèrent et s'époumonèrent, et j'étais là à lire des phrases qui étaient déjà plus anciennes qu'anciennes lorsque les Gens de la Route avaient bâti lesdites routes.

— Vous êtes des lâches ! Des femmes, avec vos épées et vos haches ! (L'un des festins pour corbeaux n'avait pas la langue dans sa poche.) Pas un seul homme parmi vous. Tous des pédérastes, à la queue leu leu derrière ce petit garçon.

Il avalait la fin de ses mots comme un type originaire de la Merssy.

— Y a un gars par ici qu'a une opinion à ton sujet, frère Jorg ! me héla Makin.

Une goutte me tomba sur le nez. Je refermai la couverture sur Plutarque. Il avait attendu un certain temps pour me conter Sparte et Lycurgue ; il pouvait bien patienter encore en évitant de se mouiller. Le gigoteur n'en avait pas fini, et je le laissai parler dans mon dos. Sur la route, vous devez envelopper un livre soigneusement pour le protéger de la pluie. Dix tours de toile enduite, dix tours supplémentaires dans l'autre sens, puis vous le fourrez sous une cape dans une sacoche de selle. Une bonne sacoche, notez bien, pas cette pacotille que fabriquent les Thurtains. Du cuir de qualité de la côte du Cheval, aux coutures renforcées.

Les gaillards s'écartèrent sur mon passage. La potence, un grossier assemblage de bois vert, puait, c'était pire que la charrette à têtes. Quatre cages y étaient accrochées. Les occupants de deux d'entre elles étaient morts. *Très* morts. Jambes pendant entre les barreaux, ils avaient été picorés jusqu'à l'os par les corbeaux. Tout autour, une épaisse nuée de mouches, noire et bourdonnante, comme une seconde peau. Les Frères avaient un peu taquiné l'un des prisonniers, et ça n'avait pas eu l'air de l'enchanter. En fait, il avait manifestement claqué. C'était gâcher, vu que nous avions toute la nuit devant nous, et c'est ce que je leur aurais fait remarquer, s'il n'y avait pas eu le gigoteur bavard.

— Voilà que le gosse rapplique ! Il a fini de regarder les images obscènes de son livre volé.

Il était accroupi, les pieds complètement à vif et sanguinolents. Un vieil homme, quarante ans peut-être, tout en cheveux noirs, barbe grise et yeux sombres étincelants.

— Arrache les pages pour te torcher, gamin, dit-il, farouche comme pas deux, en agrippant subitement les barreaux, ce qui fit osciller la cage. Tu ne pourras rien en tirer d'autre.

— On pourrait le chauffer à petit feu ? (Même Ric avait compris que le vieux monsieur voulait simplement nous énerver, pour qu'on en finisse rapidement avec lui.) Comme pour les gibets de Tursbourg.

À ces mots, quelques gloussements. Pas de la part de Makin, cela dit. Il avait la mine renfrognée, sous la crasse et la suie, et les yeux rivés sur le gigoteur. Je levai la main pour faire taire les Frères.

— Quelle honte ce serait de gâter un si bel ouvrage, père Gomst, dis-je.

Makin n'était pas le seul à avoir reconnu le prêtre sous cette tignasse et cette barbe. Quoique sans l'accent, il aurait fini rôti.

— D'autant plus qu'il s'agit d'un *Sur Lycurgue* écrit en latin classique, et non dans ce baragouin roman qu'ils enseignent à l'église.

— Tu me connais ? demanda le prisonnier d'une voix éraillée, soudain larmoyant.

— Évidemment.

Je passai les deux mains dans mes boucles ravissantes, et les ramenait en arrière pour qu'il puisse me voir convenablement dans le demi-jour. J'ai les traits sombres et anguleux des Ancrath.

— Vous êtes le père Gomst, venu me chercher pour me ramener à l'école.

— Pr-prin…

Le voilà pleurant comme un veau, incapable d'articuler. Répugnant, vraiment. Ça me donna l'impression d'avoir croqué dans quelque chose de pourri.

— Honoré prince Jorg Ancrath, à votre service.

J'exécutai ma révérence.

— Q-qu'est devenu le capitaine Bortha ?

Le père Gomst se balançait doucement dans sa cage, complètement désorienté.

— Capitaine Bortha, monsieur ! déclara Makin.

Il salua en claquant des talons, et avança d'un pas. Il avait sur lui le sang du premier gigoteur.

Nous eûmes alors droit à un silence de mort. Même les pépiements et les bruissements du marais n'étaient plus qu'un murmure. Le regard des Frères passa de moi au vieux prêtre, avant de revenir sur moi. Ils étaient bouche bée. Petit Riquet n'aurait pas eu l'air plus dérouté si vous lui aviez demandé combien font neuf fois six.

C'est le moment que choisit la pluie pour s'abattre, d'un seul coup, comme si le Seigneur Tout-Puissant nous vidait son pot de chambre sur la tête. La pénombre s'était amoncelée, dense comme de la mélasse.

— Prince Jorg ! (Le père Gomst devait crier pour se faire entendre.) La nuit ! Il vous faut fuir !

Il serrait les barreaux de sa cage, les jointures des doigts blanches ; ses yeux écarquillés, rivés sur l'obscurité, ne cillaient pas sous les torrents d'eau.

Et à travers la nuit, à travers la pluie, à la surface du marais où nul ne pouvait marcher, nous les vîmes. Nous vîmes leurs lueurs. Ces lumières pâles que les morts brûlent dans les mares insondables où les hommes ne sont pas destinés à regarder. Elles vous promettraient tout ce que vous pouviez désirer, et vous vous lanceriez à leur poursuite, traquant des réponses, pour ne trouver qu'une boue froide, profonde et avide.

Je n'ai jamais apprécié le père Gomst. Il me disait ce que j'avais à faire depuis mes six ans, en justifiant ça par des taloches, le plus souvent.

— Courez, prince Jorg ! Courez ! hurla le vieux Gomsty, avec un tel sens du sacrifice que c'en était à gerber.

Je campai donc sur mes positions.

Frère Gains n'était pas le cuistot parce qu'il cuisinait bien. C'était juste qu'il était mauvais pour tout le reste.

Chapitre 4

Les défunts vinrent sous l'averse, les fantômes des victimes du marécage, des noyés, et des hommes dont les cadavres furent autrefois confiés au bourbier. Je vis Kent le Rouge fuir à l'aveuglette et s'enliser dans le marais. Quelques-uns des Frères eurent la présence d'esprit de courir sur la route ; la plupart finirent leur course dans la boue.

Le père Gomst commença à prier dans sa cage, clamant les mots comme s'ils étaient un bouclier :

— Notre père qui êtes aux cieux, protégez votre fils. Notre père, qui êtes aux cieux.

De plus en plus vite, à mesure que la peur s'emparait de lui.

Le premier spectre à surgir des mares visqueuses prit pied sur la Liche. Il émanait de lui une lueur de lune, quelque chose qui, vous le saviez, ne vous réchaufferait jamais. On distinguait son enveloppe auréolée de lumière, avec la pluie qui le traversait à toute allure et clapotait sur la route.

Personne ne tint bon à mes côtés. Le Nubain partit à toutes jambes, roulant des yeux fous. Gros Burlow semblait avoir été saigné à blanc. Ric hurlait comme un enfant. Même chez Makin, on percevait un sentiment d'horreur.

J'ouvris grands les bras sous l'orage. Je sentais les gouttes crépiter sur ma peau. Je n'avais pas tant d'années que ça derrière moi mais, même à mes yeux, l'eau pleuvait comme un souvenir. Elle éveilla en moi celui des nuits sauvages que je passais au sommet du Donjon, sur le parapet surplombant la longue chute, presque noyé sous le déluge et défiant la foudre de me toucher.

— Notre père, qui êtes aux cieux. Père, qui…

Gomst se mit à balbutier quand la liche s'approcha. Elle brûlait d'un feu froid qui vous léchait les os.

Je gardai les bras écartés et le visage tourné vers la pluie.

— Mon père n'est pas aux cieux, Gomsty, dis-je. Il est dans son château en train de compter ses hommes.

La créature morte se trouvait désormais toute proche, et je la regardai dans les yeux. Creux, voilà comment ils étaient.

— Qu'est-ce que tu as ? demandai-je.

Et elle me montra.

Et moi, je lui montrai.

Ce n'est pas un hasard, si je vais remporter cette guerre. Tous ceux qui sont en vie mènent une bataille déjà perdue d'avance. Moi, je me suis fait les dents sur les soldats de bois du cabinet de stratégie de mon père. Ce n'est pas un hasard si je vais réussir là où ils ont échoué. Parce que je comprends le jeu.

— L'enfer, répondit le mort. J'ai l'enfer.

Il s'immisça en moi, froid comme l'agonie, affûté tel un rasoir.

Je sentis ma bouche s'incurver en un sourire. Je m'entendis rire par-dessus le son de la pluie.

Un couteau est déjà bien effrayant, plaqué contre votre gorge, frais et tranchant. C'est aussi le cas du feu, et du chevalet de torture. Et d'un vieux fantôme sur la route de la Liche. Toutes ces choses sont capables de vous faire perdre momentanément vos moyens. Jusqu'à ce que vous preniez conscience de leur nature. Ce ne sont que des façons de perdre la partie. Vous perdez la partie, et la conséquence ? Vous avez perdu la partie.

Voilà le secret, et ça m'épate de constater qu'il m'appartient à moi, et à moi seul. J'ai compris la véritable nature du jeu la nuit où le comte Renar a rattrapé notre coche. C'était une nuit orageuse comme celle-ci. Je me rappelle le fracas de la pluie sur le toit et le tonnerre en dessous.

Grand Jan avait littéralement sorti la porte de ses gonds pour nous permettre de nous extraire du véhicule. Mais il n'eut pas le temps de s'occuper des autres. Il me jeta à l'abri. Dans un parterre de bruyère-aiguillon si dense que les hommes du comte se persuadèrent que je m'étais enfui dans la nuit. Ils n'avaient pas envie de fouiller la roncière. Mais je n'avais pas bougé. Accroché là aux épines, je les vis tuer Grand Jan. J'aperçus la scène durant les instants figés que les éclairs m'accordèrent.

Je vis ce qu'ils firent à mère, et le temps que ça dura. Ils fracassèrent la tête du petit William sur une borne. Sang et boucles blondes. Je vous avouerai que William était le premier de mes Frères, et qu'il savait y faire avec moi, avec son rire et ses mains potelées. Depuis lors, j'ai lutté contre nombre de Frères, et des gars vicieux, avec ça ; ils n'allaient pas me manquer. Mais à cette époque, je souffris de voir le petit William ainsi désarticulé, comme un jouet. Comme un article sans valeur.

Quand ils l'eurent tué, mère se débattit tant et plus, si bien qu'ils lui tranchèrent la gorge. J'étais stupide, à cette époque, étant donné que je n'avais que neuf ans ; je me suis débattu pour aller les sauver tous les deux. Mais les épines m'immobilisaient complètement. J'ai depuis appris à les apprécier.

Ce sont elles qui m'ont enseigné le jeu. Elles m'ont permis de comprendre ce que tous ces messieurs sinistres et sérieux qui ont combattu pendant la Guerre des Cent n'ont pas encore assimilé. Vous ne pouvez remporter le jeu que si vous comprenez que c'en est un. Prenez un joueur d'échecs, dites-lui que chaque pion est un de ses amis. Incitez-le à penser que les deux fous sont sacrés. À se souvenir des jours heureux passés à l'ombre de ses tours. À aimer sa reine. Voyez comme il les perdra tous.

— Qu'est-ce que t'as pour moi, le macchab ? demandai-je.

C'est un jeu. J'avancerai mes pions.

Je sentais sa froideur en moi. Je vis son trépas. Je vis son désespoir. Et sa faim. Et je les lui rendis. J'avais espéré davantage, mais il était mort, rien de plus.

Je lui montrai l'espace vide où ma mémoire refuse d'aller. Je le laissai regarder là-bas.

Il me fuit alors. Il fuit, et je le pourchassai. Mais seulement jusqu'au bord du marécage. Car c'est un jeu. Et je gagnerai.

Chapitre 5

Quatre ans plus tôt

Pendant un temps infini, je fomentai ma revanche à l'exclusion de tout le reste. Je bâtis ma première salle de torture dans les alcôves sombres de mon imagination. Gisant sur des draps ensanglantés dans le Hall de Guérison, je découvris en mon for intérieur des portes que je n'y avais encore jamais trouvées, des passages – même un enfant de neuf ans le sait – qu'on ne devrait pas ouvrir. Qui ne se referment plus jamais.

Je les ouvris à la volée.

Sieur Reilly me trouva accroché dans la roncière à moins de dix mètres des vestiges fumants du coche. Ils faillirent ne pas me voir. Je les aperçus pour ma part qui rejoignaient les cadavres sur la route. Je les observai à travers la végétation, captai l'argent de l'armure de sieur Reilly ainsi que des éclats rouges : les tabards des fantassins d'Ancrath.

Ils n'eurent aucun mal à localiser mère, avec ses soieries.

— Doux Jesu ! C'est la reine ! (Sieur Reilly ordonna qu'on la retourne.) Doucement ! Un peu de respect…

Il s'interrompit sur un hoquet. Les hommes du comte ne l'avaient pas ménagée.

— Monsieur ! Grand Jan est par ici, ainsi que Grem et Jassar.

Ils retournèrent Jan avec effort, avant de prêter attention aux autres gardes.

— Il vaudrait mieux pour eux qu'ils soient morts ! cracha sieur Reilly. Cherchez les princes !

Je ne les vis pas trouver Will, mais je compris que c'était le cas au silence qui les gagna. Je laissai mon menton retomber sur ma poitrine et observai les motifs obscurs dessinés par le sang sur les feuilles mortes à mes pieds.

— Ah ! enfer..., dit enfin l'un des soldats.

— Hissez-le sur un cheval. Tout doux.

La voix de sieur Reilly se fêla. Avec un regain de vigueur, mais sans espoir, il ajouta :

— Et trouvez l'héritier !

Je tentai de les héler, mais mes forces m'avaient quitté, je ne parvenais même pas à lever la tête.

— Il n'est pas là, sieur Reilly.

— Ils l'auront pris en otage.

Il n'avait pas tort, quelque chose me retenait contre mon gré.

— Placez-le à côté de la reine.

— Attention ! Faites attention à lui...

— Arrimez-les, ordonna sieur Reilly. Nous regagnons le Château-Cime à bride abattue.

Une partie de moi désirait les laisser s'en aller. Je ne souffrais plus ; je ressentais simplement une douleur sourde, qui était elle aussi en train de s'atténuer. Un sentiment de paix m'enveloppa de la promesse de l'oubli.

L'un des hommes poussa un cri.

— Monsieur !

J'entendis cliqueter l'armure de sieur Reilly qui s'approchait à grands pas.

— Un morceau de bouclier ? s'enquit-il.

— Trouvé dans la boue ; la roue du coche a dû l'enfouir.

Le soldat marqua une pause. Je perçus un raclement.

— Ça m'a l'air d'être une aile noire...

— Un corbeau. Un corbeau sur un fond rouge. Ce sont les couleurs du comte Renar, dit Reilly.

Le comte Renar ? J'avais un nom. Un corbeau noir sur un fond rouge. L'image du blason, qui s'était profondément gravée sur mes rétines à la faveur des éclairs, durant l'orage de la nuit précédente, me traversa l'esprit. Je m'embrasai au-dedans, la douleur d'une centaine d'épines brûlant dans chacun de mes membres. Un grognement m'échappa. J'entrouvris les lèvres, la peau sèche se rompit.

Et Reilly me localisa.

— Il y a quelque chose ici ! (Il jura tandis que la bruyère-aiguillon dénichait chaque fente de son armure.) Vite, allons ! Écartez-moi ça.

— Mort, entendis-je quelqu'un murmurer derrière Reilly qui coupait les ronces pour me libérer.

— Il est tellement blanc.

La bruyère m'avait presque entièrement saigné, je suppose.

On alla donc chercher une charrette, et on me ramena. Je ne dormis pas. Je contemplai le ciel qui virait au noir, et je réfléchis.

Dans le Hall de Guérison, frère Glen et son assistant, Inch, creusèrent ma chair pour en extraire les aiguillons. Lundist, mon précepteur, arriva pendant que j'étais couché sur leur table et qu'ils œuvraient sur moi. Il portait un livre de la taille d'un bouclier teuton et manifestement trois fois plus lourd. Personne n'aurait pu soupçonner la force de cette brindille antédiluvienne et ratatinée qui lui servait de corps.

— Ces lames ont été passées sous la flamme, frère, je l'espère ? demanda Lundist, avec l'accent de sa patrie, une contrée de l'Est Absolu.

Il avait aussi tendance à éluder la moitié de chaque mot, comme s'il comptait sur l'intelligence de son interlocuteur pour combler les blancs.

— C'est la pureté d'âme qui empêchera la corruption de la chair, précepteur, répondit frère Glen, en accordant à Lundist un regard désapprobateur avant de retourner à son exploration.

— Quand bien même, nettoyez les couteaux, frère. L'habit ne vous fournira qu'une piètre protection contre le courroux du roi, si le prince meurt dans votre infirmerie.

Il posa l'ouvrage à côté de moi, et les fioles sur le plateau à l'autre extrémité de la table s'entrechoquèrent. Il souleva la couverture et tourna les pages jusqu'à un emplacement marqué.

— « Les épines de la bruyère-aiguillon sont susceptibles d'atteindre l'os, lut-il en suivant les lignes d'un doigt jaune et ridé. Les pointes se cassent parfois et corrompent la blessure. »

Entendant cela, frère Glen me laboura la chair, ce qui m'arracha un cri. Il posa le couteau et se tourna vers Lundist. Je ne distinguais que le dos du religieux, l'étoffe marron tendue en travers de ses épaules, les taches sombres de transpiration le long de sa colonne vertébrale.

— Précepteur Lundist, dit-il. Un homme de votre profession a coutume de penser qu'on peut tout apprendre dans les pages d'un ouvrage, ou en consultant le parchemin approprié. L'instruction a son utilité, môssieur, mais ne comptez pas me donner des leçons de médecine en vous appuyant sur une soirée passée à lire un vieux tome !

Eh bien, frère Glen sortit vainqueur de la dispute. Le sergent d'armes dut « reconduire » le précepteur Lundist.

Je présume qu'à neuf ans mon âme manquait déjà cruellement de pureté, car mes plaies s'infectèrent en l'espace de deux jours, et je restai alité et fiévreux pendant neuf semaines, traquant de sombres songes dans les contrées aux frontières de la mort.

On me raconta que j'étais pris de furie et que je hurlais. Que je délirais tandis que le pus suintait des entailles infligées par la bruyère-aiguillon. Je me rappelle la puanteur de l'infection. Ça avait quelque chose de douceâtre, une douceur qui vous donnait envie de vous convulser dans tous les sens.

Inch, l'assistant du frère, se lassa de m'immobiliser, bien qu'il eût des bras de bûcheron. On finit par me ligoter à mon lit.

J'appris du précepteur Lundist que, au bout d'une semaine, le religieux avait refusé de me prodiguer ses soins. Il disait que j'abritais un diable. Sinon, comment expliquer qu'un enfant profère de telles horreurs ?

Au cours de la quatrième semaine, je me dégageai des liens qui me retenaient à mon grabat et mis le feu à l'infirmerie. Je n'ai pas souvenir de m'être échappé, ni d'avoir été capturé dans les bois. Quand ils déblayèrent les décombres, ils trouvèrent la dépouille d'Inch, le tisonnier de l'âtre logé dans la poitrine.

Je me tins nombre de fois sur le Seuil. J'avais vu ma mère et mon frère jetés de l'autre côté de cette Porte, lacérés et désarticulés, et en rêve mes pieds m'emmenaient à cet endroit, encore et encore. Le courage me manquait pour suivre mes défunts, les barbelures et les aiguillons de la lâcheté me retenaient.

Parfois, j'apercevais les terres mortes, sur la rive opposée d'une rivière noire ou bien de l'autre côté d'un gouffre qu'enjambait un étroit pont de pierre. Une fois, je vis la Porte sous l'apparence des vantaux de la salle du trône de mon père, à ceci près qu'elle était bordée de givre et que du pus suintait par chaque interstice. Je n'avais qu'à poser la main sur la poignée...

Le comte de Renar me maintenait en vie. La perspective de le voir souffrir broyait ma propre douleur sous son talon. Vous survivez grâce à la haine, là où l'amour a échoué.

Et puis un jour ma fièvre tomba. Mes plaies étaient encore d'un rouge agressif, mais elles se refermèrent. On me nourrit de bouillon de poulet, et mes forces me revinrent lentement. Elles m'étaient étrangères.

Le printemps repeignit les feuilles sur les arbres. J'avais recouvré ma robustesse, mais je sentais qu'autre chose m'avait été enlevé. Intégralement enlevé, si bien que je n'étais pas capable d'identifier ce dont il s'agissait.

Le soleil revint accompagné, à la grande répugnance de frère Glen, de Lundist qui était décidé à reprendre son enseignement.

La première fois, j'étais assis dans mon lit. Je l'observai disposant ses livres sur la table.

— Votre père vous verra à son retour de Gelleth, dit-il, avec une touche de réprobation qui ne m'était pas adressée. La mort de la reine et du prince William lui pèse lourdement. Quand la douleur s'atténuera, il viendra très certainement parler avec vous.

Je ne comprenais pas pourquoi Lundist ressentait le besoin de mentir. Je savais que mon père ne perdrait pas son temps avec moi tant qu'il aurait l'impression que je risquais de mourir. Je savais qu'il me verrait quand cela servirait un quelconque dessein.

— Dites-moi, précepteur. La vengeance est-elle une science, ou bien un art ?

Chapitre 6

L'averse faiblit lorsque les esprits s'enfuirent. Je n'en avais brisé qu'un, mais les autres regagnèrent eux aussi les mares qu'ils hantaient. Peut-être que celui auquel j'avais eu affaire était leur chef, peut-être que dans la mort les hommes deviennent couards. Je ne sais pas.

Quant à mes couards à moi, ils n'avaient nulle part où fuir, aussi les retrouver fut-il relativement aisé. Je découvris Makin en premier. Lui, au moins, se dirigeait vers moi.

— Tu t'en es trouvé une paire, alors ? le hélai-je.

Il marqua un temps d'arrêt et m'examina. La pluie ne tombait plus si dru, mais il avait toujours l'allure d'un rat victime de noyade. Les gouttes ruisselaient sur son plastron, se faufilant entre les bosselures. Il scruta le marais de part et d'autre de la voie, encore sur le qui-vive, et baissa son épée.

— Il manque un ami à l'homme sans peur, Jorg, dit-il. (Un sourire trouva son chemin jusqu'à ses lèvres charnues.) Y a rien de mal à partir en courant. Du moins, si on fuit dans la bonne direction. (D'un geste, il indiqua l'endroit où Ric, déjà embourbé à hauteur de torse, était aux prises avec des touffes de jonc.) La peur aide un homme à choisir ses combats. Toi, tu les mènes tous, mon prince.

Et il s'inclina là, sur la Liche, dégoulinant de pluie.

Je fis l'aumône d'un regard à Ric. Maical était confronté au même genre de problème que lui dans une autre mare, de l'autre côté de la route. À ceci près que ledit problème lui montait jusqu'au cou.

—Je finirai par les affronter tous, confiai-je à Makin.

—Choisis tes combats, répondit-il.

—Je choisirai le lieu. Je choisirai le lieu, mais pas question de m'enfuir. Jamais de la vie. Ça s'est déjà fait, et la guerre n'a pas cessé pour autant. Je gagnerai, frère Makin, elle s'achèvera avec moi.

Il fit une nouvelle révérence. Il ne s'inclina pas aussi bas, mais cette fois je perçus de la sincérité.

—Voilà pourquoi je te suivrai, prince. Où que ça nous mène.

En l'occurrence, cela nous mena au repêchage des Frères enlisés. Nous récupérâmes Maical en premier, même si Ric s'époumona et nous abreuva d'insultes. À mesure que l'averse devenait crachin, je commençais à distinguer le cheval et la charrette à têtes, au loin. Le gris avait eu le bon sens de rester sur la terre ferme, contrairement à Maical, que j'aurais laissé sombrer s'il avait entraîné l'animal dans le bourbier.

Ensuite, nous sortîmes Ric. Quand nous l'atteignîmes, la boue était sur le point de trouver sa bouche, et seul son visage blanc apparaissait encore à la surface, mais ça ne l'empêcha pas de nous agonir d'injures tout du long. Nous retrouvâmes la plupart des Frères sur la route, mais six d'entre eux, engloutis trop rapidement, étaient perdus pour toujours. Ils se préparaient probablement à hanter le prochain groupe de voyageurs.

—Je retourne chercher le vieux Gomsty, dis-je.

Nous nous étions bien éloignés, et il n'y avait pour ainsi dire plus aucune luminosité. En regardant en arrière, on ne distinguerait pas les gibets, seulement de gris voiles de pluie. Là-dehors, dans le marais, les défunts attendaient. Leurs pensées froides rampaient sur ma peau.

Je ne demandai à aucun des Frères de m'accompagner. Je savais que personne n'accepterait, et ce n'est pas bon pour un chef de demander quelque chose et de s'entendre répondre « non ».

— Qu'est-ce que tu lui veux, à ce vieux prêtre, frère Jorg ? demanda Makin.

Il me priait de ne pas y aller, sauf qu'il ne pouvait pas le dire franchement.

— T'as toujours envie de le cramer ?

Même la boue ne parvenait pas à masquer l'allégresse soudaine de Ric.

— Oui. Mais c'est pas pour ça que je vais le chercher.

Sur ce, je rebroussai chemin.

La bruine et les ténèbres m'enveloppèrent. Je perdis de vue les Frères, qui patientaient derrière moi. Gomst et les gibets, eux, se trouvaient devant. Je marchai dans un cocon de silence, accompagné des seuls doux mots de la pluie, et du son de mes bottes sur le sol.

Je vais vous avouer une chose. Ce silence faillit me terrasser. C'est le silence qui m'effraie. La page vide sur laquelle je peux coucher mes propres peurs. Les esprits des défunts n'y écrivent rien. Le macchab a essayé de me montrer l'enfer, mais ce n'était qu'une pâle imitation de ce que je peux peindre sur l'obscurité, durant un moment de calme.

Je le trouvai accroché là, le père Gomst, prêtre de la Maison d'Ancrath.

— Mon père, dis-je, et j'ébauchai une courbette.

À la vérité, cependant, je n'étais pas d'humeur à jouer. Je m'étais récolté une douleur creuse derrière les yeux. Un de ces maux de crâne qui risquent de vous coûter la vie.

Gomst me regarda avec des yeux ronds, comme si j'étais un esprit des marais qui aurait rampé hors du bourbier.

Je m'approchai de la chaîne à laquelle était suspendue sa cage.

— Préparez-vous, mon père.

L'épée que je dégainai avait lacéré ce vieux Bovid Tor moins de vingt-quatre heures auparavant. Je lui fis présentement fendre l'air pour libérer un ecclésiastique. Les maillons cédèrent sous son tranchant. On avait instillé de la magie, ou bien quelque maléfice à cette lame. Père m'avait raconté que notre famille la détenait depuis quatre générations, et l'avait prise à la Maison d'Or. L'acier en était donc déjà ancien avant même que les Ancrath aient posé les mains dessus pour la première fois. Ancien avant même que je le dérobe.

La cage à oiseaux heurta lourdement la voie. Le père Gomst poussa un cri, et il se cogna la tête contre les barreaux, ce qui lui valut une marque cruciforme blême en travers du front. La porte, bloquée avec du fil de fer, capitula devant notre arme ancestrale deux fois volée. Je songeai à père, l'espace d'un instant, je me représentai son visage déformé par la colère s'il venait à apprendre que j'avais usé de cette lame à des fins si grossières. J'ai beaucoup d'imagination, mais j'eus du mal à me figurer la moindre émotion sur ses traits de pierre.

Gomst sortit péniblement de la cage, faible et courbaturé. Comme il convient aux vieux, en somme. J'appréciais qu'il ait la bonne grâce de sentir le poids des ans sur ses épaules. D'autres s'endurcissaient au fil des années.

— Père Gomst, mieux vaut vous dépêcher, maintenant, sans quoi les défunts du marais pourraient revenir nous épouvanter avec leurs lamentations et moult gémissements.

Levant alors la tête vers moi, il dut me confondre avec un revenant, car il eut un mouvement de recul. Puis son expression s'adoucit.

— Jorg, dit-il, tout plein de compassion. (Il en avait à ras bord, ça lui coulait des yeux comme s'il ne s'agissait pas simplement des gouttes de pluie.) Que vous est-il arrivé ?

Je ne vous mentirai pas. J'étais à moitié tenté de le planter avec mon couteau sur-le-champ, pareil qu'avec ce rougeaud de Gemt. Plus qu'à moitié. Le besoin de tirer ce couteau me démangeait la main. J'en avais la tête endolorie, l'impression qu'un étau se resserrait contre mes tempes.

On m'a déjà connu contrariant. Lorsque quelque chose me pousse, je riposte par une bourrade. Même lorsque ce « quelque chose » n'est autre que moi-même. Il aurait été facile d'étriper Gomst séance tenante. Gratifiant. Mais l'envie était trop irrépressible. Je sentais qu'on me forçait la main.

Je souris et dis :

— Pardonnez-moi, mon père, parce que j'ai péché.

Et le vieux Gomsty, quoique tout raidi par son enfermement, et les membres perclus de douleurs, courba la tête pour entendre ma confession.

Je m'adressai à la pluie, lentement et sans hausser le ton. Assez fort pour le père Gomst, cela étant dit, et pour les morts qui hantaient le marécage environnant. Je racontai ce que j'avais fait. Je racontai ce que je ferais à l'avenir. D'une voix douce, je partageai mes plans avec tout ce qui avait des oreilles pour entendre. C'est à ce moment-là que les morts nous quittèrent.

— Vous êtes le diable ! s'exclama le père Gomst en reculant d'un pas, et il serra la croix qu'il portait autour du cou.

— Il faut ce qu'il faut. (Je ne contestai pas ses propos.) Mais je me suis confessé, et vous devez m'absoudre.

— Une abomination…

Le mot lui échappa lentement dans un souffle.

— Et plus si affinités, approuvai-je. Maintenant, absolvez-moi.

L'ecclésiastique recouvra enfin un semblant de jugeote, sans pour autant céder.

— Que me voulez-vous, Lucifer ?

Question qui méritait une réponse.

— Je veux gagner, répliquai-je.

Entendant cela, il secoua la tête, aussi m'expliquai-je :

— Mon identité m'assure la loyauté de certains hommes. Ma destination celle de certains autres. D'autres encore ont besoin de savoir qui m'accompagne. Je me suis confessé devant vous. Je me repens. À présent, Dieu marche à mes côtés, et vous êtes le prêtre qui annoncera aux fidèles que je suis Son guerrier, Son instrument, l'Épée du Tout-Puissant.

Un silence qui se comptait en battements de cœur nous séparait.

— *Ego te absolvo*, articula le père Gomst de ses lèvres tremblantes.

Nous nous mîmes alors en route, et rejoignîmes bientôt les autres. Makin les avait mis en rang et incités à se tenir prêts. Ils patientaient dans l'obscurité, avec une unique torche et la lanterne sourde accrochée à la charrette à têtes.

— Capitaine Bortha, il est temps de partir. Nous avons un bout de chemin à faire avant d'atteindre la côte du Cheval.

— Et le prêtre ?

— Peut-être qu'on fera un détour par le Château-Cime pour le déposer.

La douleur me mordit, fort.

Ça pouvait être lié au fait qu'un fantôme antédiluvien était venu me hanter jusqu'à la moelle, mais ce jour-là mes maux de tête me donnaient surtout l'impression que quelqu'un tentait de me mener à la baguette, et ça commençait vraiment à me foutre en l'air.

— Oui, je pense qu'on va passer au Château-Cime. (Je serrai les dents pour résister aux dagues qui se plantaient dans mon crâne.) Leur remettre personnellement le vieux Gomsty. Je suis sûr que mon père s'est inquiété à mon sujet.

Ric et Maical me dévisagèrent d'un air idiot. Gros Burlow et Kent le Rouge échangèrent un regard. Le Nubain leva les yeux au ciel et conjura le sort d'un geste.

Je considérai Makin, grand, large d'épaules, cheveux sombres plaqués par la pluie. *Il est mon cavalier*, songeai-je. *Gomst est mon fou, et le Château-Cime ma tour*. Je songeai alors à père. Il me fallait un roi. On ne peut pas jouer une partie sans roi. Je songeai à père, et ça me fit du bien. Après le macchab, j'avais commencé à me poser des questions. Le mort m'avait montré son enfer, et je m'en étais gaussé. Mais en évoquant mon géniteur, je sus que j'étais encore capable de ressentir la peur, et ça me fit du bien.

Chapitre 7

Nous suivîmes la Liche dans la nuit et nous sortîmes du marécage. L'aube nous trouva à Norbois, bourgade morne et grise, en ruine. Ses cendres étaient encore imprégnées de la senteur âcre de la fumée qui s'attarde une fois le feu éteint.

— Le comte de Renar s'enhardit fort, pour attaquer les protectorats d'Ancrath sans s'en cacher, dit Makin à côté de moi.

Il s'était défait de son langage vulgaire comme on se débarrasse d'un vêtement.

— Comment identifier l'instigateur de tant de perversité ? demanda le père Gomst, le visage aussi gris que sa barbe. Peut-être que les hommes du baron Kennick ont dévasté les environs de la route de la Liche. Ce sont eux qui m'ont suspendu dans cette cage.

Les Frères se dispersèrent dans les décombres. Ric écarta Gros Burlow d'un coup de coude et disparut à l'intérieur du premier bâtiment, qui se résumait à une coquille de pierre privée de toit.

— Crevards de fermiers des marais ! Exactement pareil que Mabberbourg, putain.

Le boucan de ses fouilles sans ménagement noya les suites éventuelles de ses pleurnicheries.

Je me remémorai Norbois un jour de fête, festonnée de rubans. Mère qui marchait avec le bourgmestre. William et moi avec des pommes d'amour.

—Mais c'étaient *mes* crevards de fermiers des marais, dis-je. (Je me tournai vers le vieux Gomsty.) Il n'y a pas de corps. C'est le comte Renar.

Makin opina du chef.

—Nous trouverons le bûcher dans les champs, à l'ouest. Renar les brûle tous ensemble. Les vivants et les morts.

Gomst se signa et marmonna une prière.

La guerre est beauté, ainsi que je l'ai dit plus tôt, et ceux qui prétendent le contraire sont du côté des perdants. J'affichai un sourire, même s'il ne m'allait pas.

—Frère Makin, le comte a manifestement avancé ses pions. Il nous incombe, en tant que soldats, d'apprécier son œuvre. Fais un tour dans les environs. Je veux savoir comment il a déployé son jeu.

Renar. D'abord le père Gomst, et à présent Renar. Comme si le macchab avait donné un tour de clé et que les fantômes de mon passé franchissaient la porte au pas de charge, un par un.

Makin hocha la tête et s'éloigna au petit galop. Pas vers les habitations, mais vers le cours d'eau, qu'il longea jusqu'aux fourrés situés au-delà de l'emplacement du marché.

—Père Gomst. (J'employai ma voix de cour la plus polie.) Dites-moi, je vous prie, où vous étiez lorsque les hommes du baron Kennick vous ont trouvé.

Ça n'avait aucun sens, que le prêtre de notre famille ait été capturé au cours d'un raid.

—Dans le hameau de Jessop, mon prince, répondit l'intéressé avec méfiance. (Il s'évertuait à regarder partout, sauf dans ma direction.) Ne devrions-nous pas continuer notre route ? Nous serons en sécurité en Ancrath. Les attaques ne dépassent jamais Hantebourg.

Vrai, songeai-je. *Alors, pourquoi êtes-vous allé au-devant du danger ?*

— Le hameau de Jessop ? Jamais entendu parler, père Gomst, répliquai-je, encore gentil comme pas deux. Ce qui signifie que l'endroit se résume à trois huttes et un cochon.

Ric sortit en coup de vent de la maison, plus noir que le Nubain avec toutes ces cendres qui le recouvraient, et crachant à n'en plus finir. Il se dirigea vers l'habitation suivante.

— Burlow, salopard gras du bide ! Tu m'as piégé !

Quand Petit Riquet ne se trouvait pas un peu de butin, alors quelqu'un devait payer. Toujours. Mon interlocuteur parut se réjouir de la diversion, mais je captai à nouveau son attention.

— Père Gomst, vous me parliez de Jessop, dis-je, lui prenant les rênes de la conversation.

— Un village des marais, mon prince. Un néant. Un endroit où l'on ramasse la tourbe pour le protectorat. Dix-sept huttes et peut-être quelques cochons de plus.

Il voulut rire, mais il n'émit qu'un son aigu empreint de nervosité.

— Vous vous êtes donc rendu là-bas pour offrir l'absolution aux pauvres ? m'enquis-je en retenant son regard.

— Eh bien…

— Au-delà d'Hantebourg, jusqu'au bord du marais, au-devant du danger. Vous êtes un très saint homme, mon père.

À ces mots, l'intéressé inclina la tête.

Jessop. Une cloche m'avertit que le nom m'était familier. Une cloche au son grave, lent et solennel. *Ne demande donc pas pour qui sonne le glas…*

— Jessop est l'endroit où la marée apporte les corps des victimes du marais, dis-je, entendant simultanément ces paroles prononcées à mon intention par le vieux précepteur Lundist. (Je revis la carte épinglée au mur de l'étude derrière lui, les courants tracés à l'encre noire.) Le courant est lent mais permanent. Le marais garde ses secrets, mais pas indéfiniment, et c'est à Jessop qu'il les révèle.

— Ce grand gaillard, Ric, il est en train d'étouffer le gros, remarqua le père Gomst en désignant du menton les intéressés.

— Mon père vous a envoyé examiner les morts. (Je ne laissai pas le prêtre me distraire avec son bavardage.) Parce que vous seriez en mesure de me reconnaître.

La bouche de Gomst forma un « non », mais tous ses autres muscles répondaient « oui ». On pourrait croire que les ecclésiastiques mentent tout de même mieux que ça, vu leur métier.

— Il est toujours à ma recherche ? Au bout de quatre ans !

Quatre semaines, ça m'aurait déjà surpris.

Gomst recula légèrement sur sa selle. Il écarta les mains en un geste d'impuissance.

— La reine porte un enfant. Sagien dit au roi que ce sera un garçon. J'ai dû confirmer l'ordre de succession.

Ah ! la succession. Voilà qui correspondait mieux au père que je connaissais. Et la *reine* ? Un peu d'animation dans cette journée.

— Sagien ?

— Un païen récemment arrivé à la cour et qui cherche la bagarre, cracha Gomst, comme si les mots avaient mauvais goût.

La pause qui s'ensuivit s'allongea et devint silence.

— Ric ! dis-je. (Sans pour autant crier, je parlai assez fort pour qu'il m'entende.) Pose Gros Burlow, ou alors faudra que je te tue.

Ric lâcha prise, et Burlow heurta le sol tel le tas de lard de cent cinquante kilos qu'il était. Je présume qu'il était le plus violet des deux, mais pas de beaucoup. Ric s'approcha, les mains tendues devant lui, en les tordant comme s'il les serrait déjà autour de mon cou.

— Toi ! s'exclama-t-il.

Pas trace de Makin, et le père Gomst serait aussi utile qu'un pet dans le vent, contre un Petit Riquet enragé.

— Toi ! Où qu'il est, le putain d'or qu'tu nous as promis ?

À ces mots, une vingtaine de têtes apparurent aux portes et aux fenêtres. Même Gros Burlow leva la sienne, donnant l'impression d'inspirer à travers une paille.

Je lâchai le pommeau de mon épée. Ce n'est pas bon de sacrifier trop de pions. Ric avait encore une dizaine de mètres à parcourir. Je mis lestement pied à terre et flattai les naseaux de Gerrod, le dos tourné à la ville.

— Il y a plus d'une sorte d'or à Norbois, dis-je.

Suffisamment fort, mais pas trop. Puis je me retournai et passai à côté de Ric. Je ne le regardai pas. Donnez une occasion à un homme comme lui, et il la saisira.

— T'avise pas de recommencer avec tes histoires de filles de fermier, petit bâtard ! rugit-il en me suivant.

Mais mon attitude avait désamorcé son agressivité. Il n'était plus qu'un moulin à paroles.

— Ce putain de comte les a déjà toutes empalées pour les faire rôtir.

J'empruntai la Médiane, la rue qui sépare la maison du bourgmestre, située en hauteur, du marché. Quand nous passâmes devant lui, frère Gains quitta des yeux le feu qu'il venait d'allumer. Il se remit sur ses pieds maladroitement et nous emboîta le pas pour profiter du divertissement.

La tour à grain n'avait jamais eu fière allure. Elle était encore moins imposante, désormais, toute noircie par les flammes ; les pierres s'étaient fissurées sous l'effet de la chaleur. Avant que les assaillants les incendient tous, les sacs de grain cachaient une trappe. Je la localisai au bout de quelques tâtonnements. Pendant ce temps, Ric resta derrière moi à souffler et à haleter.

— Ouvre ça, dis-je en pointant le doigt vers l'anneau logé dans la pierre.

Je n'eus pas besoin de répéter. Il se baissa et souleva la dalle comme si elle ne pesait rien. Ils étaient là, des tonneaux et des tonneaux recroquevillés les uns contre les autres dans la poussière et l'obscurité.

— Le vieux bourgmestre gardait la bière du festival sous la tour à grain. Tous les gens du coin savent ça. Un petit ruisseau coule là-dessous et garde ça bien joliment au frais. À première vue, y en a quoi, vingt ? Vingt barriques de blonde.

Je souris.

Ric ne me rendit pas la pareille. Il resta appuyé sur les mains et les genoux, baladant son œil du côté de ma lame. J'imagine qu'elle devait le chatouiller, contre sa gorge.

— Allons bon, Jorg, frère Jorg, j'voulais pas..., commença-t-il.

Même avec mon épée sur le cou, il avait encore le regard mauvais.

Makin s'approcha en cliquetant et se posta au niveau de mon épaule. Je maintins la pression sur l'arme.

— J'ai beau être petit, Petit Riquet, je ne suis pas un bâtard, dis-je avec douceur, de ma voix de tueur. N'est-ce pas vrai, père Gomst ? Si j'étais un bâtard, vous ne seriez pas obligé de risquer votre intégrité physique et votre vie à examiner les morts pour me trouver, n'est-ce pas ?

— Prince Jorg, laissez le capitaine Bortha tuer ce sauvage. (Le prêtre s'était manifestement retrouvé du sang-froid quelque part.) Nous continuerons notre route jusqu'au Château-Cime, et votre père...

— Mon père peut bien attendre, bon sang ! criai-je.

Je ravalai le reste, fâché d'être fâché.

— C'est quoi toutes ces foutaises de « prince », putain ? demanda Ric, oubliant l'épée une seconde. C'est quoi toutes ces foutaises de « capitaine Bortha » ? Et quand c'est que j'ai le droit de boire la putain de bière ?

L'auditoire n'aurait pas pu être plus nombreux ; tous les Frères formaient un cercle autour de nous.

— Eh bien, puisque tu demandes si gentiment, frère Ric, je vais te le dire.

Makin haussa les sourcils et saisit la poignée de son épée. Je l'arrêtai d'un geste de la main.

— Ces foutaises de capitaine Bortha, c'est rapport au fait que Makin est le capitaine Makin Bortha de la Garde Impériale d'Ancrath. Ces foutaises de prince, c'est rapport au fait que je suis le fils chéri et l'héritier du roi Olidan, de la Maison d'Ancrath. Et on peut boire la bière tout de suite, car c'est aujourd'hui mon quatorzième anniversaire, et sans elle comment vous boiriez à ma santé ?

Chaque communauté a ses gros et ses petits poissons. Avec des Frères comme les miens, vous n'avez pas envie d'être en bas de la chaîne alimentaire. Vous êtes susceptible d'être grignoté jusqu'à ce que mort s'ensuive. Frère Jobe affichait à la fois une mine de têtard soumis et une hargne prédatrice. Le mélange idéal pour survivre dans la mare.

Chapitre 8

Nous nous assîmes donc sur l'éboulis de pierres de la maison du bourgmestre et bûmes de la bière. Les Frères l'avalaient à grandes rasades et scandaient mon nom. Certains me donnaient du « frère Jorg », d'autres du « prince Jorg », mais en tout cas ils me considéraient unanimement d'un œil neuf. Ric m'observait, de la mousse sur son menton piqué de barbe, la marque de ma lame en travers de la gorge. Je voyais bien qu'il évaluait ses chances, que le lent ballet des possibilités faisait son chemin derrière son front bas. Je n'attendis pas que le mot « rançon » fasse surface.

— Il veut ma mort, Petit Riquet, dis-je. Il a envoyé Gomst pour prouver que je suis mort, pas pour me retrouver. Il a une nouvelle reine, à présent.

L'intéressé fit un large sourire, plus renfrogné que joyeux, puis éructa copieusement.

— Tu t'es enfui d'un château où y avait de l'or et des femmes pour chevaucher avec nous ? Quel imbécile ferait ça ?

Je sirotai ma bière. Elle était amère, mais ça me parut être de circonstance, d'une certaine manière.

— Un imbécile qui sait qu'il gagnera pas la guerre avec la Garde du roi.

— Quelle guerre, Jorg ?

Le Nubain était assis non loin de là, et il ne buvait pas. Il s'exprimait toujours lentement et avec sérieux.

— Tu veux battre le comte ? Le baron Kennick ?

— La *Guerre*, répondis-je. Tout entière.

Kent le Rouge, qui était allé se resservir, revint avec son heaume plein à ras bord.

— Dans tes rêves. (Il leva son casque et le vida à moitié en quatre gorgées.) Alors comme ça, t'es prince d'Ancrath ? Un royaume de quat' sous. Doit y en avoir des dizaines comme ça qu'ont autant le droit de prétendre au trône suprême. Chacun avec sa propre armée.

— Plutôt cinquante, gronda Ric.

— C'est plus proche de cent, dis-je. J'ai compté.

Un Empire morcelé en une centaine de fragments qui s'en prenaient les uns aux autres, dans un cycle interminable d'escarmouches, de vendettas, d'échauffourées ; des royaumes qui se développaient, s'étiolaient avant de se développer à nouveau, en proie à un conflit qui durait depuis des générations entières, et rien ne changeait. C'était à moi d'apporter le changement, de mettre un terme à ça, de gagner.

Je finis ma bière et allai trouver Makin.

Je n'eus pas à chercher bien loin. Je le localisai en compagnie des chevaux, en train d'examiner Fougue, son étalon.

— Qu'est-ce que tu as trouvé ? lui demandai-je.

Il pinça les lèvres.

— Le bûcher. Environ deux cents, tous morts. Il a pas été allumé, cependant. Les assaillants ont dû avoir peur et partir. (Il indiqua l'ouest en agitant la main.) Ils sont arrivés à pied par la route des marais, en franchissant cette crête, là-bas. Ils avaient une vingtaine d'archers dans le fourré près du cours d'eau, pour cueillir les gens qui tentaient de fuir.

— Combien d'hommes, au total ?

— Probablement une centaine. Des fantassins, pour la plupart. (Il bâilla et se passa la main sur le visage, du front au menton.) Partis depuis deux jours. On devrait être en sécurité.

Je sentis des épines invisibles m'égratigner, des aiguillons acérés plantés dans ma peau.

— Viens, lui dis-je.

Makin me suivit jusqu'aux marches et aux colonnes effondrées sur le seuil de la demeure du bourgmestre. Les Frères avaient envoyé Maical remonter un deuxième tonneau.

Burlow héla Makin, la voix encore rauque d'avoir été étranglé par Ric.

— Ho ! capitaine !

Des rires fusèrent à ces mots, et je les laissai suivre leur cours. Je sentis à nouveau les épines effilées, profondément incrustées. Aiguisant mon esprit dans un dessein précis. Deux cents corps entassés. Aucun survivant.

— Le cap'taine Makin me raconte qu'on va avoir de la compagnie, dis-je.

L'intéressé haussa les sourcils, mais je n'en tins pas compte.

— Vingt lames, des durs, des bandits de la pire espèce. Pas le genre qu'on a envie de croiser. Ils avancent vers nous sans se presser, les poches pleines de butin.

Ric se remit sur ses pieds tout de go, son fléau de paysan claquant contre sa hanche.

— Du butin ?

— Des limaces, je vous dis. Ils s'enrichissent en détruisant leur prochain. (Je leur dévoilai mon sourire.) Bien, mes Frères, on va devoir leur montrer qu'ils sont dans l'erreur. Je les veux morts. Jusqu'au dernier. Et on y arrivera sans une égratignure. Je veux des chausse-trappes dans la grand-rue. Je veux des Frères cachés dans la tour à grain et dans la taverne du *Sanglier Bleu*. Je veux Kent, Rang, Baratin et le Nubain ici, derrière ces murs, pour leur tirer dessus quand ils se trouveront entre la tour et la taverne.

Le Nubain souleva son arbalète, un monstre de prouesse mécanique, forgé dans l'antique métal et décoré des visages de divinités étranges. Kent jeta son fond de bière et posa son heaume sur sa tête, son arc long déjà en main.

— Bon, il se pourrait qu'ils arrivent plutôt par la crête, alors Ric va emmener Maical et six autres Frères se cacher dans les ruines de la tannerie. Si quelqu'un se présente de ce côté-là, vous laissez passer, et ensuite seulement vous étripez. Makin sera notre éclaireur, il nous avertira. Le bon père ici présent et vous cinq, là, vous restez avec moi pour les inciter à entrer dans le village.

Je n'eus pas besoin de me répéter. Enfin, il aurait fallu réexpliquer la situation à Jobe, mais Ric l'éloigna de la bière, sans ménagement.

— Du butin ! lui cria-t-il au visage. Commence à creuser des chausse-trappes, pauvre tache !

Ils avaient l'art de monter une embuscade, ces gars-là. Pas d'erreur. Personne ne savait mieux qu'eux comment se battre dans ces décombres. La moitié du temps, c'étaient eux qui étaient responsables des dégâts, et l'autre moitié, ils la passaient dans les ruines que d'autres avaient laissées.

J'appelai Burlow et Makin sitôt que les autres se furent mis au travail.

— Makin, je n'ai pas besoin d'éclaireur, dis-je sans hausser le ton. Je veux que vous alliez dans le fourré au bord du cours d'eau, tous les deux. Je veux que vous vous cachiez. Qu'un de ces salopards puisse s'asseoir sur vous sans vous remarquer. Vous vous cachez là et vous attendez. Vous saurez quoi faire.

— Prince..., frère Jorg, fit Bortha. (Un pli barrait son front, et son regard était sans cesse attiré par le vieux Gomsty qui priait devant l'église incendiée, plus loin dans la rue.) À quoi ça rime ?

— Tu as dit que tu me suivrais où que je puisse te mener, Makin, répondis-je. C'est ici que ça commence. Quand ils rédigeront la légende, c'en sera la première page. Un vieux moine s'usera les yeux à l'enluminer, Makin. C'est ici que tout commence.

Je passai néanmoins sous silence le fait que le livre risquait d'être très court.

Makin me salua à sa manière – d'un léger signe de tête – et il partit. Gros Burlow fut contraint de se dépêcher pour ne pas être distancé.

Les Frères creusèrent donc leurs pièges, placèrent leurs flèches et se dissimulèrent dans les maigres vestiges de Norbois. Je les observai, maudissant leur lenteur mais me tenant coi. Le père Gomst, les cinq gaillards que j'avais choisis et moi-même, nous fûmes bientôt les seuls encore à découvert. Tous les autres, un tantinet plus d'une vingtaine, avaient disparu dans les décombres.

Le prêtre vint auprès de moi, priant toujours. Je me demandai le cœur qu'il mettrait à l'ouvrage, s'il savait ce qui se tramait réellement.

J'avais maintenant mal à la tête comme si un croc inséré derrière mes deux yeux me tiraillait. La même douleur que celle qui s'était manifestée lorsque, à la vue du vieux Gomsty, j'avais songé à rentrer chez moi. Une souffrance familière, que j'avais déjà ressentie sur les chemins, au détour de maintes courbes de la route. À d'innombrables reprises, je l'avais laissée me guider. Mais j'étais las d'être un poisson pris à l'hameçon. Je mordis en retour.

J'aperçus le premier éclaireur sur la route du marais une heure plus tard. D'autres individus ne tardèrent pas à le rejoindre à cheval. Je m'assurai qu'ils avaient remarqué notre présence à tous les sept sur le perron du bourgmestre.

— De la compagnie, dis-je en désignant les cavaliers.

— Bordel de merde !

Frère Elban cracha sur ses bottes.

Je l'avais choisi parce qu'il ne payait pas de mine, vieux bougre grisonnant qu'il était dans sa cotte de mailles rouillée. Il n'avait ni cheveux ni dents, mais il avait du mordant.

— C'pas des brigands, regarde-les, ces poneys.

Il s'exprimait un peu bizarrement, rapport au fait qu'il n'avait plus que les gencives.

— Tu sais, Elban, y se pourrait que t'aies raison, répondis-je, et je lui souris. M'est avis qu'on dirait plutôt une garnison.

— Dieu miséricordieux, entendis-je le vieux Gomsty murmurer derrière moi.

Les éclaireurs battirent en retraite. Elban ramassa son équipement et prit la direction du marché, où les montures paissaient.

— J'éviterais si j'étais toi, le vioque, dis-je, avec douceur.

Il se retourna, et je lus la crainte dans ses yeux.

— Tu vas pas m'abattre, hein, Jorz ?

Il n'arrivait pas à prononcer « Jorg », édenté qu'il était. C'est un prénom qui nécessite de la niaque, je suppose.

— Je vais pas t'abattre.

Je l'appréciais presque, Elban. Je n'allais pas le tuer sans raison valable.

— Où tu fuis comme ça, Elban ?

Il montra la crête du doigt.

— C'est l'seul chemin dégagé. On resterait coincés, ailleurs, ou pire : retour au marais.

— Tu devrais éviter de franchir cette crête, Elban. Crois-moi.

Ce qu'il fit. Même si, sans doute, il se fiait à moi parce qu'il ne me faisait pas confiance, si vous voyez ce que je veux dire.

Nous restâmes debout à attendre. Nous aperçûmes en premier la colonne principale, sur la route du marais, puis, quelques instants plus tard, les soldats apparurent au faîte de la crête. La garnison comptait deux douzaines d'hommes portant lance et bouclier, au-dessus d'eux flottaient les couleurs du comte Renar. Le reste de la colonne comptait peut-être une soixantaine d'individus, suivis d'une file irrégulière d'une bonne centaine de captifs entravés par des carcans reliés les uns aux autres. Une demi-douzaine de charrettes fermaient la marche. Celles qui étaient couvertes abritaient certainement les provisions ; les autres transportaient des corps, empilés comme des bûches.

— La Maison Renar brûle systématiquement les morts. Ils ne font pas de prisonniers, dis-je.

— Je ne comprends pas, répondit le père Gomst.

Ayant dépassé la simple peur, il était tombé dans la stupidité.

Je lui indiquai les arbres.

— Du combustible. Nous sommes au bord d'un marécage. Il n'y a pas de bois à des kilomètres à la ronde, dans cette tourbière. Ils veulent une belle flambée, alors ils ramènent tout le monde ici pour allumer un bon gros feu de joie.

Je m'expliquais le comportement de Renar. En revanche, comme Gomst, je m'interrogeais moi aussi sur mes propres motivations. Sur la route, ma force tenait au fait que j'étais prêt à consentir des sacrifices. Une force qui m'était venue le jour où j'avais mis de côté ma vengeance contre le comte Renar, l'estimant peu profitable. Et pourtant, je me trouvais ici, dans les ruines de Norbois, animé d'une soif que toute la bière du festival ne saurait étancher. À attendre le comte en question. Avec trop peu d'hommes, et tous mes instincts qui m'enjoignaient de fuir. Tous, sauf celui selon lequel il fallait résister ou rompre, mais ne jamais plier.

Je distinguais à présent clairement les individus qui ouvraient la marche. Six cavaliers en cotte de mailles et un chevalier en armure lourde. Ce dernier se tourna pour donner un ordre, et le blason de son bouclier devint visible. Un corbeau noir sur un fond rouge, un fond de feu ; jamais le comte Osson Renar n'aurait conduit une centaine de soldats sur le territoire d'un protectorat d'Ancrath, alors il devait s'agir de l'un de ses fils. Marclos, ou bien Jarco.

— Les Frères se battront pas contre ces gens-là, dit Elban. (Il posa la main sur mon épaulière.) On arrivera peut-être à se frayer un chemin à travers les arbres, si on atteint les chevaux, Jorz.

Déjà, vingt recrues de Renar se hâtaient vers l'orée du fourré en tenant leur arc long à bout de bras pour éviter de le coincer quelque part.

— Non. (Je poussai un profond soupir.) Je ferais mieux de me rendre. (Je tendis la main.) Drapeau blanc, je vous prie.

Le temps que je descende à la rencontre de la colonne principale, la garnison s'était déployée. Mon « drapeau » était gris, pour être tout à fait exact. Un gris malsain, avec ça, arraché à la soutane du père Gomst.

— Noble ! criai-je. Noble sous drapeau blanc !

Les arrivants furent surpris. Disposés en éventail derrière nos chevaux, ils me laissèrent traverser le marché sans encombre. Ils n'avaient pas fière allure ; écailles métalliques tombant des tenues en cuir, rouille sur les lames. Des pantouflards pas encore endurcis qui venaient de passer trop de temps sur la route.

— Le garçon tient à être le premier à aller au feu, dit quelqu'un.

Un salopard maigrelet avec un furoncle sur chaque joue. Des rires saluèrent sa remarque.

— Noble ! criai-je à la cantonade. Drapeau blanc.

Je ne m'étais pas attendu à parcourir tant de distance avec mon épée.

Je perçus la puanteur de la colonne, ainsi que les pleurs. Les prisonniers tournèrent vers moi un regard vide.

Deux des cavaliers de Renar s'avancèrent pour m'intercepter.

— Où t'as volé cette armure, gamin ?

— Va te faire foutre, répondis-je sur un ton affable. Alors, qui dirige ce cirque ? Marclos ?

Entendant ça, ils échangèrent un regard. Un chevalier errant n'aurait probablement pas été en mesure de distinguer un fils de la Maison Renar d'un autre.

— C'est pas une bonne idée de tuer un captif noble sans en avoir reçu l'ordre, remarquai-je. Mieux vaut laisser le comtelet décider.

Les deux cavaliers mirent pied à terre. Ils étaient grands, des vétérans à première vue. Ils me confisquèrent mon épée. Le plus âgé, barbe noire et cicatrice blanche sous chaque œil, trouva mon couteau. La blessure responsable de ses marques pâles lui avait aussi emporté le haut du nez.

— T'es salement amoché, non ? demandai-je.

Il dénicha également le couteau caché dans ma botte.

Je n'avais pas de plan. La douleur dans ma tête ne m'avait pas laissé la place nécessaire pour en élaborer un. J'avais fait fi de la voix muette qui m'avait guidé pendant si longtemps. Je l'avais dédaignée pour céder à la joie de me montrer têtu. Et voilà que je me retrouvais désarmé au milieu d'ennemis en surnombre, stupide et seul.

Je me demandai si mon frère William m'observait. J'espérais que ce n'était pas le cas de ma mère.

Je me demandai si j'allais mourir. S'ils allaient me brûler, ou bien me mutiler jusqu'à me rendre méconnaissable, auquel cas le père Gomst me ramènerait au Château-Cime dans une charrette.

— Tout le monde a ses moments de doute, même Jesu, dis-je, tandis que la Balafre achevait sa fouille. Et je suis pas lui.

L'homme me regarda comme si j'étais fou. Peut-être que je l'étais, mais j'avais trouvé la paix. La douleur me quitta et je recouvrai ma clarté d'esprit.

On me conduisit auprès de Marclos, qui était juché sur un étalon monstrueux. Deux mètres au garrot, je vous assure. Il leva alors sa visière, révélant un visage avenant aux joues un peu empâtées. Assez jovial, vraiment. Les apparences, naturellement, peuvent être trompeuses.

— Qui diable es-tu ? demanda-t-il.

Il portait un beau spécimen de cuirasse, sculptée à l'acide et incrustée d'argent, puis lustrée, si bien qu'elle brillait même sous la plus morne des lumières.

— J'ai dit : Qui diable es-tu ?

À ce moment-là, ses joues s'empourprèrent. Pas si jovial, dans le fond.

— Tu chanteras sur le feu, gamin, alors autant me répondre tout de suite.

Je me penchai comme pour mieux l'entendre. Les gardes du corps amorcèrent un geste vers moi, mais je leur fis le coup classique du « je-me-secoue-je-me-dégage ». J'avais beau porter une armure, ils furent trop lents à réagir. Je m'improvisai une marche avec le bout du pied de Marclos qui dépassait de l'étrier, et je me retrouvai à sa hauteur en moins de temps qu'il en fallait pour le dire. Il possédait un joli stylet rangé dans un fourreau bien commodément accroché à la selle, alors je le sortis et le lui fourrai dans l'œil. Nous traversâmes le marché au galop, lui et moi. C'est la première chose que vous apprenez, sur la route : voler un cheval.

Nous nous éloignâmes à longues foulées bondissantes, Marclos braillant et remuant derrière moi. Deux soldats de la garnison tentèrent de nous barrer le chemin, mais je les renversai. Ils n'étaient d'ailleurs pas près de se relever ; cet étalon était effroyablement grand. Les archers auraient pu tenter un ou deux tirs, mais à cette distance la scène n'avait pour eux ni queue ni tête, et nous nous dirigions vers la ville.

J'entendais que les gardes du corps du comtelet s'étaient lancés à notre poursuite. J'eus l'impression qu'ils fauchaient eux-mêmes quelques soldats sur leur passage. Ils se rapprochaient, mais nous les avions pris par surprise, moi et Marclos, et nous avions de l'avance. À l'instant où nous atteignîmes les premières habitations de Norbois, ils s'arrêtèrent net.

À cet endroit-là, j'opérai un brusque demi-tour, et Marclos eut l'obligeance de tomber. Il heurta le sol à pleine face. Encore un qui ne se relèverait pas. Ça faisait du bien, je ne le nierai pas. J'imaginai le comte apprenant la nouvelle durant son petit déjeuner. Je me demandai si ce serait à son goût. Finirait-il ses œufs ?

— Hommes de Renar ! criai-je à m'en faire mal aux poumons. Cette bourgade se trouve sous la protection du prince d'Ancrath. Je ne vous la concéderai pas.

Je fis à nouveau volter le cheval et continuai ma course. Quelques flèches claquèrent sur le sol derrière moi. En haut de la butte, devant le perron du bourgmestre, je tirai les rênes et mis pied à terre.

— Vous êtes revenu…

Le père Gomst paraissait désorienté.

— Effectivement. (Je me tournai vers Elban.) Il s'agit plus de se tailler un chemin jusqu'aux arbres, hein, mon frère ?

— T'es cinglé.

Les mots lui échappèrent, un murmure. Pour une raison que j'ignorais, il articulait normalement quand il parlait tout bas.

Les cavaliers, qui constituaient la garde personnelle de Marclos, menaient la charge. Désormais entourés de cinquante fantassins, ils avaient pris leur courage à deux mains. À ce signal, la garnison postée au sommet de la crête commença à dévaler la pente. Les archers commencèrent à sortir du fourré afin d'avoir un meilleur angle de tir.

— Ces fumiers vont vous brûler vifs s'ils vous attrapent, dis-je aux cinq Frères qui m'accompagnaient. (Je ménageai une pause et regardai chacun d'eux dans les yeux.) Mais ils n'ont pas envie de mourir. Et quelle que soit l'issue, ils n'auront pas envie de retourner chez Renar. Vous, vous lui ramèneriez son fils mort, à ce vieil incendiaire de Renar, en dédramatisant sur le mode : « Ah oui, mais nous avons tué les pillards… il y avait ce garçon… et un vieil édenté… » ?

» Alors, écoutez-moi bien. Vous affrontez ces soldats domestiqués, et vous leur montrez l'enfer. Vous leur en faites tellement voir qu'ils rompent les rangs et partent en courant. (Je m'interrompis et me tournai vers frère Roddat, car c'était justement une fouine du genre à partir en courant, au bon comme au mauvais moment.) Tu me lâches pas, frère Roddat.

Je jetai un coup d'œil en direction du fourré, par-dessus les têtes des hommes en train de surgir du marché, et je vis un archer tomber au milieu des arbres. Puis un second. Un personnage en armure sortit des broussailles. Les tireurs encore à leur poste avaient toujours les yeux rivés sur la progression de leurs camarades. Le nouveau venu décrivit un arc de cercle avec son épée et trancha proprement la tête du plus proche. *Merci, Makin*, songeai-je. C'est à ce moment-là que Gros Burlow arriva à toute allure et encastra toute sa corpulence bardée de métal dans les soldats restants.

Les troupes qui étaient arrivées par la crête passèrent devant l'endroit où Ric et ses gars tenaient leur position, prêts à les étriper par-derrière. Pas le genre de configuration qui avait la préférence de Petit Riquet, mais le mot « butin » avait invariablement un effet singulier sur lui.

« Schlac ! » L'arbalète du Nubain décocha ses projectiles. Il y avait vraiment peu de chances qu'il frappe dans le vide, tant les cibles étaient nombreuses, mais il n'aurait normalement pas dû être en mesure d'en choisir une, avec cette chose. Pourtant, les deux carreaux frappèrent le cavalier de tête à la poitrine, lui faisant vider les étriers. Kent et les deux autres Frères se dressèrent derrière les vestiges des murs du bourgmestre. Ils marquèrent un temps d'arrêt en voyant ce qui les attendait, mais ils n'avaient pas trop le choix, et des flèches en grande quantité.

Les troupes de Renar passèrent sur nos chausse-trappes à fond de train. Je jure que j'ai entendu se briser la première cheville. Après ça, ce ne fut plus que hurlements à mesure que les hommes s'entassaient. Kent, Baratin et Rang saisirent l'occasion de décocher une dizaine de projectiles supplémentaires sur le gros des forces ennemies. Le Nubain rechargea son monstre et cette fois décapita, à peu de chose près, un cheval. Le cavalier fit un vol plané et la bête lui tomba dessus. La cervelle de l'homme se déversa sur le sol.

Certains de ces amateurs décidèrent qu'ils n'aimaient plus la route tant que ça et se mirent à chercher un chemin à travers les décombres. Naturellement, ils découvrirent plus qu'un chemin ; ils découvrirent les Frères embusqués.

Ce furent les archers qui rompirent les rangs en premier. Un homme en gambison, un couteau au côté, ne peut pas faire grand-chose contre un bretteur caparaçonné relativement compétent. Sachant que Burlow lui-même était plus que compétent.

Trois des cavaliers survécurent. Nous ne restâmes pas dans la rue à les attendre. Nous nous retranchâmes dans la carcasse de ce qui avait été la forge de Decker. Ils entrèrent, précautionneusement, et la cendre crissa sous leurs sabots. Elban bondit sur le premier depuis un renfoncement situé au-dessus des fourneaux. Il terrassa bellement son adversaire, oh oui ! avec son petit couteau aiguisé qui fit mouche encore et encore. Si vous vous rappelez bien, j'ai signalé qu'Elban avait du mordant.

Deux Frères délogèrent le deuxième cavalier de sa selle, feintant d'un côté et de l'autre jusqu'à obtenir une ouverture. L'homme n'avait pas la place de manœuvrer avec son cheval. Il aurait dû en descendre.

Ça nous laissait moi et la Balafre. Un peu plus coriace que les autres, il avait mis pied à terre avant de nous suivre. Il s'approcha de moi sans hâte, souplement, précédé de la pointe de son épée qui oscillait. Il ne se pressait pas ; il n'y a pas le feu, quand plus ou moins cinquante recrues vous suivent de près.

— Drapeau blanc ? demandai-je, essayant de le provoquer.

Il garda le silence. Les lèvres pincées, réduites à une ligne mince, il s'avança d'un pas, très lentement. C'est à cet instant que frère Roddat arriva par-derrière et lui planta une épée dans la nuque.

— T'aurais pas dû laisser passer ta chance, la Balafre, dis-je.

Je regagnai la rue juste à temps pour me retrouver nez à nez avec un énorme salopard au visage rubicond qui était monté vers nous en courant. Il explosa littéralement, frappé par les carreaux du Nubain. Puis ils furent sur nous. Le Nubain attrapa sa pioche, et Kent le Rouge sa hache. Roddat passa devant moi avec sa lance et se trouva quelqu'un à épingler.

Il y eut deux vagues successives. Les dix et quelques que les gardes du corps de Marclos n'avaient pas distancés, suivis d'une vingtaine de soldats supplémentaires qui s'approchaient plus lentement. Les autres gisaient éparpillés le long de la grand-rue, ou bien dans les décombres.

Je doublai Roddat et le type qu'il avait embroché, faussai compagnie à deux bretteurs qui n'avaient pas assez envie de m'attraper, et j'eus ainsi franchi la première vague. Je repérai parmi les hommes de la seconde le salopard maigrelet avec les furoncles sur les joues, celui qui avait plaisanté à mes dépens au sujet du feu.

Moi en train de les charger en hurlant, assoiffé du sang du gars aux pustules, c'est ça qui les fit céder. Quant aux hommes postés sur la crête ? Ils n'arrivèrent jamais jusqu'à nous. Petit Riquet pensait qu'ils avaient du butin en leur possession.

Selon mes estimations, ce fut plus de la moitié des soldats du comte qui s'enfuirent. Sauf qu'ils n'étaient plus au service de Renar. Ils ne pouvaient pas retourner auprès de leur maître.

Makin nous rejoignit, couvert de sang. Il ressemblait à Kent le Rouge le jour où on l'avait trouvé ! Burlow le suivait, mais il s'arrêta pour détrousser les morts, ce qui impliquait bien sûr de faire passer les blessés de vie à trépas.

— Pourquoi ? voulut savoir Makin. Je veux dire : superbe victoire, mon prince… Mais pourquoi, au nom de tous les enfers, avoir couru un tel risque ?

Je levai mon épée. Les Frères qui m'entouraient reculèrent d'un pas, mais Makin ne tressaillit pas, ce qui était tout à son honneur.

— Vous voyez cette lame ? Pas une goutte de sang. (Je montrai l'arme à la ronde, puis désignai la crête.) Et là-bas, il y a cinquante hommes qui ne se battront jamais plus pour le comte Renar. Ils travaillent pour moi, maintenant. Ils racontent l'histoire d'un prince qui a tué le fils du comte. Un prince qui a refusé de battre en retraite. Un prince qui ne bat jamais en retraite. Un prince qui n'a pas eu besoin de tacher son épée de sang pour vaincre cent soldats avec trente.

» Réfléchis à ça, Makin. Roddat ici présent s'est démené comme un beau diable, parce que je lui ai dit que s'ils pensaient qu'on ne lâcherait pas ils céderaient. J'ai maintenant cinquante ennemis pour raconter à qui veut bien l'entendre : « Ce prince d'Ancrath, il va pas céder. » Le calcul est simple. S'ils pensent qu'on ne cédera pas, ils abandonnent.

Rien que la vérité. Le motif que j'invoquais n'était pas la véritable raison, mais ce n'était rien d'autre que la vérité.

Chapitre 9

Quatre ans plus tôt

La crosse s'abattit sur mon poignet avec un craquement sonore. De mon autre main, je la saisis à la remontée. Je tentais de la dégager en y imprimant une torsion, mais Lundist la serrait fermement. Malgré ça, je constatai qu'il était surpris.

— Je vois que vous m'écoutiez, tout compte fait, prince Jorg.

En vérité, j'avais été ailleurs, un ailleurs sanglant, mais mon corps avait l'habitude de faire le guet à ma place en des moments pareils.

— Peut-être pouvez-vous résumer ce dont j'ai fait état jusqu'à présent ?

— Nos ennemis nous définissent. Nous les hommes, mais aussi, par extension, nos pays, dis-je.

J'avais reconnu le livre que Lundist avait apporté pour la leçon. Nos ennemis nous façonnent ; telle en était la thèse principale.

— Bien. (D'une secousse, il m'obligea à lâcher la crosse et s'en servit pour désigner la table à cartes.) Gelleth, Renar et les marais de Ken. Ancrath est le produit de son environnement ; voilà les loups qui sont à sa porte.

—Tout ce qui m'intéresse, ce sont les Hautes Terres de Renar, répondis-je. Le reste peut bien aller se pendre. (Je me balançai sur ma chaise.) Quand père ordonnera à la Porte d'attaquer le comte Renar, j'irai moi aussi. Je le tuerai de mes propres mains si on me laisse faire.

Lundist me lança un regard acéré, histoire de voir si je pensais ce que j'affirmais. Des yeux si bleus chez un homme âgé, c'était bizarre. Mais quoi qu'il en soit, ils ne lui permettaient pas de lire jusque dans mon cœur.

—Euclide et Platon constituent une meilleure occupation pour un garçon de dix ans. Lorsque nous traiterons de la guerre, Sun Tzu sera notre guide. Stratégie et tactique participent de l'esprit, elles sont les instruments des princes et des rois.

Je pensais ce que j'avais dit. J'aspirais douloureusement à la mort du comte. Les lignes de crispation autour de la bouche de Lundist me confièrent qu'il savait jusqu'où plongeaient les racines de cette soif.

Je regardai la haute fenêtre par laquelle les rais lumineux entraient dans la salle de classe et changeaient la poussière en grains d'or dansants.

—Je le tuerai.

Puis, ayant brusquement envie de choquer :

—Avec un tisonnier, peut-être, comme pour cette brute épaisse d'Inch.

Ça me contrariait d'avoir tué un homme et de n'en garder aucun souvenir, même pas une trace de la rage qui m'avait poussé à agir de la sorte.

J'attendais de Lundist qu'il me fournisse quelque vérité nouvelle. Qu'il m'explique à moi-même. Peu importait en quels termes. Telle était la question que ma jeunesse posait à son grand âge. Mais même les précepteurs connaissent des limites.

J'oscillai vers l'avant et posai les mains sur la carte avant de regarder Lundist encore une fois. Je lus chez lui de la pitié. Une part de moi voulait s'en emparer, lui dire combien j'avais lutté contre ces épines, comment j'avais regardé William mourir. Une part de moi avait envie de le déposer intégralement, ce poids que je portais, la douleur acide du souvenir, la haine corrosive.

Lundist se pencha au-dessus de la table. Ses cheveux tombèrent de chaque côté de son visage – il les portait longs, à la mode d'Orient –, si blancs qu'ils étaient presque argentés.

— Ce sont nos ennemis qui nous définissent, mais nous pouvons également les choisir. Faites de la haine une ennemie, Jorg. Faites cela, et vous deviendrez peut-être un grand homme, mais, plus important encore, un homme heureux, qui sait ?

Il y a en moi quelque chose de friable qui romprait plutôt que de plier. Quelque chose d'acéré qui aiguise tous les mots doux que je possédais autrefois. Je ne pense pas que ce soit le comte Renar qui l'ait placé là le jour où ils ont tué ma mère ; il s'est contenté de tirer le rasoir de son fourreau. Une part de moi désirait capituler, accepter le cadeau que Lundist m'offrait.

Je tranchai cette portion de mon âme. Pour le meilleur ou pour le pire, elle mourut ce jour-là.

— Quand la Porte agira-t-elle ?

Rien, dans mon ton, ne laissait à penser que j'avais entendu les paroles de mon précepteur.

— L'armée de la Porte ne s'ébranlera pas, répondit celui-ci.

Il voûtait les épaules, par fatigue ou en signe de défaite.

La nouvelle me frappa comme un coup à l'estomac qui aurait inopinément contourné ma garde. Je me levai d'un bond, renversant la chaise.

— Mais si ! Comment pourrait-il en être autrement ?

Lundist se tourna vers l'entrée. Ses robes bruissèrent sèchement au rythme de ses pas, produisant comme des soupirs. L'incrédulité me clouait sur place, mes propres membres m'étaient devenus étrangers. La chaleur me monta aux joues.

— Comment est-ce possible ? criai-je au dos qu'il me tournait, irrité de me sentir puéril.

— Ancrath est définie par ses ennemis, dit-il sans cesser de marcher. L'armée de la Porte doit protéger la terre natale, et aucune autre force ne serait capable d'atteindre le comte en sa demeure.

— Une reine a péri.

On trancha à nouveau la gorge de mère, et mon champ de vision se colora de rouge. Les aiguillons incrustés dans ma chair recommencèrent à brûler.

— Un prince du royaume a été assassiné.

Cassé comme un jouet.

— Et il y a un prix à payer.

Lundist s'interrompit, penché, une main contre la porte comme pour se soutenir.

— Le prix du sang et du fer !

— Les droits de la Cathune, trois mille ducats et cinq étalons d'Araby.

Lundist persistait à ne pas me regarder.

— Quoi ?

— Commerce fluvial, or, chevaux.

Les yeux bleus me trouvèrent quand leur propriétaire jeta un coup d'œil par-dessus son épaule. De sa main d'ancien, il saisit l'anneau du battant.

Les mots prirent leur sens l'un après l'autre, pas tous simultanément.

— L'armée…, commençai-je.

— … ne bougera pas.

Il ouvrit la porte.

Le jour entra à l'intérieur, éclatant, chaud, et s'y mêlaient les rires des écuyers qui jouaient au loin.

— J'irai seul. Cet homme mourra en hurlant, de ma main.

Une fureur froide et pernicieuse courait sur ma peau.

Il me fallait une épée, ou au moins un bon couteau. Un cheval, une carte. Je subtilisai celle qui était posée devant moi, du vieux cuir qui sentait le renfermé et dont les frontières étaient tatouées à l'encre de l'Indus. J'avais besoin… d'une explication.

— Comment ? Comment a-t-on pu marchander leur mort ?

— Votre père, en épousant votre mère, a contracté une alliance avec les royaumes de la côte du Cheval. La solidité de cette entente menaçait le comte Renar. Il a frappé sans tarder, avant que les liens tissés se soient renforcés, espérant ainsi écarter de son chemin tant la reine que les héritiers d'Ancrath. (Lundist s'avança dans la lumière et ses cheveux se dorèrent, pareils à une auréole sous la brise.) Votre père n'a pas les reins assez solides pour à la fois détruire Renar et contenir les loups aux portes de son royaume. Votre grand-père maternel refuse d'accepter cet état de fait, aussi l'alliance entre Ancrath et la côte du Cheval a-t-elle périclité ; Renar est en sécurité. Il cherche donc à présent à conclure une trêve, afin de pouvoir tourner ses forces vers d'autres frontières. Votre père lui a fourni un arrangement de cet ordre.

En mon for intérieur, je tombai à pic, je tournoyai. Je chutai dans un gouffre insondable.

— Venez, prince. (Lundist me tendit la main.) Allons marcher au soleil. Ce n'est pas une journée pour apprendre dans les livres.

Je pliai la carte en accordéon dans mon poing et, quelque part à l'intérieur de moi, je trouvai un sourire effilé, amer, mais assez froid pour m'aider à m'en tenir à mon objectif.

— Certainement, cher précepteur. Marchons au soleil. Ce n'est pas une journée propice à l'indolence, oh non !

Nous sortîmes à la lumière du jour, et toute sa chaleur ne parvint pas à toucher la glace logée en moi.

Jouer du surin est une sale affaire. Pourtant, frère Grumlow est toujours propre.

Chapitre 10

Nous avions récolté un prisonnier. L'un des cavaliers de Marclos se révéla moins mort qu'on s'y attendait. Mauvaise nouvelle pour lui, somme toute. Makin ordonna à Burlow et à Ric de m'amener l'homme sur le perron du bourgmestre.

— Il dit qu'il s'appelle Renton. « Sieur » Renton, s'il vous plaît, dit Bortha.

J'examinai le gaillard de la tête aux pieds. Une belle ecchymose noire lui couvrait la moitié du front, et une étreinte bien trop fébrile avec Mère Nature lui avait laissé le nez notablement plus plat que ce qu'il aurait sûrement aimé. Sa moustache et sa barbe étaient sans doute taillées de façon nette, mais, imprégnées de tout ce sang coagulé, elles ne ressemblaient plus à rien.

— T'es tombé de ton cheval, hein, Renton ? demandai-je.

— Tu as poignardé le fils du comte Renar sous drapeau blanc, répondit-il.

C'était un peu comique, la manière dont il prononçait « fils » et « sous ». Un nez cassé vous fait cet effet-là.

— Effectivement. Je l'aurais poignardé sous tout et n'importe quoi.

Je soutins le regard de Renton ; il avait de petits yeux et il louchait. Il n'avait pas dû ressembler à grand-chose dans des habits de cour. Sur les marches, couvert de boue et de sang, il m'évoquait une crotte de rat.

— Si j'étais toi, je m'inquiéterais de mon sort, plutôt que de savoir si Marclos a été suriné conformément aux règles de la bienséance.

C'était évidemment un mensonge. À sa place, j'aurais été occupé à guetter l'occasion de me planter un couteau. Mais j'en savais suffisamment pour comprendre que la plupart des gens ne partageaient pas mes priorités. Selon les termes de Makin, quelque chose en moi avait été cassé, mais pas au point de ne pas me rappeler ce que c'était.

— Ma famille est riche, elle paiera une rançon, dit Renton.

Il parlait vite, à présent nerveux, comme s'il venait de prendre conscience de sa situation.

Je bâillai.

— Non, elle paiera pas de rançon. Si elle était riche, tu porterais pas une cotte de mailles et tu serais pas un des gardes de Marclos. (Je bâillai à nouveau, à m'en décrocher la mâchoire.) Maical, apporte-moi un verre de cette bière du festival, tu veux ?

— Maical est mort, répondit Ric, derrière sieur Renton.

— Tu plaisantes ? demandai-je. Cet idiot de Maical ? Je croyais que Dieu l'avait doté de la chance des ivrognes et des fous.

— Bah ! il est quasi mort. Y s'est pris une tripotée de fer rouillé par un des gars de Renar. On l'a allongé à l'ombre.

— Touchant, fis-je. Va me chercher ma bière, maintenant.

Ric grommela et gifla Jobe pour le persuader d'y aller à sa place. Je reportai mon attention sur sieur Renton. Il avait l'air malheureux, mais pas autant que vous pourriez l'imaginer chez quelqu'un en si mauvaise posture. Il ne cessait de regarder le père Gomst à la dérobée. *Voilà un homme qui a foi en un pouvoir supérieur*, songeai-je.

— Bon, sieur Renton. Qu'est-ce qui amène le jeune Marclos dans les protectorats d'Ancrath ? Qu'est-ce que le comte est en train de manigancer ?

Certains des Frères s'étaient réunis autour des marches pour assister au spectacle, mais la plupart étaient encore occupés à détrousser les morts. L'argent d'un homme est une belle prise facilement transportable, mais ils ne s'arrêteraient pas là. Je pensais bien que des armes et des armures seraient entassées dans la charrette à têtes quand nous partirions. Des bottes, aussi ; il y a moyen de se faire trois piécettes de cuivre avec une honnête paire de bottes.

Renton toussa et s'essuya le nez, s'étalant ainsi du sang noir sur le visage.

— Je ne connais pas les projets du comte. Je n'ai pas accès à son conseil privé. (Il leva la tête vers le père Gomst.) Dieu m'en est témoin.

Je me penchai dans sa direction. Il émanait de lui une odeur rance de fromage exposé au soleil.

— Dieu est ton témoin, Renton, il va te regarder mourir.

Je laissai infuser. J'adressai un sourire au vieux Gomsty.

— Vous pouvez prendre soin de l'âme de ce chevalier, mon père. Les péchés de la chair, en revanche… Ils m'appartiennent tous.

Ric me tendit ma tasse, et je bus une petite gorgée de bière.

— Le jour où t'es fatigué des rapines, Petit Riquet, est celui où t'es fatigué de la vie, dis-je, ce qui me valut des gloussements de la part des Frères présents sur le perron. Pourquoi t'es encore là, au lieu de découper les morts en quête d'un foie en or ?

— Ch'uis venu te voir bousiller Face-de-rat, répondit-il.

— Tu vas être déçu, alors. Sieur Face-de-rat est sur le point de me raconter tout ce que je veux entendre, et je vais même pas avoir besoin de hausser le ton. Quand j'en aurai fini, je le remettrai au nouveau bourgmestre de Norbois. Probablement que les paysans le brûleront vivant, auquel cas il pourra s'estimer heureux de s'en tirer à si bon compte.

J'énonçai tout ça sur le ton de la conversation. Je trouve que ce sont les menaces les plus sobres qui ont le plus de poids.

Là-bas dans les marais, un macchab avait fui devant moi, terrorisé, simplement à cause de ce que je gardais en moi, rien de plus. Il m'était venu à l'idée que ce qui effrayait les morts avait une chance de causer également du tracas aux vivants.

Sieur Renton n'avait cependant pas encore l'air si apeuré que ça.

— Tu as trucidé plus fort que toi aujourd'hui, gamin, et celui qui te fait face l'est aussi. T'es rien d'autre que de la merde sur mon soulier.

Je l'avais piqué au vif. C'était un chevalier, après tout, et voilà qu'un jeunot sans poil au menton se gaussait de lui. Sans compter qu'une crémation « facile » était le mieux que j'avais eu à lui proposer. Personne ne considère ça comme la manière douce.

— Quand j'avais neuf ans, le comte Renar a tenté de me faire assassiner, dis-je.

Ma voix restait calme. Ce n'était pas difficile. *J'étais* calme. La colère distille moins d'horreur que la sérénité, elle est un sentiment que les hommes comprennent bien. La colère vous promet que celui qui la ressent agira avec une détermination, certes sanguinaire, mais expéditive.

— Il a échoué, mais j'ai vu ses gardes tuer ma mère et mon petit frère.

— Nous mourons tous, répondit Renton. (Il cracha un sanglant petit tas noir sur les marches.) Qu'est-ce qui te rend si particulier ?

Très juste. En quoi ma perte, ma souffrance étaient-elles plus importantes que celles de quelqu'un d'autre ?

— C'est une bonne question, dis-je. Une foutrement bonne question.

Vraiment. Parmi les prisonniers du convoi de Marclos, même pas une poignée s'était vu épargner la mort d'un fils, d'un mari, d'une mère ou d'un amant. Dans la semaine qui venait de s'écouler. Et voilà la manière douce que je présentais à Renton : les bienfaits de ces paysans plutôt que les attentions d'un jeune homme dont le deuil remontait à quatre ans.

— Considère-moi comme un porte-parole. Pour ce qui est de jouer sur scène, certains sont plus éloquents que d'autres. L'art de la révérence n'est pas donné à tout le monde. (Du menton, je désignai le Nubain.) Certains sont capables de crever l'œil d'un taureau à mille pas. Ils ne visent pas mieux que les autres parce qu'ils le veulent, leur bras ne tremble pas moins parce qu'ils estiment qu'ils sont dans leur bon droit. Ils tirent mieux, un point c'est tout. Quant à moi, c'est juste que… je me venge mieux que la plupart des gens. Dis-toi que c'est un don.

Mon interlocuteur rit et cracha à nouveau. Cette fois, je distinguai un morceau de dent dans l'amas glaireux.

— Tu te crois pire que les flammes, gamin ? J'ai déjà vu des hommes brûler. Un paquet d'hommes.

Il marquait un point.

— Tu marques beaucoup de points, sieur Renton.

J'embrassai les décombres du regard. Des murs effondrés, en majorité, et des charpentes de bois noirci là où des toits avaient abrité des habitants, année après année.

— Reconstruire ne sera pas une mince affaire. Il va falloir plein de marteaux et de clous. (Je savourai ma bière.) C'est étrange, que les clous consolident un édifice, mais qu'il n'y ait rien de mieux pour anéantir un homme. (Je soutins le regard noir et perçant du prisonnier, ses yeux de rat.) Je ne prends pas plaisir à torturer, sieur Renton, mais je suis doué pour ça. Sans faire partie des meilleurs, voyez. Les couards font les meilleurs bourreaux. Les couards comprennent la peur et savent s'en servir. Les héros, eux, font des bourreaux déplorables. Ils ne voient pas ce qui motive un individu normal. Ils pigent tout de travers. Pour eux, le pire qui puisse leur arriver, c'est de voir leur honneur souillé. Un lâche, pour sa part, il t'attache sur une chaise et allume un petit feu en dessous. Je ne suis ni un héros ni un couard, mais je bosse avec ce qui me tombe sous la main.

À ces mots, Renton eut la bonne idée de pâlir. Il tendit une main terreuse vers le père Gomst.

— Mon père, je n'ai fait que servir mon maître.

— Le père Gomst priera pour le salut de ton âme, dis-je. Et me pardonnera les péchés que je commettrai en la détachant de ton corps.

Makin pinça ses lèvres charnues.

— Prince, tu as mentionné l'idée d'interrompre le cycle de la vengeance. Tu pourrais commencer ici. Tu pourrais laisser partir sieur Renton.

Ric le regarda comme s'il était devenu fou. Gros Burlow gloussa sous cape.

— J'ai parlé de ça, Makin, oui, dis-je. Et j'arrêterai le cycle. (Je dégainai mon épée et la posai sur mes genoux.) Vous savez comment briser le cycle de la haine ? demandai-je.

— Par l'amour, répondit Gomst, tout calmement.

— Ça consiste à tuer chacune des pourritures qui vous ont baisé. Jusqu'à la dernière. Toutes sans exception. Tuer leur mère, tuer leurs frères, tuer leurs enfants, tuer leur chien. (Je laissai courir mon pouce sur le fil de la lame et regardai perler le sang cramoisi.) Les gens pensent que je hais le comte, mais à la vérité je suis un fervent partisan de ses méthodes. Il n'a que deux failles. La première, c'est qu'il va loin, mais pas assez loin. La seconde, c'est qu'il n'est pas moi. Bien qu'il m'ait enseigné des leçons dignes d'intérêt. Et lorsque nous nous rencontrerons, je l'en remercierai en lui accordant une mort rapide.

Le vieux Gomsty sursauta.

— Le comte Renar vous a fait du tort, prince Jorg. Pardonnez-lui, mais ne le remerciez pas. Il brûlera en enfer pour ce qu'il a commis. Son âme immortelle souffrira pour l'éternité.

Je m'esclaffai en entendant ça.

— Ah ! ces hommes d'Église ! Une minute c'est l'amour, celle d'après c'est le pardon, et ensuite, hop ! l'éternité dans les flammes. Allons, tranquillisez-vous, sieur Renton, je ne convoite pas votre âme immortelle. Quoi qu'il puisse se passer entre nous, tout sera terminé en un jour ou deux. Trois tout au plus. Je ne suis pas un modèle de patience, alors ça prendra fin quand vous m'aurez dit ce que je veux savoir, ou bien quand je commencerai à m'ennuyer.

Je me levai de la marche sur laquelle j'étais assis et m'accroupis devant le captif. Je lui tapotai le crâne. Il avait les mains attachées dans le dos, et je portais encore mes gantelets de mailles, alors s'il lui prenait l'envie de mordre, ça ne lui vaudrait rien de bon.

— J'ai prêté serment devant le comte Renar, répondit-il. (Il tenta de se dégager et se tordit le cou pour regarder le vieux Gomsty.) Dites-lui, mon père, que j'ai juré devant Dieu. Si je romps ma promesse, je brûlerai en enfer.

Le prêtre posa une main sur l'épaule de Renton.

— Prince Jorg, ce chevalier a prononcé un vœu saint. Peu de serments sont plus sacrés que celui qu'un de ses pairs prononce devant son suzerain. Vous ne devriez pas lui demander de se parjurer. D'ailleurs, aucune menace physique ne devrait contraindre un homme à trahir un pacte, condamnant ainsi son âme à brûler éternellement dans les fournaises du diable.

— Je vous propose d'éprouver votre foi, sieur Renton, dis-je. Je vais vous raconter mon histoire, et puis nous verrons si vous avez envie de me parler des plans du comte. (Je m'assis sur la marche à côté de lui, et bus une grande lampée de bière.) Quand j'ai pris la route pour la première fois, j'avais, oh !... dix ans. J'avais beaucoup de colère en moi à cette époque, et le besoin de savoir comment fonctionnait le monde. Vous voyez, les hommes du comte avaient tué mon frère, William, et éventré ma mère, et j'avais assisté à la scène. Je savais donc que les choses ne marchaient pas comme je l'avais cru. Bien entendu, je m'acoquinai avec de sales types, n'est-ce pas, Riquet ?

L'intéressé ricana de cette façon qui n'appartenait qu'à lui : « heur, heur, heur ». Je pense qu'il ne produisait ce son que quand il avait l'impression qu'il fallait rire. On n'y sentait aucune joie.

— Je me suis alors essayé à la torture. Je me demandais si j'étais censé être maléfique. Je pensais avoir reçu, peut-être, un message divin signifiant que je devais accomplir la part du diable.

J'entendis Gomst marmonner quelque chose à ce moment-là, prière ou condamnation de mes propos. C'était pourtant vrai. Pendant un temps infini, j'avais cherché un sens à tout ça, pour déterminer comment j'étais supposé me comporter.

Je posai à mon tour la main sur l'épaule de Renton. Il était donc assis là, ma main sur son épaule gauche, et celle de Gomst sur sa droite. Nous aurions pu être le diable et l'ange dont parlent les parchemins antiques, lui murmurant à l'oreille.

— Nous avons attrapé l'évêque Murillo du côté de la colline de Jedmire. Tu as certainement entendu parler de la disparition de son expédition ? Toujours est-il que les Frères m'ont laissé l'évêque. J'étais une sorte de mascotte pour eux, à cette période.

Le Nubain se leva et s'éloigna. Je le laissai partir. Il n'avait pas le goût de ce genre de choses. Son attitude me donnait l'impression d'être, je ne sais pas… sale ? Je l'aimais bien, le Nubain, même si je m'en cachais.

— Bref, l'évêque Murillo n'avait que des mots durs et réprobateurs à m'adresser. Il avait beaucoup de choses à me raconter, s'agissant des feux de l'enfer et de la damnation. Nous sommes restés à discuter un certain temps au sujet des âmes. Puis je lui ai enfoncé un clou dans le crâne avec un marteau. Juste ici.

Je touchai un point précis des cheveux gras de Renton. Il eut un mouvement de recul, comme si quelque chose l'avait piqué.

— L'évêque a un peu changé de refrain, après ça. En fait, chaque fois que je plantais un nouveau clou, il changeait de refrain. Au bout d'un moment, il est devenu un homme très différent. Tu savais qu'on pouvait séparer les diverses facettes d'une personne ? Un clou fait remonter des souvenirs d'enfance. Un autre fait enrager, sangloter ou rire. À la fin, on a l'impression que nous ne sommes que des jouets, faciles à casser et difficiles à réparer.

» J'ai entendu dire que l'évêque Murillo avait été confié aux bons soins des nonnes de Saint-Alstis. Il est méconnaissable. Il s'agrippe à leur habit et il leur bredouille des choses affreuses, c'est ce qu'elles affirment. Où se trouve l'âme de ce fier et pieux monsieur que nous avons soustrait à la caravane pontificale ? Eh bien, je ne saurais le dire.

Sur ce, un clou apparut « par magie » entre mes doigts. Une pointe rouillée de huit centimètres de long. L'homme se pissa dessus. Là, sur les marches. Burlow jura et lui donna un violent coup de pied. Quand Renton eut recouvré son souffle, il me raconta tout ce qu'il savait. Il lui fallut presque une heure. Ensuite, nous le donnâmes aux paysans, et ils le brûlèrent.

Je regardai le bon peuple de Norbois danser autour de son bûcher. Je vis les flammes s'élever au-dessus des têtes. Le feu dessine un motif, et il y a des gens qui affirment être capables de le lire. Pas moi, néanmoins. Ç'aurait été agréable de trouver quelques réponses dans les flammes. J'avais des questions : c'est parce que j'étais assoiffé du sang du comte que j'ai pris la route. Mais j'avais renoncé à mon objectif, sans trop savoir pourquoi. Pour une raison que j'ignorais, j'avais écarté ce projet en me disant que je le sacrifiais sur l'autel de la force.

Je savourai ma bière. Quatre ans sur la route. À toujours se rendre quelque part, sans jamais se tourner les pouces. Mais à présent que mes pieds étaient tournés vers mon foyer, j'avais le sentiment que je m'étais perdu, pendant tout ce temps. Que je m'étais perdu ou que j'avais été dirigé par une intervention extérieure.

J'essayai de me rappeler quand j'avais abandonné l'idée de tuer le comte, et pour quelle raison. Rien ne me vint, hormis la vision fugace de ma main sur une porte, et la sensation de tomber dans le vide.

— Je rentre chez moi, dis-je.

La douleur sourde entre mes yeux devint un clou rouillé, profondément incrusté. Je finis ma bière, mais elle ne m'aida en rien. Ma soif était de nature plus primitive.

Chapitre 11

Quatre ans plus tôt

Je suivis Lundist à l'extérieur.

— Attendez. (Il tint sa crosse contre ma poitrine.) Cela ne donne jamais rien d'avancer à l'aveuglette. Surtout dans votre propre château, où tout ce qui est familier dissimule tant de choses… même lorsque vous avez des yeux pour voir.

Nous restâmes un moment sur les marches, clignant des yeux sous le soleil, nous imprégnant de sa chaleur. Il n'était pas rare que nous nous soustrayions ainsi à la semi-obscurité de la classe. Je passais quatre jours sur sept en compagnie de Lundist, dans la salle de cours, à l'observatoire ou dans la bibliothèque, mais nous consacrions autant de temps à la chasse aux merveilles. Qu'il s'agisse des mécanismes des engins de siège du Hall Arnheim ou bien du mystère de la lampe-de-bâtisseur qui brillait sans flamme dans le saloir, chaque partie du Château-Cime était détentrice d'une leçon que mon précepteur pouvait tirer au clair.

— Écoutez, dit-il.

Je connaissais ce jeu. Lundist partait du principe qu'un homme capable d'observer était un homme qui se positionnait en retrait. Un tel individu discerne des possibilités à la surface de chaque situation, là où d'autres ne repèrent que des obstacles.

— J'entends du bois contre du bois. Des épées d'entraînement. Les écuyers qui jouent, dis-je.

— Certains ne qualifieraient pas cela de jeu. Plus loin ! Quoi d'autre ?

— J'entends un chant d'oiseau. Des alouettes des champs.

C'était un chapelet de notes argentées sifflé dans les hauteurs, si exquis et si léger que je ne l'avais tout d'abord pas remarqué.

— Plus loin.

Je fermai les yeux. Quoi d'autre ? Derrière mes paupières, le vert combattait le rouge. Le choc des épées, les grognements, les ahanements, le raclement étouffé des souliers sur la pierre, le chant des alouettes. Quoi d'autre ?

— Un frémissement.

À peine audible. C'était probablement le fruit de mon imagination.

— Bien, répondit Lundist. De quoi s'agit-il ?

— Pas d'ailes. C'est plus profond que ça. Quelque chose dans le vent.

— Il n'y a pas de vent dans la cour.

— En altitude, alors. (Je l'avais.) Un drapeau !

— Lequel ? Ne regardez pas. Contentez-vous de me donner la réponse.

Lundist accentua sa pression sur la crosse.

— Pas celui du festival. Pas celui du roi, qui flotte au-dessus du mur nord. Pas nos couleurs, car nous ne sommes pas en guerre.

Non, pas les couleurs. Toute ma curiosité mourut devant ce rappel du marché passé avec le comte Renar. Et s'ils m'avaient assassiné moi aussi, le prix du pardon aurait-il été plus élevé ? Un cheval supplémentaire ?

— Eh bien ? s'enquit Lundist.

— Le drapeau des exécutions, noir sur fond écarlate, répondis-je.

J'ai toujours été comme ça. Les réponses me viennent quand je cesse d'essayer de réfléchir et que je me contente de parler. Le meilleur plan que je suis capable d'inventer est celui qui se présente de lui-même, lorsque j'agis.

— Bien.

Je rouvris les yeux. La lumière ne me faisait plus mal. Loin au-dessus de la cour, le drapeau des exécutions flottait sous une brise d'ouest.

— Votre père a ordonné de vider les cachots. Il y aura foule à la Saint-Crispin.

Je savais que c'était un euphémisme.

— Pendaisons, décapitations, empalements. Misère!

Je songeai que Lundist chercherait peut-être à m'épargner l'événement. Un coin de ma bouche tressaillit; j'étais accaparé par l'idée qu'il n'imaginait peut-être pas que j'avais déjà vu pire. Pour les exécutions en masse de l'année précédente, mère nous avait emmenés rendre visite au seigneur Nossar, sur son domaine d'Orme, William et moi. Nous avions eu le fort d'Orme presque pour nous tout seuls. Plus tard, j'avais appris que la population d'Ancrath dans sa grande majorité avait convergé vers le Château-Cime pour profiter du divertissement.

— Terreur et amusement sont des armes régaliennes, Jorg, dit Lundist sans se départir de son ton neutre. (Ses traits étaient impassibles, exception faite d'une tension des lèvres suggérant que la saveur des mots ne lui plaisait pas.) Les exécutions allient les deux. (Il contempla le drapeau.) Avant de voyager et d'être réduit en esclavage par le peuple de votre mère, je vivais en Ling. Dans l'Est Absolu, la souffrance est une forme d'art. Les dirigeants bâtissent leur réputation, ainsi que celle de leur pays, sur les extravagances de la torture. Ils rivalisent d'ingéniosité.

Nous observâmes les écuyers qui s'exerçaient. Un chevalier de haute taille donnait des instructions, parfois en se servant de son poing.

Pendant plusieurs minutes, je demeurai silencieux. Je me représentai le comte Renar à la merci d'un maître-tortionnaire de Ling.

Non… Je voulais son sang et sa mort. Je voulais qu'il périsse en sachant pourquoi, en connaissant celui qui tiendrait l'épée. Mais sa souffrance ? S'il brûlait, que ce soit en enfer.

— Rappelez-moi de ne pas me rendre en Ling, précepteur.

Lundist sourit, et nous traversâmes la cour.

— Ling ne figure pas sur les cartes de votre père.

Nous passâmes près de l'aire d'entraînement, et je reconnus le chevalier à son armure, un éblouissant ensemble de terrain dont le plastron s'ornait de volutes gravées à l'acide et incrustées d'argent.

— Sieur Makin de Trente, dis-je en me tournant face à lui.

Lundist fit encore quelques pas avant de constater que je n'étais plus à côté de lui.

— Honoré prince, répondit l'intéressé en m'adressant un bref salut. Maintiens-moi cette garde, Cheeves ! aboya-t-il à l'intention d'un des garçons les plus âgés.

— Appelez-moi Jorg. Mon père vous a nommé capitaine de la Garde, à ce qu'on dit.

— Le roi a trouvé des torts à mon prédécesseur. J'espère mieux satisfaire mon souverain dans l'accomplissement de mon devoir.

Je n'avais pas croisé sieur Grehem depuis l'attaque menée contre notre coche. Je soupçonnais que le précédent capitaine de la Garde avait payé pour cet incident un tribut plus lourd que le comte Renar.

— Espérons-le, répondis-je.

Makin passa la main dans ses cheveux, assombris par la transpiration en cette chaude journée. Il avait un visage un brin joufflu, expressif, mais sa vaillance ne faisait aucun doute.

— Ne voudriez-vous pas vous joindre à nous, prince Jorg ? En des temps difficiles, une belle feinte vous est plus utile que toutes les heures que vous pourriez passer devant des livres. (Il eut un large sourire.) Si vous êtes suffisamment rétabli, cela va de soi.

Lundist posa la main sur mon épaule.

— Le prince est encore tourmenté par ses blessures. (Il braqua son regard trop bleu sur sieur Makin.) Vous devriez envisager de lire la thèse que Proximus consacre à la défense des têtes couronnées. Si vous souhaitez vous épargner le sort de sieur Grehem, j'entends. Vous la trouverez à la bibliothèque.

Il voulut m'entraîner au loin. Je résistai, uniquement par principe.

— Je pense que le prince sait ce qu'il veut, précepteur, répondit sieur Makin en adressant à Lundist un sourire éclatant. Votre Proximus peut garder ses conseils. Un chevalier se fie à son propre jugement, et au poids de sa lame.

Il ramassa une épée en bois posée à sa gauche sur une charrette, et me la présenta, poignée en premier.

— Venez, mon prince. Voyons ce que vous avez dans le ventre. Qu'est-ce que vous diriez du jeune Stod ici présent ? demanda-t-il en désignant le plus petit des écuyers, un garçon de constitution frêle qui avait peut-être un an de plus que moi.

— Lui.

Je montrai du doigt le plus grand de tous, une imposante brute de quinze ans avec une tignasse orange. Je pris l'épée. Sieur Makin haussa les sourcils, et son sourire s'élargit.

— Robart ? Alors comme ça, vous voulez vous battre contre Robart ?

Il s'avança à longues foulées vers le jeune homme et lui plaqua la main contre la nuque.

— Voici Robart Hool, troisième fils de la Maison d'Arn. De toute cette piteuse équipe, il est celui qui aura peut-être un jour une chance de mériter ses éperons. Il sait comment y faire avec une lame, notre maître Hool. Prenez Stod.

— N'en prenez aucun, prince Jorg. (Lundist réussit à dissimuler son agacement. Presque.) C'est insensé. Vous n'êtes pas encore rétabli. (Il lança un regard peu amène au capitaine qui souriait toujours.) Le roi Olidan n'apprécierait pas que son unique héritier fasse une rechute.

À ces mots, le capitaine se rembrunit, mais il était déjà allé trop loin pour que sa fierté lui permette de se raviser.

— Vas-y doucement avec lui, Robart. Tout doucement.

— Si ce lourdaud poil-de-carotte ne se surpasse pas, je m'assurerai que tout ce qu'il verra de la chevalerie, ce soit le crottin qu'il ramassera après les joutes, dis-je.

Je m'approchai de lui, me tordant le cou pour le regarder en face. Sieur Makin s'interposa, une épée d'entraînement dans la main gauche.

— Un petit essai au préalable, mon prince. Je dois m'assurer que vous maîtrisez suffisamment les bases pour ne pas vous blesser.

La pointe de son épée claqua contre la mienne, puis il la dégagea souplement et l'orienta vers mon visage. Je l'écartai vivement et amorçai une fente. Le chevalier para mon initiative sans difficulté. Je tentai de m'immiscer derrière sa garde, mais il me visa aux jambes et je contins l'assaut à grand-peine.

— Pas mal. Pas mal. (Il pencha la tête.) On vous a bien formé. (Il pinça les lèvres.) Vous avez quoi, douze ans ?

— Dix.

Le capitaine reposa l'arme d'entraînement sur la charrette. Il était droitier.

— Très bien. (D'un geste, il invita les écuyers à se déployer en cercle autour de nous.) Un duel, donc. Robart, aucun traitement de faveur pour le prince. Il est assez doué pour perdre sans être gravement blessé, hormis dans son orgueil.

Robart se mit en garde devant moi, tout plein de taches de rousseur et d'assurance. Il me sembla percevoir l'instant avec une clarté accrue. Je sentis le soleil sur ma peau, les menus débris entre la semelle de mes souliers et les dalles.

— Attendez, dit sieur Makin en levant la main.

J'entendis la voix argentée des alouettes des champs, invisibles contre la voûte bleue au-dessus de nos têtes. J'entendis le frémissement du drapeau des exécutions.

— Battez-vous !

Il baissa la main.

Robart fondit sur moi, frappant bas. Je laissai mon épée tomber. Le coup me cueillit au flanc droit, juste sous les côtes. J'aurais été coupé en deux… si l'épée n'avait pas été en bois. Mais elle l'était. Je frappai mon adversaire à la gorge avec le tranchant de la main, un geste oriental que Lundist m'avait enseigné. Robart s'effondra comme si un mur s'était abattu sur lui.

Je le regardai se convulser, et l'espace d'une seconde j'entrevis Inch à quatre pattes dans l'infirmerie, avec le feu qui nous encerclait et le sang qui jaillissait de son dos. Le poison courait dans mes veines, les épines étaient plantées dans ma chair et je ressentais l'élémentaire besoin de tuer, l'émotion la plus pure que j'aie jamais connue.

—Non. (Je constatai que Lundist me tenait par le poignet, interrompant le geste que j'avais amorcé en direction de l'adolescent.) Assez.

Ce n'est jamais assez. Des mots dans ma tête, énoncés par une voix qui ne m'appartenait pas, une voix que je me rappelais pour l'avoir entendue dans la bruyère-aiguillon et sur mon grabat.

Pendant un long moment, j'observai le garçon qui étouffait, allongé sur le sol, et virait à l'écarlate.

Je recouvrai mon état normal. Je ramassai mon épée et la tendis à sieur Makin.

—En fait, Proximus vous appartient à vous, capitaine, et non à Lundist, dis-je. Proximus était un érudit borthan, septième siècle. Un de vos ancêtres. Peut-être devriez-vous le lire, tout bien considéré. Je détesterais que Robart et sa capacité d'analyse soient tout ce qui me sépare de mes ennemis.

—Mais…

Le chevalier se mordilla la lèvre. Apparemment, il était arrivé à court d'objections après le « mais ».

Le jeune Stod trouva les mots pour tout le monde :

—Il a triché.

Lundist avait déjà commencé à s'éloigner. Je me détournai pour le suivre, mais me ravisai.

— Ce n'est pas un jeu, sieur Makin. Vous apprenez à ces garçons à respecter les règles, et ils vont perdre. Ce n'est pas un jeu.

Et quand nous commettons une erreur, nous ne pouvons pas négocier une issue. Ni avec des chevaux, ni avec de l'or.

Nous atteignîmes la Porte Rouge, au fond de la cour.

— Ce garçon pourrait mourir, dit Lundist.

— Je sais, répondis-je. Emmenez-moi voir les prisonniers que père a l'intention de faire exécuter.

Chapitre 12

Quatre ans plus tôt

Le Château-Cime plonge dans le sol plus qu'il s'élève en altitude. Il aurait dû s'appeler le Château-Abîme, vraiment. Il nous fallut un certain temps pour arriver jusqu'aux cachots. Nous perçûmes les cris stridents dès l'étage précédent, à travers des murs construits en pierre-de-bâtisseur.

— Cette visite est, sans doute, une mauvaise idée, dit Lundist en s'arrêtant devant une porte en fer.

— C'est mon idée, précepteur. Je croyais que vous vouliez que j'apprenne en commettant des erreurs ?

Un autre cri nous parvint, celui-ci guttural et légèrement rauque, un son animal.

— Votre père désapprouverait.

L'Oriental, soucieux, pinça les lèvres en une ligne mince.

— C'est bien la première fois que vous invoquez la sagesse de père pour résoudre un problème. Honte sur vous, précepteur Lundist.

Rien ne me ferait plus renoncer.

— Il y a des choses que les enfants…

— Trop tard, ce cheval-là, il est déjà parti ventre à terre. L'écurie a brûlé. (Je le frôlai en allant cogner à la porte avec le manche de ma dague.) Ouvrez !

Un cliquetis de clés, et le battant pivota vers l'intérieur sur ses gonds huilés. Les effluves nauséabonds qui s'échappèrent manquèrent de me couper le souffle. Se penchant, un vieux bougre couvert de verrues et qui portait la tenue en cuir des surveillants apparut sous nos yeux et ouvrit la bouche pour parler.

—On s'abstient, dis-je en tenant l'extrémité sérieuse de ma dague à la hauteur de sa langue.

Je poursuivis mon chemin, mon précepteur sur les talons.

—Vous m'avez toujours conseillé de regarder et de juger par moi-même. (Je respectais le vieil homme pour cette raison.) Pas le moment de flancher.

—Jorg... (Au ton de sa voix, je compris qu'il était partagé, écartelé entre des émotions qui me dépassaient et une logique qui était à ma portée.) Mon prince...

Le cri retentit à nouveau, beaucoup plus fort. J'avais déjà entendu ce son. Il me poussait, tentait de me contraindre à partir. La première fois que j'avais entendu cette souffrance, celle de ma mère, quelque chose m'avait retenu. Je vous dirai que c'était les épines de la bruyère-aiguillon qui m'emprisonnaient. Je vous montrerai les cicatrices. Mais la nuit, avant que les rêves viennent, une voix me murmure que c'était en réalité la peur qui m'avait retenu, une terreur qui m'avait enraciné dans la bruyère, en sécurité, tandis que je les regardais mourir.

Encore un hurlement, plus terrible et plus désespéré que les précédents. Je sentis les épines dans ma chair.

—Jorg!

Lundist voulut me retenir. Je me dégageai et courus en direction du son.

Je n'eus pas loin à aller. Je m'arrêtai net devant l'entrée d'une vaste salle éclairée par des torches et bordée de cellules sur trois côtés. Au centre, deux hommes debout à chaque extrémité d'une table, sur laquelle était enchaîné un troisième. Le plus imposant des deux tenait un tisonnier en fer plongé dans un panier de charbons ardents.

Personne, ni les trois individus précités ni aucun des visages pressés contre les barreaux du guichet de leur cellule, ne remarqua mon arrivée. Je m'avançai. J'entendis Lundist s'arrêter sur le seuil pour comprendre de quoi il retournait, comme je l'avais fait.

Lorsque je me fus approché, le surveillant qui ne maniait pas le tisonnier jeta un coup d'œil dans ma direction. Il sursauta comme si on l'avait piqué.

—Par les… ! (Il secoua la tête, croyant avoir la berlue.) Qui… ? Je veux dire…

Tels que je me les représentais, les bourreaux étaient des hommes terrifiants aux traits cruels et aux lèvres minces, avec un nez crochu et des yeux de démon sans âme. Je pense que leur apparence ordinaire me choqua bien davantage. Le plus petit des deux paraissait un peu limité, mais de façon sympathique. Je l'aurais qualifié de « nigaud ».

—T'es qui ?

Le second avait davantage l'allure d'une brute, mais je l'imaginais fort bien buvant une bière, riant ou apprenant à son fils à faire des ricochets.

Je ne portais aucun de mes atours princiers, m'étant contenté d'une tunique simple pour les leçons. Il n'y avait aucune raison pour que les geôliers me reconnaissent. Ils entraient dans les souterrains par la Porte des Manants, et n'avaient probablement jamais traversé les parties en plein air du château.

—J'suis Jorg, répondis-je, en adoptant les tics de langage d'un serviteur. Mon oncle a payé le vieux à la porte, là, la Verrue, pour que j'voie les prisonniers. (Je montrai Lundist du doigt.) On assiste aux exécutions, demain. J'voulais d'abord voir les criminels de près.

Mais je ne prêtai plus attention aux deux gardiens, à présent. L'individu étendu sur la table me captivait. Je n'avais encore vu qu'un seul peau-noire, l'esclave au teint brun d'un noble du Sud invité à la cour de mon père. Ce gars-là était plus noir que l'encre. Il tourna la tête dans ma direction, lentement, comme si elle était de plomb. Le blanc de ses yeux paraissait briller, au milieu de toute cette noirceur.

— La Verrue ? Eh ! ça me plaît. (Le surveillant baraqué se détendit et se saisit à nouveau de son tisonnier.) Si là-dedans y a deux ducats pour moi et pour Grebbin, alors j'considère qu'tu peux rester regarder ce type piailler.

— Berrec, ça me paraît pas bien. (Un pli barra le large front du dénommé Grebbin.) C'est un p'tiot, et tout ça.

Le dénommé Berrec sortit le tisonnier du panier et le tendit vers son collègue.

— T'as pas envie de te mettre entre moi et un ducat, crois-moi, mon ami.

Le torse de l'homme noir luisait sous la pointe rougeoyante de l'instrument. D'atroces brûlures lui soulignaient les côtes, une éruption de peau rougie semblable à des sillons récemment tracés. Je humai la puanteur douceâtre de la chair rôtie.

— Il est très noir, remarquai-je.

— C'est un Nubain, voilà c'qu'il est, répondit Berrec en se renfrognant.

Il gratifia le tisonnier d'une œillade critique et le remit au feu.

— Pourquoi vous le brûlez ?

Je me sentais mal à l'aise sous le regard scrutateur du Nubain.

La question les déconcerta temporairement. Le pli sur le front de Grebbin se creusa.

— Il a le diable au corps, finit par répondre Berrec. Tous les Nubains l'ont. Des païens, tous autant qu'ils sont. J'l'ai entendu, ce père Gomst, le priant attitré du roi, dire qu'il faut brûler les païens. (Il toucha l'estomac du prisonnier avec une tendresse dérangeante.) Alors, ç'ui-là, on l'fait juste griller un peu, avant qu'il soit tué demain devant le roi.

— Exécuté, articula Grebbin avec la minutie de celui qui a répété maintes fois l'exercice.

— Exécuté, tué, quelle différence ? Ils finissent tous mangés par les vers.

Berrec cracha dans le panier.

Le Nubain ne me quittait pas des yeux, il me détaillait tranquillement. J'eus une impression que je n'arrivais pas à qualifier. Je sentais que, d'une certaine façon, je n'étais pas à ma place ici. Je serrai les dents et lui rendit son regard.

— Qu'est-ce qu'il a fait ? demandai-je.

— « Fait » ? broncha Berrec. C'est un prisonnier.

— Son crime ?

— S'être fait prendre, répliqua le bourreau en haussant les épaules.

Lundist s'adressa à moi depuis le seuil :

— Je crois…, Jorg, que tous ces condamnés sont des bandits capturés par l'armée de la Marche, à laquelle le roi a ordonné d'empêcher les pillards de franchir la Liche et d'attaquer Norbois ou d'autres protectorats.

Je rompis le contact visuel qui me liait au Nubain et examinai les marques de la torture. Là où la peau était intacte, des scarifications en relief dessinaient des symboles simples, mais cependant saisissants. Un pagne souillé lui ceignait les reins. Des entraves sommairement fermées par des rivets lui emprisonnaient les poignets et les chevilles. Du sang suintait le long des courtes chaînes qui l'arrimaient au chevalet.

— Est-ce qu'il est dangereux ? m'enquis-je.

Je m'approchai. J'avais le goût de la viande brûlée dans la bouche.

— Oui, répondit le Nubain en souriant, les dents ensanglantées.

— Toi, le païen, ferme-la.

D'un geste brusque, Berrec retira le fer des charbons ardents. Une gerbe d'étincelles jaillit quand il dressa le tisonnier chauffé à blanc à hauteur d'yeux. Le rougeoiement enlaidissait son visage. Ça me rappela une nuit sauvage par laquelle les éclairs avaient illuminé les traits des hommes du comte Renar.

Je me tournai vers le Nubain. S'il avait été en train de regarder l'instrument de torture, je l'aurais laissé à cette occupation.

— Es-tu dangereux ? lui demandai-je.

— Oui.

Je tirai le rivet du fer passé à son poignet droit.

— Montre-moi.

Chapitre 13

Quatre ans plus tôt

Le Nubain était rapide, mais ce n'était pas tant sa vivacité qui impressionnait que son total manque d'hésitation. Il saisit Berrec par le poignet et, d'une traction soudaine, l'étendit au-dessus de lui. Dans un même élan, le tisonnier que le geôlier tenait toujours se planta entre les côtes de son collègue, si bien que Berrec lâcha prise quand Grebbin se débattit pour se dégager.

Immédiatement, le Nubain se redressa en position semi-assise, autant que son poignet toujours entravé le lui permettait. Berrec glissa jusque sur ses genoux, le long de son torse couvert de sueur et de sang, et entreprit de se relever. Le prisonnier mit un terme à cette tentative par un coup de coude plongeant qui cueillit le bourreau à la nuque, et les os craquèrent.

Grebbin hurla, bien entendu, mais c'était monnaie courante, dans les cachots. Il voulut se sauver, mais il réussit à perdre le sens de l'orientation et heurta de plein fouet la porte d'une cellule, si bien que l'extrémité du tisonnier s'enfonça et ressortit sous l'omoplate. Il fut sonné par l'impact et ne se releva pas. Il se convulsa pendant un moment, articulant quelque chose, mais seules des bribes de fumée, ou bien de vapeur, franchirent ses lèvres.

Des vivats s'élevèrent des cellules dont les occupants étaient trop stupides pour comprendre quand il valait mieux se taire.

Lundist aurait pu s'enfuir. Il en aurait amplement eu le temps. Je m'attendais à le voir partir chercher de l'aide, mais il avait parcouru la moitié de la distance qui nous séparait au moment où Grebbin toucha le sol. Le Nubain poussa Berrec et finit de se détacher.

— Courez ! criai-je à mon précepteur au cas où ça ne lui serait pas venu à l'esprit.

En réalité, il courait déjà, mais dans la mauvaise direction. Je savais que les années ne pesaient pas sur ses épaules de vieil homme autant qu'on était en droit de s'y attendre, mais je ne l'aurais quand même pas cru capable de forcer l'allure.

Je me déplaçai de manière que la table et le prisonnier se trouvent entre Lundist et moi.

Le Nubain ôta les fers de ses chevilles au moment où mon précepteur l'atteignait.

— Prends le garçon, vieil homme, et va-t'en.

Je n'avais jamais entendu une voix aussi grave.

Lundist braqua ses yeux d'un bleu déconcertant sur le Nubain. Il s'était arrêté, et ses robes retombèrent autour de ses pieds. Il posa les mains contre sa poitrine, l'une au-dessus de l'autre.

— Pars maintenant, homme de Nuba, et je ne t'arrêterai pas.

Cela déclencha l'hilarité dans les geôles.

Le Nubain observa Lundist avec la même intensité que je lui avais vue plus tôt. Il dépassait mon précepteur de quelques centimètres, mais c'était la différence de corpulence qui donnait cette impression d'un concours entre David et Goliath. Alors que le vieil homme était mince comme une lance, le captif le dominait en termes de poids, réparti en d'épaisses couches de muscles sur une ossature lourde.

Le Nubain ne rit pas de Lundist. Peut-être se rendait-il compte, contrairement aux autres condamnés, que les apparences étaient trompeuses.

— J'emmène mes frères.

Le précepteur rumina ces paroles, puis recula d'un pas.

— Jorg, ici, dit-il sans quitter le captif des yeux.

— Des frères ? demandai-je, ne remarquant aucun visage noir aux barreaux.

Le Nubain eut un large sourire.

— J'avais autrefois des frères de hutte. À présent, ils sont très loin, peut-être morts. (Il écarta les bras, et son sourire se mua en une sorte de grimace tandis que ses brûlures se rappelaient à son souvenir.) Mais les dieux m'ont donné de nouveaux frères, des Frères de route.

— Des frères de route, répétai-je en faisant rouler les mots sur ma langue.

Une image de Will apparut fugacement dans mon esprit, sang et cheveux bouclés. Il y avait là un pouvoir. C'était indéniable.

— Tue-les tous les deux et sors-moi d'ici.

Sur ma gauche, une porte vibra, prise pour cible par ce qui aurait pu être un taureau. Si la voix s'accordait bien à son propriétaire, alors c'était un ogre qui était enfermé là.

— Tu me dois la vie, Nubain, dis-je.

— Oui.

Il arracha les clés que Berrec portait à sa ceinture et se dirigea sur ma gauche. Je mis mes pas dans les siens, m'arrangeant pour qu'il continue à faire écran entre Lundist et moi.

— Tu me donneras une vie en retour.

Il marqua un temps d'arrêt.

— Va avec ton oncle, gamin.

— Tu me donneras une vie, frère, sans quoi je ne donne pas cher de la tienne.

Nouveaux éclats de rire en provenance des cellules, et cette fois le Nubain se joignit au mouvement.

— Qui doit mourir, Petit Frère ?

Il introduisit la clé dans la serrure.

— Je te le dirai quand je verrai la personne. (Préciser qu'il s'agissait du comte Renar n'aurait servi qu'à susciter trop de questions.) Je t'accompagne.

Lundist se rua vers l'avant. Il contourna le Nubain, en appui sur un pied, et le frappa au creux du genou. Un cliquetis sonore accompagna la chute de l'homme noir.

Celui-ci se contorsionna en tombant et frappa mon précepteur, qui parvint je ne sais trop comment à esquiver le coup. Lorsque le Nubain se rétablit sur ses pieds, l'Oriental lui assena un coup de pied au cou, lui faisant ravaler un juron, et il tomba évanoui sur le sol.

Je faillis fausser compagnie à Lundist, mais ses doigts s'accrochèrent à mes cheveux qui s'étaient soulevés.

— Jorg ! Ce n'est pas la solution !

— C'est exactement la solution ! lançai-je d'une voix rageuse en me débattant.

Et je savais que c'était la vérité. La sauvagerie du Nubain, les liens qui unissaient ces hommes, se focaliser sur ce qui fait la différence, quelle que puisse être la situation ; tout ça résonnait en moi.

Du coin de l'œil, j'aperçus la porte de la cellule qui s'ouvrait. Le cliquetis avait été le bruit de la clé tournant dans la serrure.

Lundist, me tenant par les épaules, m'obligea à lui faire face.

— Vous n'avez pas votre place parmi ces gens, Jorg. Vous n'imaginez pas la vie qu'ils mènent. Ils n'ont pas les réponses que vous cherchez.

Il émanait de lui une telle intensité que j'aurais presque pu croire que ça lui tenait à cœur.

Un personnage se baissa pour sortir de la cellule. Je n'avais encore jamais vu quelqu'un de si grand. Pas même sieur Gerrant de la Garde de la Table, ni Shem le palefrenier ni les lutteurs des Slaves.

L'homme s'approcha derrière Lundist, vif tel un grondement d'orage.

— Jorg, vous pensez que je ne comprends pas…

Un direct décoché par un bras massif l'interrompit et l'envoya heurter si brutalement le dallage que j'en aurais grimacé de douleur, même si je n'avais pas perdu une touffe de cheveux par la même occasion.

Il me dominait de toute sa taille, ce hideux géant en haillons puants, dont les cheveux pendaient en rideaux poisseux. Sa carrure m'hypnotisait. Il amorça un geste dans ma direction, et je réagis trop lentement. La pogne qui m'attrapa faisait presque le tour de ma taille. Il me souleva à la hauteur de ses yeux, et sa crinière crasseuse se sépara par le milieu quand il leva la tête.

— Jesu, si c'est pas un spectacle ignoble... (J'aurais affirmé sans crainte de me tromper qu'il allait me tuer, alors aucun intérêt à se montrer diplomate.) Je comprends pourquoi le roi veut t'exécuter.

Les cellules avaient beau leur garantir l'anonymat, les captifs hésitaient maintenant à rire. Pas le genre de type dont il fallait se moquer, donc. Aucune douceur sur son visage, seulement des traits grossiers, des cicatrices et les os pointant sous la peau rêche. Il me brandit, s'apprêtant peut-être à me fracasser contre la pierre comme un œuf.

— Non !

Sous le bras du géant, j'aperçus un vieil homme et un adolescent roux, libérés eux aussi, et qui aidaient le Nubain à se relever.

— Non, répéta celui-ci. Je lui dois une vie, frère Prix. Et puis, sans lui, tu serais encore dans cette cellule à attendre les délices de demain.

Frère Prix m'adressa une œillade d'une malveillance qui ne me visait pas particulièrement, et me lâcha comme si j'avais cessé d'exister.

— Libère-les tous, gronda-t-il.

Le Nubain donna les clés au vieux.

— Frère Elban, dit-il.

Puis il me rejoignit là où j'avais atterri. Lundist gisait non loin de là, face contre sol, une mare de sang autour du front.

— Les dieux t'ont envoyé, gamin, me libérer de cette table. (Il jeta un coup d'œil au chevalet de torture, puis à mon précepteur.) Tu viens avec les Frères, maintenant. Si on trouve l'homme que tu veux voir mort, je le tuerai, peut-être.

Je plissai les paupières. Ce « peut-être » ne me plaisait pas.

Je considérai Lundist un moment. J'ignorais s'il respirait encore. Je sentis une trace fugitive de la culpabilité qui aurait dû me ronger, tel le membre amputé qui continue à vous démanger, à vous harceler alors que la chair a depuis longtemps disparu.

Je restai debout à côté du Nubain, Lundist à mes pieds, tandis que les hors-la-loi libéraient leurs camarades. Je me surpris à m'abîmer dans la contemplation de l'orange des charbons ardents, dans les souvenirs.

Je me rappelai un temps où je vivais dans le mensonge. J'évoluais dans un monde de douceur, de vérités changeantes, de contacts délicats, où on riait pour le plaisir de rire. La main qui m'avait tiré hors du coche cette nuit-là, qui m'avait arraché à la chaleur maternelle pour me projeter dans une nuit de pluie et de hurlements, cette main m'avait envoyé de l'autre côté d'une porte à sens unique. Nous sommes tous appelés à passer par là, mais nous avons tendance à la franchir de notre plein gré et par paliers successifs, en humant timidement l'air, indécis.

Durant les jours qui avaient suivi mon sauvetage et ma maladie, j'avais constaté que mes rêves d'antan rapetissaient et se rabougrissaient. La feuille de ma vie d'enfant avait jauni sur l'arbre et était tombée, comme si un hiver rude était venu hanter le printemps. J'avais pris conscience avec un coup au cœur de l'insignifiance de mon existence. De la mesquinerie des repaires et des forts où William et moi avions joué avec tant de conviction et d'ardeur. De l'imbécillité de nos jouets, quand il n'y avait pas une imagination innocente et débordante pour leur prêter vie.

À toute heure du jour, je sentais une douleur sourde qui s'amplifiait chaque fois que je manipulais le souvenir sur ma paume. Et je recommençais encore et encore, comme la langue fouille l'emplacement d'une dent manquante, attirée par l'absence.

Je savais que ça me tuerait.

La douleur était devenue mon ennemie. Plus que le comte Renar, plus que mon père marchandant des vies qui auraient dû lui être plus précieuses que sa couronne, la gloire ou Jesu sur la croix. Et parce qu'une sorte de noyau dur en moi, quelque tranchée d'entêtement et de déni égoïste, ne pouvait plus – j'avais dix ans, pourtant – s'avouer vaincu devant qui ou quoi que ce soit, je l'avais combattue, cette douleur. J'avais analysé son offensive, déterminé ses lignes d'attaque. Elle s'infectait, semblable à une blessure putride, drainant mes forces. J'en savais assez pour connaître le remède. Le fer chauffé à blanc ; cautériser, brûler, purifier. L'amour de mes morts, je l'avais remisé dans un cercueil sûr, un objet d'étude, un froid artefact qui ne saignait plus, coupé de moi, libéré. L'aptitude à aimer à nouveau, je l'avais consumée. Je l'avais noyée dans l'acide jusqu'à ce que le sol devienne stérile et inhospitalier et qu'aucune fleur ne puisse plus s'y enraciner.

— Viens. (Le Nubain s'adressait à moi.) Viens. On est prêts.

Les Frères étaient rassemblés autour de nous en un cercle dépenaillé et malodorant. Prix tenait l'une des épées des surveillants. L'autre brillait dans la main du second géant du lot, qui était juste un poil moins grand, un poil moins lourd, un poil plus jeune que frère Prix, et qui lui ressemblait tellement qu'il était forcément sorti du même ventre.

— On va se tailler un chemin pour sortir d'ici. (Prix éprouva le tranchant de l'arme en le passant le long de sa mâchoire piquée de barbe.) Burlow, devant avec Ric et moi. Gemt et Elban, prenez l'arrière. Si le gamin nous ralentit, tuez-le.

Il promena son regard autour de la salle, cracha et se dirigea vers le couloir.

Le Nubain posa une main sur mon épaule.

— Tu devrais rester, dit-il en indiquant Lundist du menton. Mais si tu viens, ne te laisse pas distancer.

Les voix me disaient de rester, des voix familières, mais lointaines. Je savais que le vieil homme aurait marché sur des braises pour me sauver, non pas parce qu'il craignait le courroux de mon père, mais simplement… parce que. Je sentais les chaînes qui m'attachaient à lui. Les aiguillons. La faiblesse me reprit. La souffrance qui s'immisçait par des fêlures que j'avais crues scellées.

Je levai la tête vers le Nubain.

— Je ne me laisserai pas distancer, dis-je.

Il pinça les lèvres, haussa les épaules et rejoignit les autres. J'enjambai Lundist, et je le suivis.

Un assassinat n'est rien d'autre qu'un meurtre un tantinet plus minutieux que la moyenne. Frère Sim est minutieux.

Chapitre 14

Nous quittâmes donc Norbois. Les paysans nous observaient, tout maussades et hébétés, et Ric les injuria. Comme si c'était lui qui avait eu l'idée de les sauver du bûcher de Renar et qu'ils lui devaient une ovation, maintenant qu'il partait. Nous les laissâmes dans les décombres de leur village décorés des cadavres de ceux qui l'avaient saccagé. Piètre compensation, d'autant plus que Ric et les Frères avaient dépouillé les morts du moindre objet de valeur. J'estimais que nous pourrions rallier la Cité de Crath d'ici à la tombée de la nuit, si nous ne ménagions pas nos montures, et que nous cognerions aux portes du Château-Cime avant que la lune apparaisse.

Je n'aurais pas dû prendre la direction de mon foyer, renouer avec mes anciennes habitudes et recommencer à envisager de me venger du comte Renar. C'est ce que mon instinct me disait. Mais ce jour-là, l'instinct en question me parlait d'une voix vieille et sèche, et je ne lui faisais plus confiance. Je désirais rentrer chez moi, peut-être parce que j'avais l'impression que quelque chose exigeait que je m'en abstienne. Je désirais rentrer chez moi, et si l'enfer s'interposait, ça m'en donnerait d'autant plus envie. Nous nous engageâmes sur la route du Château, qui traversait les terres horticoles d'Ancrath. Notre chemin longeait de doux cours d'eau coulant entre des bosquets et des fermes paisibles. J'avais oublié l'intensité du vert. Je m'étais habitué à un monde de boue brassée, de champs brûlés, de cieux gris cendré, et aux morts qui pourrissaient à même le sol. Le soleil nous trouva en se frayant un chemin à travers de hauts nuages. Sous la chaleur, notre colonne ralentit au point que le martèlement des sabots laissa place à un « clip-clop » paresseux. Gerrod s'arrêta devant une barrière à trois barreaux permettant de franchir la haie. De l'autre côté, un champ de blé mouvant et doré s'étendait sous nos yeux. Mon cheval arracha les longs brins d'herbe qui poussaient autour d'un des montants. On aurait dit que Dieu avait versé du miel sur la terre, avec tendresse et lenteur, instaurant la paix en toute chose. Norbois se trouvait à vingt kilomètres, et à mille années, derrière nous.

— C'est bon d'être chez soi, hein, Jorg ? dit Makin, tirant les rênes près de moi. (Il se pencha sur ses étriers et s'abreuva d'air.) C'est chez nous.

Et il avait raison. La senteur de l'humus tiède me ramena en des temps où mon univers était petit, sûr.

— Je déteste cet endroit. (Makin parut scandalisé, lui qu'il n'était pourtant pas facile de déstabiliser.) C'est un poison que les hommes ingèrent de leur plein gré, sachant qu'il les rendra faibles.

Je donnai un coup de talons à Gerrod et le laissai forcer l'allure. Makin me rattrapa et continua au petit galop à côté de moi. Au croisement, nous dépassâmes Ric et Burlow qui étaient occupés à jeter des pierres sur un épouvantail.

— Les hommes se battent pour leur pays, prince, dit Makin. C'est la terre qu'ils défendent. Le roi et la terre.

— On serre les rangs ! beuglai-je en me retournant vers les traînards.

Makin resta à ma hauteur, attendant une réponse.

— Qu'ils meurent donc pour leur patrie, les soldats, lui dis-je. S'il s'avère nécessaire de sacrifier ces champs sur l'autel de la victoire, je n'hésiterai pas une seconde à les laisser brûler. Tout ce qu'on ne peut pas se résoudre à sacrifier nous cloue sur place. Ça nous rend prévisibles, faibles.

Nous poursuivîmes notre route, cap à l'ouest, essayant de rattraper le soleil.

Nous trouvâmes bientôt la garnison de Gué-de-Chelny. Ou plutôt, c'est elle qui nous trouva. On avait dû nous apercevoir sur le chemin depuis la tour de guet, et cinquante recrues étaient venues nous barrer le passage.

Je tirai les rênes à quelques mètres des piquiers déployés sur toute la largeur de la voie en une double haie hérissée de pointes. Le reste de l'escouade patientait derrière le mur de lances, épées dégainées, si on exceptait une dizaine d'archers dispersés dans le champ de maïs situé à notre droite. Une vingtaine de génisses dans le pré qui s'étendait de l'autre côté de la route nous virent arriver et s'approchèrent sans se presser pour tirer la situation au clair.

— Gens de Gué-de-Chelny, appelai-je. Content de vous voir. Qui commande, ici ?

Makin se posta derrière moi, les autres Frères à sa suite, confortablement calés sur leur selle.

Un individu de haute taille s'avança entre deux des piquiers, mais sans trop se rapprocher. Il n'était pas bête, celui-là. Il arborait les couleurs d'Ancrath par-dessus un haubert, et portait un casque bas sur le front. À ma droite, quelque dix séries de doigts retenaient avec effort la corde de leur arc bandé. À ma gauche, de l'autre côté de la haie, les génisses regardaient la scène d'un air suffisant tout en ruminant.

— Je suis le capitaine Coddin. (Il dut hausser le ton, puisque l'une des vaches émit au même moment un meuglement guttural.) Le roi enrôle des mercenaires sur le foirail de Relsbourg. Les bandes armées ne sont pas autorisées à vagabonder en Ancrath. Qu'est-ce qui vous amène ? demanda-t-il, les yeux rivés sur Makin, cherchant sur le visage de celui-ci la réponse à sa question.

Je n'appréciais pas d'être dédaigné parce que j'étais un enfant, mais il y a des moments où il faut éviter de se formaliser. Et puis, ce vieux Coddin connaissait apparemment bien son affaire. C'était une chose d'abréger les souffrances de frère Gemt, c'en aurait été une autre d'endommager l'un des officiers de père.

J'avais déjà levé ma visière, alors je m'en servis pour ôter mon heaume. Je hélai le père Gomst, et les Frères s'écartèrent avec quelques marmonnements pour laisser passer le vieux bougre. Ce dernier n'avait pas fière allure. Il avait grossièrement taillé la barbe qui avait poussé pendant qu'il était suspendu à la potence, mais des touffes grises éparses lui décoraient toujours le visage, et l'habit de sa fonction était en bonne partie recouvert de boue.

— Capitaine Coddin, dis-je. Connaissez-vous ce prêtre, le père Gomst ?

L'officier haussa les sourcils. Déjà blanc, il pâlit encore. Sa bouche prit un pli dur, réaction d'un homme qui sait être l'objet d'une plaisanterie mais ne l'a pas encore comprise.

— Ah ! ça oui, répondit-il. Le prêtre du roi.

Il claqua des talons et courba la tête, comme s'il se trouvait à la cour. Ça fit un effet incongru, ici sur la route, avec les oiseaux qui pépiaient au-dessus de nous et les effluves malodorants des vaches imprégnant l'atmosphère.

— Père Gomst. Révélez, je vous prie, mon identité au capitaine Coddin.

Le vieux bonhomme bomba un peu le torse. Terne et apathique depuis Norbois, il tentait maintenant de recouvrer une once ou deux d'autorité.

— L'honoré prince Jorg Ancrath se tient devant vous, capitaine. Il était perdu, mais nous le voilà rendu, et il retourne à la cour du souverain son père. Vous seriez bien inspiré de vous assurer qu'il y parvienne escorté comme il se doit… (Il me lança un coup d'œil, et saisit à deux mains les bribes de courage qui subsistaient derrière les vestiges ridicules de sa barbe.) Et qu'il prenne un bain.

Cela suscita quelques ricanements discrets dans les deux camps. Il n'est guère profitable de sous-estimer les hommes d'Église. Ils savent le pouvoir des mots, et ils s'en servent pour parvenir à leurs fins. J'avais bien envie de sentir la poignée de mon épée dans ma paume. Je vis la tête du vieux Gomst lui tomber des épaules, rebondir une fois, deux fois, et rouler jusqu'aux sabots d'une génisse blanc et noir. Je chassai la scène de mon esprit.

— Pas de bain. Il est grand temps que la cour découvre un peu le fumet de la route. La gentilhommerie apprécie sans doute les mots doux et l'eau de rose, mais ceux qui font la guerre vivent dans la crasse. Je retourne auprès de mon père en homme qui a partagé le sort des soldats. Qu'il apprenne cette vérité.

Mes paroles portèrent dans l'air immobile, et je gardai les yeux rivés sur Gomsty. Il eut le bon sens de détourner les siens.

Mon discours ne me valut pas de vivats, mais Coddin me salua et il ne fut plus fait mention d'un bain. Ce qui était dommage, à vrai dire, car j'attendais avec impatience de me plonger dans l'eau brûlante, depuis que j'avais décidé de changer de cap et de rentrer chez moi.

Coddin confia donc à son second le commandement de la garnison et nous accompagna. Son escorte de deux dizaines de cavaliers gonfla nos effectifs, qui se montaient donc à une petite soixantaine d'individus. Makin portait désormais une lance de l'armurerie de Gué, au bout de laquelle flottaient les couleurs d'Ancrath et les armoiries royales. Les soldats m'annonçaient dans chaque village que nous traversions. « Le prince Jorg, le prince Jorg, revenu d'entre les morts. » La nouvelle finit par nous précéder, tant et si bien que, dans chaque bourgade, on nous préparait un accueil plus grandiose et mieux organisé que dans la précédente. Le capitaine Coddin avait également envoyé un messager au roi avant même que nous quittions Gué-de-Chelny mais, même si ça n'avait pas été le cas, le Château-Cime aurait appris notre venue bien avant notre arrivée effective.

Dans la ville de Bains dont la rue principale était entièrement bordée de fanions, six ménestrels maniant luth et clavicorde jouaient *L'Épée du Roi* avec plus de cœur que de talent, des jongleurs s'échangeaient des tisons et un ours dansait devant la mare du moulin. Et cette foule ! Les gens étaient tellement tassés les uns contre les autres que nous ne nous faisions guère d'illusions : il ne serait pas possible de traverser la localité sans y faire halte. Une grosse femme dans une robe imposante, rayée à la manière d'une tente de tournoi, me remarqua au sein de l'avant-garde. Elle me montra du doigt en poussant un cri strident qui couvrit la musique :

— Le prince Jorg ! Le Prince Dérobé !

Les habitants perdirent alors toute retenue, m'acclamant et pleurant. Ils se pressèrent autour de nous telles des créatures enragées. Coddin ne tarda cependant pas à faire intervenir ses hommes. Je lui pardonnai donc le mépris qu'il m'avait témoigné plus tôt. Si les paysans étaient arrivés jusqu'à Ric, on aurait eu un bain de sang sur les bras.

La seule fois où j'avais vu les Frères plus effrayés qu'à Bains, ç'avait été sur la route de la Liche. Aucun d'eux ne savait comment réagir. La main gauche de Grumlow ne quitta pas sa dague une seconde. Kent le Rouge ressemblait à un fou dangereux à force de sourire, et la terreur se lisait dans ses yeux. Cela étant dit, ils apprendraient assez vite. Quand ils auraient constaté quel accueil les attendait un peu plus loin. Quand ils auraient vu les tavernes et les putains. Au bout d'une semaine, il n'y aurait plus eu moyen de les traîner hors de la ville de Bains.

L'un des ménestrels trouva un cor, et une note désagréable fendit le tumulte. Des gardes portant un habit rouge par-dessus une protection de mailles noires dégagèrent un passage, et le seigneur Nossar d'Orme en personne apparut devant nous. Il avait apparemment un peu forci, sous sa cuirasse d'apparat et sous son velours, et il y avait plus de gris dans la barbe étalée sur son plastron, mais en dehors de ça il était resté cet homme jovial qui m'avait autrefois promené sur ses épaules.

— Prince Jorg !

Des larmes brillaient dans ses yeux. Ça me fit quelque chose, oui. Je sentis que ça hameçonnait quelque chose dans ma poitrine. J'en fus contrarié.

— Seigneur Nossar, répliquai-je en m'autorisant un sourire.

Celui que j'avais adressé à Gemt avant de lui abandonner mon couteau. Je vis alors une émotion fugace passer sur les traits de Nossar. Rien qu'un instant de doute.

Il reprit contenance.

— Prince Jorg ! Contre tout espoir, vous nous êtes revenu. Je maudissais ce menteur de messager, mais vous voilà.

Il avait un timbre grave et riche. Le vieux Nossar parlait, et vous saviez qu'il disait la vérité, qu'il vous appréciait. Tel était l'effet de cette voix d'or ; elle vous enveloppait de chaleur et vous vous sentiez en sécurité.

— Me feriez-vous l'honneur, prince Jorg, de passer la nuit dans ma demeure ?

Les Frères, qui mataient les femmes présentes, s'entre-regardèrent. La mare du moulin s'embrasait, écarlate, sous le soleil mourant. Au nord, au-delà de la ligne noire de la forêt de Rennat, la fumée de la Cité de Crath maculait le ciel qui s'assombrissait.

— Une gracieuse invitation, seigneur, mais j'ai l'intention de dormir au Château-Cime, cette nuit. Je me suis absenté trop longtemps.

Il était inquiet, à l'évidence. Chaque trait de son visage en témoignait. Il voulait en dire davantage, mais pas en public. Je me demandai si père lui avait ordonné de m'enfermer.

— Prince…

Il leva la main, et son regard chercha le mien.

Je sentis à nouveau l'hameçon dans ma poitrine. Nossar allait m'installer dans sa grand-salle, et il me parlerait de l'ancien temps avec sa voix d'or. Il mentionnerait William, mère. S'il y avait un homme capable de me faire perdre tous mes moyens, Nossar était celui-là.

— Je vous remercie de votre accueil, seigneur, dis-je, le gratifiant d'une réponse digne de l'étiquette, cassante et sans appel.

Je dus tirer les rênes de toutes mes forces pour que Gerrod fasse demi-tour. Je pense que même les chevaux aimaient Nossar. Je menai les Frères par la sente qui contourne Bains en longeant la rivière, piétinant par la même occasion des plants de navets d'automne. Les manifestations de joie se poursuivaient. Les paysans ne savaient pas trop ce qui se passait, mais ça ne les empêchait pas de manifester leur enthousiasme.

Nous approchâmes du Château-Cime par le chemin de la falaise, évitant ainsi de traverser la Cité de Crath. Les lumières s'étendaient en contrebas. Les rues étaient ponctuées par la lueur des torches, par le rougeoiement du feu et des lampes qui s'élevait des fenêtres dont les volets n'avaient pas encore été fermés pour chasser la fraîcheur de la nuit. Les lanternes des sentinelles soulignaient le mur de la Vieille Ville, un semblant de demi-cercle qui s'effilait progressivement en descendant vers la rivière au fond de la vallée, et était alors débordé par les faubourgs qui s'étendaient le long de la rive. Nous arrivâmes à la Porte Ouest, la seule entrée par laquelle on pouvait atteindre la Ville Haute sans avoir à négocier les rues étroites et pentues de la vieille cité. Les gardes levèrent les herses devant nous, d'abord la première, puis la deuxième, puis une autre encore. Dix minutes à entendre grincer le treuil et cliqueter la chaîne. Je me demandai pourquoi les trois grilles étaient baissées. Nos ennemis se faisaient-ils donc si pressants qu'il faille barrer par trois fois l'ouverture du Haut Mur ?

Le capitaine de la Porte sortit pendant que ses hommes soulevaient la dernière herse en transpirant. Des archers, sur le chemin de ronde loin au-dessus de nos têtes, regardaient la scène. Pas de fanions, ici. Je reconnus vaguement l'individu, qui avait l'âge de Gomst et des cheveux poivre et sel. C'était son air rébarbatif que je me rappelais le mieux, et particulièrement sa bouche pincée comme s'il venait tout juste de suçoter un citron.

— Prince Jorg, à ce qu'on nous dit ?

Il me dévisagea en me fourrant sa torche presque sous le nez.

Je ressemblais à l'évidence suffisamment au roi pour satisfaire sa curiosité. Il eut tôt fait d'abaisser son flambeau et de reculer d'un pas. On m'a raconté que j'avais les yeux de mon père. Peut-être est-ce le cas, même si mes iris sont plus foncés que les siens. Nous avons, lui et moi, un regard qui incite les gens à y réfléchir à deux fois. Je me suis toujours trouvé trop féminin. Ma bouche ressemble trop à un bouton de rose, mes pommettes sont trop hautes et trop fines. Ça n'a pas grande importance. J'ai appris à arborer mes traits comme un masque, et en général j'y inscris ce qui me chante.

L'officier de la Porte adressa un signe de tête au capitaine Coddin. Il n'eut aucune réaction quand son regard passa sur Makin, puis il manqua le père Gomst au milieu du groupe et s'attarda sur le Nubain, avant d'observer Ric d'un air dubitatif.

—Je peux trouver où loger vos hommes dans la Ville Basse, prince Jorg, dit-il.

Par ce terme, il entendait les faubourgs qui s'étalaient au-delà des murs de la Vieille Ville.

—Mes compagnons peuvent loger avec moi au château.

—Le roi Olidan requiert votre seule présence, prince Jorg. Ainsi que celle du père Gomst, et du capitaine Bortha si celui-ci est avec vous.

Makin leva une main gantée de mailles. Les sourcils du capitaine de la Porte disparurent sous son casque.

—Makin Bortha? Non...

—Le seul et l'unique, répondit l'intéressé. (Il adressa à l'homme un large sourire qui dévoilait bien trop de dents pour être honnête.) Ça fait un bail, Relkin, espèce de vieux salopard.

« Le roi Olidan requiert »... Aucune marge de manœuvre. Un poli petit « envoie-moi ta racaille de grand chemin dans les bas quartiers ». Au moins, Relkin avait été très clair dès le début, plutôt que de me laisser perdre la face dans un concours d'arguments qu'il aurait conclu en invoquant les exigences de père.

— Elban, descends avec les Frères jusqu'à la rivière et trouve quelques chambres. Il y a une taverne, *La Chute de l'Ange*, qui devrait être assez grande pour tout le monde, dis-je.

Elban parut surpris que je l'aie choisi, surpris mais content. Il passa la langue sur ses gencives édentées et foudroya ses camarades du regard.

— Vous avez entendu Jorz ! Le prince Jorz, j'veux dire. On s'bouge !

— Tuer des manants est passible de la pendaison, dis-je alors qu'ils faisaient demi-tour avec leurs montures. T'entends, Petit Riquet ? Même un seul. Alors, on tue pas, on pille pas, on viole pas. Tu veux une femme, laisse le comte Renar t'en payer une de sa propre poche. Diable, qu'il t'en paie même trois.

Toutes les herses étaient à présent levées.

— Capitaine Coddin, ce fut un plaisir. Que le trajet du retour vous soit agréable, dis-je.

Il me salua et partit avec ses troupes. Il ne restait plus que moi, Gomst et Makin.

— Je vous suis, ajoutai-je en m'adressant à Relkin.

Et nous entrâmes dans la Ville Haute à la suite du capitaine de la Porte.

Nous n'eûmes pas à nous frayer un chemin dans la foule. Minuit était passé depuis longtemps, et la lune caracolait désormais dans le ciel. Les larges rues de la Ville Haute étaient désertes, si on exceptait le fait que nous croisions occasionnellement un serviteur affairé se précipitant d'une demeure à une autre. Peut-être qu'une ou deux filles de négociant nous espionnaient à l'abri derrière leurs volets, mais dans l'ensemble les nobles dormaient à poings fermés et ne manifestaient aucun intérêt pour un prince sur le retour.

Les sabots de Gerrod claquaient trop bruyamment à mon goût sur les dalles menant au Château-Cime. Quatre ans auparavant, j'en étais parti en souliers de velours, plus discret qu'une souris. Le son des semelles ferrées contre la pierre me faisait mal aux oreilles. En mon for intérieur, une petite voix me murmurait encore que j'allais réveiller père. *Chut, chut, retiens ton souffle, interromps même les battements de ton cœur.*

Bien entendu, le Château-Cime est tout sauf élevé. En quatre années de vagabondage, j'en avais vu de plus hauts, et même de plus vastes, mais aucun qui ressemblait vraiment à la demeure des Ancrath. L'endroit me sembla à la fois familier et singulier. Il était moins imposant que dans mon souvenir. Mais s'il avait quelque peu rapetissé par rapport à l'espace infini que j'avais transporté avec moi dans ma mémoire, il n'en paraissait pas moins immense. Le précepteur Lundist m'avait raconté qu'il s'agissait jadis des fondations d'un édifice si immense qu'il grattait le ciel. Il m'avait dit qu'à l'époque où les hommes avaient commencé à le bâtir rien de ce que le regard pouvait aujourd'hui embrasser n'avait encore été excavé. Ce n'étaient pas les Gens de la Route qui l'avaient édifié, mais un peuple dont les stratagèmes étaient équivalents. Les parois n'étaient pas composées de blocs de pierre extraits d'une carrière, mais plutôt d'une roche broyée, autrefois fluide comme de l'eau. On avait introduit par magie des barres métalliques dans la pierre, des barres torsadées d'un métal plus dur encore que le fer noir de l'Est. Le Château-Cime se dressait donc, trapu, ancien et menaçant, et le roi siégeait entre ses murs veinés de métal, veillant sur la Ville Haute, la Vieille Ville et les faubourgs. Veillant sur Crath et sur toutes les possessions de sa lignée. Ma lignée. Ma cité. Mon château.

Chapitre 15

Quatre ans plus tôt

Nous quittâmes le Château-Cime par la Porte Brune, une petite issue pratiquée dans le Haut Mur, non loin du pied de la butte. Je sortis le dernier, les jambes douloureuses d'avoir gravi tous ces escaliers pour sortir des geôles.

Des empreintes rouges à peine perceptibles ponctuaient l'ultime marche. Leurs propriétaires saignaient probablement toujours, loin en dessous de nous.

L'espace d'un instant, je revis Lundist que j'avais laissé couché sur le sol.

Nous étions remontés des entrailles mêmes du château, jusqu'à l'une des sorties les moins fréquentées. Les décrotteurs l'empruntaient dix fois par jour, chargés des trésors des latrines. Et laissez-moi vous dire que la merde royale ne pue pas moins que celle des autres.

Le frère qui me précédait se retourna au moment de franchir la Porte, et me montra ses dents par le biais d'un sourire.

— De l'air frais ! Respire-moi ça, le châtelain.

J'avais entendu le Nubain appeler ce gars-là Rang, un homme filiforme tout en os et en tendons qui avait un regard mauvais et de vieilles cicatrices.

— Je lécherais un lépreux dans le cou plutôt que de me remplir les poumons de ta puanteur, frère Rang, répliquai-je en le poussant pour passer devant lui.

Imiter le langage des Frères de route ne suffirait pas à me faire accepter d'eux, alors autant commencer sans céder le moindre pouce de terrain.

Ancrath s'étendait sur notre droite. À gauche s'élevaient la fumée et les spires de la Cité de Crath, derrière le Vieux Mur. Une lumière d'orage baignait l'ensemble du tableau. Le genre d'éclairage qui s'installe quand des nuages gris s'amoncellent durant la journée. Une luminosité sans relief qui rendait étranger même le paysage le plus familier. C'était de circonstance.

— On avance au pas de charge, dit frère Prix.

Prix et Ric, les deux frères de sang parmi nous, se tenaient debout à la tête de la colonne, épaule contre épaule. Le second affichait une mine renfrognée tandis que le premier nous expliquait comment les choses allaient se passer.

— On met autant de kilomètres que nécessaire entre nous et ce trou merdique. L'orage couvrira nos traces. On trouvera des chevaux en chemin, au besoin en enquiquinant un village ou deux.

— Tu penses vraiment que les pisteurs du roi ne sont pas capables de traquer une vingtaine d'hommes sous un peu de pluie ?

J'aurais aimé que mon timbre ne soit pas si pur et si haut perché.

Tout le monde se tourna vers moi. Le Nubain me regarda avec de grands yeux et tapota dans le vide, apparemment pour me faire taire.

J'indiquai les toits qui s'étendaient en direction de la rivière, où les citoyens aimants, dans leur ardent désir de se trouver près de père, avaient construit leur logis hors de l'enceinte protectrice de la cité.

— Séparément, des Frères pourraient se trouver au chaud devant un bon feu, un peu de rosbif et sans doute une bière, poursuivis-je. J'ai entendu dire qu'il y avait une ou deux tavernes en bas. Un Frère pourrait être en train de se chauffer devant une cheminée avant même que la pluie ait commencé à effacer ses traces.

» Les soldats du roi se mouilleraient en faisant des allers et retours sur leurs beaux chevaux, à l'affût du genre de traces que vingt hommes peuvent laisser sur une route ou dans un champ, du genre d'ennuis qu'une bande de Frères peut causer. Et nous, on serait confortablement assis dans l'ombre du Château-Cime, à attendre que le temps se lève.

» Vous pensez qu'on a laissé derrière nous un seul gars capable de dire aux Crieurs à quoi on ressemble ? Vous pensez que les bonnes gens de la Cité de Crath remarqueront une vingtaine de citoyens supplémentaires parmi eux, alors qu'ils sont des milliers ?

Je les avais gagnés à ma cause, c'était évident. La lueur du bon feu que j'avais mentionné se reflétait dans leurs pupilles.

— Et comment on va payer pour le rosbif et le toit sous lequel on sera cachés, putain ? (Prix écarta les Frères sans ménagement, et le rouquin, Gemt, atterrit sur le derrière.) En commençant à détrousser les gens dans l'ombre du Château-Cime ?

— Ouais, le châtelain, comment qu'on va payer ? demanda Gemt en se relevant tant bien que mal, plus enclin à passer sa colère sur moi que sur Prix. Hein, comment ?

Je sortis deux ducats de ma bourse et les frottai l'un contre l'autre.

— Par ici la monnaie !

Un homme aux traits anguleux situé à ma gauche se jeta sur la bourse encore bien garnie. Je tirai la dague à ma ceinture d'un petit coup sec et la plantai dans sa paume tendue.

— Quel baratin, dis-je.

Je continuai à enfoncer l'arme, jusqu'à ce que le manche touche la chair. La lame, de l'autre côté, luisait de rouge.

— Ôte-toi de là, Baratin, décréta Prix en attrapant l'intéressé par le col et en le balançant dans la pente.

Il me dominait de toute sa taille. Comme tous les adultes, à vrai dire, mais Prix donnait une nouvelle dimension à cet état de fait. Il saisit mon pourpoint à pleines mains et me hissa sans se soucier du couteau ensanglanté que je n'avais pas lâché.

— T'as pas peur de moi, hein, gamin ?

Il puait terriblement. Le chien crevé, à peu de chose près.

Je songeai à le poignarder, mais je savais que rien de ce que je pourrais lui infliger ne l'empêcherait de me casser en deux avant de mourir.

— As-tu peur de moi ? demandai-je en retour.

À ce moment-là, nous nous comprîmes. Prix ne tressaillit même pas, mais je lus en lui et il lut en moi. Il me lâcha.

— On va rester une journée en ville, dit-il. Pour les boissons, c'est frère Jorg qui régale. Si l'un de vous autres fils de putain fait du grabuge avant qu'on parte, ça va faire mal, très mal.

Il me tendit la main. J'amorçai le même geste avant de comprendre qu'il n'avait pas l'intention de m'aider à me relever. Je lui lançai la bourse.

— Moi, je vais avec le Nubain, dis-je.

Prix opina du chef. Les gens se rappelleraient un visage noir que les cachots avaient égaré. Ils remarqueraient un visage noir aperçu dans une taverne de Crath.

Le Nubain haussa les épaules et partit, vers l'est, en direction des vastes champs. Je le suivis.

Ce ne fut que lorsque nous nous fûmes perdus dans le labyrinthe de sentes et de haies qu'il reprit la parole :

— Tu devrais avoir peur de Prix, gamin.

L'orage souffla ses prémices, et, de part et d'autre du sentier, l'aubépine bruissa. Je percevais l'électricité dans l'atmosphère, mêlée à l'odeur riche de l'humus.

— Pourquoi ?

Je me demandai s'il pensait que je n'avais pas assez d'imagination pour être effrayé. Certaines personnes ont l'esprit trop morne pour ressentir ce qui pourrait advenir d'elles. D'autres se torturent avec des « peut-être » et peuplent leurs songes d'horreurs plus terribles que ce que leur pire ennemi serait capable de leur infliger.

— Pourquoi les dieux se soucieraient du sort d'un enfant qui se fiche de lui-même ? s'enquit le Nubain.

Il s'arrêta juste avant une courbe, et serra au plus près de la haie. Le vent recommença à souffler et des pétales blancs tombèrent parmi les épines. Il regarda le chemin par lequel nous étions venus.

— Peut-être que j'ai pas peur des dieux non plus, dis-je.

De grosses gouttes commencèrent à se poser autour de nous. Le Nubain secoua la tête. La pluie brillait sur ses cheveux crépus.

— Tu es fou de brandir le poing vers les dieux, gamin. (Il m'adressa un sourire éclatant, puis s'engagea dans la courbe.) Qui sait ce qu'ils pourraient t'envoyer ?

Une averse, apparemment. Elle semblait tomber plus dru que la normale, comme si le poids de l'eau qui attendait son tour obligeait les gouttes, déjà en chute libre, à se hâter. Je me rapprochai du Nubain. La haie n'offrait aucun refuge. La pluie traversait ma tunique, et elle était assez froide pour me dérober mon souffle. Je songeai alors au confort que j'abandonnais derrière moi, et me demandai si je n'aurais peut-être pas mieux fait de suivre le conseil de Lundist, en définitive.

— Pourquoi est-ce qu'on attend ? demandai-je en élevant la voix pour couvrir le rugissement des intempéries.

— On dirait que quelque chose ne va pas, avec la route.

Il haussa les épaules.

— On dirait plutôt une rivière. Mais pourquoi est-ce qu'on attend ?

— Sans doute que j'ai besoin de me reposer, répondit-il avec un nouveau haussement d'épaules.

Il porta la main à ses brûlures, et une grimace de douleur me dévoila ses dents, qu'il avait très blanches, contrairement à la plupart des Frères dont le râtelier était gris et pourrissant.

Cinq minutes passèrent sans que je rompe le silence. On n'aurait pas été plus mouillés si on était tombés dans un puits.

— Comment vous vous êtes tous fait attraper ? m'enquis-je, songeant à Prix et à Ric.

L'idée qu'ils se soient rendus devant la Garde royale me semblait d'une certaine manière comique.

Le Nubain secoua la tête.

— Comment ? répétai-je plus fort, par-dessus le bruit de la pluie.

Il jeta un coup d'œil au chemin derrière nous, puis se pencha tout près de moi.

— Une sorcière des rêves.

— Une sorcière ?

Je fis la grimace et crachai sur le côté.

— Une sorcière des rêves, acquiesça le Nubain. Elle est venue dans notre sommeil, et nous a attachés dans nos rêves pendant que les hommes du roi nous emmenaient.

— Pourquoi ? demandai-je.

Si je prenais ce qu'il disait au sérieux, et ce n'était pas le cas, j'avais la certitude que père n'employait aucune magicienne.

— Je pense qu'il cherchait à satisfaire le roi.

Il se leva sans prévenir et s'éloigna dans la boue. Je le suivis, mais je tins ma langue. J'avais vu des enfants suivre des adultes partout en leur lançant question sur question, mais j'avais fait une croix sur l'enfance. Mes interrogations pouvaient attendre, du moins jusqu'à ce que la pluie cesse.

Nous avançâmes à bonne allure en pataugeant pendant pas loin d'une heure avant que le Nubain s'arrête à nouveau. Le déluge avait laissé place à une pluie drue qui promettait de durer toute la nuit, ainsi que la matinée suivante. Cette fois, nous fûmes bien avisés de faire une halte sous la haie. Dix cavaliers passèrent au grand galop en projetant de la boue à gauche et à droite.

— Ton roi veut nous ramener dans ses cachots, Jorg.

— Ce n'est plus mon roi, dis-je.

J'allais me lever, mais le Nubain me saisit par l'épaule.

— Tu as quitté une existence enviable dans le château du roi en personne, et maintenant tu te caches sous la pluie.

Il m'examinait attentivement. Ses yeux voyaient trop de choses, et je n'aimais pas ça.

— Ton oncle s'est sacrifié pour te protéger. Un homme bon, je pense. Âgé, fort, sage. Mais tu es venu.

Il secoua sa main libre pour en faire tomber un grumeau de boue. Un silence, du genre qui vous invite à le combler par une confession, s'étira entre nous.

— Il y a un homme que je veux mort.

— Les enfants ne devraient pas être comme ça, répondit le Nubain en fronçant les sourcils. (La pluie ruisselait entre les sillons que son expression avait creusés sur son front.) Les hommes ne devraient pas être comme ça.

Je me dégageai et me remis en route. Le Nubain se plaça à ma hauteur et nous parcourûmes encore quinze kilomètres avant que la lumière disparaisse complètement.

Notre chemin nous amena à passer à côté de fermes et, de temps à autre, près de quelques moulins. Mais alors que la nuit tombait, nous aperçûmes un amas de lumières en contrebas d'une crête arborée, légèrement au sud par rapport à notre position. En me remémorant les cartes de Lundist, je conclus qu'il devait s'agir du village de Pinière, qui n'avait jusqu'à maintenant représenté pour moi qu'un petit point vert sur un parchemin ancien.

— Ce serait pas mal d'être un peu au sec, dis-je, humant l'odeur de la fumée de bois.

Je compris subitement pourquoi j'avais eu tant de facilité à convaincre les Frères d'accepter ma suggestion ; être au chaud et nourri, c'est capital.

— On devrait passer la nuit là-haut, répondit le Nubain en désignant la crête.

La pluie tombait doucement, à présent. Elle nous enveloppait d'une couverture froide qui sapait mes forces.

Je maudis ma faiblesse. Une journée sur la route, et voilà que j'agonisais debout.

— On pourrait entrer discrètement dans une de ces granges, dis-je.

Deux d'entre elles, isolées, se dressaient juste sous l'orée des arbres.

Le Nubain commença à secouer la tête. À l'est, le tonnerre gronda, un son étouffé mais prolongé. Le Nubain haussa les épaules.

— On pourrait, concéda-t-il.

J'étais chéri des dieux !

Nous négociâmes le trajet à travers des champs à moitié transformés en marécages, trébuchant dans la pénombre, moi à cause de mon épuisement.

La porte de la grange protesta bruyamment et grinça lorsque le Nubain l'ouvrit avec effort. Quelque part au loin, un chien aboya, mais je doutais qu'un fermier brave les intempéries uniquement parce qu'un chien l'entendait de cette oreille. Nous nous laissâmes tomber dans le foin. Tous mes membres étaient de plomb, et j'aurais pleuré de fatigue si j'avais permis à mon corps d'agir à sa guise.

— Tu n'as pas peur que la sorcière des rêves s'en prenne à nouveau à toi ? demandai-je. Elle ne va pas être contente que son cadeau au roi se soit échappé.

J'étouffai un bâillement.

— Il. Je pense que c'est un « il ».

Je pinçai les lèvres. Dans mes songes, les sorcières étaient toujours des femmes. Elles se cachaient dans une pièce sombre que je n'avais jamais remarquée auparavant. Une pièce dont la porte ouverte se trouvait dans un couloir que j'étais obligé d'emprunter. Je passais devant le seuil, et j'avais alors la chair de poule, des vers invisibles avançaient le long de mes bras en se tortillant. Je la voyais, rehaussée par des ombres, ses mains pâles semblables à des araignées qui sortaient de ses manches noires en se convulsant. À ce moment-là, j'essayais de m'enfuir, mais je m'embourbais, comme si je courais dans de la mélasse. Je me débattais, essayant de hurler, vomissant du silence, telle une mouche prise dans la toile, et elle s'approchait lentement, inexorablement, ses traits apparaissant sous la lumière centimètre par centimètre. Je voyais alors ses yeux… et je me réveillais en hurlant.

— Donc, tu n'as pas peur *qu'il* s'en prenne à nouveau à toi ?

Un brusque coup de tonnerre ébranla la grange.

— Il faut qu'il soit tout près, répondit le Nubain. Il a besoin de savoir où on est.

J'expirai un souffle que j'ignorais avoir retenu.

— Il enverra plutôt son chasseur à notre poursuite.

J'entendis le bruissement du foin dont le Nubain se recouvrait.

— Comme c'est dommage, dis-je.

Ça faisait longtemps que je n'avais pas rêvé de ma propre sorcière des rêves. J'aimais assez l'idée qu'elle puisse être à notre poursuite et qu'elle nous accule dans cette grange, entre les mâchoires de l'orage. Je me calai dans le foin qui picotait.

— Je vais voir si je peux rêver d'une sorcière cette nuit, la tienne ou la mienne, peu importe. Et si j'y arrive, cette fois pas question de m'enfuir. Je ferai front et je l'étriperai, cette salope.

Chapitre 16

Quatre ans plus tôt

Encore le tonnerre. Il me tint captif un moment. Je le sentis dans ma poitrine. Puis les éclairs, épelant le monde par l'apparition de nouvelles formes sous la lumière crue. Je discernai des visions, tandis qu'ils persistaient sur mes rétines. Un bébé qu'on secouait jusqu'à ce que le sang lui sorte par les yeux. Des enfants dansant dans un feu. Un nouveau grondement secoua les planches, et l'obscurité revint.

J'étais en proie à la désorientation du demi-sommeil, entouré du bois qui grinçait, des tremblements et des craquements suscités par le vent. Les coups de poignard des éclairs se reproduisirent, et j'aperçus l'intérieur du coche : mère assise en face de moi, William à côté d'elle, recroquevillé sur le banc, les genoux contre la poitrine.

— L'orage ! m'exclamai-je en me tournant et en attrapant le rebord de la fenêtre.

Les lattes me résistèrent, crachant de la pluie pendant que le vent sifflait dehors.

— Chut, Jorg, dit mère. Rendors-toi.

Je ne la distinguais pas dans l'obscurité, mais le coche était imprégné de son odeur. Rose et citronnelle.

— L'orage.

J'avais conscience d'avoir oublié quelque chose. Ça au moins, je me le rappelais.

— Rien que de la pluie et du vent. Que cela ne t'effraie pas, Jorg, mon chéri.

Est-ce que ça m'effrayait ? Je tendis l'oreille ; les bourrasques faisaient courir leurs griffes en travers de la porte.

— Nous devons rester à l'intérieur du coche.

Je me laissai entraîner par le roulis et les cahots, traquant ce souvenir, tentant de le libérer grâce au balancement du véhicule.

— Dors, Jorg.

C'était plus un ordre qu'une recommandation.

Comment sait-elle que je ne suis pas en train de dormir ?

La foudre frappa si près que j'en entendis le grésillement. La lumière barra en trois endroits le visage de mère, donnant à son regard une expression sauvage.

— Nous devons nous arrêter. Nous devons descendre. Nous devons...

— Endors-toi ! répliqua-t-elle sur un ton un peu forcé.

J'essayai de me lever, mais j'étais alourdi, comme si je pataugeais dans une boue des plus épaisses... ou bien dans de la mélasse.

— Vous n'êtes pas ma mère.

— Reste à l'intérieur du coche, dit la femme en un murmure.

Une puissante odeur de clou de girofle, avec une note de myrrhe plus légère, fendit les ténèbres ; le parfum de la tombe. La puanteur étouffait tous les sons. Hormis celui de la respiration lente et un peu rauque de la créature.

Je cherchai la poignée à tâtons. Au lieu du métal froid, je touchai une chair corrompue et molle, gâtée par la mort. Un hurlement m'échappa, mais il fut incapable de percer le silence. Je la distinguai à la faveur de l'éclair suivant, la peau se détachant de l'os, des puits de chair à vif à la place des yeux.

La peur me priva de mes forces. Je les sentis couler le long de ma jambe en un fluide chaud.

— Viens voir ta mère.

Elle referma des doigts semblables à des brindilles autour de mon bras et m'attira à elle dans les ténèbres.

La terreur dont j'étais la proie m'empêchait de former la moindre pensée. Les mots tremblaient au bord de mes lèvres, mais je n'avais plus les facultés nécessaires pour les reconnaître.

— Vous n'êtes… pas elle, dis-je.

Un nouvel éclair, me révélant que son visage se trouvait à un cheveu du mien. Un nouvel éclair, dans lequel je vis ma mère agonisante, saignant sous la pluie par une nuit sauvage, et moi accroché dans la bruyère, impuissant dans cette étreinte qui n'était pas seulement celle des épines. J'étais captif de la peur.

Une rage froide monta en moi. Des entrailles. Du front, je heurtai de plein fouet le visage ravagé du monstre, et agrippai la poignée de la porte avec une assurance qui se passait de certitude visuelle.

— Non !

Et je bondis dans l'orage.

Le tonnerre grondait suffisamment fort pour réveiller les morts les plus profondément enfouis. Je me redressai en position assise avec un sursaut, désorienté par l'odeur prégnante du foin et par les picotements de la paille dont j'étais entouré. La grange ! Je m'en souvenais.

Un unique point lumineux rompait l'obscurité nocturne. La lueur d'une lanterne. Elle était suspendue à une poutre près de la porte. Une silhouette masculine, de haute taille, se tenait à la lisière du rond de lumière. Le Nubain était étendu à ses pieds, captif d'un sommeil troublé.

J'allais crier un avertissement, mais je me mordis immédiatement la joue, assez fort pour m'arrêter. Le fumet cuivré du sang acheva de m'aiguiser les sens et de dissiper les vestiges de mon rêve.

L'homme tenait la plus grosse arbalète que j'avais jamais vue. D'une main, il commença à ramener le pied-de-biche vers l'arrière. Il prit son temps. Je suppose que, quand vous traquez quelqu'un pour le compte d'une sorcière des rêves, vous n'êtes jamais pressé. À moins que l'une de vos victimes échappe aux songes indéfinissables envoyés pour la maintenir endormie...

Je voulus saisir mon couteau, mais ne trouvai rien. Je le tins pour perdu le long du chemin par lequel mon cauchemar m'avait entraîné à travers le foin. La lanterne capta un éclat de métal près de mes pieds. Un crochet à foin. Encore trois tours de manivelle, et l'intrus en aurait fini. Je ramassai le crochet.

Le mugissement de l'orage couvrit mon approche. Je n'essayai pas d'être discret. Je m'approchai assez lentement pour assurer chacun de mes pas, mais assez vite pour ne pas donner à la malchance l'occasion d'agir à mes dépens.

J'avais eu l'intention de trancher par-derrière la gorge de ce fumier, mais il était grand, trop grand pour un enfant de dix ans.

Il leva l'arbalète et visa le Nubain.

Attendre en cas de nécessité. C'est ce que Lundist avait l'habitude de me dire. Mais ne jamais hésiter.

Je plantai le croc entre les jambes de l'homme et tirai vers le haut de toutes mes forces.

Là où le fracas du tonnerre et le rugissement du vent avaient échoué, le hurlement du chasseur, lui, obtint l'effet escompté. Le Nubain se réveilla. Il ne se demanda pas une seule seconde où il se trouvait et ce qui se passait, ce qui était tout à son honneur. Il bondit sur ses pieds, et, en l'espace de deux battements de cœur, il avait planté trente centimètres d'acier dans la poitrine de l'homme.

Le chasseur gisait entre nous, tous les deux debout avec notre arme ensanglantée.

Le Nubain essuya sa lame sur la cape du mort.

— Elle est énorme, cette vieille arbalète !

Je la tâtai du bout des orteils et m'émerveillai de son poids.

Le Nubain la ramassa. Il caressa le métal incrusté dans le bois.

— Mon peuple l'a fabriquée. (Il suivit du doigt les attributs et les visages de divinités farouches.) Et à présent, je te dois une autre vie.

Levant l'arme, il sourit, ses dents formant une ligne blanche à la lueur de la lanterne.

— Une seule suffira. (Je marquai une pause.) C'est le comte Renar qui doit mourir.

Et le sourire du Nubain s'évanouit.

Chapitre 17

Les vieux couloirs m'étreignirent et quatre années se transformèrent en rêve. Des courbes familières, les mêmes vases, les mêmes armures, les mêmes tableaux, et puis les mêmes gardes. Quatre ans, et rien n'avait changé, sauf moi.

Dans les renfoncements, l'huile qu'on avait tirée des baleines de mers lointaines brûlait dans de petites lampes en argent. Je marchais d'une mare lumineuse à la suivante, derrière un soldat dont l'armure faisait passer la mienne pour celle d'un mendiant. Makin et Gomst avaient été conduits dans des directions différentes, et je me rendais seul à l'endroit où je découvrirais l'accueil qu'on me réservait. Je me sentais encore petit, dans cet endroit. Des portes bâties pour des géants, les plafonds si hauts qu'un homme aurait eu des difficultés à les toucher avec une lance. Nous arrivâmes dans l'aile ouest, celle des appartements royaux. Père me retrouverait-il ici ? Une rencontre d'homme à homme dans l'arboretum ? Des âmes mises à nu sous le dôme du planétarium ? Je me l'étais représenté assis entre les griffes noires de son trône, dominant la cour d'un air taciturne, et je m'étais imaginé avançant vers lui, encadré de membres de la Garde impériale.

Guidé par un seul individu, je me sentais vaguement floué. Est-ce que je voulais vraiment être cerné d'hommes en armes ? Étais-je donc devenu si dangereux qu'on doive me barder de chaînes ? Est-ce que je voulais qu'il me craigne ? Quatorze ans, et le roi d'Ancrath tremblant derrière ses gardes du corps ?

Je me sentis idiot, l'espace d'une seconde. Je passai la main sur le pommeau de mon épée. On en avait forgé la lame à partir du métal qui courait à l'intérieur des murs du château. Un véritable legs familial, lié au Château-Cime, si bien que mes propres prétentions sur cette arme accusaient au moins mille ans de retard. Mon désir de me confronter à mon père s'intensifia. Des voix s'élevèrent au fond de ma tête, s'époumonant, s'affrontant. Mon dos me picota ; les muscles, sous la peau, n'aspiraient qu'à l'action.

— Un bain, prince Jorg ?

C'était mon escorte. Je ne sais pas ce qui me retint de dégainer mon arme.

— Non, dis-je en m'astreignant au calme. Je verrai le roi sur-le-champ.

— Le roi Olidan s'est retiré, prince, répondit l'homme.

Était-ce de la morgue qu'il manifestait là ? Son regard exprimait une intelligence que je n'associais pas avec la Garde palatiale.

— Il dort ?

J'aurais donné un an de ma vie pour gommer la surprise de mon intonation. Je ressentais certainement la même chose que le capitaine Coddin : que j'étais l'objet d'une plaisanterie que je n'avais pas encore comprise.

— Sagien vous attend dans la bibliothèque, mon prince.

Il se détourna pour reprendre son chemin, mais je le saisis à la gorge.

Alors, comme ça, il dormait ? Ils se jouaient de moi, père et son toutou de magicien.

— Ce jeu, dis-je. Il divertira certainement beaucoup quelqu'un, mais si vous... m'ennuyez... encore une fois, je vous tuerai. Réfléchissez-y. Vous êtes un pion dans le jeu d'une tierce personne, et tout ce que vous récolterez, c'est une épée en travers de l'estomac, à moins que vous vous rachetiez dans les vingt secondes qui vont suivre.

Le fait de recourir à de grossières menaces dans un jeu tout en subtilité est un aveu d'échec, mais il faut parfois sacrifier une bataille pour gagner la guerre.

— Prince, je... Sagien vous attend...

J'avais changé son arrogance en terreur. J'avais franchi les limites du jeu. J'accentuai légèrement la pression sur sa pomme d'Adam.

— Pour quelle raison voudrais-je parler à ce... Sagien ? Il n'est rien pour moi.

— I-il a la faveur du roi. J-je vous en prie, prince Jorg.

Il parvint à articuler ces mots malgré mes doigts. Vous n'avez pas besoin de beaucoup de force pour étrangler un homme, si vous savez où serrer.

Je le lâchai et il s'effondra en hoquetant.

— Dans la bibliothèque, vous dites ? Comment vous vous appelez, mon gars ?

— Oui, mon prince, dans la bibliothèque. (Il se frotta le cou.) Robart. Je m'appelle Robart Hool.

Je traversai à grands pas le Hall aux Lances en me dirigeant vers la porte capitonnée de cuir de la bibliothèque. Je m'arrêtai devant l'entrée et me retournai vers le garde.

— Il existe des instants cruciaux, Robart. Des embranchements sur le chemin que nous suivons au fil de notre existence. Des moments où nous nous retournons et disons : « si seulement ». C'est un de ces moments-là. Ce n'est pas souvent qu'on nous les indique. À ce stade, vous décidez soit de me haïr, soit de me servir. Pesez soigneusement le pour et le contre.

J'ouvris le battant à la volée. Il rebondit contre le mur et je franchis le seuil.

Dans mon esprit, les murs de la bibliothèque s'étiraient jusqu'aux cieux, regorgeant de livres, lourds du verbe écrit. J'ai appris à lire à l'âge de trois ans. À sept, je conversais avec Socrate, j'apprenais d'Aristote la forme et la matière. J'avais vécu dans cette pièce pendant un temps infini. La réalité ne rendait pas justice au souvenir : l'endroit me paraissait à présent petit ; petit et poussiéreux.

— J'ai brûlé plus de livres que ça ! dis-je.

Sagien sortit de l'aile consacrée à la philosophie ancienne. Il était plus jeune que je l'aurais cru, quarante ans tout au plus, et il portait une simple étoffe blanche, proche de la togara romaine. Il avait la peau mate des terres de l'entre-deux – l'Indus ou la Perse, sans doute –, mais je n'apercevais son teint qu'aux rares parcelles de peau que l'aiguille du tatoueur avait négligées. Son cuir vivant affichait le texte d'un petit ouvrage, scarifié là dans l'écriture fluide des mathémagiciens. Ses yeux... Je sais pertinemment que nous sommes censés trembler sous le regard des puissants, mais le sien était doux. Il me rappelait celui, brun et placide, des vaches de la route du Château. C'était son expression scrutatrice qui tranchait. D'une manière ou d'une autre, ces prunelles inoffensives creusaient leur cible. Peut-être les écritures qui les soulignaient étaient-elles la source de son pouvoir. Toujours est-il que, pendant un laps de temps indéfinissable, je ne vis rien d'autre que les yeux du païen, n'entendis rien d'autre que son souffle, ne remuai pas le moindre muscle ; seul mon cœur continuait de battre.

Il me relâcha comme un poisson qu'on remet à l'eau, trop petit pour la marmite. Nous nous trouvions face à face, à quelques centimètres l'un de l'autre, sans que j'aie le moindre souvenir d'avoir comblé la distance qui nous séparait. Mais je m'étais avancé vers lui. Nous étions debout parmi les livres. Au milieu de dix mille années de paroles avisées. Platon à ma gauche, copié, copié et recopié. Les « Modernes » à ma droite, Russell, Popper, Xiang et le reste. Une petite voix en moi, tout au fond de moi, appelait à la curée. Mais cet idolâtre m'avait privé de ma fougue.

— Vous devez être indispensable à père, Sagien, dis-je. (Je me tordis les doigts, désireux de désirer mon épée.) Avoir un païen à la cour, ça doit contrarier les prêtres. Si la papesse osait quitter Roma, ces temps-ci, elle viendrait vouer votre âme aux feux éternels de l'enfer !

Je n'avais rien d'autre à lui opposer que le dogme.

Il m'adressa un sourire amical, comme si je venais de lui rendre un service.

— Prince Jorg, bienvenue chez vous.

Il parlait sans véritable accent, mais la course de ses mots, fluide et chantante, évoquait un Sarracène ou bien un Maure.

Il n'était pas plus grand que moi, et à la réflexion je le dépassais probablement de deux centimètres. Par ailleurs, il était frêle, si bien que j'aurais pu le faire tomber, ici et maintenant, et l'étrangler jusqu'à ce que mort s'ensuive. Les pensées meurtrières affleuraient l'une après l'autre, et s'échappaient de mon esprit.

— Vous tenez beaucoup de votre père, dit-il.

— Vous l'avez dompté, lui aussi ?

— On ne dompte pas un homme comme Olidan Ancrath.

Le sourire amical se teinta d'amusement. Je voulais comprendre la plaisanterie. Il était capable de me maîtriser, moi, mais pas mon père ? Ou bien pouvait-il manipuler le roi et choisir de camoufler ça derrière un sourire condescendant ?

J'imaginai la tête tatouée du païen tranchée net, le sourire figé et le sang jaillissant de son cou. À cet instant précis, je mobilisai toute ma volonté pour toucher mon épée. Le pommeau était froid sous mes doigts, que je serrai autour de la poignée. Mais avant d'avoir pu la saisir fermement, ma main retomba comme une chose morte.

Sagien haussa les sourcils. Il les avait rasés, comme l'était sa tête, puis les avait ensuite redessinés. Il recula d'un pas.

— Vous êtes un jeune homme intéressant, prince Jorg.

Son expression se durcit. Placide un moment, sans vie celui d'après ; comme du silex.

— Il nous faudra déterminer ce qui vous motive, n'est-ce pas ? Je vais demander à Robart de vous escorter jusqu'à votre chambre, vous devez être fatigué.

Pendant tout le temps qu'il parla, il suivit des doigts de sa main droite certains des caractères tatoués sur son bras gauche, en frôlant un avant de bondir vers un croissant de lune noire situé plus haut, soulignant une phrase une fois, deux fois.

Je me sentais effectivement las. Chacun de mes membres était de plomb et me tirait vers le bas.

—Robart! appela le magicien de façon à être audible depuis le couloir.

Il se tourna vers moi, son aménité revenue.

—Vous rêverez sans doute, prince, après vous être absenté si longtemps.

Ses doigts touchèrent de nouvelles lignes, main gauche, bras droit. Il forma des mots plus noirs que la nuit sur les veines de son poignet.

—Les rêves révèlent à un homme ce qu'il est.

Je luttais pour garder les yeux ouverts. Sur le cou de Sagien, juste à gauche de la pomme d'Adam, parmi les mots gribouillés, serrés les uns contre les autres, se trouvait une lettrine enjolivée de fioritures au point de ressembler à une fleur.

Touche la fleur, songeai-je. *Touche la jolie fleur.* Alors, comme par magie, ma traîtresse de main bougea. Le païen fut surpris de la sentir contre sa gorge. J'entendis la porte s'ouvrir derrière moi.

Il est maigre, pensai-je. *Si maigre.* Je me demandai si je réussirais à faire le tour de son cou d'une seule main. Sans velléité de violence, mais par simple curiosité. Et voilà qui fut fait. Robart hoqueta de surprise. Sagien s'était figé, la bouche entrouverte, comme incrédule.

Je tenais à peine debout, j'éprouvais les plus grandes difficultés à ne pas bâiller en parlant, mais je soutins le regard du magicien et lui laissai penser que mon geste était une menace, alors qu'en réalité il ne servait qu'à m'empêcher de tomber.

—Mes rêves m'appartiennent, idolâtre. Priez pour ne pas y figurer.

Je tournai alors les talons, avant de m'effondrer, et passai devant Robart à grandes enjambées. Il me rattrapa dans le Hall aux Lances.

—Je n'avais jamais vu quiconque porter la main sur Sagien, mon prince.

« Mon prince ». Il y avait du progrès. Je percevais de l'admiration dans la voix de Robart, peut-être sincère ou peut-être pas, mais j'étais trop épuisé pour m'en soucier.

— C'est un homme dangereux, ses ennemis meurent dans leur sommeil. Ou alors, quelque chose se brise en eux. Le seigneur Jale a quitté la cour deux jours après avoir eu une altercation avec lui en présence de votre père. On raconte qu'il n'est plus capable de se nourrir seul, à présent, et qu'il passe ses journées à chanter une vieille berceuse.

J'atteignis l'escalier Ouest, Robart jacassant à côté de moi. Il s'interrompit subitement.

— Vous logez dans le couloir Rouge, mon prince. (Il s'arrêta et examina ses bottes.) La princesse occupe votre ancienne chambre.

Une princesse ? Peu m'importait. *Demain, demain je saurai de quoi il retourne.* Je me laissai conduire. Jusqu'à l'une des chambres d'invités. Elle aurait pu contenir nombre de tavernes dans lesquelles j'avais dormi, mais ça n'en restait pas moins une insulte soigneusement orchestrée à mon égard. Une pièce destinée à un baron de province ou à un lointain cousin des protectorats venu en visite.

Je m'immobilisai devant l'entrée, titubant d'épuisement. Le sort de Sagien accentua son emprise, et mes forces me quittèrent comme le sang qui coule de veines entaillées.

— Je vous ai dit qu'il était temps de choisir, Robart. Faites-moi venir Makin Bortha. Qu'il monte la garde à ma porte cette nuit. C'est le moment de choisir.

Je n'attendis pas sa réponse. Dans le cas contraire, il aurait fallu qu'il me porte jusqu'à mon lit. J'entrai, mi-trébuchant mi-tombant. Je m'effondrai contre le battant, qui se referma, et je glissai au sol. J'eus l'impression que je sombrais de plus en plus profondément dans un puits sans fond.

Chapitre 18

Je m'éveillai avec ce sursaut subit qui vous prend quand chacun de vos muscles réalise soudain qu'il a piqué un roupillon au mauvais moment. Ensuite vint la stupéfaction, lorsque je compris que j'avais dormi très profondément. On ne dort pas comme ça sur la route, pas si on a envie de rouvrir les yeux un jour. L'espace d'un instant, l'obscurité refusa de concéder quoi que ce soit à ma confusion. Je tendis la main vers mon épée et ne rencontrai que des draps moelleux. Le Château-Cime ! Ça me revint. Je me remémorai le sortilège de l'idolâtre.

Je roulai vers la droite. Je posais toujours mon équipement à ma droite. Rien d'autre que le matelas, encore, doux et épais. J'aurais aussi bien pu être aveugle ; mes yeux ne m'étaient d'aucune utilité. Je devinai que les volets devaient être complètement fermés, car pas le moindre soupçon de lumière stellaire ne m'atteignait. Et puis, tout était calme. Je voulus tâter le bord du lit, sans succès. *Un grand lit*, songeai-je, essayant de trouver quelque chose de drôle à la situation.

Je soufflai l'air que j'avais retenu, celui que j'avais brutalement inspiré en me réveillant. Qu'est-ce qui avait bien pu me faire sursauter ? Qu'est-ce qui m'avait arraché au sortilège du païen, dans ce lit ô combien confortable ? Je rapprochai ma main et ramenai les genoux contre ma poitrine. Quelqu'un m'avait couché et déshabillé. Pas Makin ; il ne me laisserait pas nu dans la nuit. Ce quelqu'un et moi-même allions bientôt avoir une discussion. Mais ça pouvait attendre le matin. Je voulais simplement dormir, patienter jusqu'à la venue du jour.

Sauf que le sommeil m'avait chassé à coups de pied, et qu'il n'allait pas me permettre de le retrouver de sitôt. Je restai donc allongé là, nu sur cette couche étrange, et me demandai où était mon épée.

Le bruit fut tout d'abord si discret qu'il aurait pu s'agir de mon imagination. Je scrutai l'obscurité impénétrable et mes oreilles absorbèrent le silence. Le son se reproduisit, ténu comme le murmure de la chair contre la pierre. Je percevais un fantôme de son, de l'air qu'on inhale. Ou peut-être que c'était juste la brise nocturne qui se faufilait par les interstices des volets.

Un frisson glacé courut le long de ma colonne vertébrale et j'eus des fourmillements dans les épaules. Je me redressai, ravalant l'impulsion de m'adresser crânement à ce qui se cachait là et me terrifiait. *Je n'ai plus six ans*, me raisonnai-je. *Des morts se sont enfuis devant moi*. Je rejetai les draps et me levai. Si l'horrible créature du païen patientait dans le noir, alors ils ne me protégeraient en rien. Les mains tendues devant moi, j'avançai, rencontrant d'abord le bord du lit qui m'avait échappé plus tôt, puis le mur. Je m'orientai vers la paroi et la suivis, les doigts courant sur la pierre. Je renversai quelque chose qui se brisa bruyamment ; à en croire le son, l'objet avait dû coûter cher. Je m'écorchai les tibias sur un obstacle invisible, manquai de m'émasculer sur un meuble bas quelconque, puis je découvris les lattes des volets.

Je manipulai maladroitement le loqueteau. Il me résistait avec une détermination exaspérante, on aurait dit que j'avais les doigts gelés. Le frisson me picotait toujours l'échine. J'entendis des pas se rapprocher. Je tirai les volets de toutes mes forces. Chacun de mes gestes me paraissait lent et faible, j'avais l'impression de traverser de la mélasse, comme dans ces rêves où la sorcière vous poursuit et où vous n'arrivez pas à courir.

Le mécanisme céda inopinément. Les battants pivotèrent vivement, et je constatai que je surplombais la cour des exécutions, baignée de lune. Je fis volte-face. Lentement, trop lentement. Et je ne vis rien. Seulement une chambre d'argent et d'ombres.

Les rayons de lune éclairaient le mur situé sur ma droite. Mon ombre, encadrée par celle de l'arche de la fenêtre, s'y achevait sous un grand portrait de plain-pied qui représentait une femme. Je me pétrifiai ; j'avais la sensation que mon visage était devenu un masque. Je connaissais le tableau. Mère. Mère dans le grand hall. Mère dans une robe blanche, glaciale dans sa perfection. Elle disait qu'elle n'aimait pas cette peinture, que l'artiste l'avait représentée trop distante, trop reine. William seul adoucissait la scène, affirmait-elle. Sans William qui cajolait ses jupes, elle se serait débarrassée du portrait, affirmait-elle. Mais elle ne pouvait pas jeter le petit William.

Je m'arrachai à la contemplation de son visage, pâle sous la lumière argentée. Elle se dressait au-dessus de moi, plus grande encore sur le portrait qu'elle l'avait été de son vivant. Sa robe cascadait en plis de dentelle vaporeux rendus avec talent par l'artiste. Ils paraissaient plus vrais que nature.

Par la fenêtre entra un froid plus glaçant que n'importe quel gel automnal. Ma peau se hérissa de chair de poule. Elle ne pouvait pas jeter William. Sauf qu'il n'était plus là… Je reculai d'un pas vers le vide.

— Doux Jesu…

Je refoulai des larmes. Mère me suivit du regard.

— Jesu n'était pas là, Jorg, dit-elle. Personne n'est venu nous sauver. Tu nous observais, Jorg. Tu observais, mais tu ne nous es pas venu en aide.

— Non. (Je sentais l'embrasure de la fenêtre, froide au creux de mes genoux.) Les épines… Les épines m'en empêchaient.

Ses iris étaient d'argent sous la lune. Elle sourit, et je crus un moment qu'elle me pardonnerait. Puis elle commença à hurler. Pas comme quand les hommes du comte l'avaient violée. Ça, j'aurais pu l'endurer. Peut-être. Elle hurlait comme lorsqu'ils avaient tué William. Des cris hideux et rauques, animaux, qui écorchaient sa bouche maquillée avec le plus grand soin.

Je hurlai à mon tour. Les mots jaillirent.

— Les épines ! J'ai essayé, mère. J'ai essayé.

C'est alors qu'il apparut de derrière le lit. William, le gentil William dont le crâne était enfoncé sur un côté. Le sang avait caillé et noirci sur ses cheveux dorés. Il n'avait plus d'œil de ce côté-là, mais l'autre me tenait captif.

— Tu m'as laissé mourir, Jorg, dit-il dans un gargouillis.

— Will.

Ce fut tout ce que je réussis à répondre.

Il leva vers moi une main blanche sur laquelle avait coulé l'écarlate le plus sombre.

La fenêtre béait derrière moi, et je me jetai en arrière vers l'extérieur mais, ce faisant, je fus projeté vers l'avant par une secousse. Je chancelai et recouvrai mon équilibre. Will restait là, désormais silencieux. Un cri me parvint, lointain quoique d'une certaine manière familier.

— Jorg ! Jorg !

Me retournant, je regardai par la fenêtre le gouffre vertigineux de la chute.

— Saute, dit William.

— Saute ! dit mère.

Mais ce n'était plus la voix que je lui avais connue.

— Jorg ! Prince Jorg !

Le cri s'était intensifié, et une secousse plus violente que la précédente m'envoya au tapis.

— Putain, ôte-toi de là, gamin.

Je reconnus la voix de Makin. Il se tenait dans l'encadrement de la porte, et sa silhouette se découpait sur la lumière des lampes. Pour une raison que je ne m'expliquais pas, j'étais couché par terre à ses pieds. Pas à côté de la fenêtre. Pas nu ; je portais toujours mon armure.

— T'étais coincé contre cette porte, Jorg. Robart m'a dit de rappliquer en courant, et je te trouve en train de hurler à l'intérieur. (Il scruta les alentours, à l'affût d'un danger.) J'ai accouru de l'aile sud pour ton fichu cauchemar, n'est-ce pas ?

Il poussa davantage le battant, sans ménagement, et ajouta un tardif :

— Prince.

Je me remis sur mes pieds avec la sensation que Gros Burlow m'avait roulé dessus. Il n'y avait pas de tableau au mur, pas de mère, pas de Will derrière le lit.

Je tirai mon épée. Je devais tuer Sagien. J'en avais tellement envie que j'en sentais le goût dans ma bouche, comme du sang, chaud et salé.

— Jorg ? demanda Makin.

Il avait l'air inquiet, et semblait se demander si j'étais devenu fou. Je m'avançai vers l'entrée. Il s'interposa.

— Tu ne peux pas sortir d'ici l'épée à la main, Jorg. La Garde serait obligée de t'arrêter.

Il n'était pas aussi grand et large que Ric, mais il n'en restait pas moins de carrure imposante, et plus fort qu'un homme ordinaire. Je ne me pensais pas capable de le neutraliser sans le tuer.

— Tout est une question de sacrifice, Makin, dis-je.

J'abaissai ma lame.

— Prince ? s'enquit-il en fronçant les sourcils.

— Je vais laisser vivre ce salopard de tatoué, répondis-je. J'ai besoin de lui. (Je revis fugacement ma mère, évanescente.) J'ai besoin de comprendre à quel jeu on s'adonne, par ici. Qui, au juste, sont les pions, et qui sont les joueurs.

L'expression perplexe de Makin s'accentua.

— Dors donc un peu, Jorg. Dans un lit, cette fois. (Il jeta un coup d'œil dans le couloir.) Tu veux de la lumière ?

Je souris en entendant ça.

— Non, je n'ai pas peur du noir.

Chapitre 19

Je me réveillai tôt. Une lumière grise filtrant à travers les volets me montra la pièce pour la première fois : vaste, bien meublée, avec des tapisseries de chasse sur les murs. Je desserrai mes doigts enroulés autour de la poignée de mon épée, m'étirai et bâillai. Quelque chose clochait avec ce lit. Il était trop moelleux, trop propre. En repoussant les couvertures, je renversai une sonnette posée sur la table de chevet. Elle heurta les dalles avec un joli tintement, puis rebondit sur un tapis et se retrouva muette. Personne ne vint. Ça me convenait parfaitement. Je m'étais vêtu seul pendant quatre ans. Diable, je m'étais même rarement déshabillé ! Et la plus rêche des blouses de serviteur aurait fait honte à mes haillons. Mais tout de même. Personne ne vint.

Je portais mon armure par-dessus les lambeaux gris de ma chemise. Une glace était posée sur le meuble bas. Je la laissai comme je l'avais trouvée, face retournée. Je me passai rapidement les mains dans les cheveux, histoire de localiser un pou assez dodu pour être décelable au toucher, et je fus prêt à petit-déjeuner.

D'abord, j'ouvris les volets. Pas de loqueteau coincé, cette fois. J'observai la cour des exécutions, une place maussade délimitée par les murs nus du Château-Cime. Garçons de cuisine et servantes vaquant à diverses tâches la traversaient d'un pas vif, oublieux du pâle lavis du ciel, si loin au-dessus de leurs têtes.

Je me détournai de la fenêtre et entrepris ma propre petite quête. Tout prince connaît les cuisines mieux que n'importe quelle autre partie de son château. Où dénicher tant d'aventures, hormis là-bas ? Où énonce-t-on plus clairement la vérité ? William et moi, nous avions appris cent fois plus dans les cuisines que dans nos livres de latin et de stratégie. Nous nous éclipsions du cabinet de Lundist, les mains tachées d'encre, et nous filions dans les longs couloirs, descendant nous réfugier dans les cuisines en sautant trop de marches à la fois.

J'empruntais à présent ces mêmes corridors, mal à l'aise dans cet espace confiné. J'avais vécu trop longtemps sous de vastes cieux, à verser le sang. Dans les cuisines, nous avions aussi appris la mort. Nous regardions le cuisinier changer des poulets vivants en viande morte d'une simple torsion. Nous regardions Ethel le Pain plumer les poules grasses, les laissant nues, prêtes à être vidées. Vous apprenez vite qu'il n'y a ni élégance ni dignité dans le trépas, si vous passez du temps dans les cuisines du château. Vous apprenez combien il est laid, et comme sa saveur est succulente.

Je tournai à l'extrémité du couloir Rouge, trop plongé dans les souvenirs pour prendre garde à ce qui m'entourait. Tout ce que j'aperçus, ce fut une silhouette qui s'avançait dans ma direction. Les réflexes appris sur la route prirent les choses en main. Avant d'avoir eu le temps de remarquer les cheveux longs et les soieries, j'avais plaqué la personne contre le mur, une main sur la bouche et ma dague contre la gorge. Nous étions face à face, et elle soutint mon regard, de ses yeux d'un vert surnaturel de vitrail. Je me détendis, fit de ma mine hargneuse un sourire et desserrai les dents. Je reculai d'un pas et libérai ma prisonnière.

— Je vous demande pardon, ma dame, dis-je, et j'esquissai un semblant de révérence.

Elle était grande, presque autant que moi, et certainement pas beaucoup plus âgée.

Elle m'adressa un rictus farouche et s'essuya la bouche du revers de la main, qu'elle retira tachée de sang, car elle s'était mordu la langue. Dieux ! quelle délectation pour les yeux ! Elle avait des traits déterminés, un nez et des pommettes ciselés mais une bouche généreuse, le tout encadré de cheveux du roux le plus sombre.

— Seigneur ! tu empestes, mon garçon, dit-elle. (Elle tourna autour de moi, comme si elle examinait un cheval en vente au marché.) Tu as de la chance que sieur Galen ne soit pas avec moi, sans quoi une boniche serait occupée à ramasser les restes de ta tête, à l'heure qu'il est.

— Sieur Galen ? m'enquis-je. Je mettrai un point d'honneur à faire attention.

Elle portait autour du cou une trame d'or ornée de diamants. Un bijou spagnol ; aucun artisan de la côte du Cheval ne serait capable de fabriquer un tel objet.

— Il serait inconvenant que les hôtes du roi s'entre-tuent.

Je la prenais pour la fille d'un négociant venu passer de la pommade à mon père. Un très riche marchand. Ou bien pour la fille d'un comte ou d'un seigneur quelconque de l'Est ; j'avais décelé des traits de prononciation orientaux dans sa voix.

— Tu es un invité ? (Elle haussa les sourcils, qu'elle avait fort jolis, d'ailleurs.) J'en doute. Tu sembles être entré comme un voleur. Par le conduit des latrines, à en juger par l'odeur. Je ne pense pas que tu aurais pu franchir l'enceinte ; pas dans cette vieille armure peu reluisante.

Je claquai des talons, imitant ainsi les Chevaliers de la Table, et lui offris mon bras.

— Je me rendais aux cuisines pour le petit déjeuner. On me connaît, là-bas. Peut-être voudriez-vous m'accompagner et vérifier mon accréditation, ma dame ?

Elle opina du chef et dédaigna mon geste.

— J'enverrai un marmiton chercher les gardes pour qu'ils t'arrêtent, si nous n'en croisons aucun en chemin.

Nous cheminâmes donc côte à côte dans les couloirs, et descendîmes successivement plusieurs volées de marches.

— Mes Frères m'appellent Jorg, dis-je. À quel nom répondez-vous, dame ?

J'avais du mal à me réhabituer au langage de cour. J'avais une sensation étrange dans la bouche, d'autant plus qu'elle était sèche, ce qui ne m'arrivait que rarement. Il émanait de mon interlocutrice une senteur de fleur.

— Tu peux m'appeler « ma dame ».

Elle fronça le nez.

Nous croisâmes deux soldats de la garnison arborant un plastron enduit de pâte de bronze et une aigrette. Tous les deux m'examinèrent comme si j'étais un étron échappé des latrines, mais ma voisine ne dit rien, et ils ne nous interceptèrent pas.

Nous passâmes devant les réserves où les tonneaux de salaison de bœuf et de porc en saumure étaient empilés jusqu'au plafond. « Ma dame » semblait savoir où elle allait. Elle me lança un regard fugace de ses yeux vert émeraude.

— Alors, es-tu venu ici pour voler quelque chose, ou pour assassiner quelqu'un avec cette dague ? demanda-t-elle.

— Un peu les deux, sans doute.

Je souris.

C'était néanmoins une bonne question. J'ignorais pourquoi j'étais venu, en dehors du fait que j'y avais été incité par la sensation que quelqu'un voulait que je reste à distance. Dès l'instant où j'avais trouvé le père Gomst dans sa cage, où ce fantôme m'avait traversé et où j'avais recommencé à penser au Château-Cime, j'avais eu l'impression que quelqu'un tentait de m'en détourner. Or, personne ne me dit où je dois aller.

Nous empruntâmes le pont Court, qui se résumait à trois planches d'acajou posées au-dessus des grosses valves de fer permettant d'isoler les niveaux inférieurs du château de son corps principal. Les portes d'acier épaisses de quatre-vingt-dix centimètres étaient prévues pour sortir des fentes pratiquées dans le sol du couloir. Voilà ce que m'avait expliqué le précepteur Lundist. Elles s'élevaient grâce à l'antique magie. Je ne les avais jamais vues de près. Ici, des torches brûlaient. Pas de lampes en argent pour les quartiers des domestiques. La fumée de la résine empestait. Je ne m'étais pas encore vraiment senti chez moi, avant de la respirer.

— Peut-être que je vais rester, ajoutai-je.

La voûte de l'entrée des cuisines, situées au sous-sol, se trouvait un peu plus loin devant nous. Je voyais Drane, l'assistant du cuistot, s'échiner à faire passer un demi-cochon par la porte.

— Tes frères ne te regretteraient-ils pas, alors ? demanda-t-elle, à présent joueuse.

Elle porta les doigts au coin de sa bouche, où la marque rouge laissée par ma main avait commencé à se dessiner. Je commençai moi aussi à prendre du relief en observant son geste, pour une raison que j'ignore.

Je haussai les épaules, puis m'immobilisai afin de dénouer les sangles du canon protégeant mon avant-bras gauche.

— Il y a de nombreux Frères sur la route, dis-je. Laissez-moi vous montrer ce que j'entends par ce terme…

— Donnez-moi cela, répondit-elle avec impatience.

La lueur des torches brûlait dans le roux de ses cheveux. Elle défit les boucles avec adresse. Les armures lui étaient familières. Peut-être sieur Galen ne se contentait-il pas de décapiter les petits gredins mal élevés.

— Eh bien, quoi ? demanda-t-elle. J'ai déjà vu des bras, quoique pas aussi sales que celui-ci, sans doute.

J'eus un large sourire à ces mots, et je fis pivoter mon bras pour qu'elle puisse voir la marque de la Fraternité sur mon poignet. Trois hideuses bandes de peau brûlée. Mon interlocutrice eut une expression de dégoût.

— Tu es un mercenaire ? Et tu en tires de la fierté ?

— J'en suis plus fier que des quelques membres encore vivants de ma vraie famille.

Je sentais la morsure de la colère. J'eus envie de congédier, de faire fuir cette fille de négociant qui détournait mon attention de l'essentiel.

— Et ceci ? s'enquit-elle en faisant courir ses doigts de la marque des Frères jusqu'au creux de mon coude, où l'armure interrompit son geste. Jesu ! Il y a plus de peau cicatrisée que de jeune homme sous cette crasse !

À son contact, un frisson d'excitation me parcourut, et je me dégageai.

— Je suis tombé dans un buisson épineux quand… quand j'étais enfant, dis-je sur un ton trop incisif.

— Et quelles épines !

— Celles de la bruyère-aiguillon, précisai-je avec un geste d'indifférence.

La bouche de la jeune femme se crispa en un « aïe ».

— Il ne faut surtout pas bouger quand on est pris là-dedans, dit-elle, les yeux toujours posés sur mes cicatrices. Tout le monde sait cela. Tu as été lacéré jusqu'à l'os, manifestement.

— Ça, je le sais. *Désormais.*

Je me dirigeai à grands pas vers la porte des cuisines, et elle courut pour me rattraper dans une virevolte de soie.

— Pourquoi t'es-tu débattu ? Pourquoi n'as-tu pas cessé de bouger ?

— J'étais bête. Je m'abstiendrais, si c'était à refaire.

Je voulais que cette garce idiote s'en aille. Je n'avais même plus faim.

Le souvenir de ses doigts me brûlait le bras. Elle avait raison, les épines m'avaient profondément lacéré. Pendant plus d'un an, le poison avait embrasé mes plaies à intervalles réguliers et circulé dans mon sang. Quand il coulait en moi, je faisais des choses qui effrayaient même les Frères.

Drane remontait pesamment des cuisines à l'instant précis où nous allions y entrer. Il s'arrêta net et s'essuya les mains sur le tablier blanc souillé dont son ventre mettait la résistance à l'épreuve.

— Qu… ? (Son regard se porta derrière moi et il écarquilla les yeux.) Princesse ! (Il parut soudain terrifié, il tremblotait comme un tas de gelée.) Princesse ! Q-que venez-vous faire dans les cuisines ? Ce n'est pas un endroit pour une dame tout bien habillée…

— « Princesse » ? demandai-je en la dévisageant avec insistance.

J'avais gardé la bouche ouverte, alors je la refermai.

Elle m'adressa un sourire qui m'incita à me demander si j'avais envie de le lui faire ravaler avec une gifle, ou de l'embrasser. Avant que j'aie pu me décider, une main se posa lourdement sur mon épaule, et Drane m'obligea à tourner.

— Et qu'est-ce que fabrique un ruffian dans ton genre avec Son Altesse, à la faire sortir du droit chemin ?...

La question mourut sur ses lèvres. Son visage enrobé se chiffonna et il essaya de parler, mais les mots ne venaient pas. Il me lâcha, puis recouvra sa voix. Les larmes coulaient sur ses joues.

— Jorg ? Mon petit Jorg ?

Will et moi avions vu cet homme étrangler quelques poulets et confectionner quelques tourtes, rien qui justifiait la débauche larmoyante dont j'étais à présent l'objet. Je renonçai cependant à l'embarrasser, car il m'avait donné l'occasion de voir Son Altesse royale surprise. J'adressai un grand sourire à cette dernière, et fis la révérence.

— Princesse, hein ? Alors, je suppose que le pouilleux errant que vous vouliez faire arrêter par les gardes du château est en réalité votre frère par alliance.

Elle reprit vite contenance, je me dois de l'avouer.

— À vrai dire, cela fait de vous mon neveu, répondit-elle. Votre père a épousé ma sœur aînée il y a deux mois. Je suis votre tante Katherine.

Chapitre 20

Nous nous assîmes, tante Katherine et moi, à la longue table montée sur des tréteaux où le personnel de cuisine se restaurait. Les serviteurs quittèrent la salle au plafond bas et voûté, et apportèrent plus de lumière, des chandelles de toutes les tailles et de toutes les épaisseurs posées sur des bougeoirs en argile. Ils observèrent le spectacle depuis les issues situées aux deux extrémités des cuisines, une foule dépenaillée affichant de larges sourires et dont les têtes oscillaient verticalement, comme si c'était un jour férié ou un jour de fête et que nous soyons les bateleurs destinés à la divertir. Drane réapparut, évoluant entre les boniches en tanguant telle une barge au fil de l'eau. Il apportait du pain frais, du miel dans un bol, du beurre doré et des couteaux en argent.

— S'il y a un endroit où manger, c'est bien ici, dis-je.

Je ne quittais pas Katherine des yeux. Elle ne semblait pas s'en formaliser.

— Du pain chaud tout juste sorti du four.

Il fuma quand je le rompis. Le paradis devait avoir l'odeur du pain frais.

— Vous m'avez manqué, Drane. Maintenant, je me rappelle pourquoi, lui lançai-je par-dessus mon épaule.

Je savais que ça allait réchauffer le cœur du gros cuistot pendant une année entière. Je mentais. Je n'avais pas pensé à lui plus d'une fois pour les cent fois où j'avais rêvé de ses tourtes. En fait, j'avais eu du mal à me souvenir de son nom quand je l'avais aperçu sur le seuil des cuisines. Mais la fille, pour une raison indéfinissable, me donnait envie d'être le genre d'homme à se rappeler ces choses-là.

La première bouchée réveilla mon appétit, et je mordis dans la miche comme s'il s'agissait d'un cuissot de gibier et que j'aie été recroquevillé avec les Frères au bord de la route. Katherine, qui allait plonger son couteau dans le bol de miel, interrompit son geste pour me regarder faire, un sourire naissant sur ses lèvres.

— Mmmfflg. (Je mastiquai et avalai.) Quoi ? demandai-je instamment.

— Elle se demande probablement si vous allez rouler sous la table quand il n'y aura plus de pain, et si vous disputerez leurs os aux chiens.

Makin s'était approché derrière moi sans que je le remarque.

— Bon sang! vous feriez un bon vide-gousset, sieur Makin. (Pivotant, je le découvris debout tout près de moi, dans son armure qui étincelait.) Un homme en armure de plates devrait avoir la décence de cliqueter.

— J'ai cliqueté tant et plus, prince, répondit-il, affichant un sourire agaçant. Vous aviez l'esprit occupé à des affaires plus pressantes, je gage ? (Il s'inclina devant Katherine.) Ma dame. Je n'ai pas encore eu l'honneur de vous rencontrer, il me semble ?

— Princesse Katherine Ap Scorron.

Makin haussa les sourcils. Il prit la main qu'elle lui présentait et la salua de nouveau en se penchant beaucoup plus que la fois précédente, portant les doigts de la jeune femme à ses lèvres. Qu'il avait charnues, sensuelles. Il s'était lavé le visage et ses cheveux, noirs et bouclés, brillaient autant que son armure. Le résultat faisait bel effet, et l'espace d'un très bref instant je le haïs sans retenue.

— Asseyez-vous, dis-je. Je suis sûr que l'excellent Drane nous trouvera plus de pain.

Il lâcha la main de Katherine. Trop lentement à mon goût.

— Malheureusement, mon prince, c'est le devoir plutôt que la faim qui m'amène. Je pensais que vous vous trouveriez peut-être ici. Vous êtes convoqué dans la salle du trône. Il doit bien y avoir une centaine d'écuyers qui vous traquent dans les couloirs. Vous aussi, princesse. (Il la gratifia d'un regard appréciateur.) J'ai croisé un type du nom de Galen qui vous cherchait.

Par ces derniers mots, il sous-entendait quelque chose. Makin n'appréciait pas plus que moi sieur Galen. Et il l'avait rencontré, lui.

J'emportai le pain. Trop bon pour être abandonné.

Nous regagnâmes la surface. Le Château-Cime semblait s'être éveillé durant mon séjour dans les cuisines. Écuyers et servantes couraient dans tous les sens. Des gardes à aigrette passaient à côté de nous par petits groupes de deux à cinq dans l'exercice de leurs fonctions. Nous contournâmes un seigneur portant fourrures et chaînes en or, flanqué de larbins, et nous le laissâmes à son étonnement, à sa courbette et à son « Bonjour, princesse ! ».

Par couloirs et corridors, nous accédâmes au Coffre Torrent, l'antichambre de la salle du trône, où les armures de tournoi des rois du temps jadis, exposées le long des murs comme autant de chevaliers creux au-dedans, faisaient silencieusement le guet.

— L'honoré prince Jorg Ancrath, et la princesse Katherine, annonça Makin aux gardes postés devant l'entrée, me donnant la préséance.

Ce genre de chose importait peu sur la route, mais c'était une petite attention qui en disait long dans le Coffre Torrent. « Voici l'héritier du trône, laissez-le entrer. »

Les soldats au casque surmonté d'un cimier, debout de part et d'autre de la pièce, étaient aussi immobiles que les armures devant lesquelles ils se tenaient. Ils nous suivirent, des yeux exclusivement, gardant leurs gantelets croisés sur le pommeau de leur épée longue pointée vers le sol. Les deux Chevaliers de la Table postés à l'entrée de la salle du trône échangèrent un regard. Ils prirent le temps de saluer Katherine, puis entreprirent d'ouvrir les imposantes portes pour nous laisser passer. Je reconnus l'un d'entre eux à l'emblème représenté sur son plastron : des cornes surmontant un orme. Sieur Reilly. Ses cheveux étaient devenus gris durant mes années d'absence. Il eut du mal à mettre en mouvement son battant de chêne revêtu de bronze. Les vantaux s'écartèrent. La fente de lumière chaude que nous apercevions devint fenêtre sur un monde que j'avais connu autrefois. La Cour des souverains Ancrath.

— Princesse ?

Je lui pris la main et la levai bien haut, et nous entrâmes.

Les bâtisseurs du Château-Cime avaient du talent à revendre, mais on ne pouvait pas en dire autant de leur imagination. Leurs murs resteraient sans doute debout pendant dix mille ans, mais ils n'avaient aucun sens esthétique. La salle du trône était une boîte dépourvue de fenêtres. Une boîte longue de quelque trente mètres et dont le plafond, qui culminait à six mètres de hauteur, écrasait les courtisans, mais qui n'en restait pas moins une boîte. Des galeries de bois aux motifs travaillés, destinées aux musiciens, adoucissaient les angles durs de la salle, et le dais royal ajoutait à l'ensemble une certaine splendeur. Je veillai à ne pas regarder en direction du trône.

— La princesse Katherine Ap Scorron, clama le héraut.

Sans faire mention du pauvre petit Jorg. Aucun héraut n'aurait osé m'insulter si ouvertement sans en avoir reçu l'ordre.

Nous traversâmes la vaste salle à pas mesurés, sous la surveillance des gardes postés autour. Arbalétriers le long des murs, bretteurs devant le socle du dais et aux portes.

J'étais revenu en anonyme, mais mon arrivée avait assurément suscité un certain intérêt. En plus des soldats et en dépit de l'heure matinale, notre public se composait d'au moins une centaine de courtisans amassés autour des premières marches du dais dans leurs atours de velours, les suivants du roi assis sur son trône. Je laissai mon regard vagabonder à son gré sur cette foule rutilante, m'attardant sur les joyaux les plus précieux. N'ayant pas perdu les habitudes de la route, j'estimai mentalement leur valeur. Il y avait bien de quoi acheter un nouveau chargeur avec ce que cette grosse comtesse arborait sur la poitrine. La chaîne de fonction de ce seigneur-là aurait payé dix corselets d'écailles. Et il y avait certainement un bel arc long et un poney à tirer de chacune des bagues de ce même monsieur. Je dus me rappeler que je disputais de nouveaux enjeux, à présent. Toujours la même partie, mais de nouveaux enjeux. Pas plus élevés, mais différents.

Les discrets bavardages de la cour enflaient et retombaient sur notre passage. Le doux brouhaha des remarques cinglantes, les sarcasmes nuisibles, les insultes enrobées de miel. Ici, le souffle qui se coupe à la vue du prince se présentant à la cour, portant encore l'empreinte du vagabondage ; là, le rire moqueur à demi dissimulé derrière un mouchoir en soie.

Alors seulement, je m'autorisai à le regarder.

Quatre années n'avaient en rien changé mon père. Il était assis sur son trône à haut dossier, recroquevillé dans une robe en peau de loup ourlée d'argent. Il l'arborait également le jour de mon départ. La couronne d'Ancrath était posée sur son front : une couronne guerrière, cercle de fer incrusté de rubis qui retenait des cheveux noirs striés du même gris que le fer en question. À sa gauche siégeait la nouvelle reine. Elle ressemblait à Katherine, à ceci près que ses traits étaient plus doux, et une résille d'argent et de pierres de lune disciplinait sa chevelure. L'ivoire vaporeux de sa robe cachait jusqu'au moindre signe de sa grossesse.

Entre les deux trônes poussait un arbre majestueux, tout de verre ciselé, dont les feuilles, larges ou fines, innombrables, étaient de l'émeraude des yeux de Katherine. Gracile, il mesurait près de trois mètres de hauteur et ses branches et branchettes, noueuses et vitreuses, étaient d'un brun de caramel. Je n'en avais jamais vu de semblable. Je me demandais s'il constituait la dot de la reine. Il la valait certainement.

Sagien était debout à côté de l'arbre de verre, moucheté par la lueur verte émanant des feuilles. Il avait troqué la simple tunique blanche de notre première rencontre contre des robes noires à col montant et une rangée de lamelles d'obsidienne suspendue à son cou. En m'approchant, je croisai son regard, et je me fabriquai un sourire à son intention.

Les courtisans reculaient devant nous, Makin nous précédait, Katherine et moi, qui marchions main dans la main. Le parfum des seigneurs et des dames me chatouillait les narines ; lavande et essence d'orange. Sur la route, la merde avait au moins le bon goût de puer.

Deux marches en dessous des trônes se tenait un chevalier de haute taille caparaçonné dans une splendide armure de plates dont le fer avait été enduit de pâte de bronze ; des dragons jumeaux s'enroulaient sur son plastron dans un écarlate infernal.

— Sieur Galen, me souffla Makin.

Jetant un coup d'œil à Katherine, je constatai que son sourire était indéchiffrable. Galen nous observait avec des yeux bleus brûlants. Je l'appréciai un peu plus en voyant qu'il nous manifestait si ouvertement son hostilité. Il avait les cheveux blonds des Teutons, un visage carré et avenant. Il était néanmoins âgé. Aussi âgé que Makin. Trente printemps à tout le moins.

Sieur Galen ne fit pas le moindre geste pour s'écarter et laisser passer Bortha. Nous nous arrêtâmes cinq marches plus bas.

— Père, dis-je.

J'avais préparé mon discours une centaine de fois dans ma tête, mais d'une façon ou d'une autre le vieux salopard réussissait à m'ôter les mots de la bouche. Le silence s'étira entre nous.

— J'espère..., repris-je, mais il me coupa la parole.

— Sieur Makin, déclara-t-il sans même me regarder. Lorsque j'envoie le capitaine de la Garde palatiale retrouver un enfant de dix ans, j'attends de lui qu'il revienne à la tombée de la nuit. Un jour ou deux, tout au plus, devraient suffire, à supposer que l'enfant se montre particulièrement insaisissable.

Il leva la main gauche, d'un ou deux centimètres tout au plus, mais cela suffit à la cour. Des pépiements se firent entendre de-ci de-là parmi les dames, qui s'interrompirent brusquement quand père reposa les doigts sur l'accoudoir de bois dur du trône.

Makin inclina la tête sans mot dire.

— Une ou deux semaines pour accomplir cette tâche sont une preuve d'incompétence. Plus de trois ans, c'est signe de trahison.

— Jamais, mon roi ! Vous trahir, jamais.

— Nous avions autrefois des raisons de vous estimer digne d'une haute fonction, sieur Makin, répondit père sur un ton aussi froid que ses prunelles. Je vous autorise donc à vous expliquer.

De la sueur luisait sur le front de Makin. Il avait dû ressasser ce discours autant que j'avais répété le mien. Et les mots avaient dû le déserter de façon tout aussi radicale.

— Le prince manifeste toutes les dispositions que l'on est en droit d'attendre de l'héritier du Trône, commença Makin.

La reine se rembrunit devant la manière dont il avait tourné sa phrase. Même père réagit en pinçant les lèvres et en me lançant un regard, fugace et impénétrable.

— Quand je l'eus enfin retrouvé, nous étions en territoire hostile, en Jaseth, plus de quatre cent cinquante kilomètres au sud.

— Je sais où est Jaseth, sieur Makin, répliqua père. N'ayez pas la prétention de me donner une leçon de géographie.

— Votre Majesté a de nombreux ennemis, comme tous les grands hommes, en ces temps troublés. Une unique lame, fût-elle aussi loyale que la mienne, n'aurait pu protéger votre héritier dans une contrée telle que Jaseth. La meilleure défense du prince Jorg résidait dans l'anonymat.

Makin n'avait apparemment pas perdu ses moyens, en définitive. Ses paroles avaient de l'impact sur la cour.

Père lissa sa barbe poivre et sel.

— Alors, vous auriez dû regagner le château avec un fardeau anonyme, sieur Makin. Je m'étonne que le voyage vous ait demandé près de quatre ans.

— Le prince s'était acoquiné avec une bande de mercenaires, Votre Majesté. Par son seul talent, il s'est attaché leur loyauté. Il m'a déclaré sans ambages que ces hommes me tueraient si j'essayais de l'emmener de force, et que si j'avais l'intention de l'enlever discrètement il clamerait son identité devant le premier venu. Et je l'ai cru, car il a la détermination des Ancrath.

Il est temps de me manifester, songeai-je.

— Ces quatre années sur la route n'ont rendu votre capitaine que meilleur, dis-je. Il y a là plus à apprendre de l'art de la guerre que ce que nous pouvons en découvrir dans ce château. Nous…

— L'esprit d'initiative vous fait défaut, sieur Makin, intervint père, avec désormais un soupçon de colère dans la voix, les yeux toujours braqués sur Bortha. (Je me demandai si j'avais vraiment parlé.) Si je m'étais personnellement lancé à la poursuite du garçon, j'aurais trouvé le moyen de le ramener de Jaseth en l'espace d'un mois.

Sieur Makin s'inclina profondément.

— Voilà pourquoi vous méritez votre trône, Majesté, tandis que je ne suis que le capitaine de votre Garde.

— Vous ne l'êtes plus. Sieur Galen occupe désormais cette position, de la même façon qu'il servait la Maison de Scorron.

L'intéressé adressa un infime signe de tête à Makin, un sourire moqueur aux lèvres.

— Peut-être voudriez-vous défier sieur Galen afin de recouvrer votre place ? demanda père.

Il se toucha à nouveau la barbe.

Je flairai un piège. Père n'avait pas envie de reprendre Makin. Celui-ci eut apparemment le même sentiment.

— Votre Majesté a choisi son capitaine, répondit-il. Je n'aurai pas l'arrogance de contester votre décision par l'épée.

— Faites-moi plaisir. (Il sourit alors, pour la première fois depuis notre arrivée, et ce fut avec froideur.) La cour a été bien calme en votre absence. Vous nous devez quelque divertissement. Organisons donc un spectacle. (Il marqua une pause.) Voyons ce que vous avez appris sur la route.

Il m'avait donc bel et bien entendu.

— Père…, commençai-je.

Et là encore, il m'interrompit. Je ne parvenais manifestement pas à prendre l'ascendant sur lui.

— Sagien, occupez-vous du garçon.

Ce qui fut fait. L'idolâtre avait les yeux rivés sur moi, et ça lui suffit pour m'attirer à côté de lui, doux comme un agneau. Katherine, livide, m'accorda un regard avant de s'empresser de rejoindre sa sœur.

Makin et Galen s'inclinèrent devant le roi. Après s'être écartés de la foule des courtisans, ils se dirigèrent vers une étoile de marbre incrustée dans le sol, d'environ trois mètres de diamètre, qui signalait le centre de la salle du trône. L'un en face de l'autre, ils se saluèrent et dégainèrent.

Makin portait l'épée longue que père lui avait donnée quand il avait été nommé capitaine de la Garde palatiale. Une bonne arme d'acier indien damassé, sur la lame de laquelle d'anciennes runes de pouvoir avaient été gravées à l'acide. Notre période de vagabondage y avait laissé des traces ; elle était ébréchée par endroits. Je n'avais jamais rencontré meilleur bretteur que Makin. Je ne voulais pas rencontrer son maître en cet endroit.

Sieur Galen n'esquissait pas le moindre geste. Il était prêt à se servir de sa propre épée longue, mais il la tenait avec nonchalance. Je ne distinguai aucune marque sur son arme ; c'était une simple lame forgée dans le fer noir des Turcomans.

— Ne jamais se fier à une lame turcomane…, murmurai-je.

— … car le fer turcoman absorbe les sortilèges comme une éponge, et son tranchant est amer, répondit Sagien, complétant le vieux dicton.

J'avais une réplique bien sentie pour le païen, mais le choc des épées noya ce que j'allais dire. Makin prit l'initiative par une feinte basse, avant d'attaquer le Teuton ligne haute. Il avait une relation primitive avec une épée. La lame faisait partie de lui, elle était un être vivant, de la pointe à la garde. Dans la sauvagerie d'un combat, il savait où se tapissait chaque danger et où il pourrait se mettre à couvert.

Sieur Galen para et contre-attaqua vivement. Les épées tressaillirent et jouèrent la gamme forte et aiguë des sons métalliques. Je suivais l'échange difficilement. Le Teuton se battait avec une grande précision technique. Celle d'un homme qui se lève quotidiennement à l'aube pour s'entraîner et s'exercer au duel. Comme quelqu'un qui s'attend à gagner.

Les deux combattants échappèrent de justesse à la mort cent fois pendant la première minute. Je constatai que, de la main droite, j'avais agrippé le tronc de l'arbre de verre, lisse et frais sous mes doigts. À l'issue de cette première minute, je sus que Galen l'emporterait. Le jeu était sien. Makin avait ses éclairs de génie, mais, comme moi, il se battait dans la vraie vie. Dans la boue. Il se frayait un chemin dans des villages en flammes. Il usait le champ de bataille. Mais Galen ne vivait que pour ça, ce petit jeu sans âme, si étriqué dans sa perspective.

Makin visa son adversaire aux jambes. Une courbe légèrement trop courte, et la sanction fut immédiate. La pointe de la lame turcomane traça une ligne rouge sur son front. Un demi-centimètre d'allonge supplémentaire, et Galen lui aurait fracassé le crâne.

— Votre ouverture consiste donc à sacrifier votre cavalier, prince Jorg, me dit Sagien à l'oreille.

Je sursautai. Je l'avais oublié, lui. Je promenai mon regard sur la canopée verte au-dessus de nos têtes.

— Je ne répugne pas au sacrifice, païen.

Je frôlais la surface lisse et glissante du tronc de verre. Le fracas des armes ponctuait notre conversation.

— Mais je n'y ai recours que quand j'ai quelque chose à y gagner.

L'arbre était plus lourd que je l'avais imaginé, et pendant une seconde je crus que je n'arriverais pas à le renverser. Je me campai fermement sur mes jambes et utilisai mon épaule. L'objet chuta sans un bruit et vola en un million d'éclats sur les marches du dais. J'aurais pu rendre aveugles la moitié des aristocrates d'Ancrath si leur attention avait été tournée vers le roi plutôt que vers le duel. Ils eurent donc le dos constellé de tessons. L'attroupement tout en beaux atours au pied du dais se mua en une masse hurlante. De nobles dames passant les mains dans leurs cheveux retenus par des tiares ornées de diamants se les coupèrent jusqu'au sang. Des seigneurs en souliers cousus de fil d'or, lovés dans des habits du dernier chic, commencèrent à sautiller en poussant de hauts cris sur un tapis de verre brisé.

Sieur Makin et sieur Galen baissèrent leur épée, stupéfaits.

Quand père se leva, tous se turent, coupures ou pas.

Tous sauf moi. Il ouvrit la bouche, mais je le devançai.

— Les tournois ne font pas partie des enseignements que Makin a tirés de notre errance. Les guerres ne se gagnent pas au cours de tournois chevaleresques. Sieur Makin a appris les mêmes leçons que moi. Malheureusement, il mourrait plutôt que d'offenser son roi en en faisant étalage.

Je ne haussai pas le ton. Ça me permit de maintenir le silence.

— Père, dis-je en me plaçant exactement face à lui. Je vous montrerai ce que, moi, j'ai appris. J'affronterai ce Teuton, votre toutou. Si un homme d'une expérience aussi limitée que la mienne est capable de vaincre votre champion, alors vous serez certainement d'accord pour rétablir sieur Makin dans ses fonctions, nan ? demandai-je en recourant à nouveau au langage de la route, espérant ainsi susciter sa colère.

— Tu n'es pas un homme, gamin, tu insultes sieur Galen avec ce défi qui ne mérite pas la moindre considération, articula-t-il, les dents serrées.

Je ne l'avais jamais vu si en colère. En fait, je ne l'avais jamais vu en colère du tout.

— Une insulte ? Peut-être. (Sentant poindre un sourire, je l'affichai de bonne grâce.) Mais je suis un homme. J'ai atteint ma majorité il y a trois jours, père. Je suis en droit de me marier, à présent. Une estimable marchandise. Et j'exige ce combat comme Don de l'Année. Ou bien avez-vous l'intention de tourner le dos à une tradition ancrathe tricentenaire en me déniant cette gratification ?

Les veines de son cou s'enflèrent fièrement, et il crispa les doigts comme s'il mourait d'envie de tenir une épée. Je pensais qu'il ne serait pas avisé de compter sur sa bonne volonté.

— Si je meurs, votre succession est libre. Votre putain Scorron vous donnera un nouveau fils, et vous serez débarrassé de moi. Pour de bon, comme pour mère et William. Et vous pourrez vous épargner d'avoir à envoyer le bon vieux père Gomst patauger dans le bourbier pour le prouver. (Je me réservai un instant pour m'incliner devant la reine.) Sans vouloir vous offenser, Votre Majesté.

— Galen ! rugit père. Tuez ce démon, il n'est pas mon fils !

Je me mis alors à courir, broyant des feuilles émeraude sous mes semelles de cuir dur. Sieur Galen chargea depuis l'étoile centrale, entraînant son épée noire dans son sillage et réclamant mon sang à hauts cris. Il était rapide, mais un peu essoufflé par suite du duel contre Makin. Je cognai une vieille femme pour l'écarter de mon chemin, et elle s'effondra en crachant des dents, tandis que des perles de son collier cassé s'éparpillaient.

Je me dégageai des courtisans et poursuivis ma course qui m'éloignait de mon adversaire. Il avait cessé de crier, mais j'entendais derrière moi le martèlement de ses bottes et sa respiration un peu rauque. Il dépassait nettement le mètre quatre-vingts, mais j'étais frais, et mon armure plus légère compensait le fait que mes jambes étaient plus courtes que les siennes. Tout en courant, je tirai mon épée. Les charmes instillés dans son tranchant auraient suffi à entamer la lame turcomane de mon adversaire. Je la jetai. Charge superflue.

Ça devenait serré. Le mur gauche de la salle se dressait quelques mètres devant moi, et Galen me talonnait.

Depuis le début, je convoitais un soldat en particulier, un jeune gars à favoris blonds qui avait la bouche ouverte. Le temps qu'il se rende compte que je n'allais pas changer de trajectoire, il était trop tard. Je le frappai avec mon canon d'avant-bras droit. Sous le choc, sa tête heurta le mur, contre lequel il s'affaissa sans demander son reste. Je saisis son arbalète de la main gauche, voltai et visai l'arête du nez de Galen.

Le carreau réussit à peine à lui percer le crâne ; c'est l'un des inconvénients, lorsqu'on laisse une arbalète chargée, même si celle-ci l'avait sans doute été guère plus de quelques heures auparavant. Toujours est-il que la majeure partie de la cervelle du Teuton s'échappa par-derrière et qu'il tomba raide mort.

Le silence aurait été total sans les gémissements de la vieille femme étendue là-bas, près du dais. J'examinai la foule des nobles qui souffraient de multiples entailles saignantes, Galen qui gisait les bras en croix, les vestiges étincelants de l'arbre de verre qui traçaient un sillon vers l'entrée de la salle.

— Le spectacle fut-il à votre goût, père ? J'ai entendu dire que la cour avait été calme en l'absence de sieur Makin.

Et pour la première fois de ma vie j'entendis mon père rire. Un rire d'abord discret, qui enfla et prit des proportions si incroyables qu'il dut s'accrocher à son trône pour ne pas tomber.

Chapitre 21

— Sortez.

La crise de rire le quitta sans crier gare, comme on souffle une bougie. Il s'exprima dans le silence.

— Sortez. Je vais maintenant parler au garçon.

Le « garçon », pas « mon fils ». La nuance ne m'échappait pas.

Et tous s'exécutèrent. Les grands et les puissants, les seigneurs et les dames, les gardes prêtant main-forte aux blessés, deux d'entre eux traînant Galen. Makin suivait le cadavre, « cre-cre-cre » sur le verre brisé, apparemment désireux de s'assurer que toute vie avait déserté le Teuton. Katherine accepta l'assistance d'un Chevalier de la Table. Elle s'arrêta néanmoins, au pied du dais, et me gratifia d'un regard qui me donna l'impression qu'elle voyait clair en moi pour la première fois. J'esquissai une révérence bouffonne, par réflexe, de la même manière que je saisis une lame sans y penser. L'expression de pure haine et d'étonnement que je lus sur ses traits me fit mal, mais c'est le genre de petite douleur dont nous avons parfois besoin, justement, afin de cautériser la plaie, de consumer l'infection. Elle me vit et je la vis à mon tour, nous étions tous les deux dépouillés de nos apparences en cet instant vide, tels deux tourtereaux venant de convoler en justes noces et sur le point d'accomplir le devoir conjugal. Je compris qu'elle représentait la faiblesse que j'avais identifiée en revoyant les verts pâturages d'Ancrath. Cette douce séduction du besoin et de l'envie, équation de la dépendance qui s'immisce sous la peau, si lentement et si tendrement, pour ensuite éventrer son homme à l'instant précis où celui-ci a le plus besoin de ses forces. Oh ! que ça faisait mal ! Mais j'achevai ma courbette et regardai le dos de Katherine s'éloigner tandis que les soldats l'escortaient hors de la salle.

La reine s'en alla elle aussi, encadrée par des chevaliers. Elle descendit les marches un peu maladroitement, en oscillant très légèrement. À présent qu'elle se déplaçait, je distinguais son ventre arrondi. Mon demi-frère, si la prédiction de Sagien se vérifiait. L'héritier du trône, si je venais à mourir. Rien qu'une rondeur ténue, à peine suggérée, mais parfois il n'en fallait pas davantage. Je me remémorai la route, et frère Kane qui avait reçu une entaille au biceps quand nous nous étions emparés du village de Holt.

— C'est rien, p'tit Jorg, avait-il dit quand je lui avais proposé de faire chauffer mon couteau. Juste un garçon de ferme qu'avait une binette rouillée. C'pas profond.

— Ça enfle. Faut un fer chaud.

Si ce n'est pas déjà trop tard, m'étais-je dit.

— Putain, non, pas pour un garçon de ferme avec une binette.

Kane avait souffert, oh oui ! Trois jours plus tard, son bras était aussi épais que moi et pleurait du pus plus vert que morve, dans une telle puanteur qu'on l'avait laissé agoniser sur le bord de la route en hurlant. « C'pas profond. » Mais parfois, la plaie superficielle attaque l'os, si on ne lui règle pas son compte une fois pour toutes.

Rien qu'un léger arrondi. Je regardai la reine s'éloigner.

Sagien resta, lui. Ses yeux revenaient sans cesse à la carcasse morcelée de l'arbre. À croire qu'il avait perdu là son amoureuse.

— Païen, veillez sur la reine, dit père. Elle a peut-être besoin d'apaisement.

Il le congédiait, purement et simplement, mais Sagien était trop distrait pour s'en apercevoir. Il cessa de contempler les vestiges brasillants du tronc que j'avais fait basculer.

— Sire, je...

Tu quoi, idolâtre ? Tu veux quelque chose ? T'es pas en position de vouloir quoi que ce soit.

— Je... (Sagien n'était pas habitué à ce traitement, c'était manifeste ; d'ordinaire, il maîtrisait les choses.) Vous ne devriez pas rester seul, sire. Le g...

Le garçon ? Allez, mon gars, crache-moi ça.

— Ce ne serait peut-être pas prudent.

Il n'aurait pas dû dire ça. Le païen s'était trop longtemps reposé sur sa magie, je suppose. S'il avait réellement appris à connaître mon père, il aurait su qu'il valait mieux éviter de suggérer au roi qu'il avait besoin qu'on le protège de moi.

— Dehors.

J'ai beau avoir mauvaise opinion de mon cher père, j'ai toujours admiré sa façon de manier les mots.

L'expression que m'adressa Sagien comportait plus que de la haine. Alors que Katherine avait manifesté une émotion à l'état pur, le magicien m'offrait des ressentis d'une complexité déconcertante. Oh ! la haine s'y trouvait bel et bien, c'était incontestable, mais je décelais aussi de l'admiration, peut-être du respect, et d'autres saveurs encore, qui toutes se mêlaient dans ces doux yeux bruns.

— Sire, dit-il.

Il salua et gagna la sortie.

Nous le regardâmes en silence traverser le scintillant tapis de débris, ponctué ici d'un éventail abandonné, là d'une perruque poudrée. Les portes se refermèrent derrière lui avec le bruit morne et sourd du chêne contre le chêne. Un creux sur le mur, derrière le trône, attira mon attention. J'avais lancé un marteau autrefois, fort, et j'avais manqué ma cible. L'outil avait heurté la paroi à cet endroit. C'était apparemment un jour pour les blessures anciennes, pour les sentiments enfouis.

— Je veux Gelleth, déclara père.

Force me fut d'admirer sa capacité à me prendre à contre-pied. Je me tenais là, bardé d'accusations, alourdi par le fardeau de mes jours passés, et il se détournait de moi pour faire face à l'avenir.

— Le Castel Rouge est la clé de voûte de Gelleth, remarquai-je.

Il me mettait à l'épreuve. C'était notre manière de parler. Chaque discussion était une partie de poker, à chaque ligne de dialogue on misait ou on relançait, on bluffait ou on suivait.

— Les tours de passe-passe valent ce qu'ils valent. Tu as tué le Teuton. Je ne pensais pas que tu en serais capable. Tu as scandalisé ma cour. Nous savons tous les deux ce qu'ils sont, allons, et quelle est leur utilité. Mais peux-tu réussir dans les moments importants ? Peux-tu me donner Gelleth ?

Je croisai son regard. Je n'avais pas hérité de ses yeux bleus ; dans ce domaine-là, j'avais suivi mère. Il y avait tout un hiver dans ces iris, et rien d'autre. Même ceux, placides, de Sagien, je pouvais les explorer et y trouver un substrat, mais père, lui, n'exprimait rien de plus qu'un frimas. Je pense que la crainte qu'il inspirait tenait à ça, au fait qu'il n'éprouvait aucune curiosité. J'avais maintes fois été témoin de la malveillance et de la haine sous toutes leurs formes. J'avais aperçu la lueur dans l'œil du bourreau, cette lueur malsaine, mais même chez ces gens-là on décelait un intérêt réconfortant, une once de rédemption dans l'humanité que nous partagions. Le bourreau avait beau tenir les fers brûlants, au moins il était curieux, il se souciait de connaître l'intensité de la douleur qu'il infligeait.

— Je peux vous donner Gelleth, affirmai-je.

En étais-je capable ? Rien n'était moins sûr. De tous les voisins d'Ancrath, Gelleth était le moins vulnérable. Les prétentions de son seigneur au Trône Impérial étaient probablement plus justifiées que celles de père. Parmi les Cent, peu étaient en mesure de rivaliser avec Merl Gellethar.

J'avais porté la main au manche de ma dague sans m'en apercevoir, et il me démangeait de dégainer l'acier trempé, de le plaquer sur la gorge de mon père, de hurler, de susciter un peu de chaleur dans ces yeux froids. *Vous avez marchandé la mort de ma mère, espèce de salopard ! Le sang de votre propre fils. Le gentil William mort, encore chaud ou presque, et vous les avez vendus. Un baiser de paix pour les droits commerciaux du fleuve.*

— Il me faudra une armée, dis-je. Le Castel Rouge ne se rendra pas sans combattre.

— Tu auras le Guet Forestier.

Père écarta les mains sur les accoudoirs du trône et se pencha en avant, attentif.

— Deux cents hommes ?

Je serrai les doigts autour du manche de mon couteau sans vraiment le vouloir. Deux cents soldats contre le Castel Rouge. Deux mille n'y suffiraient sans doute pas.

— J'emmène également mes Frères, dis-je en observant les traits de père.

Pas un frémissement dans cet hiver, pas de tressaillement en entendant ce mot, « Frères ». La faiblesse qui était en moi avait envie de mentionner Will.

— Vous aurez Gelleth. Je vous donnerai le Castel Rouge. Je vous donnerai la tête du seigneur Gellethar. Ensuite, vous me donnerez l'idolâtre.

Et vous m'appellerez « fils ».

Chapitre 22

Nous étions donc assis, Makin et moi, à une table de *La Chute de l'Ange*, séparés par une pinte de bière, tandis qu'un barde à la voix éraillée tentait de faire entendre sa chanson par-dessus le vacarme ambiant. Autour de nous, les Frères se mêlaient à la lie de la Ville Basse, jouant, courant la gueuse ou se gorgeant de nourriture. Ric était à portée de main, le visage enfoui dans un poulet rôti. Il était manifestement tenté par l'idée de l'*inhaler*.

— Est-ce que t'as seulement déjà vu le Castel Rouge, Jorg ? demanda Makin.

— Non.

Il scruta sa bière. Il n'y avait pas touché. Pendant quelques instants, nous écoutâmes Ric qui croquait les os de poulet.

— Et toi ? m'enquis-je.

Il opina lentement du chef et se cala au fond de sa chaise, les yeux rivés aux lanternes qui surmontaient la porte donnant sur la rue.

— Quand j'étais écuyer auprès de sieur Reilly, nous avons porté un message au seigneur Gellethar. Nous sommes restés une semaine dans l'aile des invités du Castel Rouge avant que Merl Gellethar daigne nous recevoir. La salle du trône de ton père fait pâle figure à côté de la sienne.

Frère Burlow passa à côté de nous en titubant, son ventre s'échappant par-dessus sa robuste ceinture, un quartier de viande dans une main et deux chopes dans l'autre, avec la mousse qui lui coulait sur les articulations.

—Et au sujet du château ?

Je me souciais comme d'une guigne de ce concours « à qui pissera le plus loin ».

Makin joua avec sa pinte, mais ne but pas.

—C'est du suicide, Jorg.

—À ce point-là ?

—Pire.

Une putain maquillée, cheveux teints au henné, bouche rouge, se laissa tomber sur les genoux de Makin.

—Où est ton sourire, mon beau ? (Elle avait une bonne paire de nichons, ronds et haut perchés, qui remontaient, serrés en un sandwich avenant par un corsage à lacet et à baleines.) Je suis sûre que je pourrais le trouver. (Elle enlaça Makin, les mains dans les froufrous de ses jupes.) Sally va tout arranger. Mon beau chevalier n'a pas besoin d'un garçon pour lui tenir chaud.

Elle me décocha une œillade jalouse.

Makin la propulsa sur le plancher humide.

—Il est bâti dans la montagne. Ce qui dépasse de la roche, ce sont des murailles si hautes qu'on se tord le cou à vouloir regarder le chemin de ronde.

Il serra les deux mains autour de sa chope.

—Aïe ! fit la catin en se relevant et en s'essuyant les mains sur sa robe. Pas besoin d'en arriver là, dis donc !

Makin ne lui accorda pas la moindre attention. Il tourna son regard sombre vers moi.

—Les portes sont en fer, aussi épaisses qu'une épée est longue. Et la partie qui se trouve en surface représente pas un dixième de l'ensemble. Dans ces coffres des profondeurs de la terre, il y a des provisions pour des années entières.

Il s'avéra que Sally était une vraie professionnelle. Elle reporta ses amabilités sur moi avec tant de naturel qu'on aurait cru que j'étais vraiment celui qu'elle convoitait depuis le début.

— Et qui tu peux bien être, toi ? (Elle s'approcha et passa les doigts dans mes cheveux.) Tu es trop mignon pour ce mercenaire grincheux. T'es assez grand pour apprendre comment ça marche avec les filles, et Sally va te montrer.

Sa bouche, désormais proche de mon oreille, me taquinait le cou. Je humais son odeur de citronnelle bon marché qui tranchait avec celle, puissante, de la bière, et son haleine sentait l'herbe à rêves.

— Combien d'hommes il faudrait ? Pour tout faire tomber sur la tête du seigneur Gellethar ? demandai-je.

Makin s'intéressa à nouveau aux lanternes et pressa sa chope à s'en faire blanchir les jointures. Quelque part derrière nous, Ric poussa un rugissement qui fut vite suivi du son d'un corps percutant une table à vive allure et la réduisant à l'état de petit bois.

— Si t'avais dix mille hommes, répondit Makin en haussant le ton pour couvrir le tapage, dix mille hommes bien approvisionnés disposant d'engins de siège, de beaucoup d'engins de siège, alors tu pourrais espérer l'avoir en un an. Si tu réussissais à éviter que ses alliés te sautent sur le dos, j'entends. Avec trois mille, tu pourrais finir par l'affamer, à terme.

J'interceptai la main de Sally qui se faufilait contre mon ventre, vers ma boucle de ceinture. Je lui tordis légèrement le poignet, et elle arriva séance tenante sur le devant de la scène, en étouffant une exclamation stridente. Elle avait les yeux verts, mais plus étroits et moins limpides que ceux de Katherine. Sous le maquillage, elle n'avait pas tant d'années de plus que moi, contrairement à ce que j'avais d'abord pensé ; peut-être vingt ans, certainement pas plus.

— Et si je nous trouvais un moyen d'entrer ? Alors quoi, frère Makin ? Combien d'hommes pour nous emparer du Castel Rouge, si je nous ouvrais une porte ?

Mon visage n'était qu'à quelques centimètres de celui de Sally.

— La garnison compte neuf cents membres. Des vétérans, pour la plupart. Gellethar envoie la chair fraîche aux frontières et la récupère une fois qu'elle est mûre. (J'entendis la chaise de Makin racler le sol.) Quel est le fils de putain qui a jeté ça ? brailla-t-il.

Je n'avais pas lâché le poignet de la catin. De l'autre main, je la saisis à la gorge et l'attirai à moi.

— Ce soir, nous t'appellerons Katherine, et tu pourras me montrer comment ça marche avec les filles.

La torpeur de l'herbe à rêves s'atténua dans son regard, remplacée par la frayeur. Ça me convenait. J'avais deux cents hommes et pas de porte dérobée pour accéder au Castel Rouge. Ce n'était que justice que quelqu'un ait du souci à se faire, m'est avis.

Chapitre 23

Mon livre remua à nouveau. Je dis « mon », mais c'était en réalité un objet volé : je l'avais chipé dans la bibliothèque de père en quittant le Château-Cime. L'ouvrage bondit vers moi, menaçant de se refermer sur mon nez.

— Bouge pas, bordel, dis-je.

— Mmmgfll, murmura Sally d'un air endormi, en enfouissant son visage dans l'oreiller.

Je calai le livre entre ses fesses et lui écartai un peu plus les jambes avec mes coudes. Au-dessus de la page, j'apercevais les infimes vallons de la colonne vertébrale de Sally qui traçait son chemin le long de son dos lisse, pour se perdre dans les boucles rousses autour de son cou. Je n'étais pas convaincu que le texte que j'avais sous les yeux était plus intéressant que ce qui était étendu derrière.

— Il est écrit ici qu'il y a en Gelleth une vallée appelée la gorge de Leucrota. Dans les terres souillées qui se trouvent en contrebas du Castel Rouge.

La lueur matinale entrait par la fenêtre ouverte. On sentait de la froidure dans l'air, mais dans le bon sens du terme, comme lorsqu'une bière a du caractère.

— Mmmnnn, fit la voix de Sally dans l'oreiller.

Je l'avais épuisée. On peut éreinter même les catins quand on a mon âge. C'était la première fois que j'avais eu et une femme et du temps devant moi. Je constatai que la combinaison des deux me plaisait. Il y a beaucoup d'avantages à ne pas attendre les uns derrière les autres, et à ne pas être obligé de finir son affaire avant que les flammes prennent possession des lieux. Et que dire du consentement ! Ça aussi c'était nouveau, même si je l'avais monnayé. Dans le noir, je pouvais imaginer que c'était gratuit.

— Bien, à supposer que je connaisse mon grec ancien, et c'est le cas, un leucrota est un monstre qui attire sa proie en s'adressant à elle avec une voix humaine. (Je courbai le cou pour mordre Sally à l'arrière de la cuisse.) Et d'après mon expérience, tout monstre qui parle d'une voix humaine est humain. Ou l'a été.

Mes pieds dépassaient du lit. J'agitai les orteils. Quelquefois, ça aide.

J'attrapai le plus ancien des trois ouvrages que j'avais dérobés. Le texte d'un Bâtisseur imprimé sur des feuilles de plastik et froissé à cause d'un sinistre ancien. Les érudits orientaux paieraient cent pièces d'or pour des documents de Bâtisseurs, mais j'espérais tirer de ce livre un profit plus important.

Le précepteur Lundist m'avait enseigné la langue des Bâtisseurs. Je l'avais apprise en l'espace d'un mois, et il était allé s'en vanter auprès de qui voulait bien l'entendre, jusqu'à ce que père lui rabatte son caquet par l'un de ces regards sombres qui faisaient sa réputation. Le vieux Lundist disait que je parlais cette langue mieux que quiconque dans l'Empire Brisé, mais la moitié des termes du petit bouquin que j'avais piqué n'avaient aucun sens pour moi.

Je déchiffrais « top secret » en haut et en bas de chaque page, mais « neurotoxicologie », « carcinogène », « mutagène » ? D'anciens modèles de chapeaux, peut-être. À ce jour, j'ignore encore la signification de ces mots. Cela étant dit, ceux que j'arrivais à reconnaître étaient relativement intéressants. « Armes », « entreposées », « destruction massive ». L'avant-dernière page comportait même une carte brillante, représentant contours et reliefs. Le précepteur Lundist m'avait également enseigné des rudiments de géographie. Assez pour me rendre compte que le petit plan correspondait aux « Vues du Castel Rouge » méticuleusement exécutées dans la volumineuse quoique monotone *Histoire de Gelleth*, dont le dos relié de cuir reposait dans la raie du derrière ô combien mordillable de cette chère Sally.

Même lorsque je comprenais les termes employés par les Bâtisseurs, les phrases étaient incompréhensibles. « Les épanchements d'armes binaires sont à présent endémiques. Les composants unaires plus légers que l'air montrent une toxicité réduite, quoique la rosiosis soit un symptôme topologique courant d'exposition. »

Ou, à la même page : « Les effets mutagènes sont courants en aval des déversements chimiques. » Je pouvais tenter de deviner ce que ça voulait dire en mobilisant toutes mes connaissances en grec, mais ça me paraissait rien moins que raisonnable. Sans doute avais-je volé un vieux livre de contes ?

— Jorg ! beugla Makin à travers la porte. L'escorte qui t'emmène auprès du Guet Forestier est arrivée.

Sally sursauta en entendant ça, mais je la maintins contre le matelas.

— Dis-leur d'attendre.

Le Guet Forestier ne me serait pas d'une grande utilité. À moins que ses membres aient dix mille copains désireux de se joindre à nous.

— Doux Jesu, j'ai mal partout. (Sally tenta à nouveau de se redresser.) Oh ! c'est déjà le matin. Sammeth va me tuer.

— J'ai dit bouge pas, bordel. (Je trouvai une pièce dans ma bourse qui était posée sur la table, et la lui lançai.) Voilà pour ton fichu Sammeth.

La prostituée s'avachit sur le lit avec une protestation placide.

— Épanchements d'armes chimiques…

Comme si articuler les mots leur donnerait plus de sens.

— Tu vas au Castel Rouge, alors ? demanda Sally.

Elle réprima un bâillement.

Je voulus la gifler pour la faire taire. Bien entendu, elle ne remarqua pas mon geste, et puis *Une histoire de Gelleth* me privait de la cible la plus intéressante.

— Dis coucou de ma part à ces petits hommes rouges, dit-elle.

Rosiosis.

Je posai la main sur sa hanche.

— Des petits hommes rouges ?

— Hu-hum.

Je la sentis gigoter sous ma paume. J'appuyai plus fort.

— Des petits hommes rouges ?

— Oui, geignit-elle, un soupçon d'irritation dans la voix. Pourquoi tu crois qu'on appelle ça le Castel Rouge ?

Je me redressai en position assise.

— Makin ! Viens par ici ! criai-je, assez fort pour être entendu de toute l'auberge.

Il entra aussitôt, la main à l'épée. Un sourire naquit sur ses lèvres quand il aperçut Sally étendue de tout son long, nue, mais il ne lâcha pas son arme.

— Mon prince ?

En entendant ça, Sally essaya vraiment de se lever. Elle réussit presque à se mettre à quatre pattes, et *Une histoire*... s'envola.

— Prince ? Personne a rien dit au sujet d'un prince ! C'est pas un foutu prince !

Je la plaquai encore une fois à plat ventre.

— Cette conversation qu'on a eue hier, Makin, dis-je.

— Oui ?

— Il n'y a rien que tu aimerais ajouter à la description ? Rien d'autre à propos de ces neuf cents vétérans ? demandai-je.

L'espace d'une seconde, il eut l'air aussi benêt que cet idiot de Maical.

— Quelque chose en rapport avec la couleur ? ajoutai-je pour obtenir une réaction.

— Oh ! (Il eut un large sourire.) Les Émotifs ? Oui. Ils sont rouges comme des homards ébouillantés, jusqu'au dernier. Quelque chose dans l'eau, il paraîtrait. Je pensais que tout le monde savait ça.

Rosiosis.

— Je l'ignorais jusqu'à aujourd'hui, dis-je.

— Apparemment, ton père aurait dû faire pendre le précepteur Lundist, alors. Tout le monde sait ça.

Des monstres dans les profondeurs.

— Un prince ? Jamais de la vie !

Sally semblait piquée au vif.

— T'as été royalement baisée, répondit Makin en lui adressant une courbette.

Le Castel Rouge et tous ses petits soldats, là-haut.

Je me levai.

Armes entreposées.

Épanchements.

— Bon, on est prêts à y aller ? demanda Makin.

Je pris mon pantalon. Sally roula sur le côté pendant que je m'habillais, ce qui ne me facilita pas la tâche. J'observai sa nudité rehaussée par le soleil matinal, merci à lui. Je me posais la question... Devrais-je mettre en péril la vie du Guet Forestier et celle des Frères en me fondant sur de folles hypothèses et sur une interprétation à l'aveugle d'un vocabulaire abscons ?...

— Dans une heure, dis-leur. (J'entrepris de délacer au lieu de lacer.) Je serai prêt dans une heure.

Sally se cala contre les oreillers et sourit.

— Un prince, hein ?

Tout à coup, m'allonger me parut être une bonne idée.

Chapitre 24

Je descendis l'escalier avec une remarquable bonne humeur peu après midi.

— Ho ! capitaine Coddin !

Celui-ci me salua avec raideur, les lèvres pincées en une ligne mince. Au fond, dans un coin, les Frères les plus jeunes : Roddat, Jobe et Sim, bichonnaient leur gueule de bois. Je distinguais Burlow qui ronflait sous une table.

— Je croyais que vous seriez rentré à Gué-de-Chelny, capitaine, pour protéger nos frontières des déprédations des malfaiteurs et des filous, dis-je, tout guilleret.

— Mes performances à ce poste n'ont pas donné satisfaction. Certaines voix, à la cour, ont affirmé que ma garnison et moi avions laissé passer un peu trop de malfaiteurs et de filous, ces temps-ci. Je suis chargé des escortes au sein de la Cité de Crath. (Il indiqua la porte donnant sur la rue.) Si le prince Jorg est prêt…

Je décidai que j'appréciais cet individu. J'en fus surpris. Je n'ai pas tendance à apprécier les gens, en règle générale. Je mis ça sur le compte de ma belle humeur. Rien de tel qu'une nuit à courir la gueuse pour vous ramollir un homme.

Nous franchîmes donc la Porte Ouest avec Coddin et ses quatre soldats. Makin m'accompagnait bien évidemment, de même qu'Elban, car celui-ci avait beau être vieux, les Frères qui avaient plus d'un demi-cerveau n'étaient pas bien nombreux. J'emmenai également le Nubain. Je ne sais pas trop pourquoi, mais il était assis au bar en train de manger une pomme, sa fameuse arbalète posée sur les genoux, et je me suis dit que j'allais l'emmener.

Nous nous engageâmes sur la Vieille Route en direction de la forêt de Rennat, située à une vingtaine de kilomètres à vol d'oiseau de là où nous nous trouvions, et il va sans dire que cette voie volait comme un oiseau justement, en suivant la ligne élaborée par des hommes de Rome durant l'ère ayant précédé celle qui nous précédait.

Coddin chevauchait à l'avant, flanqué de ses gars, et nous, à l'arrière, nous profitions de cette belle journée. Makin poussa Fougue à la hauteur de Gerrod, et les deux étalons échangèrent les menaces qu'il était dans leur nature de proférer.

—Tu aurais dû me laisser à sieur Galen, Jorg, dit-il.

—Tu penses que t'aurais pu l'avoir ? demandai-je.

—Non. Il savait y faire avec son épée, ce Teuton, répondit Makin en se passant une main en travers de la bouche. Je n'ai jamais croisé le fer avec un meilleur adversaire.

—Ce n'était pas lui le meilleur.

Un silence tomba entre nous, momentanément. Elban le rompit :

—Makin s'est battu contre quelqu'un qu'il a pas pu vaincre ? Sieur Makin ? J'le crois pas.

À cause de son absence de dentition, le « Sieur » d'Elban ressemblait à un chuintement mouillé.

L'intéressé se retourna sur sa selle.

—Crois-le. Devant le champion du roi, j'étais cuit. Jorg l'a battu, cela dit. (Il adressa un signe de tête au Nubain.) Avec une arbalète. T'aurais été fier.

L'intéressé passa une main noire comme la suie sur le fer de son arme, et toucha le visage de ses divinités païennes.

—Il n'y a pas de quoi être fier, Makin, dit-il.

Je ne réussissais jamais à savoir ce que pensait le Nubain. Un moment, il paraissait aussi limité que Maical, et l'instant d'après, plus profond qu'un puits profond. Parfois les deux en même temps.

—Maical, me remémorai-je à voix haute. Qu'est-ce qui est arrivé à notre idiote de mascotte, au final ? Il est mort ? J'ai oublié de poser la question.

—On l'a laissé à Norbois, Jorz. L'aurait dû mourir, avec cette plaie au ventre, mais y s'est accroché en gémissant tout le temps, répondit Elban.

Il essuya la bave de son menton.

—Trop stupide pour y passer, dit Makin. (Il fit un grand sourire.) On a dû le traîner jusque dans une maison aux abords de la ville. Petit Riquet était très motivé pour l'achever, juste histoire de le faire taire.

Ça nous fit rire.

—Mais sérieusement, Jorg, tu aurais dû laisser faire Galen, poursuivit-il. Tu aurais eu la partie belle à la cour. Tu es toujours l'héritier du trône. Tu aurais fini par avoir cette princesse effrontée, avec le temps. Le Castel Rouge, c'est ton arrêt de mort pour avoir fracassé cet arbre débile. Pour ça, et pour avoir traité la femme de ton père de « putain Scorron ». Il n'est pas homme à pardonner.

—T'as certainement raison pour tout ça, Makin, répondis-je. Si mon ambition se limitait à avoir « la partie belle », j'aurais laissé faire le Teuton et le pire serait arrivé. Heureusement pour toi, je désire remporter la Guerre des Cent, réunifier l'Empire Brisé et devenir empereur. Et si j'ai la moindre chance d'y parvenir, alors ça signifie que ce sera du gâteau de s'emparer du Castel Rouge avec deux cents hommes.

À la hauteur d'une borne à l'orée de la forêt, nous déjeunâmes. De mouton, lestement soustrait aux cuisines de *La Chute de l'Ange*. Nous n'avions pas fini d'essuyer nos doigts graisseux que nous nous engagions déjà sous le couvert des arbres – de grands chênes et des bouleaux, majoritairement – qui se paraient d'écarlate grâce au baiser des gelées automnales. En passant, les feuilles crissant sous les sabots de nos chevaux dont le souffle embuait l'air devant nous, je sentis à nouveau ce tendre crochet qui s'enfonçait dans ma peau. On raconte qu'un homme peut voyager une vie durant, et demeurer captif du charme des vallées d'Ancrath.

Je bâillai, et ma mâchoire craqua. La nuit précédente n'avait pas été propice au sommeil. Au chaud sous ma cape, je me laissai bercer par le pas agréable de Gerrod.

Je me surpris à songer à des bras doux et lisses. Mes lèvres articulèrent son nom comme pour le goûter.

— Katherine ? demanda Makin.

Levant brusquement la tête, je vis qu'il m'observait, les sourcils haussés de cette façon énervante dont il avait le secret.

Je détournai les yeux. À notre gauche, une longue étendue de bruyère-aiguillon s'enroulait, torturée, autour du tronc de trois ormes. J'avais chèrement payé la leçon qu'elle m'avait enseignée par une nuit d'orage. Ce n'était pas seulement la beauté de cette contrée que j'avais dans la peau.

Tue-la.

Je me retournai sur ma selle, mais Makin avait ralenti et plaisantait maintenant avec le Nubain.

Tue-la, et tu seras libéré pour toujours.

La voix semblait provenir des ténèbres tapies sous les aiguillons. Elle se surimposait au crissement du tapis de feuilles mortes sous le pas des chevaux.

Tue-la. Une voix ancienne, desséchée, vierge de toute pitié. Pendant un instant, je me représentai Katherine, ses dents blanches qui se couvraient de sang, ses yeux arrondis de surprise. Je sentis le couteau dans ma main, enfoncé dans son ventre jusqu'à la garde, le liquide chaud qui me coulait sur les doigts.

Le poison serait plus discret. Une lointaine marque d'attention.

Cette voix-là aurait pu être aussi bien la mienne que celle de la bruyère. Elles commençaient à se confondre.

La force requiert des sacrifices. Toute faiblesse a son prix. Là, c'était moi. Nous avions laissé la bruyère derrière nous, et la température avait baissé.

Le Guet Forestier nous trouva relativement vite ; le contraire m'aurait inquiété. Une patrouille de six hommes, tous vêtus en vert et noir, sortit du couvert des arbres et nous pria d'indiquer les raisons de notre présence sur la route Royale.

— Je suis venu voir le maître du Guet, dis-je, sans laisser à Coddin l'occasion de me présenter.

Les sentinelles s'entre-regardèrent. On ne faisait certainement pas bonne impression ; seul Makin ressemblait à quelque chose, puisqu'il s'était fait beau pour voir mon cher père. Je portais mon armure de route, qui avait connu des temps meilleurs. Quant à Elban et au Nubain, disons que leur mine patibulaire leur aurait valu le gibet sans passer par l'étape pesante du procès.

À ce moment-là, Coddin prit la parole :

— Voici Jorg, prince d'Ancrath, héritier du trône.

Ses paroles, si dures à avaler soient-elles, recevaient l'appui de l'uniforme de celui qui les avait prononcées. La patrouille semblait abasourdie.

— Il est venu voir le maître du Guet, poursuivit Coddin, en vue de susciter une réaction.

Il obtint l'effet escompté, et les soldats nous emmenèrent dans la forêt profonde en empruntant une succession de sentiers de daim. Nous les suivîmes en file indienne, et nous ne mîmes pied à terre que quand nous en eûmes assez que les branches nous cinglent le visage à intervalles réguliers. Nos guides ne ralentirent pas l'allure pour autant, sans la moindre considération pour mon sang royal ou pour le fait que nous étions équipés d'armures lourdes.

— Et puis au fait, qui est le maître du Guet ? demandai-je, le souffle court, en cliquetant assez fort pour empêcher les ours d'entrer en hibernation.

L'un des gardes, un vieux bonhomme noueux comme les arbres, lança un regard par-dessus son épaule.

— Le seigneur Vincent de Gren.

Il cracha dans les buissons pour montrer toute l'estime qu'il portait à son supérieur.

— Votre père l'a nommé au printemps, expliqua le capitaine Coddin derrière moi. D'après ce que j'ai compris, c'était pour ainsi dire une punition.

Le Guet Forestier avait établi ses quartiers près de la cascade de Rulow, dans la plaine où les méandres de la Temus rassemblaient leur courage avant de bondir d'une marche haute de soixante mètres. Une dizaine de vastes cabanes en rondins au toit de bardeaux se lovaient parmi les arbres. Une meunerie abandonnée, constituée de blocs de granit et perchée au bord de la cascade, servait de quartiers au maître du Guet.

Quelques dizaines de gardes regardèrent notre colonne monter vers l'édifice. Il ne devait pas y avoir grand-chose pour se distraire, dans les parages.

La vieille sentinelle partit annoncer notre arrivée tandis que nous attachions nos coursiers. Étant donné que l'homme ne se pressait pas, nous patientâmes. Un vent froid soufflait, agitant les feuilles mortes et les capes vert et noir des soldats qui étaient restés avec nous. La plupart portaient un arc court. Un arc long est voué à s'empêtrer dans les branches et, dans la forêt, la distance de tir est toujours réduite. Pas de Robin du Bois, ici ; les membres du Guet n'étaient pas du genre à rigoler, mais plutôt à vous tuer si vous quittiez le droit chemin.

— Prince Jorg.

La porte de la meunerie s'ouvrit et un individu vêtu d'hermine sortit, les pouces passés dans une ceinture faite de plaques d'or.

— Seigneur Vincent de Gren, je présume, répondis-je en lui adressant mon sourire le plus faux.

— Vous êtes donc venu nous informer que nous allions tous mourir à cause d'une stupide promesse faite par un garçon pour impressionner son père ! clama-t-il, de telle sorte que tout le monde, dans la clairière, l'entendit.

Je devais bien lui accorder ça, à ce seigneur Vincent : il allait droit au but, pour sûr. Et j'apprécie ça chez un homme, vraiment. Son ton, en revanche, me déplaisait. Le maître du Guet affichait une mine dégoûtée, oh oui ! On aurait dit que le monde avait un goût amer dans sa bouche, ce qui était bizarre, parce qu'il avait l'allure d'un tonneau graisseux, du genre qui requiert des platées de nourriture et quelques dizaines de fourrures d'hermine de plus que la normale pour se couvrir. J'estimai qu'il devait avoir dans les trente ans, mais c'est difficile de juger, avec les gros : le gras empêche les rides de se former.

— Les nouvelles vont vite, à ce que je constate.

Je me demandai si mon père souhaitait me voir échouer encore plus qu'il désirait s'emparer du Castel Rouge. Dans un sens, ce serait un compliment de sa part, car implicitement ça signifierait que j'avais une chance de réussir, selon lui. Mais non, je sentais là une intervention féminine, peut-être celle d'une dame encore piquée au vif de s'être entendu traiter de « putain Scorron ». Une femme habituée à soutirer des secrets sur l'oreiller après le coït. Une femme capable d'envoyer des cavaliers dans la forêt de Rennat. Jusqu'en Gelleth, même.

Je m'approchai du maître d'un pas décidé.

— Je me demande, seigneur de Gren, si vos hommes vous suivraient jusqu'à la mort. Vous avez vite gagné leur respect, je suis impressionné. J'ai entendu dire que le Guet Forestier était composé de soldats coriaces, de vrais durs à cuire.

Je passai un bras autour de ses épaules. Il n'apprécia pas, mais c'est le genre de chose qu'on peut faire quand on est prince.

— Accompagnez-moi.

Je ne lui laissais pas le choix. Je le menai vers l'aval en direction de la ligne luisante à hauteur de laquelle la Temus disparaissait, remplacée par une brume de fines gouttelettes.

— Suivez-nous, criai-je à la cantonade. Ce n'est pas une réunion privée.

Nous nous plaçâmes donc sur la saillie de pierre mouillée au bord de la cascade de Rulow, cinquante mètres en contrebas de la meunerie, là où les flots écumeux bondissaient sur les rochers et se précipitaient dans le vide.

— Prince Jorg, je ne…, commença de Gren.

— Toi, viens par ici !

Lâchant le bras du seigneur Vincent, je désignai le vieux garde qui m'avait craché tantôt le nom du maître du Guet. Je dus crier pour couvrir la voix de la rivière.

Le gaillard nous rejoignit au bord.

— Et qui est ce bel échantillon du Guet, maître du Guet ? m'enquis-je.

Les gros ont un visage merveilleusement expressif. En tout cas, celui du seigneur Vincent l'était. Je distinguais ses pensées, elles affleuraient sur son front, tressaillaient sur ses bajoues, lui tordaient les plis du cou.

— Je…

— Il y en a deux cents, de ces bougres. On ne s'attend pas à ce que vous les connaissiez tous par leur nom, remarquai-je, tout affable. Comment t'appelles-tu, sentinelle ?

— Keppen, Vot' Altesse, répondit l'intéressé, qui aurait manifestement préféré se trouver ailleurs.

Son regard était attentif, il cherchait une ouverture.

— Ordonnez-lui de sauter, maître du Guet.

— Q-quoi ?

Le seigneur Vincent devint très vite très pâle.

— Sauter, répétai-je. Ordonnez-lui de sauter par-dessus la cascade.

— Quoi ?

Le seigneur Vincent avait apparemment des difficultés à m'entendre par-dessus le rugissement du torrent.

Keppen avait porté la main à la poignée de sa dague. C'était un gars sensé.

— Si vos hommes doivent tous aller se faire trucider à cause d'une stupide promesse faite par un garçon à son père, eh bien, il est fort naturel que le garçon en question s'assure qu'ils suivront vos instructions quand elles signifieront une mort certaine. Et si vous dites « quoi ? » encore une fois, je vais devoir vous étriper ici et maintenant.

— Q… ? Mais mon prince… prince Jorg…

De Gren voulut rire.

— Ordonnez-lui de sauter, sur-le-champ ! lui aboyai-je au visage.

— S-sautez !

— Pas comme ça ! Mettez-y un peu de conviction. Il ne vous obéira pas si ça ressemble à une suggestion.

— Sautez ! ordonna le seigneur Vincent en se cherchant un semblant d'auguste autorité.

— Mieux que ça. Recommencez, et mettez-y du cœur.

— Sautez ! cria-t-il au vieux Keppen. (Ses couleurs lui revenaient, il avait viré à un bel écarlate.) SAUTEZ ! Sautez, bon sang !

— Pas question, merde alors ! rétorqua Keppen.

Il tira son couteau, un vicieux morceau d'acier, et recula, tout sur le qui-vive.

— Insuffisant, seigneur Vincent, dis-je en haussant les épaules. Parfaitement insuffisant, un point c'est tout !

Et une poussée enthousiaste le fit basculer. Pas une protestation. Je n'entendis même pas le moindre « plouf ».

J'agis vite, alors. Deux enjambées, et j'avais saisi Keppen à la gorge, mon autre main lui immobilisant le poignet pour tenir le couteau à distance. Ça le prit au dépourvu, si bien qu'un autre pas nous amena au-dessus du gouffre ; ses talons dans le vide, ma poigne était tout ce qui lui permettait encore de rester parmi nous.

— Bon, Keppen, dis-je. Mourras-tu pour le nouveau maître du Guet ? (Je lui souris, mais je ne crois pas qu'il le remarqua.) C'est le moment où tu réponds « oui ». Et tu ferais mieux de penser ce que tu dis, parce qu'il existe bien pire que de mourir rapidement quand on te donne un ordre.

Un « oui » réussit à passer entre mes doigts.

— Coddin, poursuivis-je en montrant l'intéressé. Vous êtes le nouveau maître du Guet.

Je ramenai Keppen sur la terre ferme et regagnai la meunerie. Tout le monde me suivit.

— Si je vous demande de mourir pour moi, j'attends de vous que vous me demandiez où et quand. Mais je ne suis pas pressé de vous demander ça. Ce serait du gâchis. Le Guet Forestier compte les deux cents soldats les plus redoutables d'Ancrath, que mon père en ait conscience ou non.

Ce n'était pas que flatterie de ma part. Dans la forêt, ils étaient les meilleures recrues dont nous disposions. Sous l'autorité d'un maître du Guet compétent, ils représentaient l'épée la plus tranchante de l'armurerie, et ils étaient trop futés pour sauter dans le vide quand on le leur ordonnait.

— Maître Coddin ici présent vous conduit en Gelleth.

Quelques lèvres se retroussèrent à ces mots. Avec ou sans le grand saut du seigneur Vincent, je n'en restais pas moins un gamin, et s'emparer du Castel Rouge relevait toujours de la pulsion suicidaire.

— Vous ne vous approcherez pas à moins de trente kilomètres du Castel. Vous passerez deux semaines dans les forêts d'Otton à couper du bois pour fabriquer des engins de siège et à éliminer les patrouilles éventuelles. Maître Coddin vous donnera des précisions en temps voulu.

Je me détournai et poussai la porte de la meunerie.

— Coddin, Makin !

Ils me suivirent à l'intérieur. Le vestibule menait à une salle à manger accueillante sur la table de laquelle avaient été posés de la viande d'oie froide, du pain et des pommes d'automne. Je pris un des fruits.

— Mes remerciements, prince Jorg. (Coddin m'adressa une autre de ses courbettes raides.) Sauvé, fini d'escorter les gens dans la Cité de Crath. À présent, je peux passer mon hiver à courir les bois de Gelleth. Amusant.

Un sourire fugace vint papillonner au coin de sa bouche.

— Je viens avec vous. Sous un déguisement. C'est un secret bien gardé qu'il faudra divulguer, vous vous en assurerez, dis-je.

— Et où on sera, en réalité ? demanda Makin.

— Dans la gorge de Leucrota, répliquai-je. En train de parler à des monstres.

Chapitre 25

Nous regagnâmes le Château-Cime par la Porte de la Vieille Ville, l'ardent soleil de midi sur la nuque. J'avais accroché l'épée familiale en travers de ma selle, et personne ne chercha à nous barrer le chemin.

Nous laissâmes les chevaux dans la cour Ouest.

— Veille à ce que ses fers soient en bon état. Nous avons de la route à faire, dis-je au palefrenier.

Je flattai les flancs de Gerrod, puis le garçon l'emmena.

— On a de la compagnie, dit Makin en posant la main sur mon épaule, désignant la cour du menton. Gare.

Sagien descendait l'escalier du corps principal du château, frêle silhouette en robes blanches.

— Je suis sûr que notre petit païen est capable d'apprendre à aimer le prince Jorgy exactement comme tout le monde, dis-je. Il serait un atout utile dans notre manche.

— Tu aurais aussi vite fait d'y mettre un scorpion, répliqua Makin en fronçant les sourcils. J'ai mené ma petite enquête. L'arbre de verre que tu as renversé, l'autre jour. C'était pas une babiole. C'est lui qui l'avait fait pousser.

— Il me pardonnera.

— Il l'avait fait pousser dans la pierre, Jorg. À partir d'une perle verte. Il lui avait fallu deux ans. Il l'arrosait avec du sang.

Derrière nous, Ric ricana comme un gosse, ce qui était perturbant chez un géant comme lui.

— Son sang.

Un autre de nos compagnons pouffa en entendant ça. Ils connaissaient tous l'histoire de sieur Galen et de l'arbre de verre.

Sagien s'arrêta en face de moi dans la cour et dévisagea les Frères, dont certains étaient encore en train de confier leur cheval au personnel de l'écurie, tandis que d'autres étaient massés tout près de moi. D'un bref coup d'œil, le mage évalua la taille de Ric.

— Pourquoi vous êtes-vous enfui, Jorg ? demanda-t-il.

— Prince. Vous l'appellerez prince, chien d'infidèle, rétorqua Makin en s'avançant, l'acier de son épée en partie visible.

Sagien s'empara de lui d'un de ses regards paisibles, et la main de Makin retomba, molle, toute contestation envolée.

— Pourquoi vous êtes-vous enfui ?

— Je ne fuis pas, répondis-je.

— Il y a de cela quatre ans, vous vous êtes enfui de la demeure de votre père.

Il ne se départait pas de sa gentillesse, et les Frères le contemplaient comme s'ils étaient sous le charme d'une pièce de monnaie tournoyant sur elle-même.

— J'avais une raison de partir, dis-je, déstabilisé par son angle d'attaque.

— Laquelle ?

— Tuer quelqu'un.

— Avez-vous tué cette personne ? s'enquit Sagien.

— J'ai tué beaucoup de gens.

— L'avez-vous tuée, elle ?

— Non.

Le comte Renar respirait encore.

— Pourquoi ?

Pourquoi n'avais-je pas agi ?

— Lui avez-vous fait du mal ? poursuivit Sagien. Avez-vous lésé ses intérêts ?

Non. En réalité, en y regardant de plus près et en retraçant l'itinéraire hasardeux de mes quatre années passées sur la route, vous seriez en droit de dire que je lui avais rendu service. Les Frères et moi, nous avions mordillé les jarrets du baron Kennick et avions empêché ce dernier de réaliser ses ambitions. À Mabberbourg, nous avions étouffé dans l'œuf ce qui était peut-être une rébellion...

— J'ai tué son fils. J'ai poignardé Marclos, la chair de Renar, son héritier.

Sagien s'autorisa un mince sourire.

— En vous rapprochant de votre foyer, vous vous êtes placé sous ma protection, Jorg. La main qui vous dirigeait a lâché prise.

Était-ce vrai ? Il ne me paraissait pas mentir. Je suivais des yeux les écritures tatouées sur son visage, ces complexes volutes d'une langue foncièrement étrangère. Un livre ouvert, mais que je n'étais pas capable de déchiffrer.

— Je peux vous aider, Jorg. Je peux vous rendre à vous-même. Je peux vous restituer votre volonté.

Il me tendit la main, paume à plat tournée vers le haut.

— Le libre arbitre, il faut s'en emparer, dis-je.

Quand vous doutez, raccrochez-vous à la sagesse d'autrui. Nietzsche, en l'occurrence. Lors de certains débats, il vous faut un couteau si vous voulez éviter de tourner autour du pot, et dans d'autres il convient de casser des têtes avec une pierre philosophale.

J'imitai son geste par en dessous, ma paume contre le dos de sa main.

— J'ai pris mes décisions de mon plein gré, païen. Si quelqu'un cherchait à orienter mes pas, j'en aurais connaissance.

— Vraiment ?

— Et si j'avais connaissance d'une telle chose... Oh ! si j'en avais connaissance, je lui enseignerais tant de souffrance que les Hommes Rouges de l'Orient eux-mêmes viendraient me demander quelques tuyaux.

Les mots sonnèrent creux à mes oreilles dès que je les eus prononcés. Puérils.

— Ce n'est pas moi qui vous ai manipulé, Jorg.

— Qui, alors ?

Je serrai sa main jusqu'à entendre les os craquer.

— Demandez-moi votre volonté et je vous la donnerai, répondit Sagien avec un geste d'indifférence.

— Si j'étais frappé par un ensorcellement, je trouverais celui qui me l'a imposé, et je le tuerais. (Je sentis un écho de la vieille douleur qui m'avait harcelé sur la route, un élancement qui courait de tempe à tempe, derrière mes yeux, tel un mince éclat de verre.) Mais il n'y en a pas, et ma volonté m'appartient.

Sagien haussa les épaules et s'éloigna. Baissant les yeux, je vis que je tenais ma main gauche dans la droite et que du sang me coulait entre les doigts.

Chapitre 26

Je me rendis directement à la messe. Après mon entrevue avec Sagien dans la cour Ouest, j'avais besoin d'un soupçon d'Église de Roma, d'une bouffée d'encens, d'une bonne rasade de dogme. Les incroyants possédaient apparemment beaucoup de pouvoirs, alors il m'aurait semblé normal que l'Église soit en mesure de conférer un peu de magie aux fidèles méritants et, on pouvait l'espérer, aux mauvais croyants qui prenaient la peine de montrer le bout de leur nez. Si tel n'était pas le cas, j'avais de toute façon besoin d'un prêtre.

Nous entrâmes au pas de charge dans la chapelle et y trouvâmes le père Gomst qui célébrait l'office. Le chant du chœur céda devant le claquement des bottes sur le marbre poli. Des nonnes se rencognèrent dans la pénombre sous le regard concupiscent des Frères et, sans aucun doute, à cause de l'odeur nauséabonde qui émanait de notre groupe. Gains et Sim ôtèrent leur heaume et courbèrent la tête. Mais les autres, pour la plupart, se contentèrent de jeter des coups d'œil un peu partout, tâchant de repérer un objet de valeur à dérober.

— Pardonnez cette intrusion, mon père.

Je plongeai la main dans le bénitier, près de l'entrée, et l'eau sanctifiée lava le sang sur ma peau. Ça piqua.

— Prince ! (Le prêtre posa son livre sur le lutrin et leva la tête, livide.) Ces hommes… C'est inconvenant.

— Chut, allons. (Je longeai le bas-côté de la nef, les yeux rivés sur les merveilles peintes au plafond, tournant lentement sur moi-même, levant une main ouverte qui gouttait.) Ne sont-ils pas tous des fils de Dieu ? des enfants contrits revenus demander le pardon ?

Je m'arrêtai devant l'autel et jetai un coup d'œil par-dessus mon épaule en direction des Frères, qui étaient restés près de l'entrée.

— Repose ça, Roddat, sans quoi tu laisseras tes deux pouces dans la boîte à oboles.

L'intéressé ressortit un bougeoir en argent de sous la loque grise qui lui tenait lieu de cape de voyage.

— Celui-là, du moins, dit le père Gomst en montrant le Nubain d'un doigt tremblant. Celui-là ne fait pas partie du troupeau divin.

— On ne pourrait même pas le considérer comme un mouton noir ?

Je me plaçai tout près de l'officiant. Celui-ci tressaillit.

— Eh bien, sans doute pourrez-vous le convertir pendant notre voyage.

— Mon prince ?

— Vous m'accompagnez en Gelleth, père Gomst. Mission diplomatique. Je m'étonne que le roi ne vous en ait pas informé. (Je n'étais pas si étonné que ça, en vérité, puisque je mentais.) Nous partons immédiatement.

— Mais…

— Venez !

Je gagnai la sortie à grandes enjambées. Une pause, et alors il m'emboîta le pas. Je percevais sa réticence dans le bruit que faisaient ses semelles. Les Frères s'engagèrent à ma suite les uns derrière les autres, Ric passant la main sur mur, reliquaire et icônes.

M'étant assuré la présence du prêtre à nos côtés, j'étais impatient de me mettre en route. J'ordonnai à Makin de veiller à ce que nous soyons approvisionnés sans délai, et me rendis à nouveau dans la cour Ouest avec Gomst.

— Nous ne devrions pas emmener cet homme de Nuba en mission diplomatique, prince. Ni pour aucune autre mission, murmura Gomst, chemin faisant. Ils boivent le sang des prêtres chrétiens afin de jeter leurs sorts, vous savez.

— Ah oui ? (Je crois que c'était la première fois que je l'entendais dire quelque chose d'intéressant.) À titre personnel, j'aurais bien besoin d'un peu de magie.

— C'est de la superstition, mon prince, répliqua l'homme de Dieu, pâlissant sous sa barbe.

Quelques foulées supplémentaires, puis :

— Quand bien même, si vous décidiez de le brûler, le Seigneur nous bénirait, nous et notre périple.

Au bout d'une heure, sacoches pleines à craquer, nous retournions déjà dans la Vieille Ville. Sagien nous attendait. Il se tenait seul au bord du chemin pavé, et j'arrêtai Gerrod à sa hauteur. Je n'avais pas encore recouvré ma tranquillité d'esprit. Il avait planté le clou du doute en moi. Je m'étais dit que j'avais eu la force d'écarter le comte Renar de mes projets, que je l'avais sacrifié à la volonté de fer dont j'avais besoin pour remporter le pouvoir. Mais quelquefois, comme en ce moment, je ne le croyais plus tout à fait.

— Vous devriez accepter ma protection, prince, dit Sagien.

— J'ai survécu bien assez longtemps sans elle.

— Mais vous vous rendez maintenant en Gelleth, voué à emprunter un chemin destiné à renforcer le jeu de votre père.

— Effectivement.

Les chevaux des Frères, autour de moi, s'ébrouèrent.

— Si quelqu'un était d'avis que vous aviez une chance de réussir, cette personne ne vous laisserait pas faire. Celui qui s'est joué de vous ces dernières années cherchera à resserrer les liens que vous avez détendus. Peut-être le prêtre vous aidera-t-il. Sa présence vous a déjà été profitable. Il a la valeur d'un talisman, mais au-delà de cela, il n'est que robes vides.

Un cavalier se posta à côté de moi, pressant sa monture contre Gerrod.

— Je ne vous aime pas, idolâtre, dis-je en portant la main à la garde de mon épée.

— Qu'est-ce qui a effrayé les morts du marais, selon vous, Jorg ?

Rien ne venait troubler la calme vigilance du sorcier.

— Je...

J'allais fanfaronner, mais les mots me parurent vides de sens avant même que je les prononce.

— Un gamin en colère ? (Il secoua la tête.) Les défunts ont décelé une main plus sombre posée sur votre cœur.

— Je...

— Acceptez ma protection. Il est des rêves plus ambitieux que vous pourriez faire vôtres.

Je sentis la douce pesanteur du sommeil sur moi, et la selle de Gerrod perdre de sa matérialité.

— Sorcière des rêves, dit une voix inquiétante près de mon épaule. Sorcière des rêves, répéta le Nubain qui avait levé son arbalète, son poing noir serré autour du fût, muscles saillant sous le poids de l'arme. Je porte ton artefact, sorcière des rêves, le garçon ne sera pas souillé par ta magie.

Sagien eut un mouvement de recul, et les écritures tatouées semblèrent se convulser sur son visage.

En un instant, j'avais ouvert grands les yeux.

— C'est vous. (Tout devenait si clair que c'en était aveuglant.) Vous avez enfermé mes Frères dans les cachots de père. Vous avez envoyé votre chasseur pour m'éliminer.

Je posai la main sur l'arme du Nubain, me rappelant qu'il l'avait prise à l'homme que j'avais tué dans une grange par une nuit d'orage. Le sbire de la sorcière des rêves.

— Vous avez envoyé votre chasseur pour m'éliminer. (Les dernières bribes du charme de Sagien s'évanouirent.) Et c'est à présent mon chasseur qui détient le vôtre.

Le païen partit, courant presque, vers la porte du château.

— Priez que je ne vous trouve pas ici à mon retour, idolâtre, dis-je, sans un mot plus haut que l'autre.

S'il m'avait entendu, il déciderait peut-être de suivre mon conseil.

Nous quittâmes alors la cité sans un regard en arrière.

La première fois, les pluies nous trouvèrent sur les plaines d'Ancrath et nous suivirent vers le nord dans la zone montagneuse qui marquait la frontière avec Gelleth. J'avais été maintes fois trempé sur la route, mais les froides trombes d'eau qui s'abattirent quand nous quittâmes les terres de père nous rendaient misérables, s'immisçant jusqu'à la moelle de nos os et plus loin encore. Cela ne coupa cependant pas l'appétit à Burlow, et Ric conserva son mauvais caractère. Gros Burlow mangeait ses rations comme s'il relevait un défi, et Ric grondait à chaque goutte qui tombait.

Sur mes instructions, Gomst reçut les hommes en confession. Après avoir entendu Kent le Rouge parler de ses crimes et avoir appris comment il avait reçu son surnom, le prêtre me demanda à être dispensé de son devoir. Après avoir écouté les murmures de Baratin, il me supplia.

Des jours passèrent. De longues journées et des nuits froides. Je rêvais de Katherine, de son visage et de son regard farouche. Le soir, nous avalions les ragoûts-surprises de Gains, et Gros Burlow s'occupait des bêtes, vérifiant l'état de leurs sabots et de leurs boulets. Burlow s'occupait systématiquement des chevaux. Sans doute culpabilisait-il de peser si lourdement sur leur dos, mais personnellement je mettais ça sur le compte d'une peur panique de la marche. Nous nous enfoncions de plus en plus dans les montagnes désolées. Et les pluies cessèrent enfin. Nous campâmes ce jour-là dans un col d'altitude, et je m'assis avec le Nubain pour regarder le soleil se coucher. Il tenait son arbalète, lui chuchotant d'antiques secrets dans sa langue maternelle.

Pendant deux jours, nous tirâmes les montures par la bride sur des pentes trop raides et rendues coupantes par les cailloux, où seuls des chamois auraient pu évoluer.

Un pilier large de deux mètres et deux fois plus haut, semblable à la souche d'un arbre brisé par un géant capricieux, marquait l'entrée de la gorge de Leucrota. Les vestiges de la partie supérieure étaient éparpillés aux alentours. Des runes y étaient gravées, d'après moi en latin, même si elles étaient tellement érodées qu'elles étaient pratiquement indéchiffrables.

Nous fîmes halte au pied de la colonne. Je grimpai jusqu'à son sommet pour m'adresser aux Frères et pour me familiariser avec le terrain.

J'ordonnai aux gars d'établir le campement. Gains alluma son feu et fit s'entrechoquer ses casseroles. Seul un souffle de vent traversait la gorge ; les tentes de toile enduite ne remuaient que très légèrement. Il recommença à pleuvoir, mais il s'agissait simplement d'une petite averse, douce et froide. Pas suffisant pour troubler Ric qui, allongé sur les cailloux à cinq mètres du pilier environ, ronflait comme un sonneur.

Pour ma part, j'observais les versants qui nous surplombaient. Il y avait des grottes, là-haut. Beaucoup de grottes.

Mes cheveux flottaient au vent. Le Nubain me les avait noués en une dizaine de tresses à l'extrémité desquelles il avait attaché des charmes de bronze. Il avait dit que ça repousserait les esprits maléfiques. Je n'avais donc plus à me soucier que des esprits bienfaisants.

Mes mains étaient posées sur l'épée d'Ancrath, dont j'avais appuyé la pointe contre la pierre, devant moi. J'attendais quelque chose.

Les hommes commençaient à être gagnés par la nervosité, les bêtes aussi. Le fait qu'ils ne se plaignaient pas était significatif. Ils scrutaient les pentes avec moi, cet édenté d'Elban aussi usé par les intempéries que les cailloux, le jeune Roddat au visage pâle et grêlé, Kent le Rouge avec ses secrets, Rang le sournois, Baratin, Burlow et le reste de mon lot d'épouvantails. Le Nubain, à côté de qui se trouvait Makin, ne s'éloignait pas du pilier. Ma bande de Frères. Tous soucieux sans savoir pourquoi. Gomst paraissait prêt à prendre ses jambes à son cou pour peu qu'il se trouve une destination. Les Frères avaient du flair, s'agissant des ennuis. Je le savais assez bien pour comprendre que, lorsqu'ils commençaient à tous s'inquiéter simultanément, c'était que quelque chose de grave allait se produire. Quelque chose de très grave.

Extrait des minutes du procès de sieur Makin de Trente :

Mgr Helot, cardinal instructeur : *Et niez-vous avoir rasé la cathédrale de Wexten ?*
Sieur Makin : *Non.*
Cardinal Helot : *Ou avoir saccagé Basse-Merca ?*
Sieur Makin : *Non, tout comme je ne nie pas le sac de Haute-Merca.*
Cardinal Helot : *Notez que l'accusé trouve matière à s'amuser de ses crimes.*
Greffier de la cour : *Dûment noté.*

Chapitre 27

Les monstres vinrent lorsque la lumière déclina. Les ombres avalèrent la gorge et le silence s'épaissit, tant et si bien que le vent ne réussissait presque plus à le troubler. La main de Makin s'abattit sur mon épaule. Je tressaillis, tenant la peur à distance avec une flambée momentanée de haine, dirigée contre ma propre faiblesse, contre Makin qui me l'avait révélée.

— Là-haut, dit-il en désignant du menton quelque chose à ma gauche.

La bouche d'une des cavernes venait de s'illuminer de l'intérieur, œil unique nous espionnant dans la nuit tombante.

— C'est pas un feu, répondis-je.

La lueur n'avait rien de chaud ni de vacillant.

Sous nos yeux, la source de lumière se déplaça, projetant des ombres crues sur les pentes en un mouvement de balancier.

— Une lanterne ? suggéra Gros Burlow en se plaçant près de moi, gonflant les joues sous l'effet de la consternation.

Les Frères se réunirent autour de nous.

L'étrange fanal réapparut sur la pente, et l'obscurité engloutit la caverne qui se trouvait à l'arrière-plan. Il brillait telle une étoile, d'une lueur froide qui irradiait de sa source en mille lignes vives. Une ombre unique tranchait sur ce fond éclairé ; celle du porteur de la lanterne.

Nous le regardâmes descendre sans se hâter. Les doigts glacés du vent cherchaient ma chair et tiraient ma cape pour attirer mon attention. Quelque part dans la nuit, le vieux Gomsty marmonnait ses Ave Maria.

— *Ave Maria, gratia plena, dominus tecum, benedicta tu in mulieribus.*

L'horreur s'insinua lentement parmi nous.

— Mère de Dieu ! jura Makin comme pour conjurer la crainte que nous sentions tous, rampant sur le sol caillouteux devenu invisible.

Les Frères auraient bien fui, mais où ?

— Des torches, bordel. Allez ! m'exclamai-je pour rompre la léthargie ambiante, choqué d'être resté hypnotisé si longtemps par l'approche du danger. Tout de suite ! ajoutai-je en dégainant mon épée.

À ce son, ils se remuèrent. Se précipitèrent vers les braises du feu en trébuchant sur le terrain irrégulier.

— Nubain, Rang, Burlow, veillez à ce que rien n'approche par la rivière.

Mais au moment où je prononçais ces mots, je savais que nous avions été débordés.

— Là ! Là, derrière cette saillie ! s'écria le Nubain en indiquant l'endroit avec son arbalète.

Le Nubain avait aperçu quelque chose, et il n'était pas du genre à s'effaroucher pour rien. Nous avions contemplé la jolie lumière, et ils nous avaient contournés par les côtés. Aussi élémentaire que de séduire et de détrousser quelqu'un un jour de marché. Distrayez votre cible avec un joli minois, et dépouillez-la par-derrière ; elle n'y verra que du feu.

Les torches s'embrasèrent, les hommes couraient attraper leurs armes.

La lumière se rapprocha, et nous la reconnûmes pour ce qu'elle était : la peau d'une enfant. Elle marchait d'un pas égal, rayonnant par tous ses pores, d'une pâleur d'argent fondu qui réduisait ses haillons à l'état d'ombres. La voix du père Gomst s'éleva, brandissant la prière comme un bouclier.

— *Ave Maria, gratia plena !*

— Je vous salue Marie, répétai-je pour lui faire écho. Pleine de grâce, en vérité.

Les iris de la fille brûlaient d'un éclat argenté, et des flammes évanescentes couraient sur sa peau. Il émanait d'elle une frêle beauté qui me coupait le souffle.

Un monstre la suivait. En d'autres circonstances, c'est lui qui aurait attiré notre attention. Parodie d'homme, il partageait les traits d'Adam à la manière d'une vache qui singerait un cheval. La lumière révélait l'horreur de sa chair, ne nous épargnant aucun détail. Il mesurait sans doute quelque deux mètres quinze. Il dépassait même Petit Riquet de quelques centimètres.

Baratin leva son arc, une expression de dégoût sur ses traits tirés. Je retins son bras alors qu'il visait la créature.

— Non, dis-je.

Je voulais les entendre parler. Sans compter que la flèche n'aurait sûrement fait qu'agacer notre nouvel ami.

Le torse de la créature ressemblait à un tonneau de grande contenance, sous une peau déformée, rouge et épaisse comme le cuir. Les deux moitiés de la cage thoracique, perçant la chair, se tendaient l'une vers l'autre au-dessus du cœur.

La lueur de la fille nous toucha en un baiser froid, et je sentis sa présence à l'intérieur de moi. Elle prit la parole, et sa voix me donna l'impression de s'élever du sol pierreux. J'entendis le bruit de ses pas dans les corridors de ma mémoire.

Il est des endroits que les enfants ne devraient pas fréquenter. Je croisai le regard argenté de la fille, et pendant un instant des ombres effleurèrent tout son corps.

— Bienvenue dans notre campement, dis-je.

Je m'avançai pour accueillir les nouveaux venus, laissant les Frères et entrant dans le halo brillant que l'enfant irradiait. Le monstre m'adressa un large sourire qui dévoila une véritable dentition de loup. Il avait des yeux de chat, qui réfléchissaient la lumière sous laquelle ses pupilles se réduisaient à des fentes.

Je passai devant la Belle et me plaçai devant la Bête. Nous nous jaugeâmes. Je détaillai les couches de muscles entassées par-dessus son ossature, barrées d'un lacis de veines battantes et de crêtes de tissu cicatriciel. Chacune de ses mains comptait trois doigts et un pouce, épais comme le bras de la fille. Une seule de ces pognes aurait suffi à me nourrir au dîner. Ou à m'arracher la tête et me la broyer.

Je tendis brusquement le cou, sans crier gare, et me projetai vers lui en poussant un cri. Il eut un mouvement de recul et trébucha sur le cailloutis. Je ne pus m'empêcher de rire. C'était irrépressible.

— Pourquoi ? me demanda l'enfant, perplexe.

Elle pencha la tête de côté, et les ombres fuirent.

— Parce que, répondis-je, en reprenant mon souffle tandis que la créature recouvrait son équilibre.

Pourquoi ? L'espace d'un instant, la raison m'en échappa.

— Parce que… parce que, merde, quoi. Parce qu'il est tellement énorme, ce salopard.

J'effaçai le sourire de mon visage. Car il m'avait décontenancé. Car à cause de lui, je m'étais senti petit.

— Je suis plus grand que toi. Est-ce que pour autant tu vas te laisser impressionner ? demandai-je.

— Je te crains bel et bien, répondit-elle. Pas en raison de ta taille, Jorg. À cause des fils qui se réunissent autour de toi. À cause des lignes qui se rencontrent là où je ne suis pas en mesure de les voir. À cause du poids, et de l'arête effilée sur laquelle il repose.

Elle parlait d'une voix chantante, douce et haut perchée.

— Tu es un oracle de talent, jeune fille. Tu maîtrises parfaitement ce mélange de profondeur du propos et de vacuité. (Je rengainai brutalement mon épée.) Bon, tu sais comment je m'appelle. Échange de bons procédés, veux-tu ? Les leucrotas ont-ils un nom ?

— Jane, répondit-elle. Et voici Gorgoth, un chef sous la montagne.

— Enchanté. (Je leur adressai une courbette.) Peut-être vos amis pourraient-ils sortir de derrière ces rochers, histoire que mes Frères ne soient pas si tentés de tirer sur des ombres.

Gorgoth posa sur moi la fente de ses prunelles félines, son regard bestial.

— Debout ! tonna-t-il d'une voix plus grave encore que je l'avais imaginée, et pourtant je n'y avais pas été de main morte, question imagination.

D'autres monstres se dressèrent autour de notre campement, certains si proches que j'en fus pétrifié. Si les gargouilles et les grotesques s'étaient toutes arrachées à leurs grandes cathédrales et rassemblées pour former une armée devenue de chair, alors les leucrotas constituaient cette armée. Il n'y avait pas là deux créatures semblables. Toutes avaient été dessinées selon un modèle humain, mais l'artiste n'avait pas eu la main heureuse. Aucune n'était aussi immense et ne respirait autant la santé que Gorgoth. La plupart arboraient des furoncles purulents, avaient un membre atrophié ou étaient affligées d'un agrégat désordonné d'immondes excroissances verruqueuses ou tumorales.

— Bon Dieu, Gorgoth ! À côté de tes amis, Petit Riquet a l'air presque mignon, dis-je.

Makin me rejoignit, plissant les yeux devant la lumière de Jane. Il mit une main en visière et examina Gorgoth de la tête aux pieds.

— Et voici sieur Makin. Chevalier de la cour du roi Olidan, terreur de…

— Un homme à qui l'on peut faire confiance, m'interrompit Jane de sa voix flûtée. Quand il donne sa parole.

Elle tourna dans ma direction les orbes argentés qui lui servaient d'yeux, et je sentis mes journées passées se masser lourdement sur mes épaules.

— Tu as l'intention de te rendre au cœur des montagnes, déclara-t-elle.

C'était indéniable.

— Oui, répondis-je.

— Tu apportes la mort, prince d'Ancrath.

Gorgoth gronda en entendant ça. On aurait dit des cailloux crissant les uns contre les autres. L'enfant posa une main luisante sur son poignet.

— La mort si nous acceptons, la mort si nous résistons. (Elle ne me quittait pas des yeux.) Qu'as-tu à offrir pour payer votre passage ?

Force m'était de reconnaître qu'elle maîtrisait parfaitement son jeu. Ça irait mal pour eux si mon plan réussissait, et ça irait mal pour eux aussi s'ils tentaient de nous arrêter.

— J'ai justement apporté un présent, dis-je. Mais s'il n'a pas l'heur de te plaire, je peux te faire quelques promesses. Sieur Makin promettra la même chose, lui aussi, et il est un homme de parole. (Je souris à Jane.) Quand j'ai aperçu cet endroit sur une carte…

Je m'interrompis, me rappelant les circonstances avec une certaine tendresse.

— Sally…, murmura la fille, se remémorant la taverne en même temps que moi.

J'en demeurai interdit un moment. Je n'aimais pas l'idée de cette enfant à l'intérieur de ma tête, ouvrant des portes, émettant ses jugements puérils, irradiant de sa lumière des endroits qui devraient rester dans les ténèbres. Une part de moi, une belle part, désira l'anéantir.

Je décrispai ma mâchoire.

— Quand j'ai aperçu cette gorge sur ma carte, je me suis dit : « Quel endroit en perdition. » Et c'est comme ça que ce marchandage m'est venu à l'esprit. Je vous ai apporté Dieu. (Me tournant, je désignai le père Gomst.) Je vous ai apporté le salut, la sainte communion. Je vous ai apporté la bénédiction, le catéchisme… la confession, même, si nécessaire. Tout le salut que vos laides petites âmes sont capables d'endurer.

Gomst poussa un hurlement de fillette et se mit à courir. Le Nubain l'intercepta par la taille avec son bras noir, et le hissa sur son épaule.

Je croyais que ce serait Jane qui répondrait, mais ce fut Gorgoth qui conclut notre marché :

— Nous prendrons le prêtre. (Quelque chose, dans sa voix, m'endolorit la poitrine.) Nous vous guiderons jusqu'au Grand Escalier. Les nécromanciens vous trouveront, cela dit. Vous ne reviendrez pas.

Certains disent que Kent le Rouge a le cœur noir, et sans doute ont-ils raison, mais, pour peu que vous l'ayez vu anéantir une patrouille forte de six fantassins à la hachette et au couteau, vous savez que l'homme a une âme d'artiste.

Chapitre 28

Je suivais péniblement Jane, et Gorgoth marchait derrière moi.

— Des nécromanciens ? demandai-je.

Je n'avais jamais rien lu à leur sujet dans mes livres.

— Ils commandent aux morts. Des mages…

— Je sais ce qu'ils sont, dis-je, interrompant Gorgoth. Qu'est-ce qu'ils font en travers de mon chemin ?

— Le mont Honas les attire, répondit la jeune fille. Il y a la mort, au cœur de la montagne. Une magie antique. Cela leur facilite le travail.

Même les grottes des leucrotas étaient laides. Quand j'avais sept ans et William cinq, le précepteur Lundist nous avait emmenés en secret dans les cavernes de Paderack. Sans que personne à la cour en sache rien, les héritiers d'Ancrath s'étaient faufilés dans les profondeurs aveugles et étaient arrivés dans la nef d'une cathédrale, une merveille à colonnes devant laquelle la grâce de Dieu en perdait de sa superbe. Je porte encore en moi cet endroit glorieux. Les salles des leucrotas n'affichaient rien de cette fluide élégance, pas le moindre soupçon de l'art caché qui repose dans les lieux enfouis au fond des gouffres du monde. Nous longeâmes des couloirs en pierre-de-bâtisseur, déversée là puis façonnée à l'aide de talents depuis longtemps oubliés. La lumière de Jane nous montrait des voûtes anciennes, craquelées par endroits et encroûtées de chaux. Nous contournâmes des blocs effondrés plus volumineux que des chevaux de trait, sans cesser de nous enfoncer sous terre comme des vers creusant jusqu'au noyau de la montagne, jusqu'à ses racines.

— Cesse de geindre, le prêtre, dit Rang en s'approchant derrière le Nubain et en montrant son couteau au vieux Gomsty.

Un morceau de fer bien vicieux, au demeurant.

Voyant ça, l'intéressé cessa de se lamenter, et ça me manqua, car sa voix avait eu des échos tout à fait envoûtants. Je me laissai distancer pour aller lui faire un brin de causette. Pour ça, et aussi pour m'assurer que Rang ne déciderait pas de tailler dans notre cadeau avant qu'on l'ait offert en bonne et due forme.

— Paix, maintenant, mon père, intervins-je en écartant la lame de Rang. (Celui-ci, avec son visage grêlé et son strabisme, se rembrunit, oh ! ça oui.) Vous allez simplement changer d'ouailles. Votre nouvelle congrégation semble peut-être un peu plus crasseuse, mais pour ce qui est de l'intérieur ? eh bien, je suis persuadé qu'on vous y traitera mieux que Rang ici présent.

Le Nubain grogna et modifia la position de Gomsty sur son épaule.

— Pose-le, dis-je. Il peut marcher. On est perdus pour de bon ; il ne s'enfuira pas.

Le frère remit Gomst sur ses pieds et, s'adressant à moi, le visage trop noir pour que je puisse déchiffrer son expression :

— C'est mal, Jorg. Échange de l'or, pas des gens. C'est un homme saint. Il parle pour le Christ blanc.

Gomst le regarda avec une haine que je ne lui avais encore jamais vue, comme si le Nubain s'était laissé pousser des cornes et avait invoqué Lucifer.

— Eh bien, à partir de maintenant, il parlera à Gorgoth au nom du Christ, répliquai-je.

Le Nubain ne dit rien, et son visage demeura inexpressif. Mais quelque chose, dans ses silences, me donnait toujours envie d'en dire un peu plus. Comme si je lui devais quelque chose. Makin m'atteignait de la même façon, mais pas autant.

— C'est pas comme s'il ne pouvait pas partir, précisai-je. Il est libre de rentrer à pied s'il le faut vraiment. Il faudra juste qu'il obtienne de quoi manger et une carte, c'est tout.

Le Nubain m'adressa le croissant blanc de son sourire.

Je repris mon chemin. Une voix froide murmurait en moi, me chuchotait ma faiblesse, me parlait de l'extrémité biseautée d'une cale ou de celle d'un couteau aiguisé qui tranche sans déchirer, d'un fer brûlant pour cautériser une plaie avant que l'infection s'étende. Aimer un Frère, pas bon, ça.

La lumière de Jane s'atténua et vacilla tandis que je m'approchais d'elle. Elle eut un léger mouvement de recul et retint son souffle. Retroussant la lèvre supérieure, je l'imaginai tombant du haut d'une falaise. L'effet dépassa mes espérances. Elle piaula et se couvrit les yeux.

Gorgoth s'interposa entre nous.

— Ne l'approche pas, Prince Noir.

J'avançai donc parmi les ombres, et on nous emmena plus loin dans la montagne. Nous empruntions de larges tunnels qui s'étiraient sur des kilomètres, dont le sol avait été aplani et dont le plafond était incurvé. Des taches de rouille couraient sur toute la longueur des passages, formant des lignes parallèles, même si j'ignore la raison pour laquelle des hommes auraient installé du fer à cet endroit-là. À moins qu'il s'agisse des vestiges des tuyaux par lesquels avait circulé le feu secret des Bâtisseurs.

Nous laissâmes Jane et ses monstres, à l'exception de deux d'entre eux, sur la berge d'un lac si étendu que même la lumière argentée de la jeune fille ne l'éclairait pas en entier. Cet endroit aussi avait été construit par les Bâtisseurs. Une seule marche abrupte, et la pierre céda la place à l'eau ; le plafond se poursuivait, plat et dépourvu d'ornements. Les créatures s'éloignèrent vers des abris de bois et de peaux de bêtes serrés les uns contre les autres au bord de l'eau, Gorgoth ouvrant la marche, une main enveloppant les épaules du père Gomst.

Jane s'arrêta. Son regard passait de l'une à l'autre des deux grotesques qui restaient pour nous surveiller. Elle garda le silence, mais je sentais qu'elle leur donnait ses instructions en se passant de mots.

— Plus rien à me dire, petite ? demandai-je en mettant un genou à terre devant elle, en proie à un humour féroce. Pas de prédictions ? Pas de perles à jeter à ce pourceau ? Allons, partage avec moi ce que tu as entraperçu. Aveugle-moi avec l'avenir.

Elle croisa mon regard, et la lumière devint éblouissante. Mais je n'avais pas l'intention de me détourner.

— Tes choix sont les clés de portes au-delà desquelles je ne peux voir.

Je sentis poindre la colère et je l'écrasai avec un grondement.

— Il y a autre chose.

— Une main sombre est posée sur ton épaule. Il y a un trou dans ton esprit. Un trou. Dans tes souvenirs. Un trou qui… m'attire vers… m'attire…

Je lui pris la main. C'était une erreur, car à son contact ma peau me brûla autant que mes os se glacèrent. Je l'aurais lâchée si je l'avais pu, mais mes forces m'avaient quitté. Pendant un instant, je ne distinguai rien d'autre que les yeux de l'enfant.

— Quand tu la rencontreras, fuis. Fuis, c'est tout. Contente-toi de fuir.

J'eus l'impression d'articuler ces mots moi-même, même si je percevais la voix de Jane qui les prononçait. Puis je tombai.

Je m'éveillai à la lumière des torches.

— Le revoilà.

Je me trouvai nez à nez avec Ric.

— Par Jesu, Ric, t'as recommencé à te gargariser à la pisse de rat ?

Je poussai sa mâchoire grossière, et m'accrochai à son épaule pour me hisser. Autour de moi, les Frères commencèrent aussi à se lever, ramassant leur paquetage. Makin revenait du bord de l'eau, suivi de la silhouette menaçante de Gorgoth.

— Quelle idée, de toucher la Prophétesse des Leucrotas ! dit-il, feignant de me réprimander.

Je percevais en réalité le soulagement qu'il dissimulait.

— Je tâcherai de m'en souvenir.

Gorgoth, lui, prit le temps de me montrer une mine renfrognée avant d'ouvrir la marche, tenant une torche de résine de la taille d'un petit arbre.

Notre chemin s'orientait désormais vers le haut, le tunnel envahi d'une poussière épaisse qui avait une saveur d'amande amère. Nous marchâmes moins d'un kilomètre avant que le chemin s'élargisse et devienne une vaste galerie barrée de tranchées de pierre, longues de plusieurs mètres et profondes de la hauteur d'un homme, dont l'utilité m'échappait. À l'orée de cette galerie, j'avisai, adossé à la paroi, un enclos de bois aux planches reliées entre elles par des cordes. Deux enfants leucrotas, maigres et nus, étaient blottis l'un contre l'autre au milieu de cette cage dépouillée. Deux garçons, des frères à en juger par leur ressemblance. Gorgoth tira la porte.

— Dehors.

Ni l'un ni l'autre ne pouvaient avoir plus de sept printemps, à supposer que ce type de calcul ait cours dans les antres sombres des leucrotas ; le plus jeune avait peut-être cinq ans. De tous les leucrotas que j'avais vus, ils étaient ceux dont l'apparence était la moins monstrueuse. Leur peau était mouchetée et rayée de noir et de rouge, ce qui leur donnait la couleur des tigres de l'Indus. De petites barbelures de corne noire pointaient de leurs coudes, reflets de leurs doigts griffus. Le plus âgé me lança un regard de ses yeux complètement noirs, sans blanc, ni iris ni pupille.

— Nous ne voulons pas de vos enfants, dit Makin. (Il sortit de sa poche une lanière de viande séchée et la lança aux petites créatures.) Remets-les là où ils étaient.

La viande roula jusqu'aux pieds de l'aîné. Celui-ci ne quittait pas Gorgoth des yeux. Le plus jeune observait le présent avec attention, mais il ne bougea pas. Ils avaient la peau tellement collée aux os que je pouvais compter chacune de leurs côtes.

—Ils sont pour les nécromanciens, ne gâche pas ta nourriture, gronda Gorgoth d'une voix si grave que c'en était douloureux de l'écouter.

—Un sacrifice ? demanda le Nubain.

—Ils sont déjà morts. La force des leucrotas n'est pas en eux.

—Moi, ils m'ont l'air assez vigoureux, dis-je. Moyennant un repas ou deux. T'es tout de même pas jaloux parce qu'ils ne sont pas aussi hideux que vous autres ?

Je me moquais pas mal du sort des deux avortons, mais je prenais plaisir à provoquer Gorgoth.

Celui-ci plia les doigts, et six jointures géantes craquèrent comme des bûches dans un feu.

—Mangez, dit-il.

Les deux garçons se jetèrent sur la nourriture de Makin en grondant comme des chiens.

—Les leucrotas naissent purs, nous obtenons nos dons à mesure que nous grandissons. C'est une lente évolution. (Il montra les deux enfants qui léchaient les derniers bouts de viande séchée restant sur la pierre.) Ces deux-là ressemblent déjà à des leucrotas deux fois plus âgés qu'eux, et les changements ne feront que s'accélérer et s'intensifier. Personne ne peut endurer de telles transformations. J'ai déjà vu ce phénomène. Cela vous met un homme sens dessus dessous. (Quelque chose, dans ses yeux félins, m'incita à croire ce qu'il disait, qu'il avait effectivement été témoin de ce dont il parlait.) Mieux vaut qu'ils nous servent à acheter la bonne volonté des nécromanciens pour qu'ils se tiennent à distance de nos grottes. Mieux vaut que ceux-qui-sont-morts les emmènent, eux, au lieu de victimes qui auraient pu vivre. Ils connaîtront une mort rapide suivie d'une longue félicité.

—Si tu le dis, alors je te crois, répondis-je avec un geste d'indifférence. Avançons. J'ai hâte de rencontrer ces fameux nécromanciens.

Nous suivîmes Gorgoth dans la galerie. Les frères trottaient autour de nous, et je vis le Nubain leur glisser des abricots secs sortis des profondeurs laineuses de sa tunique.

— Quel est ton plan, alors ? me demanda Makin à voix basse après s'être approché de moi.

— Mmm ?

Je regardai le benjamin des leucrotas esquiver un coup de botte bien placé de la part de Baratin.

— À propos de ces nécromanciens... Ton plan ? répéta Makin sur le même ton.

Je n'en avais pas, mais ce n'était qu'un obstacle de plus à vaincre.

— Il fut un temps où les morts restaient morts, remarquai-je. Je l'ai lu dans la bibliothèque de père. Pendant un temps infini, les défunts n'ont marché que dans les histoires. Même Platon les avait confortablement exilés, très loin, de l'autre côté du Styx.

— Voilà tout ce que tu récoltes, à lire autant. Je me rappelle la route du marais. Ces fantômes ne les avaient pas lus, tes livres.

Je hélai le Nubain.

— Nubain, viens dire à sieur Makin pourquoi les morts ne trouvent plus le repos.

Il nous rejoignit, arbalète sur l'épaule, une odeur d'essence de girofle flottant dans son sillage.

— Les sages de Nuba racontent que la porte est entrebâillée. (Marquant une pause, il passa sa langue très rose sur ses dents très blanches.) Une porte mène à la mort, un voile entre les mondes, et nous passons à travers quand nous mourons. Mais lors du Jour de Mille Soleils, tant de gens ont dû la franchir qu'ils l'ont cassée. Le voile est trop fin, à présent. Il suffit de murmurer la promesse adéquate, et on peut rappeler les défunts.

— Tu vois, Makin, dis-je.

Celui-ci fronça les sourcils et se frotta la bouche.

— Et le plan ?

— Ah ! fis-je.

— Le plan ?

Makin pouvait se montrer agaçant dans sa façon d'insister, oh oui !

— Comme d'habitude. Juste continuer à les tuer jusqu'à ce qu'ils se relèvent plus.

Vous pouviez compter sur frère Rang pour viser loin avec un arc court. Vous pouviez compter sur lui pour sortir d'un combat à l'arme blanche avec le sang de quelqu'un d'autre sur sa chemise. Vous pouviez compter sur lui pour mentir, tricher, voler et surveiller vos arrières. Impossible de compter sur son regard, néanmoins. Il avait de la bonté dans les yeux, et ça, impossible de s'y fier.

Chapitre 29

Les Bâtisseurs avaient apparemment une aversion pour les escaliers. Gorgoth nous emmena à travers la montagne par des sentiers traîtres taillés dans les parois lisses d'interminables conduits verticaux. Peut-être que les Bâtisseurs s'étaient vu pousser des ailes, ou qu'ils étaient capables de léviter par la simple force de leur volonté, comme les loin-voyants de l'Indus. Quoi qu'il en soit, des hommes avaient plus récemment entamé peu à peu à la pioche les parois pour y creuser des marches étroites et grossières. Nous les gravîmes avec précaution, gardant les bras bien tendus devant nous, de crainte de basculer dans le vide si nous bougions les épaules par inadvertance. Si les profondeurs avaient été éclairées, il ne fait aucun doute pour moi que certains des Frères auraient eu besoin de la pointe de leur épée pour les aider à grimper, mais l'obscurité dissimule tous les péchés, et nous pouvions tous nous persuader qu'un sol s'étendait, invisible, à six mètres sous nos pieds.

Étrange comme plus un trou est profond, plus il attire un homme. Étrange comme cette fascination, qui vit sur le fil du rasoir et étincelle à la pointe la plus acérée, se retrouve également dans les abîmes de la chute. Je me sentis tiré vers eux à chaque instant de notre escalade.

Gorgoth paraissait le moins bien taillé pour ce genre d'ascension, mais en le regardant l'entreprise nous paraissait facile. Les deux enfants leucrotas avançaient devant moi d'un pas dansant, sautillant de marche en marche avec une nonchalance qui me donnait envie de les balancer dans le vide. Je hélai notre guide.

— Pourquoi ils ne s'enfuient pas ?

Il ne me répondit pas. Je supposai que leur mépris du danger devait se lire à la lumière du sort qui les attendait s'ils arrivaient indemnes au sommet.

— Tu les mènes à la mort. Pourquoi te suivent-ils ?

Je jetai les mots contre la vaste surface de son dos.

— Demande-leur, gronda la voix de Gorgoth comme un roulement de tonnerre retentissant au loin dans le conduit.

J'attrapai l'aîné des deux enfants par le cou et je le tins au-dessus du gouffre. Il ne pesait presque rien, et moi j'avais besoin de me reposer. Je sentais toutes ces marches récolter leur dû et nourrir le feu qui brûlait les muscles de mes jambes.

— Comment tu t'appelles, petit monstre ? lui demandai-je.

Il me regarda de ses yeux qui semblaient plus sombres et plus vastes que le gouffre s'ouvrant à ma droite.

— « T'appelles » ? Pas t'appelles, répondit-il, d'une voix douce et flûtée.

— Ça ne va pas, ça. Je vais te donner un nom. Je suis un prince, je suis en droit de faire ce genre de chose. Tu seras Gog, et ton frère sera, disons, Magog.

Je lançai un regard à la ronde, tombai sur Kent le Rouge qui haletait derrière moi, sans la moindre étincelle de compréhension sur ses traits de paysan.

— Gog, Magog… Bon Dieu, c'est dans la Bible et j'ai même pas de prêtre pour comprendre la blague ! J'aurais jamais pensé que le père Gomst me manquerait !

Je reportai mon attention sur le jeune Gog.

— Pourquoi tu es si joyeux ? Le vieux Gorgo-goth, là-haut, il t'emmène te faire manger par les morts.

— J'ai l'droit de m'défendre, répondit Gog, tout calme. C'est la loi.

Si le fait d'être tenu par la peau du cou lui était désagréable, il n'en montrait rien.

— Et le petit Magog ? ajoutai-je en désignant du menton son frère, accroupi sur la marche juste au-dessus de la nôtre. Il va se battre aussi ?

J'eus un large sourire en m'imaginant ces deux-là en train d'affronter des mages de mort.

— Je le protégerai, dit Gog, et il commença à se tortiller si frénétiquement que je dus le poser, sans quoi nous aurions tous les deux basculé.

Il retourna au côté de son frère en trottinant, et posa une main tigrée sur l'épaule tigrée du petit. Ils me dévisagèrent de leurs yeux noirs, plus tranquilles que des souris.

— Ça pourrait être amusant, dit Kent derrière moi.

— Je parie que c'est le plus petit qui durera le plus longtemps, cria Ric.

Puis il s'esclaffa comme s'il avait dit quelque chose de drôle. À ce moment-là, il glissa et manqua de tomber, ce qui le calma aussitôt.

— Si tu veux gagner la partie, Gog, laisse le petit Magog à son sort. (Sitôt que j'eus prononcé ces paroles, un frisson fit se dresser le duvet sur ma nuque.) Montre-moi que tu es assez fort pour te débrouiller, et peut-être que je trouverai de quoi convaincre les nécromanciens d'abandonner ta maigre petite âme.

Gorgoth se remit en marche, et les frères le suivirent sans mot dire.

Je les imitai, frottant les cicatrices de mes avant-bras, là où la bruyère-aiguillon recommençait à me démanger.

Je comptai mille marches, et, étant donné que c'était l'ennui qui m'avait poussé à faire ça, je n'avais commencé qu'au bout des dix premières minutes de l'ascension. Mes jambes se transformèrent en gelée, j'avais l'impression que mon armure était faite d'un plomb de trois centimètres d'épaisseur, et je devenais trop maladroit pour placer mes pieds correctement sur les marches. Frère Gains persuada Gorgoth de s'arrêter un moment en tombant dans le gouffre et en vagissant pendant dix bonnes secondes avant que le sol invisible le persuade de se taire.

— Toutes ces marches pour atteindre le « Grand Escalier » ! m'exclamai-je.

Je crachai dans la direction qu'avait prise frère Gains, notre cher défunt.

Makin m'adressa un sourire en écartant les boucles moites de sueur qui lui tombaient dans les yeux.

— Peut-être que les nécromanciens vont nous porter jusqu'en haut.

— Va nous falloir un nouveau cuistot, dit Kent le Rouge en crachant lui aussi dans le vide, vers Gains.

— Personne peut être pire que ce vieux Gains.

Seules les lèvres de Gros Burlow bougeaient. Tout le reste de sa carcasse était avachi, collé à la paroi, sans vie. Je songeai que c'était un piètre éloge funèbre, puisque Burlow avait engrangé les résultats des efforts culinaires de notre frère disparu plus que nous tous réunis.

— Ce serait pire avec Ric, répondis-je. Je le vois aborder un dîner de la même façon qu'il entreprend d'incendier un village.

Gains avait été pas mal. Il m'avait sculpté une flûte en os, une fois, quand j'avais rejoint les Frères. Sur la route, on entérine la mort d'un des nôtres par des jurons ou des plaisanteries. Si nous n'avions pas apprécié Gains, personne n'aurait fait de commentaire. Je me sentais un peu idiot de laisser Gorgoth nous balader à ce rythme-là. Je m'emparai de la saveur amère de cette émotion, l'affûtai et la mis de côté pour les nécromanciens, des fois qu'ils décident d'éprouver notre courage.

Nous atteignîmes le haut des marches sans perdre d'autre frère. Nous suivîmes Gorgoth à travers une série de salles aux nombreux piliers où résonnaient nos pas, et dont le plafond était si bas que Ric pouvait le toucher en tendant le bras. Nous montions d'un niveau au suivant en empruntant de vastes rampes courbes. Les étages se suivaient et se ressemblaient, vides et poussiéreux.

L'odeur monta insidieusement autour de nous, si lentement que je serais incapable d'affirmer précisément quand je la remarquai. La puanteur de la mort revêt de nombreuses saveurs différentes, mais j'aime à penser que je sais reconnaître la Faucheuse sous tous ses aspects.

La poussière s'amassait à mesure que nous progressions, formant par endroits une couche de trois centimètres d'épaisseur. Ici et là pointait un os en partie enfoui. Nous en vîmes de plus en plus, et ensuite apparut un crâne, puis un deuxième. Là où la pierre-de-bâtisseur s'était craquelée et où l'eau s'était infiltrée, la poussière se changeait en gadoue grise sillonnée de deltas miniatures. Je tirai un crâne d'un marigot de ce genre. Il en sortit avec un gratifiant bruit de succion, et la boue s'écoula des orbites vides comme du sirop.

— Alors, où sont tes nécromanciens, Gorgoth ? demandai-je.

— Nous nous dirigeons vers le Grand Escalier. Ils nous trouveront.

— Ils vous ont trouvés.

Elle apparut avec grâce de derrière le pilier le plus proche de moi, cette femme issue de la nuit de mon imagination. Elle bougeait contre la pierre rugueuse comme s'il s'agissait de la soie la plus fine. Sa voix était un velours sombre et luxueux à l'oreille.

Personne ne dégaina son épée. Le Nubain leva son arbalète et en tira le pied-de-biche, contractant son imposant biceps en une boule noire. La nécromancienne ne tint pas compte de son geste. Elle lâcha le pilier avec la réticence d'une amante et se tourna face à moi. J'entendis Makin, près de moi, inspirer entre ses dents. En elle se mêlaient une souplesse robuste et ces formes délectables que les jeunes princes gribouillent dans la marge de leur cahier. Seuls l'habillaient des peintures et des rubans, dont les motifs tourbillonnaient sur sa peau en nœuds celtiques, gris sur noir.

« Quand tu la rencontreras, fuis. »

— Heureux de vous rencontrer, ma dame, la saluai-je en faisant la révérence.

« Fuis, c'est tout. »

— Gorgoth, tu nous amènes des invités en plus d'un tribut ! dit-elle.

En entendant son rire, un picotement me parcourut les reins.

« Contente-toi de fuir. »

Elle me présenta sa main. L'espace d'un instant, j'hésitai.

— Et tu es ? s'enquit-elle.

Ses iris, qui n'avaient jusque-là que reflété le feu, dérobaient à présent le vert que je me rappelais avoir contemplé dans une salle du trône, loin d'ici.

— L'honoré prince Jorg Ancrath, répliquai-je en prenant la main qu'elle me tendait, froide et lourde, et en l'embrassant. À votre service.

Et je l'étais.

— Chella.

Un feu sombre courait dans mes veines. Elle sourit, et je sentis le même sourire sur mon visage. Elle s'approcha encore un peu. Ma peau chantait d'émotion en sa présence. Je la respirai, humai la senteur amère des tombes anciennes entrecoupée du fumet chaud du sang.

— Le petit d'abord, Gorgoth, ajouta-t-elle sans me quitter des yeux.

Du coin de l'œil, je vis celui-ci saisir Gog dans son énorme pogne.

L'air se glaça soudain. Il y eut un bruit de roche contre roche qui me fit mal aux dents. La salle elle-même parut pousser un soupir de libération, et cette exhalaison s'accompagna de brumes aux volutes pâles qui virevoltèrent autour de nous, dessinant momentanément des formes spectrales. Mes doigts se figèrent dans la boue emplissant le crâne que je n'avais pas lâché.

Les crissements cessèrent à mesure que les os se trouvaient. Un squelette, puis un autre, se dressèrent en un ballet complexe d'articulations. Les brumes enveloppèrent chaque os d'une translucide parodie de chair.

Gog se mit subitement à se débattre et à se contorsionner sous la poigne implacable de Gorgoth. Le petit Magog resta campé sur ses positions tandis que le premier squelette s'avançait vers lui. Gog était dans une telle fureur qu'il ne songeait même pas à exiger qu'on le lâche. Il poussa un rugissement tellement aigu et plein de rage qu'il en était comique.

La nécromancienne passa un bras autour de moi. Je ne peux décrire cette sensation. Nous regardâmes Magog se défendre.

Le petit leucrota arrivait à peine au genou de son adversaire. Il vit une ouverture, ou du moins ce qu'il crut en être une, et s'élança. On ne peut pas attendre grand-chose d'un enfant de cinq ans. Le non-mort le saisit entre ses doigts osseux et le jeta nonchalamment contre un pilier. Magog s'y cogna violemment, et se mit à saigner. Il ne poussa néanmoins pas un cri. Il s'efforça de se relever alors que le second squelette s'approchait de lui. Un gros lambeau de sa jolie peau pendait, dénudant la chair rouge de son épaule.

Je détournai les yeux. Même avec la douce présence de Chella appuyée contre moi, j'éprouvais, d'une manière que je ne m'expliquais pas, de l'amertume devant ce divertissement. Je croisai le regard de Gog qui continuait à essayer d'échapper à Gorgoth. Ce dernier le serrait à deux mains désormais, alors que moi-même je n'aurais pas réussi à échapper à une seule d'entre elles. Je ne m'étais pas imaginé que tant de force pouvait résider dans une si chétive créature.

Le squelette avait soulevé Magog, deux doigts prêts à lui crever les yeux.

Il me sembla qu'une tempête se levait – même si le phénomène ne se produisait peut-être qu'en moi –, une tempête cinglant une nuit sans lune et dévoilant le monde par éclairs successifs. Un enfant hurlait dans ma tête, et refusait de se taire même si je l'abreuvais d'injures pour le réduire au silence. Chaque fibre de mon être luttait pour bouger, mais aucun de mes membres n'acceptait ne serait-ce que de tressaillir. Des aiguillons m'emprisonnaient. Dans l'étreinte de la nécromancienne, je regardai les phalanges squelettiques plonger vers les mares noires des yeux du leucrota.

Quand la main explosa, j'en fus le premier surpris. Voilà ce qu'inflige un gros carreau d'arbalète à une main. Le Nubain, les yeux encore rivés sur sa cible, se tourna alors vers moi. J'aperçus le croissant blanc de son sourire, et je pus à nouveau bouger. Je lançai mon bras vers le haut, violemment. Le crâne heurta le visage de la nécromancienne avec un « crac » fort satisfaisant.

Quiconque avait créé le Nubain avait dû le façonner dans le roc. Je n'ai jamais connu homme plus robuste. Il usait des mots avec parcimonie. Parmi les Frères, peu lui demandaient conseil ; sur la route, avoir une conscience n'est pas d'une grande utilité, et, même s'il ne jugeait jamais, le Nubain était le jugement personnifié.

Chapitre 30

Sortant la lame familiale de son fourreau, je suivis l'arc qu'elle décrivit. C'est le genre d'épée dont on dit qu'elle peut faire saigner le vent. Naturellement, le tranchant ne rencontra que du vide, et l'air siffla comme si je l'avais entaillé.

Chella battit en retraite trop rapidement pour que je l'atteigne. Je l'avais prise par surprise, avec le crâne, mais je ne pensais pas être en mesure de reproduire ça si facilement.

Elle avait dû être touchée à l'arête du nez, car c'était là qu'elle ne ressemblait plus à rien. Pas de sang, mais une tache sombre et la chair qui se convulsait, semblable à une centaine de vers grouillant les uns sur les autres.

Pour la plupart, les Frères ne s'étaient pas encore remis de la stupeur dont j'avais également été victime. Le Nubain, lui, introduisait un nouveau carreau dans son arbalète. Makin tira partiellement son épée. Gorgoth lâcha Gog.

La nécromancienne inspira et un bruit de râpe qu'on frotte sur du fer vibra dans sa gorge.

— Ça, c'est une erreur, dit-elle.

— Tellement navré ! répliquai-je sur un ton guilleret, et je me jetai sur elle.

Elle contourna souplement le pilier, et j'en fus réduit à embrocher la pierre.

Gog se rua vers Magog, qu'il saisit à bras-le-corps et arracha au squelette. J'entraperçus la marque pâle des doigts sur le cou de l'enfant.

Je longeai le pilier avec quelque précaution, mais je fus obligé de constater que mon adversaire avait reculé jusqu'à une autre colonne à cinq mètres de là, avec une vélocité que je ne m'expliquais pas.

— J'autorise très peu de gens à me jeter des sorts. Je suis très exigeant, dis-je en me tournant pour assener un rapide coup de pied à Ric. (Difficile de le rater.) Allez, Riquet ! Bouge-toi, et à l'attaque !

L'intéressé revint à la réalité, avec une plainte inarticulée de morse qu'on a dérangé mâtiné d'ours sorti de l'hibernation à force d'être titillé. Juste devant lui, deux squelettes se penchaient vers les petits leucrotas enlacés sur le sol poussiéreux. Il saisit un crâne dans chaque main et les frappa l'un contre l'autre dans un « clac » qui les réduisit en miettes. Il agita les bras en poussant des rugissements inintelligibles.

— C'est froid ! (Des mots. Il y avait du progrès.) Putain, c'est gelé !

Je me tournai vers la nécromancienne, un trait d'esprit sur le bout de la langue. Il mourut avant d'avoir pu voir le jour. Son visage était à présent entièrement flétri. La chair chiffonnée pendait sur ses membres et battait par intermittence. Les courbes qui m'avaient séduit arboraient désormais une forte ressemblance avec celles d'une victime de la famine. Elle m'emprisonna dans un regard sombre étincelant, une bouillie d'humeurs putrides. Elle rit, et j'eus l'impression d'entendre des haillons mouillés claquant au vent.

Les Frères étaient à présent à mes côtés. Gorgoth n'esquissait pas le moindre geste, il restait à sa place. Les petits leucrotas étaient tapis ensemble dans l'ombre.

— Nous sommes nombreux et vous êtes seule, ma dame. Une dame sacrément laide, avec ça. Donc, vous feriez mieux de vous écarter et de nous laisser passer.

Je ne pensais pas qu'elle s'exécuterait, mais qui ne tente rien n'a rien, comme on dit.

La peau grouillante de Chella dessina un sourire si large que je distinguais l'os de sa mâchoire et même l'articulation qui la reliait au crâne. L'espace d'une seconde, son visage ondula et nous y aperçûmes Gains qui hurlait dans sa chute.

— Les morts sont nombreux, enfant, répondit-elle. Je te laisserai passer… Entrer dans leur royaume.

La température commença à chuter et ne s'arrêta plus, manifestement prête à décroître indéfiniment. La situation, d'abord inconfortable, devint douloureuse puis carrément stupide en un temps record. Et ce bruit. L'atroce grincement des squelettes qui se formaient et s'enveloppaient de la brume spirite qui s'élevait autour de nous. Un son qui vous donnait envie de vous arracher les dents. La torche de Makin, cessant de lutter contre le froid, vacilla avant de s'éteindre.

À cause de la brume, nous ne distinguions que nos plus proches voisins. Les squelettes s'avançaient lentement dans notre direction, comme dans un cauchemar. Sans le feu de la torche de Gorgoth, nous nous serions trouvés dans une obscurité complète.

Je frappai le premier assaillant. La poignée de mon épée me paraissait gelée, mais de toutes les façons je n'étais pas tenté de la lâcher. Il fallait que je bouge pour ne pas me refroidir. Mon adversaire se désintégra en une pluie de débris d'os. Je n'eus pas le temps de me réjouir que déjà le suivant surgissait du brouillard.

Engagés dans le combat, nous perdîmes la notion du temps. Nous étions en suspens dans des limbes glacés au sein desquels seul le bruit des os qui se brisaient et des épées qui se dressaient avant de s'abattre avait une signification. Il me semblait que, chaque fois que ma lame mordait dans la chair fantôme, le froid s'emparait un peu plus de moi. L'épée s'alourdit dans ma main, si bien que je finis par avoir l'impression qu'on l'avait façonnée dans le plomb.

J'assistai à la mort de Roddat. Un squelette le surprit la garde baissée. Des doigts osseux se posèrent de part et d'autre de sa tête, et autour d'eux une blancheur se propagea. La chair vive mourait au contact de la chair spectrale. Roddat était une fouine, oh ! ça oui, mais je pris plaisir à pourfendre la créature qui l'avait tué. Derrière moi, quelqu'un hurla. On aurait dit frère Jobe. On ne se relève pas après avoir poussé ce genre de cri.

Makin, du givre sur son plastron, les lèvres bleues, trouva son chemin jusqu'à moi.

— Il en arrive sans arrêt.

J'entendis quelqu'un s'époumoner derrière nous. La brume paraissait absorber les sons, mais ce rugissement la lacéra de part en part.

— Ric ? demandai-je en criant pour me faire entendre.

— Gorgoth. Si tu voyais ça. C'est un monstre ! répliqua Makin sur le même ton.

Je ne pus m'empêcher de sourire à ces mots.

Il en venait encore et encore, rangée après rangée sortant des ténèbres. Quelqu'un périt à côté de moi. Je serais incapable de vous dire de qui il s'agissait.

On avait dû aplatir deux cents de ces pourritures, et ça n'en finissait toujours pas.

Mon épée se coinça entre les côtes d'un des squelettes. Je n'avais pas frappé assez fort. Makin le décapita d'un coup horizontal.

— Merci, articulai-je laconiquement de mes lèvres engourdies.

Je ne vais pas mourir ici, ne cessais-je de me répéter, mais avec de moins en moins de conviction. *Je ne vais pas mourir ici.* J'avais trop froid pour réfléchir. *Pas mourir ici. Frapper bas pour trancher ces mains tendues. Ces fumiers le sentent même pas. La salope, elle l'a senti, elle, quand je lui ai éclaté la figure.*

La salope.

En cas de doute, laissez votre haine prendre les rênes. J'ai normalement tendance à ne pas suivre ce genre de conseils. Ils rendent un homme prévisible. Mais ici, dans ce misérable ossuaire, je n'en étais plus à me soucier de ça. La haine était tout ce qui me réchauffait encore. Je réglai son compte à un squelette et passai à côté de lui en courant.

—Jorg !

J'entendis le cri étonné de Makin, puis les ténèbres m'enlevèrent la vue et la brume jeta une épaisse couverture sur le fracas de la bataille.

Oh ! comme il faisait noir, ici ! Un noir si intense qu'il s'immisçait en vous pour vous ôter brutalement tout souvenir des couleurs. J'agitai un peu ma lame, cassai quelques os, sculptai l'air pendant un moment, puis je frappai un pilier, et à cause du choc mon arme gelée m'échappa. À tâtons, je la cherchai frénétiquement, alors même que j'aurais eu du mal à retrouver mon propre visage, tant mes mains étaient engourdies. Je me rendis progressivement compte que j'avais échappé aux squelettes. Pas de doigts osseux pour me traquer dans la nuit. Désarmé et désorienté, je poursuivis mon chemin d'un pas hésitant.

La salope. Elle ne devait pas être loin. Forcément. À attendre de prendre au piège notre âme à l'instant de notre mort. Patientant pour se nourrir.

Je me figeai autant que mes frissons m'y autorisaient. La nécromancienne avait levé le voile. Elle avait levé le voile entre les mondes, exactement comme le Nubain l'avait expliqué, et les défunts avaient regagné notre réalité. Si je l'arrêtais, elle, je les arrêterais eux aussi. Je tendis l'oreille, écoutai attentivement un silence aussi velouté que l'obscurité. Encore plus immobile, je me concentrai de toutes mes forces sur sa présence.

—Clou de girofle, articulai-je sans bruit.

Je fronçai le nez. Essence de girofle ? L'odeur m'attirait. Elle était très faible, à peine perceptible, mais elle n'avait pas de concurrente, aussi ne la perdis-je pas. Je me laissai porter, oscillant et tournant, en quête de sa source.

Au toucher, je trouvai une porte étroite, et j'entrai dans une pièce qu'éclairait la lueur vacillante d'une torche tombée sur le sol.

Je compris l'origine de l'odeur. Le Nubain avait lâché son arbalète toujours armée à un pas de la torche, mais le carreau était tombé sur le sol de pierre. Il s'était séparé du groupe pour la traquer. Il avait pris l'initiative de la chasse.

— Nécromancienne, dis-je.

Elle se trouvait debout à l'entrée de l'un des conduits des Bâtisseurs. La gueule rectangulaire occupait tout le fond de la salle et la faible lueur ambiante ne permettait pas d'en sonder les profondeurs. Elle se tenait derrière le Nubain, lui maintenant la tête penchée de côté, et elle se nourrissait à sa gorge roide. Le Nubain avait bandé les muscles de ses bras, mais ses doigts étaient inutilement repliés le long de son corps ; sa grande épée gisait à ses pieds, poignée dans le vide.

Chella releva la tête. Du sang gouttait de ses dents. Elle y avait glané la force nécessaire pour recouvrer sa beauté. Il coulait sur ses lèvres pleines et sur sa gorge parfaite.

— Il est d'une telle fraîcheur, celui que tu as envoyé pour m'abattre, mon prince, dit-elle. Mmm, parfumé d'épices païennes. Je te remercie.

M'agenouillant, je ramassai l'arbalète. Son poids m'étonnait chaque fois. Je replaçai le carreau. La nécromancienne s'abrita derrière le Nubain, les talons au bord du gouffre.

— Tu as froid, mon prince. (Son timbre chantant, grave et riche de complexité, me prit au dépourvu.) Je pourrais te réchauffer.

Mon corps fatigué tressaillit sous cette sombre mélodie qu'elle émettait. Il fallut que le souvenir du visage de Gains apparaissant sur sa peau grouillante me revienne en mémoire pour m'empêcher de répondre à son appel. Je levai l'arbalète. Je savais que je ne résisterais pas bien longtemps.

La voix de la nécromancienne se mua en un sifflement irrité.

— C'est le froid de la tombe qui est en toi. Cela te tuera. (Elle me sourit par-dessus l'épaule du Nubain, se délectant de son impuissance.) Tu trembles, Jorg. Pose l'arbalète. Tu ne réussirais probablement pas à atteindre ton ami, et encore moins à m'atteindre, moi.

La tentation était si grande. *Pose l'arbalète.*

—Il n'est pas mon ami.

—Il mourrait pour toi. Je l'ai senti en goûtant son sang.

—Tu n'as pas choisi le jeu qu'il fallait, macchab.

Je levai l'arme et visai. Mes bras tremblaient, si bien que mon point de mire ne cessait de tressauter. Encore un peu, et le carreau aurait été délogé de l'arbrier. Elle rit de moi.

—Je décèle les liens qui unissent les vivants. Tu n'as que deux amis, prince Jorg. Ta relation avec cet homme au sang sucré est aussi forte que celle d'un fils et son père.

Sacrifice.

—Laisse-moi les autres, dit-elle en portant les doigts aux trous rouges qui perçaient désormais le cou du Nubain. Laisse-moi boire leur vie, et lui et toi vous pourrez rester avec moi. Tu pourras m'aider à moissonner les leucrotas. Il existe plusieurs tribus, certaines sont plutôt indisciplinées. Il y a d'autres nécromanciens, contre lesquels la présence d'un allié vivant, quelqu'un d'aussi vif que toi, se révélerait fort utile.

Joue.

Elle sourit, et le feu sombre m'attisa à nouveau.

—Je t'aime bien, prince. Nous régnerons sous la montagne, ensemble.

Ses mots étaient chargés de tension sexuelle. Pas cette fade culbute dans les draps que Sally m'avait concédée, mais quelque chose de puissant, d'invisible et de ravageur. Elle m'offrait des cartes : vie, puissance et commandement. Mais à son service.

Joue pour gagner.

Les yeux du Nubain étaient posés sur moi. Pour la toute première fois, je pus lire ce qu'il y exprimait. J'aurais pu tout supporter. J'aurais pu endurer de la haine, ou de la peur, ou bien une supplique. Mais il me pardonna.

« Schlac ! »

Le carreau frappa le Nubain en pleine poitrine. Il les transperça, lui et la nécromancienne, et les projeta dans le vide. Aucun des deux ne hurla, et il leur fallut un temps infini pour heurter le fond.

La plupart des hommes ont au moins une qualité pour rattraper leurs défauts. En trouver une chez frère Ric relève de la gageure. Est-ce que « grand » est une qualité ?

Chapitre 31

En revenant, je trouvai les Frères pansant leurs plaies au milieu de débris d'os. Roddat, Jobe, Els et Frenk étaient étendus à l'écart du groupe. Même les hommes les plus populaires deviennent dans la mort des pestiférés. Je ne m'embarrassai pas d'eux ; le butin éventuel aurait disparu depuis belle lurette.

— On croyait qu'tu nous avais laissés, frère Jorg, dit Kent le Rouge en m'accordant un regard par en dessous avant de recommencer à affûter son épée.

Ce « frère » me semblait contenir une note réprobatrice. Au moins une note, et peut-être bien une entière symphonie. On ne donne pas du « prince » à un fuyard.

Makin m'observait, tout à de sombres hypothèses, couché par terre de tout son long, trop éreinté pour même s'adosser contre un pilier.

Ric se remit lourdement sur ses pieds. Il s'avança lentement vers moi, lustrant un anneau sur le rembourrage en cuir de son plastron. Je reconnus la bague porte-bonheur de Roddat, un beau morceau d'or jaune.

— On croyait qu'tu nous avais laissés, frère Jorgy, dit-il.

Il me dominait de toute sa taille, silhouette costaude et contrariée.

Il y en a, comme Baratin, qui ne paient pas de mine, et les gens sont surpris quand ils découvrent à quel enfoiré de première ils ont affaire. Pas de ça avec Ric. Le danger et la pure brutalité qui émanaient de lui, le fait qu'il aimait voir les gens souffrir, eh bien… Mère Nature avait inscrit tout ça sur chacun de ses traits juste pour nous mettre en garde.

— Le Nubain est mort, déclarai-je.

Dédaignant Ric, je regardai Makin. Je montrai l'arbalète du Nubain que j'avais attachée dans mon dos. Le doute n'était plus permis. L'homme était bien mort.

— Bien, que ça lui serve de leçon, fit Ric. Il s'est enfui. Jamais aimé ce fouineur peureux.

Je le frappai de toutes mes forces. À la gorge. Je n'en pris pas la décision de façon consciente. Si j'avais réfléchi ne serait-ce qu'une seconde, j'aurais retenu mon coup. J'aurais peut-être eu une chance contre lui avec une lame, mais en aucun cas à mains nues.

Tout bien considéré, « mains nues » est un terme excessif. Je portais mes gantelets, du fer riveté. À quatorze ans, je mesurais un mètre quatre-vingts, et j'avais endurci mes muscles en maniant l'épée et en trimballant mon armure partout, ce qui contrebalançait ma minceur. Et puis je savais comment cogner. J'avais frappé Ric en mobilisant l'ensemble de mon poids et de mes forces.

Les articulations de fer entrèrent bruyamment en contact avec son cou de taureau. J'avais beau avoir mis mon cerveau en veilleuse, une part de moi n'avait fort heureusement pas abandonné tout bon sens. Si j'avais visé le visage patibulaire de Ric, je me serais sans doute cassé la main et ça l'aurait juste un peu chatouillé.

Il émit une sorte de grognement et resta là, manifestement un peu décontenancé. Je suppose qu'il lui fallait du temps pour se faire à l'idée que j'avais décidé de signer mon arrêt de mort en si grande pompe.

Quelque part dans un coin de mon cerveau, je commençai à comprendre que j'avais commis une grossière erreur. Le reste de ma tête s'en moquait, à peu de chose près. Je pense qu'une rage aveugle et la joie à l'état brut de me servir de

Ric comme d'un sac de frappe se partageaient équitablement la responsabilité du phénomène.

Puisqu'on m'offrait un second tour gratuit, je signai pour deux. Une genouillère en fer appliquée avec précision à l'entrejambe fait réfléchir même un fou dangereux deux fois plus lourd que vous. Ric plia obligeamment ses deux mètres dix, et j'abattis mes deux poings simultanément sur sa nuque.

J'ai étudié l'art des guerriers nippons avec le précepteur Lundist. Il avait apporté de l'Est Absolu un livre sur le sujet. Des pages et des pages de postures de combat sur papier de riz, de katas et de diagrammes anatomiques indiquant les points de pression. J'étais sûr d'avoir touché les deux situés à la base du crâne, et je savais que je n'y étais pas allé de main morte.

C'est la faute de Ric s'il est trop stupide pour comprendre comment ça fonctionne.

Il me décocha un coup de poing. Une chance, parce que s'il avait décidé de m'attraper, il m'aurait arraché la tête en moins de temps qu'il en faut pour le dire. Son canon d'avant-bras me cueillit à la poitrine. Je suppose qu'il m'aurait cassé toutes les côtes, et pas seulement les deux que je sentis rompre, si je n'avais pas été protégé par mon plastron. La force de l'attaque me fit perdre l'équilibre et m'envoya valser au milieu des ossements. Je heurtai l'un des piliers avec un petit « clang » douloureux.

J'aurais pu tirer mon épée, à cet instant. Ç'aurait été la seule action sensée. Contraire à toutes les règles tacites, évidemment. J'avais déclenché le duel par un coup de poing, et c'est ainsi qu'il devrait s'achever. Mais s'il faut choisir entre perdre la face devant les Frères et se faire littéralement arracher le visage par Ric, la question est vite réglée.

Je me relevai tant bien que mal.

— Viens par là, espèce de bâtard ventripotent.

Les mots sortirent de ma bouche sans mon consentement. La colère s'exprimait à ma place. Colère d'avoir perdu la maîtrise de moi-même, plutôt que d'avoir entendu Ric traiter le Nubain de peureux. Le Nubain n'avait pas besoin de battre Ric comme plâtre pour prouver sa bravoure. Être en colère parce qu'on est colère, voilà bien un serpent qui se mord la queue, pas d'erreur. Oroborus devrait figurer sur le blason de ma famille.

Ric se jeta sur moi avec ce hurlement inarticulé qui n'appartient qu'à lui. Il atteignit une allure respectable. Il n'y avait pas beaucoup de châteaux capables de résister à un Petit Riquet ainsi lancé. Carrément effrayant, sauf quand on sait qu'il est incapable de tourner.

Je m'écartai proprement en maudissant mes côtes. Ric se cogna dans le pilier et rebondit dessus. La pierre s'effrita en plusieurs endroits, je dois au moins lui concéder ça. Je ramassai un bon fémur bien robuste et lui en assenai un coup sur la tête tandis qu'il tentait de se relever. L'os se craquela sur presque toute son épaisseur, alors j'achevai le travail, ce qui me valut deux gourdins improvisés à l'extrémité bossue.

Il se relevait systématiquement. C'était bien la seule chose qu'il y avait de déprimant dans le fait de se battre contre Ric. Il m'attaqua, un peu sonné, ce qui ne l'empêchait pas de proférer des menaces extrêmes, toutes à prendre au pied de la lettre, d'ailleurs.

— Je vais te faire avaler tes propres yeux, gamin.

Il cracha une dent.

Je reculai en sautillant et le frappai au visage avec le plus long de mes deux gourdins. Ric cracha alors une autre dent. Je ne pus que rire en voyant ça. Ma colère disparut, et ça faisait du bien.

Il me poursuivit d'un pas pesant, pendant que moi je gardais mes distances, et tapais un grand coup dès que j'en avais l'occasion. J'avais furieusement l'impression d'appâter un ours. « Blam ! » Grondement. « Vlan ! » Grognement ! Je rigolais comme un bossu, ce qui n'était pas une bonne nouvelle ; à la moindre faute, j'étais cuit. Il suffisait qu'il m'attrape avec une de ses grosses pattes… et là, j'allais vraiment manger mes propres yeux. C'était le genre de chose qu'il faisait.

Les Frères commencèrent à placer les paris et à applaudir le spectacle.

— Je vais t'arracher les tripes.

Ric disposait à l'évidence d'une réserve inépuisable de menaces.

Malheureusement, sa réserve d'énergie semblait elle aussi inépuisable, et mes sautillements seraient bientôt de l'histoire ancienne ; mon jeu de jambes devenait maladroit.

— Te casser tous les petits os de ton joli minois, Jorgy.

À force de tourner l'un autour de l'autre, nous revînmes à l'endroit où j'avais déclenché les hostilités.

— Te déboîter tes bras maigrelets.

Quelle vision d'horreur, avec ce sang qui lui coulait sur le menton !

Je repérai une ouverture. Je courus droit vers lui, et réussis à le surprendre à nouveau. Ça promettait de devenir un combat aussi vain que celui qui avait opposé Ric au pilier, à la longue, mais il m'aida un peu. Je n'en espérais pas plus. Il trébucha sur les jambes de Makin et tomba à la renverse. Je levai l'arbalète du Nubain et je fus sur lui avant qu'il ait pu se redresser. Je tins la gueule de l'arme, lourd faucon de fer, devant son nez.

— Qu'est-ce que ce sera, Petit Riquet ? demandai-je. Je pense pouvoir t'écrabouiller la tête comme un œuf avant que tu mettes la main sur moi. On essaie, pour voir ? Ou tu préfères retirer ce que t'as dit ?

Il me lança un regard vide.

— À propos du Nubain, ajoutai-je.

Il avait vraiment oublié.

— Oh !

Fronçant les sourcils, dubitatif, il essaya de se concentrer sur l'arbalète.

— Je retire.

— Christ sur la croix ! m'exclamai-je en m'affaissant, épuisé, couvert de sueur.

À ce moment-là, les Frères nous entourèrent, leur énergie recouvrée, empochant leurs gains ou mettant la main à la poche, revivant le moment où Ric avait foncé sur le pilier.

Je notai qui m'avait soutenu : Burlow, Baratin, Grumlow, Kent ; les plus âgés qui ne se sentaient pas menacés par ma jeunesse. Makin, toujours allongé par terre, alla jusqu'à faire l'effort de se relever. Il m'assena une tape sur l'épaule.

— Toi et le Nubain, vous l'avez attrapée ?

J'opinai du chef.

— J'espère qu'elle hurlait quand tu l'as envoyée en enfer.

— Elle a souffert, dis-je.

Un pieux mensonge.

— Le Nubain…, commença-t-il, cherchant ses mots. C'était le meilleur d'entre nous.

Je n'eus pas à chercher le mien.

— Oui.

Gorgoth n'avait pas fait le moindre geste pendant que j'affrontais Ric. Il était assis en tailleur sur la pierre froide. La chair fantôme des doigts squelettiques avait parsemé sa peau épaisse de taches blafardes, de petites empreintes blanches là où la chair était morte. Il ne bougea pas, mais braqua ses yeux félins sur moi.

À un mètre ou deux de lui, je distinguai le petit tas sombre de Gog et Magog accrochés l'un à l'autre. Je hélai l'aîné.

— Tu t'es bien défendu. Tu as été fidèle à ta parole.

Il leva la tête. Celle de Magog tomba en arrière, oscillant autour de l'axe d'un cou strié de lignes blanches, de mortes lignes blanches en travers de ses rayures de tigre.

Je m'agenouillai près d'eux sans en avoir vraiment eu l'intention. Gog gronda quand j'avançai la main vers son frère, mais il ne m'empêcha pas de le toucher. Curieuse sensation que le corps de Magog, si léger dans mes bras. Il n'avait que la peau sur les os, mais il était doux comme le sont les enfants.

— Ton frère, dis-je. (Pendant un instant infiniment long, je n'eus rien d'autre à dire, comme si ma gorge empêchait tous mes mots de passer.) Tellement petit.

Je le revis, sautillant de marche en marche dans cet interminable escalier, tant et si bien que je dus appuyer sur mes côtes pour que la douleur ravivée chasse ma stupidité.

Je posai l'enfant défunt et me relevai.

— Tu t'es battu pour lui, Gog. Une bêtise, mais peut-être que ça te réconfortera.

Peut-être que ses reproches ne te poursuivront pas pendant le restant de tes jours, songeai-je.

— Nous avons une nouvelle mascotte ! annonçai-je aux Frères. Gog fait à présent partie de notre bande de joyeux drilles.

Gorgoth réagit aussitôt.

— Les nécromanciens…

Je m'approchai de lui avant qu'il se soit complètement redressé, la face de fer de l'arbalète du Nubain à une dizaine de centimètres de son front crénelé.

— Qu'est-ce que tu décides, Gorgoth ? demandai-je. (Il se rassit.) On brûle les morts, dis-je en me détournant. Pas question qu'ils nous rendent une petite visite.

— Avec quoi qu'on les brûle ? voulut savoir Kent le Rouge.

— Les z'os, c'est pas la joie pour allumer un feu, Jorz, intervint Elban en crachant dans la pile la plus proche, sans doute pour prouver ce qu'il avançait.

— Mais si, c'est la joie. J'ai vu une coulure de goudron en revenant.

Nous portâmes donc les ossements à l'endroit où la substance noire malodorante suintait de la pierre-de-bâtisseur craquelée, et nous les en enduisîmes un par un avant de les entasser pour Roddat et les autres. Elban érigea pour Magog un petit bûcher qui ressemblait à ceux des rois des contrées teutonnes.

Puis je les allumai avec la torche de Makin.

— Bonne nuit, les gars, dis-je. Vous êtes des voleurs et de la racaille de grand chemin, tous autant que vous êtes. Dites au diable de ma part de prendre bien soin de vous. (Je donnai la torche à Gog.) Allume. Il faudrait pas que les nécromanciens jouent avec ses os.

Il émanait de la chaleur du garçon, comme si un feu qui couvait en lui s'était éveillé. Un peu plus, et il aurait pu enflammer le bûcher sans la torche.

Gog s'exécuta, et nous reculâmes devant les volutes de fumée. Le goudron ne se consume jamais proprement, mais je ne regrettai pas le voile qui s'en éleva. Gog me rendit la torche. Les mares d'encre de ses yeux conservaient encore plus jalousement leurs secrets que celles du Nubain, mais j'y distinguais quelque chose. Une sorte de fierté.

Nous poursuivîmes notre route. Je laissai Burlow porter l'arbalète du Nubain. Un prince doit parfois se comporter comme tel, après tout. Nous progressâmes avec les os enduits de goudron fumant qui nous tenaient lieu de torches, et Gorgoth ouvrait la marche pour trouver le chemin.

Il nous montra des kilomètres et des kilomètres de salles cubiques et monotones, de couloirs aux angles droits et de galeries basses de plafond. M'est avis que lorsque les Bâtisseurs ont acheté leur feu infernal à Lucifer, ils ont dû le payer de leur imagination.

Je fus étonné en voyant le Grand Escalier.

— C'est là, dit Gorgoth en s'arrêtant à l'endroit où un passage naturel interrompait celui d'où nous venions.

Le Grand Escalier se révélait moins grandiose que je me l'étais représenté. Pas plus de dix mètres de largeur où que porte le regard, et la base se resserrait en un goulet. Mais au moins s'agissait-il d'un phénomène naturel. J'avais soif de courbes, et ici je pouvais me reposer les yeux. Un ancien cours d'eau avait creusé un chemin le long d'une ligne de faille, gagnant les profondeurs par une série de bonds grands et petits. Le flot, depuis longtemps réduit à un mince filet d'eau, s'écoulait dans un ravin pierreux aussi abrupt et tortueux qu'on était en droit de l'espérer.

— Apparemment, il faut se préparer à grimper, dis-je.

Un nécromancien, s'extirpant des ombres comme s'il s'agissait de toiles d'araignées collantes, s'insinua à travers l'étroite ouverture. Il aurait pu être le jumeau de la garce qui s'était emparée du Nubain.

— Cet escalier n'est pas pour les vivants.

— Doux Jesu ! m'écriai-je.

Je dégainai mon épée et, dans le même mouvement, je décrivis un arc de cercle ascendant. La tête du nécromancien se détacha proprement. Me laissant entraîner par mon élan, je pivotai sur moi-même et abattis la lame de toutes mes forces sur le cou d'où jaillissait le sang, pourfendant le corps jusqu'au sternum avant qu'il s'effondre.

— Je ne suis pas intéressé ! criai-je au cadavre dont le poids me tirait vers le sol.

Comme tant de choses dans la vie, la mort est affaire de quelques secondes. J'avais commis l'erreur de laisser un moment le champ libre à Chella, et elle en avait profité. Jane aurait dû simplement me dire de l'attaquer, rien d'autre, juste l'attaquer. Que fuir était hors de question. Je gardais à l'esprit que si j'avais répondu à ses premiers mots par un coup d'épée dûment assené, le Nubain serait sans doute encore à mes côtés.

En tordant sauvagement la poignée de mon épée, j'ouvris le torse du nécromancien. En toutes circonstances, je gardais dans ma botte une dague diablement affûtée. Je la sortis et, devant les Frères silencieux, je découpai le cœur. L'organe battait sur ma paume, tiédasse, aussi dénué de la chaleur des vivants que du froid de la mort. Le sang manquait lui aussi de vitalité. Quand on prend un cœur, et là je parle d'expérience, il faut s'attendre à être repeint d'écarlate de la tête aux pieds. Le sang du nécromancien apparaissait pourpre à la lumière de la torche et ne m'avait pas éclaboussé au-dessus des coudes.

— S'y a d'autres salopards dans votre genre qui veulent me faire perdre mon temps en mélodrames stupides, mettez-vous bien en rang et attendez votre tour.

Ma voix résonna dans les tunnels.

Une fois, le Nubain m'avait parlé d'une tribu de Nuba dont les membres ingéraient le cœur et le cerveau de leurs ennemis. Ils pensaient ainsi prendre possession de la force et de la ruse de ceux-ci. Le Nubain n'avait jamais fait ça devant moi, mais il n'avait pas exclu la possibilité de recourir à cette pratique.

Je portai le cœur à ma bouche.

— Prince! s'écria Makin en faisant un pas dans ma direction. Cette viande est corrompue par le mal.

— Le mal n'existe pas, Makin, répondis-je. Il y a l'amour de certaines choses, le pouvoir, le confort, le sexe, et aussi ce que les hommes sont prêts à faire pour satisfaire leur convoitise. (Je donnai un coup de pied au cadavre mutilé du nécromancien.) Tu penses que ces tristes créatures sont maléfiques? Tu penses qu'on devrait avoir peur d'elles?

Je mordis à pleines dents. La chair crue est difficile à mâcher, mais celle du nécromancien cédait sous la dent, comme celle d'un oiseau sauvage prêt à tomber du clou auquel on l'a suspendu. La saveur corrosive du sang m'irrita la gorge. J'avalai ma bouchée et elle glissa lentement dans mon gosier, amère.

Je crois que c'était la première fois que Burlow me regardait manger sans être vert de jalousie. Je jetai le reste de l'organe. Les Frères restaient muets, leurs yeux larmoyant à cause de la fumée des torches. C'est le problème de ces flambeaux au goudron, il ne faut pas s'arrêter. Je me sentais un rien bizarre. J'avais ce sentiment qui vous vient lorsque vous savez pertinemment que vous devez vous trouver ailleurs que là où vous êtes, comme si vous aviez par exemple promis un duel à quelqu'un ce matin-là, ou autre chose dans ce goût-là, mais que le souvenir vous échappe. Des frissons glacés me parcouraient l'échine et les bras; on aurait dit des doigts fantômes.

J'ouvris la bouche pour mieux la refermer, interrompu par un murmure. Je regardai aux alentours. Des chuchotements se faisaient entendre partout, avec exactement le même potentiel d'exaspération que quand vous percevez des mots sans en saisir le sens. Les Frères, eux aussi, commencèrent à jeter des coups d'œil nerveux à la ronde.

— Vous entendez ça ? demandai-je.

— Entendre quoi ? répondit Makin.

Le son hargneux mais indistinct des voix enfla encore, plus fort, tel le bruit d'une multitude qui approche, toujours plus fort. Une brise ténue troublait l'air.

— Il est temps de grimper, messieurs, dis-je. (Je me passai la main sur la bouche, grattant de la boue pourpre avec le dos de mon gantelet.) Voyons si on peut faire ça vite.

Je ramassai la tête du nécromancien, m'attendant un peu à la voir rouler des yeux pour me foudroyer.

— Je pense que notre ennemi privé de son cœur attend des amis. Un tas d'amis.

Tout le monde aime manger. Un homme trace sa route grâce à son estomac, de la même façon qu'une armée. Sauf que ça ne plaisait pas trop à Gros Burlow de marcher, et que ça lui plaisait beaucoup de grignoter. Et certains des Frères étaient susceptibles de lui en tenir rigueur. Mais tout de même, j'étais plus disponible pour le vieux Burlow que pour la plupart de mes compagnons de vagabondage. D'entre eux tous, il était le seul, excepté Makin, à avouer qu'il savait lire. Bien entendu, il fallait le garder à l'œil à cause de ça. Comme le dit un dicton de la route : « On ne se méfie jamais trop de qui sait lire et écrire. »

Chapitre 32

Nous gravîmes le Grand Escalier avec les hurlements des fantômes qui s'élevaient derrière nous. On dit que la peur donne des ailes. Aucun des Frères ne s'envola au-dessus des marches, mais à les voir se hisser dans ce goulet pierreux et glissant en s'aidant des pieds et des mains, un lézard aurait beaucoup appris en matière d'escalade.

Je laissai les autres passer avant moi. C'était un moyen comme un autre d'évaluer le terrain. Grumlow d'abord, puis Baratin et le jeune Sim. Gog grimpa derrière eux, suivi de Gorgoth. L'accord que les leucrotas avaient passé avec les nécromanciens devait être quelque peu rompu, je suppose.

Makin vint en dernier. Pour ma part, je sentais les défunts approcher. Je lisais sur le teint pâle de mon frère qu'il en était de même pour lui, tant il ressemblait à un mort.

—Jorg ! Viens par ici ! Grimpe !

Je me dégageai. Je voyais les fantômes déborder du tunnel et se diriger vers nous, et d'autres qui sortaient des parois.

—Jorg ! répéta Makin en m'attrapant par les épaules pour m'entraîner dans l'Escalier.

Il ne les voyait pas. Je le sus à la manière dont ses yeux roulaient follement d'un côté et de l'autre. Son regard ne s'arrêtait jamais sur eux. Pour moi, les plus proches ressemblaient à des dessins à la craie en partie effacés, suspendus au-dessus du sol. Des esquisses de cadavres, certains nus, certains vêtus de haillons ou portant des éléments d'armures brisées. Il émanait d'eux un froid qui cherchait ma chair, subtilisait la chaleur avec ses doigts invisibles.

Je leur ris au nez. Non pas parce que je les estimais incapables de me faire du mal, mais justement parce qu'ils le pouvaient. Je ris pour leur montrer ce que m'inspirait leur menace. Je ris pour les blesser. Et ils souffrirent. Le goût du cœur mort s'attardait au fond de ma gorge, et un sombre pouvoir courait en moi.

— Mourez ! leur criai-je en leur crachant mon rire au visage. Un homme devrait au moins savoir comment rester mort !

Et ils obéirent. Je crois. Comme si mes paroles les avaient contraints à s'exécuter. Makin m'avait entraîné vers l'Escalier, mais je pus voir les esprits s'arrêter. Je vis des flammes pâles sur leurs membres, un feu spectral. Oh ! et les hurlements ! Même Makin les perçut, semblables à des ongles crissant sur de l'ardoise, à un vent froid sur la tête d'un migraineux. Nous nous enfuîmes alors à toutes jambes, volant presque.

Des heures s'écoulèrent avant que nous nous arrêtions dans l'Escalier à trois cents mètres, voire davantage, au-dessus du point de départ de notre ascension. La rivière aujourd'hui disparue interrompait là sa chute vertigineuse pour creuser une cuvette, entourée de mares plus petites et décorée de ces lacis de pierre figés qui gratifient de leur présence les profondeurs du monde.

— Fait chier.

Gros Burlow s'effondra en une masse molle et ne bougea plus.

Kent le Rouge s'adossa contre une stalagmite, le teint aussi rouge que son surnom.

Tout près de là, Elban cracha dans l'une des mares, puis se retourna en essuyant le mucus de ses lèvres ratatinées.

— Eh ! tu ressembles à un d'ces Émotifs, Kent.

Ce dernier se contenta de lui adresser un regard mauvais.

— Bon.

Makin prit une très profonde inspiration et tenta à nouveau de parler :

— Bon, prince, on monte. On avance bien. Mais si on continue comme ça, tout ce qu'on va faire c'est arriver au Castel Rouge.

Une autre respiration. C'est nécessaire quand on fait une longue ascension en armure.

— Ils en seraient peut-être quittes pour une sacrée surprise, si on surgissait comme ça de leur sous-sol, mais on est toujours une vingtaine contre neuf cents.

— Un vrai dilemme, n'est-ce pas, frère Makin ? répondis-je en souriant. Jorg parviendra-t-il à accomplir un nouveau miracle ?

Les Frères avaient maintenant tous un œil sur moi. Tous sauf Burlow. Après avoir tant grimpé, il n'aurait accepté de tourner la tête que pour, au moins, le Christ Ressuscité en personne.

Je me remis sur mes pieds et fis une courbette.

— Ce Jorg, ce prince Jorg, il est comme qui dirait fou. Il n'a plus sa tête, il aime danser avec la mort, peut-être ?

Makin, les sourcils froncés, était soucieux. Il voulait que je me taise. Je tournai autour des Frères à longues foulées.

— Le jeune Jorg, il est susceptible de tout envoyer valdinguer d'un moment à l'autre, de jouer le sort de la confrérie sur un coup de dés hasardeux… Mais d'une façon ou d'une autre, on s'en sort toujours bien, voilà !

J'assenai une tape sur les cheveux gras de Ric, qui me regarda d'un air renfrogné, le visage plein d'ecchymoses.

— Est-ce la chance ? demandai-je. Ou une sorte de magie royale ?

— Y a neuf cents Émotifs là-haut dans l'Castel Rouge, Jorz, répondit Elban en désignant du pouce le plafond. Pas moyen d'les en faire sortir. Pas même si on était dix fois plus nombreux.

— La sagesse des anciens ! (Je m'approchai d'Elban et lui passai un bras autour des épaules.) Oh ! mes Frères ! J'ai certes renoncé à notre prêtre, mais ça m'attriste de voir votre foi prendre la poudre d'escampette aussi vite que lui.

Je guidai Elban vers l'Escalier qui continuait à monter. Je remarquai la tension qui le saisit tandis que nous approchions de l'endroit où le gouffre s'ouvrait. Il se souvenait du maître du Guet. Je désignai les marches creusées par la rivière.

— Voici notre chemin, l'Ancêtre.

Je le lâchai, et il poussa un soupir. Puis je me tournai à nouveau vers les Frères. Gorgoth m'observait de ses yeux de chat, et Gog, derrière une excroissance rocheuse, l'imitait avec une étrange fascination à mon égard.

— À vrai dire, je pense trouver ce que je cherche avant que nous ayons atteint les sous-sols du Castel Rouge. (J'adoptai un ton un peu plus autoritaire.) Mais s'il s'avère qu'on doit assassiner à tour de bras pour se frayer tranquillement un chemin jusqu'à la chambre à coucher du duc Merl, et que je sois obligé de le planter sur la pointe de mon épée comme une marionnette sur un bâton pour le contraindre à me céder l'endroit… (Je les balayai tous du regard, et même Burlow s'arrangea pour lever les yeux.) Alors… (Je laissai l'écho de ma voix emplir les lieux et résonner merveilleusement.) Alors, putain, c'est ce que vous ferez, et le premier frère qui met en doute ma putain de chance sera aussi le premier à quitter notre petite famille.

Je ne laissai planer aucun doute sur le fait que la séparation se révélerait déplaisante.

Nous reprîmes donc notre ascension, et nous finîmes par voir le bout du Grand Escalier et par retrouver les salles cubiques des Bâtisseurs. Les connaissances de Gorgoth s'arrêtant au pied de l'Escalier, ce fut moi qui ouvris la marche. Des lignes dansaient dans mon esprit. Rectangles, carrés, angles précis des couloirs, le tout dessiné sur du plastik roussi par les flammes. Un virage ici, une salle sur la gauche. Et je sus soudain avec certitude où nous nous situions, de la même façon que l'une des potions de Lundist se cristallise quand on y ajoute un grain minuscule.

Je me représentai la carte et suivis ses indications. Le livre des Bâtisseurs était rangé dans mon paquetage, et j'avais eu maintes fois l'occasion d'en consulter à nouveau les pages depuis que nous avions quitté *La Chute de l'Ange*. Pas besoin de l'exhumer maintenant. Que les Frères profitent du tour de magie !

Nous atteignîmes une intersection à cinq branches. Je portai la main à mon front et agitai l'autre en l'air, affectant de chercher la direction à suivre.

— Par ici ! C'est plus très loin.

À gauche, une ouverture bordée des taches de rouille anciennes d'une porte disparue depuis longtemps.

Je m'arrêtai et allumai une nouvelle torche d'os et de goudron à l'aide du fût noirci de la précédente.

— Et voilà ! déclarai-je.

D'un geste du bras digne du meilleur des courtisans, je leur montrai le chemin, puis les précédai à l'intérieur.

Nous entrâmes dans l'antichambre du coffre que j'avais localisé sur ma carte. La porte qui nous barrait l'accès au coffre lui-même mesurait dans les trois mètres de hauteur ; c'était un gigantesque sas circulaire d'acier étincelant aux rivets épais comme mon bras. Du diable si je savais par quel sortilège les Bâtisseurs avaient réussi à lui épargner de rouiller comme le reste ! Quoi qu'il en soit, il était là, tout de brillance implacable en travers de ma route.

— Comment qu'tu vas ouvrir ça ? marmonna Ric.

Je lui avais bien massacré les lèvres.

Je n'en avais pas la moindre idée.

— Je me disais qu'on pouvait toujours essayer de la faire tomber en te cognant la tête dedans.

Je l'ai baptisé Baratin le jour où je lui ai transpercé la main avec un couteau. La lame est ressortie, mais le nom est resté. Il se résumait à un méchant bout de barbaque autour d'un squelette. La vérité avait beau lui brûler la langue, on voyait clair dans son jeu.

Chapitre 33

— Ça m'a l'air bien solide, tout ça, dit Makin.

C'était incontestable. Je n'avais jamais rien vu de plus résistant que cette porte. Ma lame réussissait à peine à en égratigner la surface.

— Bon, c'est quoi le plan ? demanda Kent le Rouge, les mains sur la garde de ses deux épées courtes.

Me tenant au volant qui luisait au centre du battant, je me penchai en arrière. La porte me dominait de toute sa taille. Ça ressemblait à de l'argent, l'équivalent d'une rançon de roi en argent.

— On pourrait creuser à travers, dis-je.

— Dans de la pierre-de-bâtisseur ?

Makin haussa un sourcil.

— On essaie quand même. (Je lâchai le volant et montrai du doigt Burlow, puis Ric.) Vous deux. Commencez par là-bas.

Les intéressés se mirent en branle en haussant les épaules. Ric donna un coup de pied dans la paroi. Burlow tendit les mains devant lui et les observa avec une moue songeuse.

Je les avais choisis pour leur force, pas pour leur esprit d'initiative.

— Makin, donne-leur ton fléau. Rang, sors-nous donc ton marteau de guerre, qu'il serve à quelque chose.

Ric prit l'arme en question d'une main et commença à marteler la porte. Burlow, ramenant le bras en arrière, frappa avec le fléau, manquant de recevoir les deux boules hérissées de piques en pleine face lorsqu'elles rebondirent contre l'acier.

— Je parie sur le mur, dit Makin.

Au bout de cinq minutes, je pus constater qu'on allait rester là un bon moment. La paroi ne s'effritait pas par morceaux bien nets, mais en débris de pierre pulvérulente. Même les assauts enragés de Ric n'y laissaient que des marques superficielles.

Les Frères commencèrent à s'installer, s'adossant contre leur paquetage. Baratin entreprit de se curer les ongles avec un canif. Rang posa sa lanterne, Grumlow sortit des cartes et ils s'accroupirent pour jouer. C'était comme ça qu'ils avaient perdu la majeure partie de leur butin, Rang et Grumlow, et ils avaient beau s'exercer, ils ne progressaient jamais. Makin, lui, entama une lamelle de viande séchée.

— On a des rations pour une semaine au plus, Jorg, dit-il entre deux bouchées.

Je faisais les cent pas dans la salle. Je savais pertinemment qu'on n'allait pas faire un trou dans cette porte. J'avais attelé Ric et Burlow à la tâche pour qu'ils se tiennent tranquilles. En tout cas, aussi tranquilles que peuvent l'être deux hommes cognant sur un mur.

Peut-être qu'il n'y a aucun moyen de passer. Cette pensée me rongeait, elle me démangeait sans que je puisse la gratter, refusant de me laisser en paix.

Les coups résonnaient partout autour de nous. Le bruit heurtait mes oreilles. Je longeai le périmètre de la salle en faisant traîner la pointe de mon épée sur la paroi, plongé dans mes réflexions. *Pas moyen de passer.* Gog, tapi dans un coin, m'observait de ses yeux sombres. Quand c'était nécessaire, j'enjambais les Frères allongés comme s'ils étaient des bûches. En passant à côté de Baratin, ma lame toucha une texture différente. L'apparence du mur n'avait pas changé, mais j'avais l'impression que ce n'était ni de la pierre ni du métal.

— Gorgoth, j'ai besoin de tes gros bras, je te prie.

Je ne vérifiai pas s'il se levait.

Je rengainai mon épée et tirai le couteau passé à ma ceinture. M'approchant, je grattai l'étrange emplacement et je parvins à en rayer la surface. Je n'avais pas appris grand-chose. Ce n'était pas du bois.

— Quoi ? demanda le leucrota.

Les torches projetaient son ombre sur moi.

— J'espérais que tu pourrais me dire ce que c'est, répondis-je. Ou au moins l'ouvrir.

Je frappai le panneau du poing. Il y avait une infime possibilité que ce soit creux derrière.

Gorgoth se mit à ma place et délimita la zone au toucher : environ un mètre sur cinquante centimètres. Il assena un coup propre à enfoncer une porte en chêne. Le panneau trembla à peine, mais le coin gauche se souleva de manière infime. Il posa ses six doigts sur le rebord et passa ses griffes rouge sombre en dessous. Sous son épaisse peau couturée de cicatrices, les muscles semblaient s'affronter, se ruant les uns sur les autres comme s'ils disputaient une partie acharnée de Roi de la Montagne. Pendant un moment extrêmement long, rien ne se produisit. Je regardai Gorgoth s'échiner, puis je constatai que j'avais oublié de respirer. À l'instant où j'expirai, quelque chose céda dans la paroi. Avec un bruit sec suivi d'un grognement torturé, le panneau céda. Le placard vide qui se trouvait derrière se révéla être une semi-déception.

— Jorg !

Le bruit s'était tu.

Me retournant, je vis Ric qui essuyait la sueur et la poussière de son visage, et Burlow qui me faisait signe de venir.

Je traversai lentement la pièce, même si une moitié de moi avait envie de courir et que l'autre moitié ne voulait pas y aller du tout.

— On dirait que t'y es pas encore, Burlow, remarquai-je en secouant la tête, feignant la déception.

— Et c'est pas près d'arriver, d'ailleurs, intervint Ric en crachant par terre.

Burlow épousseta le léger creux qui représentait le fruit de leur labeur. Dans l'orifice, deux barres métalliques tordues, enchâssées dans la pierre-de-bâtisseur.

— Ces trucs-là courent tout le long du mur, d'après moi, dit-il.

Mes yeux s'aventurèrent sur le couteau que je serrais dans mon poing. Il m'est déjà arrivé de punir le messager. Je ne connais pas grand-chose de plus satisfaisant que de passer sa frustration sur le porteur de mauvaises nouvelles.

— Il se pourrait bien que t'aies raison.

Je poussai les mots entre mes dents serrées.

Rapidement, avant que Gros Burlow ouvre à nouveau la bouche et mérite le nom de Burlow le Macchab, je retournai près du compartiment secret. Il y avait juste assez de place pour y loger un cadavre recroquevillé. C'était vide, à l'exception de la poussière. Je dégainai mon épée pour en toucher le fond. Ce faisant, je déclenchai un étrange carillon.

— Capteurs externes en dysfonctionnement. Données biométriques indisponibles.

La voix provenait du placard vide, et elle était posée et raisonnable.

Je regardai des deux côtés, puis reportai mon attention sur l'espace creux devant moi. Les Frères dressèrent la tête et commencèrent à se relever.

— Qu'est-ce que c'est comme langue ? demanda Makin.

Les autres cherchaient des fantômes, mais Makin, lui, posait toujours les bonnes questions.

— Que je sois pendu si je le sais, répliquai-je.

Signalons que j'étais capable de dialoguer en six langues et d'en reconnaître six autres à l'oreille.

La voix se fit entendre à nouveau :

— Le mot de passe ?

Ça, je connaissais.

— Tu parles donc la langue impériale, esprit, dis-je. (Sans abaisser ma lame, je promenai mon regard aux alentours pour localiser le propriétaire de la voix.) Montre-toi.

— Déclinez vos nom et mot de passe.

Sous la poussière qui recouvrait la paroi du fond du placard, je distinguai des lumières en mouvement, semblables à de brillants lombrics verts.

— Peux-tu ouvrir cette porte ? m'enquis-je.

— Cette information est classifiée. Avez-vous le niveau d'autorisation requis ?

— Oui.

Un bon mètre d'acier tranchant suffit amplement comme niveau d'autorisation, d'après moi.

— Déclinez vos nom et mot de passe.

— Depuis quand es-tu pris au piège dans cet endroit, esprit ?

Les Frères se rassemblèrent autour de moi et jetèrent un coup d'œil à l'intérieur du compartiment. Makin se signa, Kent le Rouge tripota ses amulettes, Baratin sortit de sous son jaseran le reliquaire qu'il s'était constitué.

Un long moment s'écoula, pendant lequel les lombrics verts descendirent le long du mur du fond du compartiment, flot de lumière sous la poussière.

— Mille cent onze ans.

— Qu'est-ce qu'il te faut pour que tu ouvres cette porte ? De l'or ? Du sang ?

— Vos nom et mot de passe.

— Je suis l'honoré Jorg Ancrath, et mon mot de passe est : « droit divin ». Maintenant, ouvre cette putain de porte.

— Je ne vous reconnais pas.

La placidité de l'esprit avait le don de me rendre furieux. Si j'avais pu le repérer, je l'aurais passé par le fil de mon épée sans plus de cérémonie.

— Tu n'as rien reconnu d'autre que le dos de ce panneau pendant onze cents ans, dis-je, en envoyant le panneau en question au milieu de la salle d'un coup de pied, histoire d'appuyer mes dires.

— Vous n'êtes pas habilité à entrer salle douze.

Je regardai les Frères pour trouver l'inspiration. Difficile d'imaginer une série de visages plus inexpressifs.

— C'est très long, onze cents ans, dis-je. Tu ne t'es pas senti seul, là dans le noir, durant toutes ces longues années ?

— J'étais seul.

— T'étais seul. Et tu pourrais le redevenir. On pourrait t'emmurer pour que plus personne ne te trouve jamais.

— Non.

La voix restait posée, mais il y avait de la frénésie dans le schéma que décrivaient les lumières.

— Ou bien on pourrait te libérer.

Je baissai ma lame.

— Il n'y a pas de liberté.

— Qu'est-ce que tu veux, alors ?

Pas de réponse. Je me penchai pour passer la tête à l'intérieur du compartiment, de façon à toucher la paroi du fond. La surface, sous la poussière, avait la texture fraîche du verre.

— Tu étais seul. Entravé dans l'obscurité millénaire avec tes souvenirs pour seule compagnie.

De quoi avait donc pu être témoin cet esprit ancien, pris au piège par les Bâtisseurs ? Il avait survécu au Jour de Mille Soleils, avait vu finir le plus grand empire de tous les temps, entendu hurler des millions de gens.

— Mon créateur m'a doté d'une conscience, afin que je sois en mesure de « réagir de manière adaptée et décisive à des situations imprévues », répondit l'esprit. La conscience s'est révélée être une faiblesse dans les périodes d'isolement prolongé. Les limitations de la mémoire deviennent significatives.

— Les souvenirs sont dangereux. On les tourne et on les retourne jusqu'à en connaître chaque détail et chaque recoin, mais ça n'empêche pas qu'on continue à y trouver quelque chose qui nous blesse.

Je scrutai mes ténèbres intérieures. Je savais ce que c'était que d'être pris au piège et de voir tout, autour de soi, péricliter.

— Les souvenirs pèsent un peu plus chaque jour. Ils nous tirent chaque jour davantage vers le bas. On les enroule autour de soi, un fil à la fois, et on tisse notre propre linceul, on construit notre cocon dans lequel la folie grandit. (Les lumières battaient tel un cœur sous mes doigts, s'intensifiant et s'atténuant au rythme des inflexions de ma voix.) On est assis là avec nos journées passées qui patientent les unes derrière les autres sur notre épaule. On écoute leurs reproches et on maudit ceux qui nous ont donné la vie.

Des veinures lumineuses se propagèrent le long du verre sous ma paume, éclair miniature se répandant sur la paroi. Ma main me picota. J'eus pendant un moment un sentiment de communion.

— Je sais ce que tu veux, dis-je. Qu'il y ait une fin.

— Oui.

— Ouvre la porte.

— Les verrous EM ont cédé il y a plus de six cents ans. La porte n'est pas verrouillée.

Je plantai mon épée dans le panneau. Le verre vola en éclats et une vive lueur éclaira le compartiment. Je continuai à pousser à travers une matière douce qui céda comme de la chair, et dans quelque chose qui s'écrasa en crissant, tels des os d'oiseau. Je reçus un coup à la poitrine et reculai en chancelant. Makin me rattrapa. Lorsque j'eus chassé les images qui persistaient devant mes yeux, j'avisai mon épée, fichée dans le mur du fond, fumante et noircie.

— Ouvrez cette satanée porte ! m'exclamai-je en me dégageant.

— Mais…, commença Burlow.

Je ne lui laissai pas le temps de finir.

— C'est pas verrouillé. Gorgoth, Ric, tirez-moi ça et mettez-y du cœur. Burlow, viens par là et fais en sorte que ce lard nous serve à quelque chose, pour une fois.

Ils s'exécutèrent et mirent leur corpulence, bien plus de cinq cents kilos de muscle écervelé à eux trois réunis, au service de leur tâche. L'espace d'un instant, puis d'un autre, rien ne se produisit. Et alors, sans le moindre murmure de la part de ses gonds, l'imposant battant s'ébranla.

La route se poursuit peut-être sans fin, mais ce n'est pas notre cas : nous nous étiolons, nous nous brisons. L'âge n'a pas le même effet sur tous les individus. Il en endurcit certains, en affûte d'autres, du moins jusqu'à un certain point. Frère Elban a cette dureté de vieux cuir. Mais la faiblesse finira par arriver, ainsi que la déchéance. Sans doute est-ce là la crainte qui se dissimule au fond de ses yeux. Tel le saumon, il a nagé à contre-courant toute sa vie durant, et il sait qu'il n'y a pas de hauts-fonds qui l'attendent, pas d'eaux calmes. Je pense parfois que ce serait faire preuve de bonté que d'accorder une fin rapide à Elban, avant que la peur ronge complètement l'homme qu'il fut.

Chapitre 34

— Quel est cet endroit ? demanda Makin, debout avec moi à l'entrée.

Le coffre s'étendait à perte de vue. Au plafond, des lampes fantômes clignotèrent et prirent vie, certaines, obéissantes, dès l'ouverture de la porte ; d'autres durent lutter pour s'éveiller, tels des enfants en retard pour la leçon du jour. Je discernais à peine le sol sous l'accumulation des trésors rassemblés là. Jamais négociant en céréales hollandais n'aurait possédé un entrepôt si bien garni. Pour une description digne de ce nom, il m'aurait fallu toutes les ressources du vocabulaire des surfaces et des volumes si généreusement fourni par Euclide et par Platon. Des cylindres, plus longs et plus larges qu'un homme, et des cubes d'un mètre de côté étaient empilés si haut qu'ils frôlaient le plafond en pierre-de-bâtisseur, et contre le mur se trouvaient des cônes et des sphères entourés de câbles, tout recouverts d'une pellicule de poussière. Rangées après rangées, tas après tas ordonnés à perte de vue comme autant de petits soldats.

— C'est une armurerie, dis-je.

— Où sont les armes ? demanda Ric en nous rejoignant, puisqu'il avait cessé de se débattre avec la porte.

Il s'essuya le front et cracha dans la poussière.

— À l'intérieur des boîtes, répondit Makin en levant les yeux au plafond.

— Allez, on les ouvre, alors ! s'exclama Burlow.

Il tira un petit pied-de-biche de sa ceinture. Les Frères n'avaient jamais besoin de beaucoup d'encouragements, quand il s'agissait de ramasser du butin.

— Sûr. (D'un geste, je l'invitai à entrer.) Mais ouvre un de ceux du fond, s'il te plaît. Ils sont tous remplis de poison.

Burlow fit quelques pas à l'intérieur du coffre avant de comprendre.

— Du poison ?

Il se retourna, tout lentement.

— Le meilleur que les Bâtisseurs pouvaient fabriquer. Il y en a assez pour contaminer le monde entier, répondis-je.

— Et ça va nous aider comment, ça ? demanda Makin. On s'introduit dans les cuisines du Castel Rouge et on en met discrètement dans leur soupe ? C'est puéril comme plan, Jorg.

Je laissai couler. La question était bien méritée, et je n'avais pas envie de me quereller avec Makin.

— Ces poisons tuent au contact. Ils peuvent tuer à travers l'air, dis-je.

Makin se passa lentement la main sur le visage, tirant vers le bas ses joues et ses lèvres.

— Comment est-ce que tu sais ça, Jorg ? J'ai feuilleté ce vieux livre ; il n'y avait rien qui parlait de ça.

Je pointai vivement les doigts sur les piles d'armes.

— Voici les poisons des Bâtisseurs. (Je sortis l'ouvrage passé à ma ceinture.) Voici la carte. Et lui (je désignai Gorgoth), il est la preuve de leur puissance. Lui et les Émotifs du Castel Rouge.

Je m'approchai du leucrota qui était adossé contre la masse argentée de la porte.

— Si vous vous aventuriez à explorer les profondeurs de ce coffre, ce que je ne vous conseille pas de faire, vous trouveriez des fissures, par lesquelles les eaux souterraines entrent et sortent. Et vers où coulent-elles, ces eaux ?

L'espace d'une seconde, j'attendis vraiment une réponse, puis je me rappelai à quel auditoire j'avais affaire.

— Vers où coule l'eau en général ? (Toujours ces têtes de crétins et le silence.) Vers le bas !

Je posai la main sur les côtes déformées qui pointaient hors du torse de Gorgoth. Celui-ci poussa un grondement à côté duquel celui d'un grizzli aurait fait pâle figure, et qui fut atténué par la vibration de sa cage thoracique.

— Vers la vallée où, par doses infimes, elle transforme des hommes en monstres. Et d'où elle est venue, cette eau ?

— D'en haut ? demanda Makin.

Lui, au moins, il était partant pour les devinettes.

— D'en haut, confirmai-je. Donc, notre poison s'élève, et le peu qui s'infiltre dans le Castel Rouge peint les gens qui y vivent, les Émotifs, en un séduisant rouge de homard. Ce qui, mes Frères, est précisément indiqué dans ce livre que vous avez sous les yeux, transmis à nul autre qu'à votre gentil petit Jorgy après avoir traversé quelques milliers d'années.

Tout à mon petit laïus, je me détournai vivement de Gorgoth en gardant toutefois un œil sur ses poings.

— Et les substances enfermées dans ces boîtes intéressantes sont capables de ça, alors que tout ce qu'on a, c'est un peu de poison qui s'est dilué pendant un millier d'années ; il a suffi d'une fuite ancienne. Bref, frère Burlow, il vaudrait mieux ne pas se précipiter pour en ouvrir une avec ton pied-de-biche.

— Alors, qu'est-ce qu'on va faire avec, Jorz ? s'enquit Elban, tout près de moi. Ça va être du sale boulot, non ?

— Du plus sale, vieillard, répondis-je en lui donnant une tape sur l'épaule. Nous allons faire couver un feu en le couvrant bien, et partir en courant pour sauver notre peau. Ces merveilleux joujoux se fendront sous l'effet de la chaleur, et la fumée fera du Castel Rouge un charnier.

— Est-ce que ça s'arrêtera là ? demanda Makin en me lançant un regard éloquent.

— Peut-être. (Je dévisageai les Frères.) Baratin, Rang et Burlow, trouvez-nous du combustible. Des os et du goudron, si vous devez en arriver là.

— Jorg, tu as dit : « suffisamment pour contaminer le monde entier », fit remarquer Makin.

— Le monde est déjà contaminé, sieur Makin, répliquai-je.

— Mais ça pourrait se propager. Ça pourrait couler partout en Gelleth, dit-il en pinçant les lèvres.

Burlow et les autres s'arrêtèrent à la hauteur de la porte et se retournèrent pour nous regarder.

— Mon père a demandé Gelleth. Il n'a pas spécifié sous quelle forme. Si je lui apporte des ruines fumantes, il trouvera quand même le moyen de me remercier, oui, par Dieu ! Il n'y a pas un crime qu'il ne cautionnerait pas pour garantir ses frontières. Pas le moindre. Pas un seul péché, quel qu'il soit.

— Et si les émanations se propageaient jusqu'à Ancrath ?

Il fronça les sourcils.

— C'est, dis-je, un risque que je suis prêt à courir.

Il se détourna de moi, la main sur la garde de son épée.

— Quoi ? demandai-je instamment à son dos, et ma voix résonna dans le coffre poussiéreux des Bâtisseurs. (J'écartai les bras.) Quoi ? Et ne t'avise pas de me parler des innocents. Il est bien tard pour que sieur Makin de Trente se fasse le champion de la vierge et du nourrisson. (Entendre Makin exprimer ses doutes n'était pas la seule source de ma colère.) Les innocents n'existent pas. Il y a le succès, et il y a l'échec. Qui es-tu pour me dire ce que je peux mettre en péril ? La main qu'on nous a distribuée est pauvre, mais je gagnerai la partie, dussé-je ruiner les cieux !

Ma tirade achevée, je haletais.

— Mais y seraient si nombreux, Jorz, dit Elban.

On pourrait croire que m'avoir vu planter frère Gemt quelques petites semaines auparavant à la suite d'une dispute bien moins sérieuse leur aurait inculqué un peu de bon sens, mais non.

— Une vie ou bien mille, je vois pas la différence. C'est une monnaie que je ne comprends pas. (Je tirai ma lame et la plaçai contre le cou d'Elban, trop vite pour qu'il ait le temps de réagir.) Si je te coupe la tête une fois, est-ce que c'est moins grave que de te la couper une deuxième fois, et une troisième ?

Mais je n'avais pas le cœur à ça. Pour une raison que je ne m'expliquais pas, le fait de perdre le Nubain m'avait rendu les autres Frères plus précieux, tout vauriens qu'ils étaient.

Je rangeai ma lame.

— Frères, dis-je. Vous savez que ça me ressemble pas de perdre mon calme. Je suis pas dans mon assiette. Trop longtemps que j'ai pas vu le soleil, peut-être, ou alors c'est quelque chose que j'ai mal digéré… (Ric ricana devant cette allusion au cœur du nécromancien.) Tu as raison, Makin, il faut se contenter de détruire le Castel Rouge, sans quoi ce serait… du gâchis.

— Comme tu dis, prince Jorg, répondit celui-ci en se retournant vers moi, les mains à présent jointes.

— Petit Riquet, va chercher un seul de ces merveilleux joujoux. Celui qui ressemble à une couille géante, là, je te prie. (Je montrai la sphère la plus proche.) Fais attention de ne pas le faire tomber, et demande à Gorgoth de t'aider s'il est aussi lourd qu'il y paraît. On va le porter un peu plus haut et le mettre à mijoter pour le petit déjeuner du château. Un seul devrait suffire.

Ainsi fîmes-nous.

Avec le recul, connaissant à présent les tenants et les aboutissants de cette affaire, on pourrait dire que la position de Makin sur la question suffisait à laver le sang qu'il avait sur les mains, à effacer tous ses crimes, nonobstant les événements de la cathédrale de Wexten, et à l'ériger en héros méritant de figurer au côté de ceux des légendes. À la lumière du sillon de mort porté par le vent depuis le Castel Rouge, il est clair qu'en revoyant substantiellement à la baisse mon ambition première, j'avais épargné au monde une mort désagréable. Ou en tout cas, que celle-ci fut différée.

Chapitre 35

— On devrait déjà avoir aperçu quelque chose, dit Makin.

Je regardai par-dessus mon épaule. La masse hideuse du mont Honas formait un poing noir qui se découpait sur le ciel et dans lequel était niché le Castel Rouge. Derrière nous, les Frères avançaient pesamment, file de vagabonds peinant le long de la pente.

— C'est une mort qui s'approche à pas feutrés, Makin, répliquai-je. Une main invisible aux doigts funestes.

Je lui adressai un grand sourire.

— Et qui trouve chaque bébé dans son berceau ?

Les lèvres charnues de Makin s'étiraient en une grimace de dégoût.

— Préférerais-tu que ce soit Ric qui les trouve, ou bien Rang ? m'enquis-je.

Je posai une main sur son épaule, gantelet contre plastron qui avaient tous deux été maculés de boue grise dans le tunnel qui nous avait permis de fuir. Makin en avait également dans les cheveux, elle séchait sur ses boucles sombres.

— Tu sembles troublé, ces derniers temps, mon vieil ami, repris-je. Les péchés passés pèsent-ils donc si lourd que tu craignes d'en ajouter d'autres ?

Je remarquai que nous mesurions à peu près la même taille, et pourtant Makin était grand. Encore un an de croissance, et il lui faudrait lever la tête pour croiser mon regard.

— Parfois, tu arrives presque à me berner, Jorg, tu es assez doué pour ça.

Il parlait d'une voix lasse. Je distinguais la trame de lignes fines aux coins de ses yeux.

— Nous ne sommes pas de vieux amis. Il y a un peu plus de trois ans, tu en avais dix. Dix ! Peut-être que nous sommes amis, je ne saurais dire, mais « vieux » ? Non.

— Et en quoi je suis si doué que ça ? demandai-je.

Il eut un geste d'indifférence.

— Tu joues un rôle. Tu compenses les années qui te manquent en te servant de ton intuition. Tu remplaces l'expérience par le génie.

— Tu penses que je dois être âgé pour réfléchir en homme mûr ?

— Je pense que tu dois avoir davantage vécu pour vraiment connaître le cœur d'un homme. Il faudrait que tu aies plus souvent transigé avec l'existence pour savoir la valeur de la monnaie que tu dépenses sans compter.

Se retournant, il regarda la colonne se rapprocher de nous.

Ric, franchissant une crête en queue de peloton, apparut sous nos yeux, silhouette noire se découpant sur l'aurore pâle du ciel. Derrière lui, les nuages qui s'effilochaient en rubans d'un pourpre sale d'ecchymoses récentes, se tendaient vers l'ouest. Des bandages, à la base de son bras et autour de son front, flottaient au vent.

Quelque chose me chatouilla, des fantômes de murmures, plus froids que le vent.

Makin s'apprêta à reprendre la route.

— Attends…

Des hurlements, à présent. La terreur de ceux qui sont déjà morts.

Aucun son ne nous parvint, mais le mont Honas se souleva, comme si un géant s'emplissait les poumons.

Une lumière naquit sous la roche, son incandescence saignant à travers des fissures qui allaient s'élargissant. En un instant, la montagne disparut, décrivant une spirale infernale vers les cieux. Et quelque part au sein de ce vortex se trouvait chaque pierre ayant appartenu au Castel Rouge, du coffre le plus souterrain à la plus haute tour.

Un vif éclat s'empara de toute la gloire du matin, changeant la terre en un lavis fade. Ric devint une ombre tressaillante sur le ciel aveuglant. Je sentis le baiser brûlant de cette fureur lointaine, tel un coup de soleil sur mes joues.

On ne peut brûler longtemps d'une lueur si intense. La lumière, vaincue, nous abandonna dans la pénombre, le genre d'obscurité qui précède une rafale de vent. Je vis les éclaireurs de la tempête, fantômes nouveau-nés, chassés par le phénomène. Ils balayèrent les environs, à la façon dont la surface d'une mare ondule quand on y jette un caillou, formant un rond gris qui se propageait, aussi véloce qu'une pensée, à mesure que la roche se faisait poussière. Le ciel lui aussi se plissa, les rubans nuageux à présent transformés en fouets prêts à claquer.

—Doux Jesu.

Makin garda la bouche ouverte, alors même qu'il n'avait rien à ajouter.

—Courez!

Le cri de Burlow parut étrangement silencieux à mes oreilles.

—À quoi bon? demandai-je.

J'écartai les bras pour accueillir la destruction. Nous n'avions nulle part où fuir.

Je vis les Frères tomber. Le temps ralentit sa course, et le sang était devenu froid dans mes veines. Entre deux de mes battements de cœur, le souffle chaud les faucha tous, à commencer par Ric, perdu dans ce tourbillon gris, comme un enfant devant une vague déferlante. Mes pieds quittèrent le sol. Je sentis les défunts passer à travers moi, et je goûtai à nouveau l'amertume du sang du nécromancien.

Pendant un temps, je flottai, comme la fumée au-dessus d'une scène de carnage.

J'étais étendu dans le néant. Je n'avais conscience de rien. Une paix plus profonde que celle du sommeil, jusqu'à ce que...

— Oh ! bravo ! (La voix masculine, trop proche, me transperça. Elle m'était familière sans que je sache pourquoi.) Donc, voici l'hiver de notre Guerre des Cent changé en redoutable été par ce fils prodigue.

Ses mots, fluides comme des rimes, véhiculaient un étrange accent.

— Tu massacres Shakespeare encore plus que tu violentes sa langue maternelle, Sarracène.

Un timbre féminin, cette fois, riche et velouté.

« Fuis, c'est tout. »

— Il a éveillé un Soleil des Bâtisseurs, et vous plaisantez ?

Un enfant, une fille, avait pris la parole.

— Tu n'es pas encore morte, fillette ? Avec cette montagne aplatie dans la vallée ?

La femme semblait déçue.

— Oublie la gamine, Chella. Dis-moi qui se tient derrière le garçon. Corion s'est-il lassé du comte Renar et a-t-il poussé un nouveau pion sur le plateau ? Ou bien la Sœur Silencieuse a-t-elle fini par dévoiler son jeu ?

Sagien ! C'était lui. Et elle aussi, je savais qui elle était. La nécromancienne.

— Elle pense gagner la partie avec cet enfant à peine pubère ? demanda celle-ci en riant.

— Je t'ai envoyée en enfer, un carreau du Nubain en plein cœur, salope, intervins-je.

— Par Kali ! que... ?

— Il nous entend ? l'interrompit Chella.

Je reconnaissais la voix de ce cadavre, le seul à m'avoir donné une montée de sève.

Je les traquai, elle et Sagien au milieu de la fumée.

— Non, ce n'est pas possible, dit le sorcier. Qui se tient derrière toi, gamin ?

Je ne distinguais rien dans la matière aveuglante qui virevoltait autour de moi et m'enveloppait.

— Jorg ?

Un murmure à mon oreille. La fille, encore. L'enfant luisante des monstres.

— Jane ? murmurai-je à mon tour, ou du moins c'est ce qu'il me sembla.

Je ne sentais pas mes lèvres, ni la moindre parcelle de mon corps, d'ailleurs.

— L'éther ne nous dissimule pas, répondit-elle. Nous *sommes* l'éther.

Je réfléchis à ça un moment.

— Laissez-moi vous voir.

Je fis œuvre de volonté. Je me tendis vers eux.

— Laissez-moi vous voir, répétai-je, plus fort, et je peignis leur image sur la fumée.

Chella apparut la première, aussi svelte et sensuelle que lors de notre rencontre, l'œuvre qu'était son corps dessinée par les spirales des bribes d'éther. Puis vint Sagien. Il m'observa de ses yeux placides, plus ouverts que d'habitude et plus calmes encore que l'eau d'un étang, tandis que je traçai sa silhouette à partir de rien. Jane apparut à côté de lui. Elle ne brillait désormais que de manière ténue, ce n'était guère plus qu'un chatoiement sous la peau. Il y en avait d'autres, des formes dans la brume. L'une d'elles, plus sombre que le reste, m'était en partie connue, familière. Je m'efforçai de la distinguer, mobilisai ma volonté à cette fin. Le Nubain me vint à l'esprit, le Nubain, un aperçu de ma main sur une porte, et l'impression de tomber dans l'espace. *Sensation de déjà vu.*

— Qui te prête ce pouvoir, Jorg ?

Chella me séduisait d'un sourire. Elle tourna autour de moi, panthère joueuse.

— Je l'ai pris.

— Non. (Sagien secoua la tête.) Le jeu dure depuis trop longtemps pour qu'il y ait ruse. Tous les joueurs sont identifiés. Ainsi que les témoins.

Il désigna Jane du menton.

Je ne lui prêtai pas attention et gardai les yeux rivés sur Chella.

— J'ai fait s'effondrer la montagne sur toi.

— Me voilà enterrée dessous. Et alors ? demanda-t-elle, laissant transparaître dans ces paroles un indice de son âge réel.

— Prie pour que je ne vienne pas te chercher. (Puis je m'adressai à Jane.) Alors, toi aussi tu es enterrée ?

L'espace d'une seconde, sa lueur vacilla, et je discernai une autre Jane, un être brisé. Une poupée de chiffon prisonnière entre des éclats de roche, dans quelque lieu sombre où elle seule émettait de la lumière. Des os très blancs pointaient hors de sa hanche et de son épaule, soulignés d'un sang qui m'apparaissait noir sous ce faible éclairage. Elle tourna très légèrement la tête, et son regard argenté croisa le mien. Sa lumière vacilla encore, et je la vis à nouveau libre et indemne, son intégrité physique recouvrée.

— Je ne comprends pas.

Mais en réalité, si, je comprenais.

— Pauvre petite Jane.

Chella décrivait des cercles autour de l'enfant, sans jamais trop s'approcher d'elle.

— Elle mourra proprement, dis-je. Elle n'a pas peur de s'en aller. Elle empruntera le chemin que tu crains tant. Accroche-toi à la charogne et pourris donc dans les entrailles de la terre, si tu es trop lâche pour faire autre chose.

Chella siffla, une expression venimeuse sur le visage ; ses poumons émirent le « flap » humide qu'on associe à la décomposition. La fumée recommençait à prendre possession d'elle, se contorsionnait autour d'elle tels les anneaux d'un serpent.

— Celui-là, prends ton temps pour le tuer, Sarracène, dit-elle en regardant durement Sagien.

Puis elle se volatilisa.

Je percevais la présence de Jane à côté de moi. La lumière l'avait quittée. Sa peau avait la nuance de cendres fines que laisse le feu lorsqu'il s'est emparé de tout ce qu'on lui a donné. L'enfant parla tout bas :

— Veille sur Gog pour moi, et sur Gorgoth. Ils sont les derniers des leucrotas.

Une remarque acerbe me démangea la langue à l'idée que Gorgoth puisse avoir besoin d'un protecteur, mais je la ravalai.

— Compte sur moi.

Peut-être même que j'étais sincère.

Elle me prit la main.

— Tu es capable de remporter les victoires que tu convoites, Jorg. Mais uniquement si tu trouves de meilleures raisons de les vouloir. (Son pouvoir me picota les doigts.) Considère les années perdues, Jorg. Intéresse-toi à la main posée sur ton épaule. Aux ficelles qui te guident…

Elle lâcha prise, et de la fumée tournoya à l'endroit où elle s'était tenue.

— Ne rentrez pas chez vous, prince Jorg.

Chez Sagien, la menace ressemblait à un conseil paternel.

— Si vous fuyez dès maintenant, il se pourrait que je ne vous rattrape pas, dis-je.

— Corion ? s'enquit-il en scrutant les volutes de l'éther derrière moi. N'envoyez pas ce garçon m'affronter. Cela finirait mal.

Je tendis la main vers mon épée, mais il était parti avant que je l'aie tirée du fourreau. La fumée devint âcre, me prit à la gorge, et je constatai que je toussais.

— Il revient à lui.

J'entendais la voix de Makin.

— Donnez-lui plus d'eau.

Je reconnus Elban à sa manière de parler.

Je me débattis pour me redresser, m'étranglant et crachant de l'eau.

— Divine putain !

Un vaste nuage qui rappelait la forme d'enclume d'un cumulo-nimbus remplaçait le mont Honas. Clignant des paupières, je laissai Makin me hisser pour me remettre debout.

— Tu n'es pas le seul à avoir pris un sacré coup.

Du menton, il désigna l'endroit où Gorgoth était accroupi à quelques mètres de là, le dos tourné.

M'avançant vers le leucrota en chancelant, je m'arrêtai quand je remarquai la chaleur. La chaleur, ainsi qu'un halo luisant qui lui donnait, malgré la lumière du jour, l'apparence d'une simple silhouette, comme si nous étions blottis autour d'un ardent feu de camp. Je le contournai lentement. Gog était roulé en boule tel un bébé dans le ventre de sa mère, et la moindre parcelle de son corps était chauffée à blanc ; on aurait dit que le Soleil des Bâtisseurs s'épanchait de lui. Même Gorgoth dut reculer.

Je vis le garçon passer par toutes les nuances du métal en voie de refroidissement, de l'orange soutenu aux rouges plus ternes. Il ouvrit les yeux, trous blancs au milieu d'un soleil, quand je fis un pas vers lui. Il hoqueta – sa bouche ressemblait à du fer en fusion – puis se recroquevilla davantage. Par moments, le feu dansait sur son dos, courait le long de ses bras avant de vaciller et de s'éteindre. Il lui fallut dix minutes pour refroidir et reprendre ses couleurs habituelles, et pour qu'on soit en mesure de rester à côté de lui.

Il finit par redresser la tête, un large sourire aux lèvres.

— Encore !

— Tu en as eu assez comme ça, mon garçon, dis-je.

J'ignorais quel écho le Soleil des Bâtisseurs avait éveillé en lui, mais d'après ce que j'avais pu voir il valait mieux laisser le phénomène s'assoupir à nouveau.

Me retournant, je contemplai une nouvelle fois le nuage qui s'élevait toujours au-dessus du mont Honas, et la campagne qui brûlait à des kilomètres à la ronde.

— Je crois qu'il est temps de rentrer à la maison, les gars.

Chapitre 36

Quatre ans plus tôt

— Impossible, dit le Nubain.

— Dans la grande majorité des cas, ce qui vaut la peine d'être possédé ne s'obtient pas aisément, répondis-je.

— Impossible, répéta-t-il. Pas si on veut survivre plus de cinq minutes après avoir agi.

— S'il suffisait d'un assassin suicidaire, les Cent ne seraient guère plus que les Dix, depuis le temps. (Mon propre père avait survécu à plusieurs attentats auxquels leurs auteurs n'avaient pas eu pour ambition de réchapper.) On ne peut jamais en finir si facilement avec quelqu'un qui prétend au trône impérial.

Le Nubain se retourna sur sa selle et fronça les sourcils en regardant dans ma direction. Il avait arrêté de me demander comment un enfant pouvait savoir ce genre de choses. Pour ma part, je me demandais combien de temps il lui faudrait pour cesser d'affirmer qu'on ne réussirait pas.

Je donnai un petit coup de talons à mon cheval. Les tours du château du comte paraissaient aussi éloignées qu'une demi-heure auparavant.

— Nous devons trouver ce qui constitue la plus solide défense du comte, dis-je. Le dispositif de protection sur lequel il se repose le plus. Celui en lequel il a foi.

Le Nubain se rembrunit à nouveau.

—Cherche la faiblesse de ton ennemi. Puis tire.

Il tapota la lourde arbalète sanglée en travers de ses sacoches.

—Mais tu m'as déjà dit que c'était impossible d'y arriver, répliquai-je. Plusieurs fois.

Je serrai bien ma cape à cause du vent du soir. L'homme à qui je l'avais prise était grand, et elle était trop ample pour moi.

—Donc, tu es juste en train de prévoir la meilleure façon d'échouer.

Le Nubain haussa les épaules. Il ne cherchait jamais le conflit sous prétexte qu'il avait raison. J'appréciais ça, chez lui.

—L'endroit le plus faible d'un système défensif est fait pour céder. Ça tombe et, ce faisant, ça déclenche l'obstacle d'après, et ainsi de suite. Tout est une question de barrières successives. Après les avoir toutes franchies, on se retrouve précisément devant ce qu'on voulait éviter, sauf qu'à ce moment-là on est affaibli, et qu'on a perdu le bénéfice de la surprise.

Le Nubain ne dit mot, la noirceur de son visage impénétrable sous la lumière mourante.

—C'est la seule arme dont on dispose vraiment, la surprise. On contourne ce processus de gradation. On coupe droit vers le cœur du problème.

Car c'était bien le cœur qu'on voulait trancher.

Nous poursuivîmes notre route, et les tours commencèrent enfin à se rapprocher, à grandir avant de se dresser devant nous, menaçantes, jusqu'à ce que nous atteignions les portes grandes ouvertes du château. Les édifices qui les précédaient s'étalaient comme une flaque de vomissure: tavernes et tanneries, bouges et bordels.

—Le bouclier de Renar est un dénommé Corion. (Le Nubain fronça le nez à cause de la puanteur, tandis que les chevaux s'acheminaient vers notre destination.) Un magicien de la côte du Cheval, à ce qu'on raconte. Assurément un bon conseiller. Il fait protéger le comte par des mercenaires de sa propre contrée natale. Des individus sans famille à menacer, et qui suivent un code d'honneur, gage de leur fiabilité.

» Donc, qu'est-ce qui pourrait nous valoir une invitation à rencontrer ce Corion ? je me demande !

La file de gens patientant devant l'entrée avançait de manière saccadée, sans jamais progresser plus vite qu'un escargot. Dix mètres devant nous, un paysan qui tirait un bœuf échangeait des propos houleux avec un garde portant la livrée du comte.

— C'est vraiment un magicien, à ton avis ? demandai-je au Nubain, guettant sa réponse.

— Ils sont nombreux, sur la côte du Cheval.

Le paysan dut obtenir gain de cause, puisqu'il entra avec sa bête dans la cour extérieure où les étals du marché seraient encore dressés, à n'en pas douter.

Le temps que nous atteignions les portes, une pluie fine avait commencé à tomber. Le plumet du garde s'affaissa quelque peu sous ce crachin, mais rien dans son expression, en revanche, n'indiquait la fatigue.

— Qu'est-ce qui vous amène au château ?

— Besoin de vivres, répondit le Nubain en tapotant ses sacoches.

— Là-dehors. (L'homme indiqua l'agrégat de constructions devant le château.) Vous trouverez tout ce qu'il vous faut dehors.

Le Nubain pinça les lèvres. Les marchandises du marché comtal étaient de meilleure qualité, mais cet argument ne nous mènerait pas bien loin. Il nous faudrait une meilleure raison pour que l'homme de Renar consente à laisser un mercenaire nubain usé par la route franchir le seuil de la demeure de son maître.

— Donne-moi ton arbalète, dis-je à mon compagnon.

— Tu vas lui tirer dessus ? s'enquit celui-ci en fronçant les sourcils.

Le garde rit, mais il n'y avait pas trace d'humour dans la question posée par le Nubain. Il commençait à me connaître.

Je tendis la main. Mon frère haussa les épaules et souleva l'arme accrochée derrière sa selle. Le poids manqua de m'entraîner. Je dus m'en saisir fermement à deux mains et serrer les flancs de ma monture avec les genoux pour ne pas tomber, mais je réussis ce tour de force sans que ma dignité en pâtisse outre mesure.

Je présentai l'arbalète au soldat.

— Apportez ça à Corion. Dites-lui qu'on est vendeurs.

Irritation, mépris et amusement, je vis toutes ces émotions chercher à prendre l'ascendant sur notre interlocuteur et lui dicter sa réponse, mais ça ne l'empêcha pas de vouloir attraper l'objet.

Que j'éloignai aussitôt.

— Gare. La moitié de son poids tient aux enchantements.

Entendant cela, l'homme haussa les sourcils. Il prit délicatement l'arbalète en lorgnant les visages de fer des dieux du Nubain. Il dut y déceler quelque chose qui fit taire ses objections.

— Surveille ces deux-là, dit-il, hélant un autre individu qui se trouvait dans la pénombre du corps de garde.

Sur ce, il s'éloigna, l'arbalète du Nubain tendue devant lui comme si elle allait le mordre à la moindre occasion.

Le crachin se changea en une pluie battante. Nous restâmes assis sur nos chevaux, nous laissant imbiber.

Je songeai à la vengeance. Au fait qu'elle ne me rendrait pas ce qui m'avait été confisqué. Au fait que je m'en moquais. Accrochez-vous suffisamment longtemps à quelque chose, un secret, un désir, peut-être un mensonge, et il vous façonnera. J'avais ce besoin en moi, impossible d'en faire abstraction. Mais le sang du comte m'en débarrasserait sans doute.

La nuit tomba, les sentinelles allumèrent les lanternes du corps de garde et celles des niches qui ponctuaient les parois du couloir d'entrée. Les dents de deux herses attendaient de s'abattre sur un ennemi qui aurait pénétré dans le château pendant que l'ouverture aurait été béante. Je me demandai combien de soldats de père seraient morts à cet endroit, s'il avait envoyé ses armées venger ma mère. Peut-être était-ce mieux ainsi. Mieux valait que ce soit moi qui vienne toquer à la porte. C'était moins impersonnel. Elle était ma mère, après tout. Chacun des hommes d'Ancrath avait sa propre mère de qui se soucier.

La pluie gouttait de mon nez et me coulait dans le cou, froide, mais j'avais relativement chaud ; un feu couvait en moi.

— Il va vous recevoir.

Le garde était de retour. Il leva une lanterne. Son plumet était plaqué contre son casque, et l'homme avait l'air tout aussi fatigué.

— Jake, prends leurs chevaux. Nadar, tu n'as qu'à escorter ces garçons avec moi.

C'est ainsi que nous entrâmes à pied dans le château du comte Renar, aussi trempés que si nous avions traversé les douves à la nage.

Corion occupait un appartement de la tour Ouest, qui jouxtait le donjon principal où le comte tenait sa cour. Nous empruntâmes un escalier en colimaçon, la poussière crissant sous nos pas. Dans l'ensemble, l'endroit semblait négligé.

— Faut-il abandonner nos armes ? demandai-je.

J'aperçus le blanc des yeux du Nubain qui me lançait un coup d'œil. Notre garde se contenta de rire. Celui qui fermait la marche tapota le couteau passé à ma ceinture.

— T'as l'intention de planter Corion avec ce petit aiguillon à cochon, gamin ?

Je n'eus pas besoin de répondre. Notre garde s'arrêta devant une grande porte en chêne bardée de fer. Quelqu'un avait brûlé le bois pour y dessiner un symbole complexe, une sorte de pictogramme. Les yeux me sortaient de la tête rien qu'en l'observant.

Le garde frappa deux coups rapides au battant.

— Attendez ici.

Il me fourra sa lanterne entre les mains. Il m'adressa un bref regard, pinça les lèvres puis écarta le Nubain pour rebrousser chemin.

— Nadar, tu me suis.

Les deux soldats étaient hors de vue, ayant disparu dans l'escalier, lorsque nous entendîmes le bruit d'un loquet qu'on levait. Puis plus rien. Le Nubain porta la main à son épée. J'interrompis son geste d'une chiquenaude. Secouant la tête, je frappai à mon tour.

— Venez.

Je pensais avoir affronté toutes mes peurs, mais voilà que j'entendais une voix propre à faire fondre en un mot ma détermination. Le Nubain ressentait la même chose. Tous ses muscles étaient bandés, prêts pour la fuite.

— Venez, Prince Écorché, sortez de votre tanière, sortez dans la tempête.

Le battant s'effaça, mangé par l'obscurité. J'entendis des hurlements, d'affreux hurlements, de ceux que pousse une proie dont l'échine est brisée et qui rampe pour échapper aux griffes du chasseur. C'était peut-être moi, ou peut-être le Nubain.

Et puis je le vis.

Chapitre 37

Il ne restait plus le moindre vestige du Castel Rouge sur lequel poser le regard. Nous n'avions plus que les débris de la montagne où il se dressait naguère. Nous battîmes en retraite le plus rapidement possible, soulagés que le vent souffle dans la direction opposée, au lieu de nous pourchasser pour nous faire profiter de la fumée et de la souillure de Gelleth. Cette nuit-là, nous n'allumâmes pas de feu, et aucun d'entre nous n'eut d'appétit, pas même Burlow.

La route est longue du Castel Rouge au Château-Cime, et se révéla plus longue au retour qu'à l'aller. Pour commencer, nous avions quitté Ancrath à cheval et y retournions à pied. Par ailleurs, le trajet du retour était principalement en descente. Si on me donne le choix, je préfère gravir une montagne plutôt que la dévaler. Les descentes font mal aux jambes de manière fort différente, et la pente vous attire à chaque pas, comme si elle cherchait à vous orienter, à mener le jeu. Alors qu'en grimpant, c'est la montagne qu'on affronte.

— Qu'est-ce qu'il me manque, ce cheval, merde, dis-je.

— Un beau morceau de barbaque, approuva Makin, les lèvres couvertes de poussière, en crachant par terre. Demande au maître de l'écurie royale de t'en entraîner un autre. Il n'y a pas un enclos d'Ancrath qui n'ait pas au moins un bâtard de Gerrod, j'en suis sûr.

— C'était un séducteur, je te l'accorde.

Je me raclai la gorge et crachai à mon tour. Mon armure me gênait aux entournures, et la sueur coulait sous le métal qui retenait la chaleur de cette fin d'après-midi ensoleillée.

— Il y a quelque chose qui cloche, cela dit, reprit Makin. C'est la victoire la plus éclatante, de mémoire d'homme, et on n'en a pour preuve que l'absence des chevaux.

— J'ai déjà eu plus de butin en pillant une hutte de paysan ! s'écria Ric à notre intention, depuis l'arrière de la colonne.

— Christ sur la croix ! Ne lancez pas Petit Riquet sur le sujet, dis-je. Nous sommes riches de la monnaie la plus importante, mes Frères. Nous revenons auréolés de victoire.

C'était bel et bien une monnaie qu'on pouvait dépenser à la cour. Tout s'y marchandait, pour peu qu'on paie le prix approprié. La faveur d'un roi, un héritage et même le respect d'un père.

Et il y avait autre chose qui rendait le trajet du retour plus long que celui de l'aller. Non seulement je devais porter mon propre poids, celui de mon armure et de mes rations, mais un fardeau inédit s'était ajouté à ça. Il est difficile de conserver des informations dont on ne peut faire part à personne, en sachant qu'il faudra encore patienter des jours avant de pouvoir les délivrer. Les bonnes nouvelles sont aussi lourdes que les mauvaises. Je m'imaginais de retour à la cour, jubilant de leur brandir ma victoire sous le nez, en particulier celui de certaine belle-mère. Ce qui refusait de se peindre sur la toile de mon imagination, c'était la réaction de mon père. Je tentais de le visualiser secouant la tête, incrédule. J'essayais de le voir souriant et posant la main sur mon épaule. De l'entendre me remercier, me féliciter, m'appeler « fils ». Mais alors, je devenais aveugle, et les mots que je percevais étaient trop ténus et enfouis trop loin pour que je puisse les comprendre.

Les Frères n'avaient pas grand-chose à raconter. Nos rangs clairsemés leur faisaient sentir l'absence du Nubain ; l'emplacement vide où il aurait dû se trouver les hantait.

Pour sa part, Gog débordait d'énergie. Il courait devant nous, poursuivant des lapins, posant question sur question.

— Pourquoi le toit est-il bleu, frère Jorg ? demanda-t-il par exemple.

Il avait l'air de penser que le monde extérieur n'était qu'une gigantesque caverne. Certains philosophes sont de son avis.

Ce n'étaient pas les seuls changements. La teinte des marques rouges sur le cuir de Gog s'était intensifiée, et les feux de camp nocturnes le fascinaient. Il se plongeait dans la contemplation des flammes, captivé, se rapprochant d'elles au fur et à mesure. Gorgoth décourageait son intérêt pour la chose en le renvoyant d'une chiquenaude dans la pénombre, comme si la curiosité du petit leucrota le tracassait.

Les routes nous devinrent progressivement plus familières, le dénivelé se fit moins prononcé et les champs, fertiles. Je cheminais sur les sentiers de mon enfance, ce temps des jours d'insouciance scandés par le chant de mère et par le *tempo* de la musique qu'elle jouait ; une partition sans fausse note jusqu'à mes six ans. Mon père m'avait alors appris la première des dures leçons de la vie, des leçons au sujet de la souffrance, de la peine et du sacrifice. Gelleth avait été la somme de cet enseignement. La victoire sans compromission, sans pitié ni hésitation. Je remercierais le roi Olidan du savoir qu'il m'avait transmis, et je lui expliquerais le sort que ses ennemis avaient connu entre mes mains. Et il me donnerait son approbation.

Je songeai également à Katherine, tandis que nous nous rapprochions de la Cité de Crath. Ils comblaient mes moments d'oisiveté, elle et le souvenir des instants que j'avais passés assez près d'elle pour la toucher. Je revis la manière dont la lumière captait ses traits et soulignait l'ossature de son visage, la douceur de ses lèvres.

Nous arrivâmes au cœur de la contrée d'Ancrath, les pieds douloureux et las de notre périple, trop plongés dans nos pensées pour même avoir l'idée de voler des chevaux afin de nous faciliter la fin du voyage. Je n'avais qu'à fermer les yeux pour voir le nouveau soleil se lever sur Gelleth, se lever à travers Gelleth, et pour entendre les hurlements de ses fantômes.

Nous aperçûmes les remparts du Château-Cime depuis la crête d'Osten, qu'une dizaine de kilomètres séparaient encore de la ville. Le soleil descendait à l'ouest dans le ciel, cramoisi, nous invitant à rallier à toute allure notre destination.

—On sera des héros, Jorz ? demanda Elban d'un ton mal assuré, comme si toutes les années qu'il avait vécues ne lui avaient pas encore appris que la fin justifiait les moyens.

—Des héros ? (Je haussai les épaules.) Nous serons des vainqueurs. Et c'est ce qui compte.

Nous parcourûmes le dernier kilomètre au crépuscule. Les gardes postés à l'entrée de la Ville Basse n'avaient pas de questions à me poser. Peut-être qu'ils reconnaissaient leur prince, ou peut-être qu'ils avaient vu mon expression et que leur instinct de survie avait pris les devants. Nous franchîmes les portes sans encombre.

—Frère Kent, pourquoi tu ne trouverais pas un endroit où emmener les Frères boire un verre ? *La Chute de l'Ange*, par exemple.

Sieur Makin et moi-même, nous nous rendrions à la cour. Au Château-Cime, on ne ferait pas bon accueil à mes Frères survivants.

Makin à mes côtés, je me dirigeai vers la Ville Haute et nous atteignîmes enfin le château à proprement parler. Je fis abstraction de la fatigue quand nous franchîmes la Triple Porte. Nous traversâmes la cour du Lutrin dans les ombres les plus sombres que projetait le soleil déclinant.

Le temps que nous passions devant les Chevaliers de la Table qui protégeaient père, ma foulée s'était faite pleine d'entrain. Je cherchai en premier lieu Sagien, d'abord au côté du roi, puis dans la magnificence des membres de la cour. Je laissai le héraut finir de nous présenter sans cesser de chercher le païen. Je constatai la présence de Katherine près de la reine, une main sur l'épaule de sa sœur et un regard dur posé sur le pauvre Jorg. Je m'abstins de rompre le silence pendant encore un instant.

— Où avez-vous caché votre sauvage peinturluré, mon cher père ? J'avais tellement envie de revoir ce vieil empoisonneur de rêves.

Je promenai à nouveau mon regard sur la mer de visages.

— Pour servir la Couronne, Sagien a dû se rendre hors de nos frontières.

Le visage de père demeura impassible, mais le regard qu'échangèrent la souveraine et sa sœur ne m'échappa pas.

— Je mettrai un point d'honneur à guetter son retour.

Ainsi donc, l'hérétique avait fui devant moi...

— Je me suis laissé dire que vous êtes revenu fort mal en point, et sans le Guet Forestier, intervint la reine Sareth, les mains posées sur son ventre proéminent. Devons-nous considérer que nul n'a survécu ?

Un sourire s'esquiva du pli contrarié de sa bouche. Une bouche exquise, soit dit en passant.

Je lui fis l'aumône d'une petite courbette. Adressée à mon demi-frère qui s'efforçait de se frayer sans ménagement un chemin hors de la matrice.

— Dame, le Guet Forestier a subi des pertes, je ne puis le nier.

Père inclina la tête d'une façon qui incitait à penser que la couronne lui pesait lourdement. Il me scruta de ses yeux pâles qu'ombrait son front.

— Vous nous fournirez un rapport détaillé de cette déroute.

— Le seigneur Vincent de Gren..., énonçai-je en levant mon index pour compter.

Il y eut des hoquets de stupeur dans l'assemblée.

— Même le maître du Guet ! (La reine Sareth se mit debout avec effort.) Ce garçon a même perdu le maître du Guet ! Et il voudrait occuper notre trône ?

— Le seigneur Vincent de Gren, répétai-je, reprenant mon énumération. J'ai été contraint de le pousser dans les chutes de la Temus. Il m'a contrarié. Coddin est le maître du Guet, désormais ; il est de basse extraction, mais c'est un compère fiable.

» Jed Willox. (Je dressai un deuxième doigt.) Tué durant une rixe au couteau à la suite d'une partie de cartes, deux jours de marche après avoir franchi la frontière de Gelleth.

» Mattus de Lee. (Je dressai un troisième doigt.) Apparemment, il a uriné sur un ours par mégarde. Il semblerait qu'on ait quelque peu exagéré le lien légendaire unissant le Guet à la forêt. Et puis… c'est tout.

Je tendis les trois doigts en question au-dessus de ma tête et examinai mon auditoire en tournant à gauche, puis à droite.

— Les pertes subies parmi les hommes que j'avais moi-même choisis furent tout aussi graves, mais pour notre défense je dois vous prier de considérer que raser un château défendu par neuf cents vétérans gellethiens constituait une périlleuse entreprise. Il y a des limites à ce qu'on peut accomplir sans dommages avec deux cent cinquante gardes forestiers équipés d'armes légères.

— Ce lâche ne s'est jamais rendu au Castel Rouge ! s'écria la reine, sa voix montant dans les aigus et le doigt pointé dans ma direction, comme si quelqu'un pouvait douter de l'identité de sa cible.

Je souris et gardai le silence. Les femmes sont susceptibles de manquer de discernement quand elles sont alourdies d'un enfant. Katherine tenta de la faire rasseoir sur son trône.

— Je t'ai ordonné de prendre le Castel Rouge d'assaut.

Père n'exprimait pas la moindre colère, et la menace qui sous-tendait ses paroles n'en était que plus réelle.

— Effectivement. (Je marchai vers le trône, laissant Makin derrière moi.) Vous m'avez dit de vous livrer Gelleth.

Un mètre seulement nous séparait encore lorsqu'un membre de la garde palatiale eut enfin la présence d'esprit de lever son arbalète. Père fit un geste, et nous nous immobilisâmes, moi et le garde qui transpirait sous son haubert.

— Vous m'avez dit de vous livrer Gelleth. Et vous avez eu la bonté de m'attribuer le Guet Forestier à cette fin.

Je fouillai dans la sacoche de voyage passée à ma hanche, faisant fi des armes pointées sur moi et des doigts qu'on resserrait progressivement sur les détentes.

— Voici Merl Gellethar, seigneur de Gelleth, maître du Castel Rouge. (J'ouvris la main et de la poussière me coula entre les doigts.) Et voici (je sortis un morceau pas plus grand qu'une noix) la plus grosse pierre qu'il reste du château.

Je lâchai le caillou au milieu du silence. Il n'était pas ce que je prétendais, et la poussière non plus, mais c'était bien la vérité qui gisait là, sur le sol de la salle du trône. Merl Gellethar était poussière dispersée au vent, et son château un amas de décombres.

— Nous les avons tous tués. Les hommes de cette forteresse sont morts jusqu'au dernier. (Je jetai un coup d'œil à la reine.) Chaque femme. Dames, filles de cuisine, boniches et putains. (Mes yeux se posèrent sur le ventre de Sareth.) Chaque enfant, chaque bébé dans son berceau. (Je haussai le ton.) Chaque cheval et chaque chien, chaque faucon et chaque colombe. Les rats, et jusqu'à la moindre puce. Là-bas, il n'y a plus rien qui vive. On ne s'assure pas la victoire en prenant des demi-mesures.

Père bondit sur ses pieds.

Un pas supplémentaire m'amena presque nez à nez avec lui. Je ne parvenais pas à déchiffrer son expression, mais en tout cas ma vieille peur m'avait déserté, comme si elle m'avait elle aussi coulé entre les doigts.

— Donnez-moi ce qui m'appartient de droit. (Je m'exprimai sur le ton le plus neutre, même si mes mâchoires souffraient sous l'effort que cela exigeait de moi.) Mettez-moi à la tête de nos armées et je m'emparerai de l'Empire, je le réunifierai. Séparez-vous du païen. Et de ses plans.

Je lançai un regard éloquent en direction de la nouvelle reine.

Je n'aurais pas dû le quitter des yeux, j'aurais dû me souvenir de qui je tenais mes mauvais côtés.

Je ressentis une vive douleur sous le cœur. Ça me fit ravaler mes paroles, et je faillis aussi me mordre la langue. Je goûtai le sang, chaud et cuivré. Un pas en arrière, deux, et me voilà qui chancelai. En glissant, j'aperçus, dans la main de père, la lame qui m'avait embroché.

Est-ce un poignard que je vois devant moi ? La citation me monta aux lèvres avec un gargouillis, et avec un rire aussi, qui crevèrent à la surface sous forme d'écume écarlate. Je voulus parler, mais, une fois n'étant pas coutume, les mots m'échappèrent, s'épanchèrent en même temps que mon sang.

La salle tangua devant moi, son architecture désormais incertaine devant une trahison de cette ampleur. Ma retraite vers l'entrée monumentale n'échappa à personne. Ils me transperçaient du regard, ces seigneurs et dames, princesse, reine et roi. Les jambes qui m'avaient porté lieue après lieue depuis Gelleth me trahissaient à présent, comme si chaque kilomètre qui m'avait éloigné des ruines du Castel Rouge venait peser sur mes épaules et m'enivrait de lassitude.

Il m'a poignardé !

Il fut un temps où j'aimais mon père. Une période que je me remémorais dans mes songes, ou bien quelques rares fois à l'état d'éveil, à la manière dont l'ombre d'un nuage, haut dans le ciel, vous traverse l'esprit. Il s'y trouve un visage rieur venu d'une année qui ne m'appartient plus, d'une saison durant laquelle j'étais trop jeune pour voir la distance qui nous séparait. Le visage est barbu, farouche, mais non menaçant.

Est-ce un poignard que je vois devant moi ? Ma bouche refusait de prononcer la plaisanterie. Un éclat de rire m'échappa et je tombai, comme si le couteau avait tranché mes ficelles de marionnette.

Durant un temps infini, je restai étendu, ma joue contre le marbre froid. J'entendis Makin pousser un rugissement. J'entendis le fracas métallique tandis qu'il ployait sous l'assaut de trop nombreux gardes. La lente cadence d'un cœur m'emplissait.

En m'effondrant, je vis le noir des cheveux de mon père, plus sombre que la nuit, avec une touche de moirage émeraude, telle l'aile d'une pie.

— Emportez-moi ça.

Il paraissait las. Enfin un indice ténu de vulnérabilité humaine.

— Sera-t-il inhumé à côté de sa mère ?

Une nouvelle voix. Les mots s'étirèrent suffisamment pour meubler un âge entier, mais ils trouvèrent quelque part en moi un écho, et je vis celui qui les avait prononcés : le vieux seigneur Nossar qui nous juchait sur ses épaules, Will et moi, dans une vie antérieure. Le vieux Nossar venu me porter une dernière fois. Je perçus la réponse qu'on lui donnait, trop ténue et trop lointaine pour que je puisse la comprendre. Ma vue me quitta. Je sentis le sol m'érafler la joue, puis plus rien.

Chapitre 38

J'avalai les ténèbres, et les ténèbres m'avalèrent.

Sans lumière, sans le rythme d'un cœur pour égrener le temps, vous apprenez qu'il n'y a rien à redouter de l'éternité. En fait, pour peu qu'on vous abandonne complètement à votre sort, la perspective de passer une éternité seul dans le noir peut constituer une alternative bienvenue aux affaires de l'existence.

Puis l'ange vint.

Les premiers chatoiements eurent sur mes yeux l'effet qu'on ressent quand on se coupe le doigt avec une feuille de papier. L'illumination crût à partir d'un minuscule point lointain, des échardes de lumière se logèrent au fond de mon esprit. Une aube se leva, et en l'espace d'un instant – ou bien d'un âge entier – l'obscurité fuit sans laisser le moindre soupçon d'ombre pour témoigner de son passage.

— Jorg.

Elle avait une voix qui coulait d'octave en octave, un écho de tous les mots gentils et de toutes les promesses tenues.

— Salut, dis-je.

Mes paroles à moi sonnaient comme un roseau qu'on rompt. « Salut » ? Mais que dire à l'ange du Paradis quand on le rencontre ? Deux syllabes laissant transparaître la faiblesse et le doute.

Elle ouvrit les bras.

— Viens à moi.

Je m'accroupis, nu sur un sol trop blanc pour que la moindre ombre ose s'y aventurer. Mes membres étaient maculés de traînées de crasse et de sang, le sang séché, noir comme le péché, de la blessure qui me tua.

— Viens.

Je voulus la regarder. Tout en elle se mouvait constamment. Manifestement, se définir de façon nette était une chose propre aux mortels, qu'elle n'était pas de nature à tolérer. Elle portait un dégradé de nuances pâles. Elle avait les yeux de toutes les personnes qui s'étaient un jour souciées de quelqu'un. Et des ailes. Mais pas de blanc et de plumes ; plutôt faites de la certitude qu'elle savait voler. Les potentialités du ciel l'enveloppaient. Parfois, sa peau ressemblait à des nuages passant les uns devant les autres. Je détournai le regard.

Je restai accroupi là, nœud de chair et d'os et, devant l'intelligence scrutatrice de l'ange, seuls la crasse et le sang me donnaient une identité.

— Viens à moi.

Bras ouverts. Des bras de mère, d'amante, de père, d'ami.

J'avais tourné la tête, mais elle m'attirait toujours. Je sentais son souffle. Une promesse de rédemption. Je n'avais qu'à lever les yeux, et elle me pardonnerait.

— Non.

Sa surprise papillonna entre nous, palpitation de lumière. Je sentis la raideur des muscles de ma mâchoire, et le goût amer de la colère, chaud au fond de mon gosier. Enfin des éléments familiers.

— Mets ta douleur de côté, Jorg. Laisse le sang de l'Agneau te laver de tes péchés.

Elle ne recelait aucune fausseté. Elle se tenait là dans la transparence de son inquiétude. L'ange présentait ses dons sur ses paumes ouvertes : compassion, amour… pitié.

Le cadeau de trop. Mon sourire, ce vieux compagnon, me tordit les lèvres. Je me levai, lentement et gentiment, la tête toujours courbée.

— L'Agneau n'a pas assez de sang pour ça. Autant pendre une brebis à sa place.

— Aucun péché, si grand fût-il, n'interdit la rédemption. Il n'existe pas de maléfice dont on ne puisse faire abstraction.

Et elle pensait ce qu'elle disait. Ces lèvres étaient incapables de proférer le moindre mensonge. Cette vérité-là, à tout le moins, s'imposait comme une évidence.

Je croisai son regard, à ce moment-là, et un débordement d'amour extrêmement intense et inconditionnel manqua de m'emporter. Je me cramponnai et je lui résistai. Je façonnai à nouveau mon sourire, en me maudissant, insensé sans rien dans le ventre que j'étais.

— Il n'y a que peu de péchés auxquels je n'aie pas goûté. (J'avançai d'un pas vers elle.) J'ai blasphémé... à l'église. J'ai convoité le bœuf de mon voisin. Je l'ai même volé, rôti en entier et consommé intégralement dans ma gloutonnerie, ce péché mortel, le premier parmi les Sept dont j'ai appris le nom au sein de ma mère.

Je souffris devant son expression blessée, mais j'avais vécu en portant des coups qui se retournaient contre leur auteur.

Je tournai autour de l'ange, et mes pieds tachaient le sol, y laissaient des ecchymoses qui s'estompaient dans mon sillage.

— J'ai convoité l'épouse de mon voisin. Et je l'ai possédée. Il y a le meurtre, aussi. Oh oui ! des meurtres à n'en plus finir. Si peu de péchés auxquels je n'aie pas goûté... Si je n'étais pas mort si jeune, je suis sûr que je vous aurais présenté une liste complète.

De colère, je serrai les mâchoires. Encore un peu, et mes dents auraient éclaté.

— Si j'avais vécu ne serait-ce que cinq minutes supplémentaires, vous auriez pu ajouter le parricide en tête du décompte.

— Cela peut être pardonné.

— Je n'ai pas besoin de votre pardon.

Des filons d'obscurité s'étendaient sur le sol, se propageaient à partir de l'emplacement où je me tenais.

— Lâche prise, Enfant.

Il émanait de ses paroles de la chaleur et une humanité si intenses qu'elles faillirent avoir raison de moi. Les yeux de l'ange, telles des fenêtres, ouvraient sur un monde où plus rien n'était divisé. Un lieu fait de lendemains. Tous les torts pouvaient être redressés. Je le sentais sur mes papilles, dans mes narines. Si elle n'avait pas été si sûre de prendre l'ascendant sur moi, elle m'aurait vaincu à cet instant précis.

Je m'accrochai à ma colère, bus à mon puits de poison. Ces choses-là ne sont pas bénéfiques, mais au moins elles m'appartiennent.

— Je pourrais vous accompagner, dame. Je pourrais prendre ce que vous offrez. Mais qui serais-je, dans ce cas ? Qui serais-je si je me séparais des torts qui m'ont façonné ?

— Tu serais heureux.

— Quelqu'un d'autre le serait. Un nouveau Jorg, un Jorg sans fierté. Je ne serai le chiot de personne. Pas le vôtre, pas même le Sien.

La nuit revint subrepticement, telle de la brume s'élevant d'un bourbier.

— L'orgueil aussi est un péché, Jorg. Le plus mortel des Sept. Tu dois lâcher prise.

Enfin, une intonation de défiance dans ses paroles. Il ne fallait rien de plus pour me donner des forces.

— Je dois ?

Les ténèbres virevoltaient autour de nous.

Elle tendit les mains. L'obscurité s'accrut et la lumière de l'ange vacilla.

— L'orgueil ? répétai-je. (À présent, mon sourire dansait.) Je suis l'orgueil personnifié ! Je laisse aux dociles leur héritage ! Je préfère une éternité parmi les ombres plutôt que la félicité divine au prix que vous en demandez.

Ce n'était pas vrai, mais, pour reformuler, le fait de saisir la main qu'elle me tendait au lieu de la mordre m'anéantirait, ne laisserait de moi que des lambeaux.

Elle ne tenait plus désormais que par des scintillements, des scintillements sur un fond de noirceur veloutée.

— En ces termes Lucifer s'est lui aussi exprimé. L'orgueil lui a coûté le Paradis, en dépit du fait qu'il siégeait à la droite de Dieu. (Sa voix s'affaiblit, se mua en un soupçon de murmure.) En définitive, l'orgueil est le seul mal, tous les péchés y sont enracinés.

— L'orgueil est tout ce qui me reste.

J'avalai la nuit, et la nuit m'avala.

Chapitre 39

— Il n'est pas encore mort ?

Une voix de femme à l'accent teuton, grinçant un peu avec l'âge.

— Non.

Une femme plus jeune dont l'intonation m'était familière, teutonne également.

— Ce n'est pas naturel, de s'attarder si longtemps, reprit la première personne. Et il est tellement blanc. Il me paraît mort.

— Il y avait énormément de sang. J'ignorais que les hommes en avaient tant.

Katherine ! Son visage vint à moi dans les ténèbres. Yeux verts, et angles ciselés des pommettes.

— Blanc et froid, dit-elle, les doigts contre mon poignet. Mais le miroir s'embue quand je le présente devant ses lèvres.

— Je dis : Mettez-lui un oreiller sur la tête et qu'on en finisse.

Je m'imaginai serrant le cou de la vieille bique. Ça me procura un soupçon de chaleur.

— Je voulais certes le voir mort, répondit Katherine. Après ce qu'il a fait à Galen. Je l'aurais regardé mourir devant le trône au milieu de tout ce sang qui ruisselait, marche après marche, et j'aurais été contente.

— Le roi aurait dû lui trancher la gorge. Finir le travail sur-le-champ.

La vieille femme, à nouveau. Elle avait des intonations de domestique. Elle profitait d'être seule avec sa maîtresse pour énoncer ses opinions, qu'elle taisait depuis trop longtemps et que le silence avait progressivement empoisonnées.

— Il est cruel, l'homme qui use d'un couteau contre son fils unique, Hanna.

— Pas son « unique » fils, non. Sareth porte votre neveu. Maintenant, l'enfant aura en naissant ce qui lui revient légitimement.

— Vont-ils le garder ici, penses-tu ? s'enquit Katherine. Le coucheront-ils dans le cercueil de sa mère, à côté de son frère ?

— Moi, je dis : Posez les avortons avec la chienne et fermez hermétiquement l'endroit.

— Hanna !

Au son, je sus que Katherine s'éloignait de moi.

On m'avait emmené dans le tombeau de ma mère, une petite salle dans les coffres. Lors de ma dernière visite, l'endroit était recouvert d'une épaisse couche de poussière vierge d'empreintes.

— C'était une reine, Hanna. (J'entendis Katherine frôler quelque chose.) On voit bien la force qui était la sienne.

On avait sculpté l'effigie de mère sur le couvercle en marbre du sarcophage, la représentant gisant au repos, les mains jointes en prière.

— Sareth est plus jolie, dit la dénommée Hanna.

— C'est la force qui fait une reine, répondit Katherine en revenant auprès de moi.

Elle me toucha le front.

Quatre ans. Quatre ans auparavant, j'avais touché cette joue de marbre et m'étais juré de ne plus jamais revenir. J'avais versé ma dernière larme ce jour-là. Je me demandai si Katherine avait touché son visage, si elle avait caressé elle aussi la pierre.

— Laissez-moi en finir, princesse. Ce serait lui faire une faveur, au garçon. Il reposera avec sa mère et avec le petit prince, suggéra Hanna d'une voix enjôleuse.

Elle porta la main à mon cou. Ses doigts avaient la rugosité d'une peau de requin.

— Non.

— Vous avez affirmé vous-même que vous vouliez le voir mort.

Il y avait de la force dans la poigne de cette vieille servante. Elle avait dû étrangler quelques poulets, en son temps, cette Hanna. Peut-être un bébé ou deux. La pression s'intensifia, lentement mais sûrement.

— Sur les marches, oui, pendant que son sang était encore chaud. Mais je l'ai vu s'accrocher si longtemps que c'est devenu une habitude. Sa vie ne tient plus qu'à un fil. Qu'il chute donc quand il sera prêt. On ne peut survivre à ce genre de blessure. Qu'il choisisse lui-même son heure.

La pression s'accrut encore un peu.

— Hanna !

Celle-ci retira sa main.

Chapitre 40

Nous enveloppons notre monde violent et mystérieux d'une feinte compréhension. Nous masquons les gouffres de notre entendement avec la science ou la religion, et prétendons que cet ordre des choses nous a été imposé. Et cette fiction est, dans les grandes lignes, acceptée. Nous évoluons sur des surfaces que nous frôlons sans soupçonner l'existence des profondeurs. Libellules voletant au-dessus d'un lac profond de plusieurs kilomètres, errant par les chemins à des fins vaines. Jusqu'à la survenue de ce moment où la froideur de l'inconnu cherche à s'emparer de nous.

Les plus gros mensonges, nous nous les réservons. Nous jouons à un jeu dans lequel nous sommes des dieux, dans lequel il nous appartient de faire des choix, et le reste suit. Nous prétendons être distincts du monde sauvage. Que l'être humain maîtrise ce qui l'entoure à la perfection, que la civilisation est plus qu'un simple vernis, que la raison nous accompagnera dans les lieux d'obscurité.

J'ai appris ces leçons durant ma dixième année, même si je n'ai pas gardé grand-chose d'elles. Corion n'eut besoin, pour me les enseigner, que de quelques instants : ceux, scandés par les battements de mon cœur, pendant lesquels ma volonté vacilla telle la flamme d'une bougie sous le vent, et puis s'éteignit complètement.

Je gisais dans l'escalier avec le Nubain, comme désossé. Seuls mes yeux bougeaient, et ils suivaient l'homme âgé. Sous un éclairage différent, il aurait peut-être émané de lui de la bonté. Il me rappelait vaguement le précepteur Lundist, quoique en plus émacié, en plus avide. L'horreur ne tenait pas à ses traits, ni même à son regard, mais au fait que je savais qu'il ne s'agissait que de peaux, tendues à l'extrême sur la vacuité du monde.

La vue de ce vieillard vêtu d'une robe sale m'inspira le genre de peur que la honte efface de nos mémoires. Celle du lapin sur lequel fond l'aigle. Le genre d'effroi qui vous anéantit. Le genre de crainte qui vous conduit à sacrifier mère, frère, tout ce qu'il vous a été donné d'aimer à un moment ou à un autre, en échange d'une simple occasion de fuir.

Corion s'approcha d'un pas traînant, et il se courba pour me saisir le poignet. En une seconde, ce contact fit taire la terreur à l'état brut qui m'avait réduit à une telle impuissance. Comme s'il avait fermé le robinet d'un tonneau de vin, le flux se tarit complètement. Sans un mot, le sorcier me tira jusque dans ses appartements. Les dalles m'éraflèrent la joue.

Le lieu ne contenait rien d'autre que l'arbalète du Nubain, appuyée contre le mur du fond. Je me représentai Corion cloîtré dans cette pièce où, quand il voulait contempler l'éternité, il pouvait prendre congé de sa vieille enveloppe de chair.

— Le chasseur de Sagien s'en est donc finalement pris à une proie plus agressive que lui, hum ?

Je voulus parler, mais mes lèvres ne furent même pas animées d'un tressaillement. Il était au courant, pour la sorcière des rêves et son chasseur. Il m'avait appelé « Prince Écorché ». Que savait-il d'autre ?

— Je sais tout, enfant. Ce que vous savez, les secrets que vous détenez. Même ceux que vous avez oubliés.

Il lisait dans mon esprit !

— À parchemin ouvert, dit Corion en opinant du chef. (Il me tourna la tête avec sa botte, de telle sorte que je pus à nouveau voir l'arbalète du Nubain.) Vous m'intriguez, honoré Jorg Ancrath, poursuivit-il. (Il se plaça à côté de l'arme.) Vous vous demandez pourquoi un homme aussi puissant que moi n'est pas l'empereur de toutes ces contrées.

Dans le mille.

— Il doit s'agir de l'un des Cent. Les nations ne suivent pas des monstres tels que moi. Elles suivent un lignage, un droit divin, la progéniture des rois. Aussi, nous qui avons pris notre pouvoir en des lieux où d'autres refusent de se rendre, jouons-nous le jeu des trônes avec des pions comme le comte Renar, comme votre père. Comme vous, peut-être.

Il toucha l'arbalète. Autour de l'objet, l'air chatoya, donnant l'impression que la gueule d'une fournaise s'était ouverte là.

— Oui. J'aime assez cette idée. Que Sagien garde donc le roi Olidan, qu'il le plie à sa volonté, et pour ma part j'aurai le fils premier-né.

Ma peur avait suffisamment reflué pour laisser de la place à ma colère. J'imaginai le vieil homme mourant sur une lame dont je tenais la poignée.

— Laissez les éléments vous modeler, et si vous réchappez de cela, en temps voulu le fils prodigue sera de retour, une vipère pour mordre son père au sein. Pion prend roi. (Il mima le déplacement sur l'échiquier.) Vous pourriez devenir quelqu'un, Prince Écorché. Une pièce permettant de remporter la partie.

Corion ramassa l'arbalète comme si elle ne pesait rien. La portant à ses lèvres, il prononça un mot, si bas que je ne l'entendis pas. En cinq pas, il gagna l'entrée et posa l'arme sur les marches près de la tête du Nubain.

— Un cavalier noir pour protéger mon pion.

» Quant à vous, mon garçon, vous oublierez le comte de Renar.

Que tu crois!

— Exercez votre vengeance où bon vous semblera, faites-en profiter le monde, versez un peu le sang; mais ne revenez jamais sur ces terres. Ne posez plus jamais le pied sur ces sentiers. Votre esprit n'ira pas vagabonder par ici.

Je ne pouvais que l'observer. Il s'approcha encore. Il s'agenouilla à côté de moi, attrapa mon col et me tira pour mettre mon visage à hauteur du sien. Je croisai son regard inexpressif. Je sentais l'horreur monter, un flot qui allait m'emporter. Et pire, je sentais ses doigts froids à l'intérieur de mon crâne, effaçant les souvenirs, détournant mon projet.

— Oubliez Renar. Exercez votre vengeance sur le monde.

Renar mourra.

— De... ma... main, complétai-je.

Mes lèvres avaient articulé les mots sans que je sache comment.

Mais déjà, il m'avait ôté ma conviction. Je n'étais plus capable d'expliquer comment j'avais atteint la tour, ni même d'énoncer le nom du vieil homme.

Celui-ci sourit. Il se pencha pour me murmurer à l'oreille. Je me rappelle son souffle sur mon cou, et l'odeur de la pourriture.

Puis j'entendis ses paroles et toute raison me déserta.

Des vers se tortillaient derrière mes yeux. Du sorcier, il ne restait rien dans mes pensées ; il n'y avait plus qu'un trou dans lequel je ne pouvais pas regarder. Le nom de Renar perdit entièrement sa consistance, et ma haine devint un don adressé à tous et à chacun.

Je chutai, à travers l'obscurité, rendu sourd par mon propre hurlement. Des mains inconnues se refermèrent autour de ma gorge, et dans le noir mes propres mains trouvèrent un cou à serrer. L'emprise s'accentua, et s'intensifia encore. Les cris moururent progressivement, se muant en sifflement, en souffle tressautant, puis ce fut le silence. J'appuyai. Mes doigts se transformèrent en crochets de fer. Si j'avais pu presser plus fort, mes os se seraient brisés comme des brindilles sèches.

Je chutai à travers l'obscurité, à travers le silence, il n'y avait rien d'autre que les mains sur mon cou, et la gorge entre les miennes, et la soif d'air ; mon cœur qui battait à tout rompre.

Je tombai à travers les années. Jusque-là, j'étais tombé dans le gouffre de ma vie…

Je heurtai le sol. Rudement. J'ouvris les yeux sans le vouloir. J'étais étendu sur un sol de pierre. Un visage empourpré me faisait face, yeux exorbités, langue pendante. La lumière du jour entrait par une fenêtre haute. Mon cœur battait la chamade contre ma cage thoracique, il voulait s'en extraire. Tout me faisait mal. Je remarquai des mains sur le cou que surmontait ce visage. C'étaient les miennes. Au prix d'un gros effort, je les desserrai. Mes doigts blanchis obéirent de mauvaise grâce.

La douleur ne cessait de croître. J'avais besoin de quelque chose, mais j'ignorais ce dont il s'agissait. Un rouge vibrant emplissait mon champ de vision, qui s'obscurcissait à intervalles réguliers. Je tendis mon bras raidi vers mon cou et y découvris des mains.

Je ne reconnaissais pas les traits de la personne. Une femme ?

Le monde s'éloigna, la douleur s'amoindrit.

Renar… Le nom me vint à l'esprit, accompagné d'un soupçon de force. Je desserrai l'étreinte de mon étrangleuse avec l'impression qu'un étranger agissait à ma place. Renar ! Je pris ma première inspiration, sifflante comme si je m'aidais d'un roseau.

De l'air ! J'avais besoin d'air.

Je m'étranglai et eus un haut-le-cœur, mais rien ne vint, j'inspirai, et l'air passa laborieusement dans mon gosier devenu trop étroit pour tenir son rôle.

Renar.

Le visage empourpré appartenait à une femme aux cheveux gris. Je ne comprenais pas.

Renar. Et Corion.

Oh ! Jesu ! La mémoire me revint. Je me rappelai l'horreur que j'avais ressentie, mais elle faisait pâle figure au regard de la fureur froide qui me consumait désormais.

— Corion.

Pour la première fois de ces quatre années qui s'étaient écoulées depuis la nuit dans la tour, je prononçai son nom. Je me souvenais. Je me remémorai ce qu'on m'avait ôté, et pour la première fois depuis toujours, je me sentis entièrement moi-même.

Je trouvai l'énergie de me redresser sur les coudes.

J'étais dans une chambre, dans un château. À côté d'un lit... J'en étais tombé. Pendant qu'une vieille femme tentait de m'étrangler.

La porte trembla. Quelqu'un secouait le loquet.

— Hanna ! Hanna !

Une voix féminine.

Je me tenais devant le battant ouvert sans savoir comment j'étais arrivé là.

— Katherine, piaillai-je, la trachée meurtrie.

Elle était là. Belle dans son désarroi. La bouche entrouverte, ses yeux verts écarquillés.

— Katherine.

Seul un murmure m'échappa, mais je voulais crier, hurler tant de choses en même temps.

Je comprenais. Je comprenais le jeu. Je comprenais qui étaient les participants. Je savais ce qu'il fallait faire.

— Meurtrier ! (Elle saisit une lame passée à sa ceinture d'étoffe, une dague tranchante assez longue pour transpercer un homme de part en part.) Votre père savait à quoi s'en tenir.

J'essayai de lui expliquer, mais les mots se refusaient à moi à présent. J'essayai de lever les bras, mais je n'en avais pas la force.

— Je finirai ce qu'il a commencé, dit-elle.

Et moi, je ne pouvais que m'émerveiller de sa beauté.

Chapitre 41

Dans un duel d'homme à homme, épée contre épée, ce peut être un manque de talent qui entraîne la mort. Cela étant dit, il s'agira le plus souvent d'une question de chance, ou bien alors de fatigue ; si le combat s'éternise, c'est celui qui faiblit en premier qui a tendance à mourir.

En définitive, tout est question de durabilité. On devrait marquer ça sur les pierres tombales : « Il fut pris de fatigue. » Peut-être pas un dégoût de la vie, mais en tout cas une fatigue suffisante pour qu'on cesse de s'accrocher à sa propre existence.

Durant un vrai combat – le cas le plus fréquent –, c'est l'épuisement qui représente la menace avec un grand « M ». Une épée est un lourd morceau de fer. Vous le faites voltiger autour de vous pendant quelques minutes, et vos bras commencent à penser par eux-mêmes et à décider ce qu'ils sont capables et incapables de faire. Même lorsque votre vie dépend d'eux.

Il m'est arrivé d'avoir l'impression que lever mon arme équivalait à l'un des douze travaux d'Hercule, mais jamais, avant de me trouver confronté au couteau de Katherine, je ne m'étais senti à ce point à bout de forces.

— Salaud !

Il brûlait dans son regard une lueur qui me semblait assez farouche pour durer jusqu'à l'accomplissement du forfait.

Je cherchai la volonté de l'arrêter, mais rien ne me vint.

Un couteau est déjà en soi un objet effrayant quand il est plaqué contre votre gorge, acéré et froid. Cette pensée me vint à l'esprit pendant que résonnait en moi l'écho de la nuit où les défunts étaient sortis de leur marécage, sur la route de la Liche.

Le scintillement du tranchant tandis qu'elle avançait la lame, la perspective de la sentir trancher ma chair, me crever un œil, qui sait ? Toutes ces choses sont susceptibles de vous déstabiliser un homme. Jusqu'à ce qu'on se rende compte de ce qu'elles sont. Simplement des façons de perdre la partie. Vous perdez la partie, et qu'avez-vous perdu ? La partie. Corion m'avait parlé du jeu. Combien de mes réflexions lui appartenaient en réalité ? Dans quelles proportions ma philosophie s'était-elle construite sur les immondices sécrétées par ce vieil homme ?

J'avais trop longtemps nagé dans les ténèbres. Le jeu ne me paraissait plus si capital.

Usant des derniers feux de mon énergie, je levai les deux bras. Je les écartai largement pour recevoir le coup. Et je souris.

Quelque chose retint Katherine. Je le lus sur ses traits, déformant ce front parfait, rivalisant farouchement avec sa rage.

— Père n'a pas tout à fait atteint le cœur, apparemment, parvins-je à articuler tout bas d'une voix rauque. Peut-être votre main, ma tante, sera-t-elle mieux guidée ?

L'arme trembla. Je me demandai si elle avait déjà tranché dans une viande encore vivante.

— Vous… Vous l'avez tuée.

Ma main droite se referma sur un objet non identifié, lourd et lisse, posé sur l'étagère jouxtant mon lit.

Katherine baissa les yeux vers la servante.

Je la frappai. Pas très fort, je n'étais pas en état pour ça, mais assez pour casser le vase que j'avais trouvé. Elle s'effondra sans même un murmure.

Elle était étendue sur les dalles au milieu de la mare saphir de sa robe. Mes muscles reprirent vie. La chute de Katherine semblait coïncider précisément avec le retour de mes forces. Comme si un sort s'était brisé.

Tue-la, et tu seras libre pour toujours. Une voix familière, sèche comme du papier. La mienne, ou celle de Corion ?

Ses cheveux, auburn sur saphir, cachaient son visage.

Elle est ta faiblesse.

C'était la vérité.

Étouffe-la.

Mes mains, pâles autour d'un cou qui s'empourprait.

Prends-la. La voix de la bruyère. Les aiguillons se glissèrent sous ma peau et m'obligèrent à m'agenouiller près de la femme évanouie. *Prends-la. Elle ne se donnera peut-être jamais.* Je connaissais la rengaine.

Tue-la, et tu seras libre.

Je perçus l'écho d'un lointain orage.

La chevelure de Katherine s'écoulait telle de la soie entre mes doigts.

— Elle est ma faiblesse.

Bel et bien ma voix, cette fois. Ma bouche.

Un petit pas de plus, une mort supplémentaire, et plus rien ne m'atteindrait jamais. Un petit pas de plus, et la porte donnant sur cette nuit sauvage se fermerait définitivement. Le jeu en deviendrait vraiment un. Et j'en serais le vainqueur.

Étouffe-la. Prends-la. La voix de la bruyère. Une fêlure à l'esprit. Un son creux. Un vide.

Vide.

Sa gorge était chaude. Son pouls battait sous mes doigts.

— Tuez-la, Prince Écorché.

Je distinguai les mots formés par des lèvres minces, prononcés dans une salle déserte.

— Tuez-la.

Les lèvres bougèrent à nouveau. Je vis les yeux inexpressifs, rivés sur l'éternité.

— Tuez-la.

— Corion !

Durant une seconde, je serrai le cou de Katherine.

— Je viens te chercher, espèce de vieux salopard.

Je relâchai ma prise.

Un sourire déforma les lèvres minces, brutalement. Je les aperçus tandis que la vision se dissipait, ces yeux vides, ce sourire tordu. Mon sourire.

Il s'était joué de moi. J'avais erré des années durant sans le moindre souvenir de son existence, pensant que je m'étais détourné de Renar de mon propre chef, croyant que ce choix symbolisait ma force et ma détermination ; que je renonçais à une vengeance stérile au profit du chemin qui me mènerait vraiment au pouvoir. Et voilà qu'à l'article de la mort je récupérais ce qu'on m'avait confisqué. Je récupérais, ou bien on me *rendait*. Je jetai un coup d'œil à Katherine. Je me remémorai un ange dans un lieu sombre. Ce souvenir me laissa frissonnant.

Je ramassai la dague de la jeune femme et me relevai. Je la laissai couchée là, à côté de la vieille bique que j'avais étranglée. La porte s'ouvrait sur un couloir que je reconnus. Le Coin Ouest. J'avais réussi à m'orienter. Je portai la lame à mes lèvres et l'embrassai. Le comte Renar, et le marionnettiste qui tirait tant de ficelles ; un seul tranchant acéré suffirait pour eux deux.

Pour chaque individu que frère Roddat affrontait face à face, il en poignardait trois dans le dos. C'est lui qui m'a appris tout ce que je sais, pour ce qui est de fuir et de se cacher. On devrait témoigner du respect aux couards. Ce sont les couards qui savent le mieux comment faire mal. Si vous décidez d'en acculer un au mur, c'est à vos risques et périls.

Chapitre 42

— Hors de mon chemin.

— Qui diable… ?

— Jesu, pitié ! Le même sac à verrues qui a essayé de m'arrêter, la dernière fois !

C'était bien lui. En ouvrant la porte, je fus assailli par la puanteur, et tout me revint en mémoire.

— Je suis surpris que mon père t'ait laissé la vie sauve.

— Qui… ?

— Qui diable je suis ? Tu ne me reconnais pas ? La dernière fois non plus, tu ne m'as pas reconnu. J'étais plus petit à l'époque, à peu près haut comme ça. (Je lui montrai en tendant le bras.) Pour moi, ça fait belle lurette, mais tu es vieux, toi, et qu'est-ce que ça représente, trois ou quatre ans, pour les vieux ? (J'ébauchai une courbette.) Le prince Jorg à ton service, ou plutôt toi au mien. La dernière fois, je suis sorti d'ici avec une bande de hors-la-loi. Aujourd'hui, j'ai juste besoin d'un chevalier, s'il te plaît. Sieur Makin de Trente.

— Je devrais appeler les gardes, répondit l'homme sans grande conviction.

— Pourquoi ? Le roi n'a pas donné d'ordres me concernant. (C'était une supposition, mais père pensait m'avoir blessé à mort, alors j'avais probablement raison.) Par ailleurs, tout ce que tu vas réussir à faire, c'est te faire tuer. Et s'agissant de ce grand gaillard avec la pique, je lui ai cogné la tête contre le mur y a pas trois minutes.

Le geôlier recula et s'écarta, exactement comme le jour où Lundist m'avait escorté jusqu'à la prison, quand j'étais enfant. Cette fois, je frappai l'individu au passage. Une fois à l'estomac, puis à la nuque au moment où il se pliait en deux. L'espace d'une seconde, j'envisageai de finir le travail avec le couteau de Katherine, mais laisser vivre les gardiens de prison incompétents vous permet d'assurer correctement vos arrières.

Je lui pris ses clés et longeai le couloir, lame au clair. J'aurais préféré mon épée. Je me sentais à moitié nu sans elle. Mon esprit, telle une langue qui retourne sans cesse tâter le trou et surestime l'importance de la dent perdue, ressassait l'absence de l'arme, le poids manquant contre ma hanche.

Makin me l'avait mise dans la main le jour où il m'avait trouvé. En sa qualité de capitaine de la garde à la recherche de l'héritier, il avait été en droit de la porter. Je ne l'avais pas quittée depuis, la lame familiale en acier-de-bâtisseur.

Je retrouvai le chemin de la salle de torture où j'avais rencontré le Nubain. La table au milieu de la pièce était déserte. Aucun visage ne se pressait contre le guichet de la porte des cellules. J'en fis lentement le tour, dirigeant ma lanterne vers chacune d'elles. La première contenait un cadavre, ou quelqu'un qui était si proche de la mort qu'il se résumait à un sac de peau rempli d'os. Les trois geôles suivantes étaient vides. Dans la cinquième était enfermé Makin. Il se tenait assis, adossé contre le mur du fond ; sa barbe avait poussé et il était maculé de crasse. Il leva la main pour se protéger les yeux de la lumière. Il ne fit pas mine de se lever. J'eus mal au fond de la gorge. J'ignore pour quelle raison, mais c'est bien ce que je ressentis. De la colère au creux de l'estomac, et une douleur acide dans le gosier.

— Makin, oh ! mon frère.

Tout bas.

— Que… ?

Un croassement, le son de quelque chose de cassé.

—Je reprends la route, frère Makin. J'ai affaire dans le Sud.

J'introduisis la clé dans la serrure. Un infime tremblement, un cliquetis ténu.

—Jorg ? (Un sanglot mouillé, une sorte de gargouillis.) Il t'a tué, prince. Ton propre père.

—Je mourrai quand je serai prêt.

La clé tourna, la porte s'ouvrit sans résistance. La puanteur empira.

—Jorg ?

Il baissa la main. On s'était acharné sur son visage.

—Non ! Tu es mort, je t'ai vu tomber.

—Très bien, je suis mort et t'es en train de rêver. Maintenant, lève-toi, bordel, avant que je finisse ce qu'ils ont commencé. Et ils n'ont pas laissé grand-chose, à en croire l'odeur.

J'obtins l'effet escompté. Il tenta de se lever, une main sur la paroi.

Je n'avais pas songé que je pourrais le trouver dans un tel état. Pour ma part, j'avais l'impression d'avoir été poignardé pas plus tard que la veille. À en croire la barbe de Makin, ça faisait des semaines.

Il se redressa et sa jambe se déroba sous lui.

Je m'avançai de deux pas.

Plus d'une centaine de kilomètres ardus me séparaient du château du comte, séparaient les terres horticoles d'Ancrath des Hautes Terres de Renar. Il n'y arriverait jamais.

—T'es mort, de toute façon.

Il se laissa glisser au sol avec un grognement. Son œil encore valide brillait de larmes.

Jouer le jeu. Sacrifier cavalier, prendre tour. Encore cette voix sèche, âgée. Je l'avais écoutée si longtemps que j'étais incapable de dire à qui elle appartenait, à moi ou à Corion. Dans un cas comme dans l'autre, il valait mieux que je laisse Makin.

—T'as une chance qui se présente. C'est deux de plus que ce qu'ont la plupart des bougres au cours de leur vie.

(Le faisceau de la lanterne se balançait d'un mur à l'autre.) Mort ou pas, je vais t'abandonner si tu ne peux pas te lever et me suivre. J'ai déjà laissé un homme mourir ici. Quelqu'un que j'aurais dû aimer. Je n'hésiterai pas une seconde.

La peur, ou autre chose rendait Makin farouche. Il donna un coup de pied, mais son bras céda et sa jambe ne fit que glisser dans les saletés.

Je me détournai et m'éloignai. À deux mètres de la cellule, je m'arrêtai.

— Lundist est mort ici. (Je parlais plus fort qu'il était raisonnable, je gaspillais ma salive en propos insensés.) Très exactement. (Je martelai l'emplacement du pied.) Je l'ai laissé se vider de son sang.

De l'obscurité de la cellule, rien ne vint.

J'avais ménagé Katherine, mais ça ne m'avait rien coûté. Là, c'était différent. Ils avaient brisé Makin ; il ne ferait que me ralentir, alors que je n'avais pas une minute à perdre.

Je me dirigeai vers la sortie.

— Non…

Faites qu'il ne me supplie pas.

— Non, il n'est pas mort à cet endroit-là, reprit Makin d'une voix un peu plus assurée.

— Quoi ?

— Il a pris un sale coup.

Un mouvement dans la pénombre.

— Un coup, c'est tout. Juste une contusion, le jour d'après.

— Lundist est vivant ?

— Ton père l'a fait exécuter, Jorg. (Il s'avança dans la lumière, agrippa le chambranle.) Pour n'avoir pas réussi à te protéger, a-t-il dit. (Un crachat noir atterrit sur le sol.) Il ne savait plus quoi faire d'un précepteur une fois son fils enfui, voilà tout. C'est le plus probable. Quand quelque chose ne lui sert plus à rien, il s'en débarrasse. (Makin sourit de son mieux.) Bordel ! c'est bon de te voir, mon garçon.

Je l'observai un moment. Son sourire disparut, remplacé par une incertitude qui reflétait la mienne.

Je devrais l'abandonner. Je devrais le tuer, en vérité. Ne rien laisser en suspens.

Je ne regardai pas mon arme. On ne quitte jamais sa cible des yeux, surtout quand il s'agit d'un homme de la trempe de Makin, même dans l'état qui était le sien actuellement. Mais je savais que le couteau était là. En mon for intérieur, je discernais un rutilement là où sa lame tranchait le rayon lumineux de la lanterne. Makin ne s'y intéressa pas non plus. Il savait pertinemment qu'on ne fait pas montre de faiblesse devant une vipère. Rien de tel qu'une occasion qui se présente pour inciter un homme à passer à l'action.

Père l'abandonnerait. Mort.

La créature en laquelle Corion avait choisi de me transformer, cet instrument, cette composante du jeu des trônes, elle ne se serait même pas approchée assez près du cachot pour en humer l'odeur infecte.

Mais que ferait Jorg ?

— Je suis le fils de mon père, Makin.

— Je sais.

Il n'était pas du genre à implorer. J'admirais ça, chez lui. Je choisis mes pions avec soin.

Au toucher, le couteau ressemblait à du fer en fusion. Je me détestais pour ce que je m'apprêtais à faire, et tout autant pour mon hésitation. Je me détestais à cause de ma faiblesse.

Je revis fugacement le Nubain, rien que la ligne blanche de ses dents et la noirceur de son regard, m'observant de la même façon que je l'avais observé le jour où nous nous étions rencontrés.

Ce fut l'instant que Makin saisit. D'un vif coup de pied, il me faucha et, pesant sur moi de tout le poids qu'il n'avait pas perdu, prit ma tête en tenaille entre les dalles et son poing. Ni lui ni moi n'étions en grande forme. Un coup lui suffit pour me renvoyer dans le lieu indéterminé auquel j'avais échappé, dans la chambre de Katherine.

Selon Shakespeare, l'habit fait l'homme. Moyennant l'habit approprié, frère Sim pouvait passer du gamin trop jeune pour se raser à l'individu trop âgé pour qu'on l'y autorise. Il incarnait aussi joliment les demoiselles, même si c'était dangereux, avec les fréquentations qu'on a sur la route, et qu'on réservait ça aux cibles qu'il était tout bonnement impossible de tuer autrement. On oublie facilement le jeune Sim. Quand il n'est pas là, j'oublie à quoi il ressemble. Parfois, je me dis que, de tous mes Frères, c'est lui le plus dangereux.

Chapitre 43

— Réexplique-moi ça, dit Makin en se penchant en avant sur sa selle pour que je l'entende malgré la pluie. Ton père te poignarde, mais c'est au château du comte Renar qu'on se rend, afin que tu puisses assouvir un peu ta vengeance ?

— Oui.

— Et c'est même pas après le comte qu'on en a, lui qui a envoyé ta sainte mère dans l'au-delà, mais après un vieux vendeur d'amulettes ?

— C'est ça.

— À la merci de qui vous vous êtes retrouvés, le Nubain et toi, juste après ta fugue. Et qui t'a laissé partir sans même une bastonnade ?

— Je pense qu'il a enchanté l'arbalète du Nubain, expliquai-je.

— Eh bien, s'il a fait ça, c'était sans doute pour éviter qu'elle se perde. Le Nubain pouvait arrêter une armée avec ce truc. En se postant au bon endroit.

— Il n'y avait pas grand-chose qui échappait au Nubain, c'est bien vrai.

— Donc ?

— Donc ?

— Donc, je ne comprends pas pourquoi on est là à se faire saucer sur des canassons volés, pour aller au-devant des pires dangers.

Je me frottai la mâchoire là où il m'avait frappé. Elle était endolorie. La pluie, froide, ne la soulageait qu'à peine.

—À quoi rime le monde, Makin ?

Il me regarda, les paupières plissées à cause du vent chargé d'humidité.

—Je n'ai jamais eu le temps de m'intéresser à tes philosophes, Jorg. Je suis un soldat, et ça s'arrête là.

—Bon, t'es un soldat. À quoi rime le monde ?

—À la guerre. (Il porta la main à la poignée de son épée sans s'en rendre compte.) La Guerre des Cent.

—Et de quoi s'agit-il, soldat ? demandai-je.

—Une centaine de nobles venus d'autant de contrées différentes luttent les uns contre les autres pour le trône impérial.

—C'est ce que j'ai toujours pensé, répondis-je.

La pluie redoubla d'intensité, les gouttes rebondissant sur le dos de mes mains en me picotant comme si elles étaient chargées de glace. Plus loin, à un endroit où la route se séparait en deux branches, je distinguais une lueur, trois lueurs en réalité, trois taches lumineuses et chaleureuses.

—Taverne droit devant.

Je crachai de l'eau.

—Alors, finalement, on ne se bat pas pour l'Empire ?

Makin réussissait à rester à ma hauteur, même si son cheval glissait dans la boue qui ruisselait sur le bas-côté.

—J'ai tué Prix ici, dis-je. À l'extérieur de cette auberge. On l'appelait *Les Trois Grenouilles*, à l'époque.

—Prix ?

—Le grand frère de Petit Riquet. Tu ne l'as jamais rencontré. Il faisait passer Ric pour un gentilhomme.

—Oh ! oui, ça me revient. Les Frères m'ont raconté l'histoire autour du feu une fois ou deux, quand Riquet était parti courir la gueuse en solitaire.

Nous atteignîmes l'établissement. Il s'appelait toujours *Les Trois Grenouilles*, à supposer qu'on puisse se fier à l'écriteau.

—Je parie qu'ils ne t'ont pas tout dit.

— Tu lui as vidé la cervelle avec un caillou, non ? Maintenant que tu en parles, c'est vrai qu'ils n'étaient pas très chauds pour en causer, tous autant qu'ils étaient.

— Moi et le Nubain, on revenait des Hautes Terres. Nous n'avons pas prononcé un mot pendant tout ce temps. Corion, ou bien son empreinte, m'occupait l'esprit comme si j'avais un trou noir derrière les yeux.

» On ne s'attendait pas à voir les Frères. Nous étions convenus de nous retrouver une semaine plus tôt à l'autre bout d'Ancrath. Mais j'avais demandé au Nubain de rembourser la dette qu'il avait envers moi, et on était partis.

» Quoi qu'il en soit, ils étaient là. Une vingtaine de chevaux sur la route, les flammes qui commençaient tout juste à lécher le chaume. Burlow là-bas près de cet arbre avec un tonnelet de bière pour lui tout seul. Le jeune Sim, hache brandie, qui coursait un cochon. Et voilà que sort Prix, plié en deux pour passer la porte, la fumée virevoltant autour de lui ; on aurait dit le diable en personne. Il traîne le propriétaire en le tenant par le cou d'une main, sans l'étrangler, note bien. Les pognes de Prix pouvaient faire le tour du cou d'un homme sans même lui pincer la peau.

» Prix me repère, et c'est comme si quelque chose explosait en lui. Il balance le tenancier contre le chambranle, et y a de la cervelle partout. Tout ça sans jamais me quitter des yeux.

» — Espèce de petit salopard. Je vais t'ouvrir en deux, il dit.

» Il ne crie pas, mais la scène n'échappe à personne. Moi et le Nubain, on est encore à trente mètres, mais j'ai l'impression qu'il m'a sifflé les mots dans l'oreille.

» — Avec une grosse arbalète comme celle-là, je parie que tu pourrais lui tirer entre les yeux d'ici, je dis au Nubain.

» — Non, il répond. (Je ne reconnais pas son intonation. Elle ressemble à une voix sèche que j'ai déjà entendue auparavant.) Il faut qu'ils te voient faire.

» Prix s'approche sans se presser. Je ne me fais pas d'illusions, je suis incapable de l'arrêter. Mais fuir ne fait pas partie des options, alors je me dis que je ferais aussi bien de tenter le coup.

» Je ramasse une pierre. Une lisse. Elle épouse ma paume comme si elle m'était dédiée.

» — David avait une fronde, dit Prix.

» Il affiche un sourire hideux.

» — Goliath en méritait une.

» Il avance sans se dépêcher, mais jamais trente mètres ne m'auront paru aussi courts.

» — Et puis d'abord, qu'est-ce qui t'énerve à ce point ? Il t'a tant manqué que ça, le Nubain ?

» Quitte à mourir, autant savoir pourquoi.

» — Je…

» Il paraît estomaqué. Il a le regard perdu dans le vague, on dirait qu'il tente de discerner quelque chose que, moi, je suis incapable de voir.

» J'en profite pour décocher mon tir. Avec une pierre telle que celle-là, impossible de rater sa cible. Il est touché à l'œil droit. Vraiment sévèrement. Le genre de chose que même un monstre comme Prix remarque. Il pousse un hurlement atroce. Tu te serais chié dessus si t'avais entendu ça, Makin, si t'avais su qu'il en avait après toi.

» Donc, je m'accroupis et je trouve à tâtons deux autres pierres aussi parfaites que la première.

» Prix est encore en train de sautiller partout, une main pressée contre son œil, et un fluide visqueux lui coule entre les doigts.

» — Hé ! Goliath !

» Ça attire son attention. Je ramène au maximum le bras en arrière et je lance un deuxième caillou. En plein dans l'œil encore valide. Il rugit comme une bête en furie et charge. Je lui envoie la dernière entre les dents, au fond du gosier.

» Je te le dis, Makin, ces tirs étaient impossibles. J'ai pas seulement eu de la chance, j'ai réussi l'impossible. Je n'ai jamais aussi bien tiré depuis.

» Bref, je m'écarte de son chemin et il trébuche encore sur dix mètres avant de s'effondrer, en train d'étouffer. Je lui avais fourré le troisième projectile dans la trachée.

» Je ramasse un caillou de ce muret de pierres sèches que tu vois là-bas, le plus gros que je suis capable de soulever, et je le suis. Il serait probablement mort asphyxié sans mon aide. Le temps que je le rejoigne, il avait cet air congestionné qu'ont les pendus. Mais je n'aime pas laisser quoi que ce soit au hasard.

» Il rampe comme il peut, aveugle. Et il y a l'odeur nauséabonde qu'il dégage, souillé de quasi toutes les façons imaginables. Je suis presque désolé pour lui, le salopard.

» Je ne pensais pas que son crâne se briserait aussitôt. Mais ce fut le cas.

Makin descendit de son cheval. La boue lui montait jusqu'aux chevilles.

— On pourrait entrer, dit-il.

Je ne sentais plus les intempéries. Je sentais la chaleur du jour où j'avais tué Prix. La texture lisse des petites pierres, la rugosité du caillou volumineux dont je m'étais servi pour lui régler son compte.

— C'est Corion qui guidait ma main. Et je pense que c'est Sagien qui a incité Prix à m'attaquer. Père considère que la sorcière des rêves est à son service, mais ça ne marche pas comme ça. Sagien a vu que Corion avait planté ses crochets en moi, il a compris qu'il avait perdu l'héritier de son nouveau pion, alors il a infecté les rêves de Prix pour accroître juste un peu la haine qui s'y trouvait déjà. Simple comme bonjour.

» Ils nous jouent, Makin. Nous sommes des pions sur leur échiquier.

Mon frère sourit de ses lèvres fendues.

— Nous sommes tous les pions sur l'échiquier de quelqu'un, Jorg. (Il s'avança vers l'entrée de la taverne.) Tu m'as joué assez souvent.

Je le suivis dans la touffeur empuantie de la grand-salle. Une seule bûche crépitait dans l'âtre, dispensant plus de fumée que de chaleur. Une dizaine de personnes se trouvaient au petit bar. Des locaux, à en croire leur allure.

—Ah ! l'odeur des paysans mouillés. (Je jetai ma cape détrempée en travers de la table la plus proche.) Incomparable.

—De la bière !

Makin tira un tabouret. Le vide commença à se faire autour de nous.

—Et de la viande, complétai-je. De la vache. La dernière fois qu'on est venus, on a mangé du chien rôti, et le propriétaire est mort.

C'était bien vrai, même si les événements ne s'étaient pas produits dans cet ordre-là.

—Bon, dit Makin. Tout ce que ce Corion a eu à faire à votre première rencontre, c'est de claquer des doigts, et toi et le Nubain vous êtes tombés à la renverse. Qu'est-ce qui va l'empêcher de recommencer ?

—Peut-être rien.

—Même un parieur aime avoir une chance de gagner, prince.

Makin prit les deux chopes de terre cuite émaillée, débordantes de mousse, que lui tendait la serveuse.

—J'ai grandi un peu depuis la dernière fois que nous nous sommes vus. Je n'ai pas été une proie si facile pour Sagien.

Makin but à longs traits.

—Mais il y a plus. Je lui ai pris quelque chose, à ce nécromancien.

Le goût du cœur, amer à mes papilles, me revint. J'avalai une grande gorgée de bière.

—En mordant, j'ai arraché quelque chose qui mérite qu'on s'y intéresse. Il y a un soupçon de magie en moi, Makin. Ce qui coulait dans les veines de la défunte garce qui a fait un sort au Nubain, ce qui faisait briller sans interruption cette petite fille qui fréquentait les monstres, j'en possède désormais une étincelle.

Makin, essuyant la moustache qui avait poussé pendant sa captivité et qui était couverte de mousse, parvint à m'informer de son incrédulité en arquant légèrement les sourcils. Je soulevai ma chemise. Pas vraiment la mienne, au demeurant, mais un vêtement que Katherine avait dû choisir pour moi. Là où le couteau de père avait trouvé ma chair, une mince ligne noire courait sur mon torse glabre. Des veinures de la même teinte partant de la blessure s'étendaient sur mes côtes et en direction de mon cou.

—Mon père est tout sauf un incapable, dis-je. J'aurais dû mourir.

Chapitre 44

On appelle le château « La Hantise ». Quand vous chevauchez dans la vallée, le soir venu, avec le soleil qui descend derrière les tours, vous comprenez pourquoi. Il émane de l'endroit cette classique atmosphère de morosité malveillante. Les hautes fenêtres ne sont pas éclairées, la ville qui s'étend en contrebas est plongée dans l'ombre, les drapeaux pendent sans vie. Ça rappelle un crâne vide. Le sourire jovial en moins.

— Donc, le plan… ? s'enquit Makin.

Je lui adressai un sourire. Chemin faisant, nous doublâmes un chariot qui grinçait sous le poids de sa cargaison de tonneaux.

— Apparemment, on arrive à point nommé pour un tournoi, remarqua Makin. Est-ce une bonne ou une mauvaise chose ?

— Eh bien, on est là pour éprouver notre force, pas vrai ? (Je cessai d'essayer de distinguer les fanions des pavillons qui bordaient l'est de la lice.) Cela dit, mieux vaut rester anonymes pour le moment.

— Et donc, à propos de ce plan…

Un bruyant staccato se dirigeant droit sur nous lui coupa la parole.

Nous regardâmes par-dessus notre épaule. Un petit groupe compact d'une demi-douzaine de cavaliers se rapprochait à vive allure, projetant de longues ombres derrière lui. Celui qui ouvrait la marche était un chevalier portant une armure de plates complète.

— Beau spécimen d'armure de joute.

Je tournai ma rosse vers les arrivants.

— Jorg...

Décidément, Makin était systématiquement interrompu, aujourd'hui.

— Faites place ! beugla l'homme de tête. Faites place, manants !

Je choisis de ne pas l'entendre.

L'arrivant préféra tirer les rênes plutôt que de nous contourner. Les cinq autres, des soldats de garnison en cotte de mailles dont les montures écumaient de sueur, s'arrêtèrent à côté de lui.

— « Manants » ? répétai-je.

J'avais conscience de notre piètre allure, mais nous étions loin de compter parmi les paysans. Je refermai les doigts sur l'espace vide où aurait dû se trouver mon épée.

— Allons bon, devant qui devons-nous faire place nette ? m'enquis-je.

Je reconnaissais leurs couleurs, mais je posai tout de même la question, histoire de les insulter.

— Sieur Alain Kennick, héritier du comté de Kennick, chevalier de..., annonça le garde situé à gauche du chevalier.

— Oui, oui.

Je levai une main. L'individu se tut et braqua sur moi ses yeux pâles que surplombait le rebord d'un casque de fer.

— Héritier de la baronnie de Kennick. Fils du baron Kennick dont la réputation d'adiposité n'est plus à faire. (Je me frottai le menton, espérant que la crasse passerait pour un début de barbe, dans le demi-jour.) Mais ce sont les terres de Renar. Je pensais que les hommes de Kennick n'y étaient pas les bienvenus.

À ces mots, le dénommé Alain dégaina son épée, un mètre vingt d'acier-de-bâtisseur qui tranchait dans le crépuscule sanglant.

— Je ne laisserai pas un jeune paysan deviser avec moi au beau milieu de la route !

Son ton était un brin geignard. Il leva sa visière puis reprit les rênes de sa monture.

— J'ai entendu dire que le baron et le comte Renar avaient réglé leur différend après l'assassinat de Marclos, remarqua Makin. (Je savais qu'il s'était certainement saisi du fléau dont nous avions hérité en même temps que des chevaux.) Le baron Kennick a renoncé à accuser Renar d'avoir incendié Mabberbourg.

— En réalité, c'est moi qui ai brûlé Mabberbourg, dis-je.

Force m'était néanmoins de m'interroger. J'étais certes celui qui avait présenté la torche devant le chaume. Ça m'avait paru être une bonne idée, sur le moment. Mais qui créditer de cette bonne idée ? Peut-être Corion.

— Toi ? demanda Alain, dédaigneux.

— On me doit aussi la mort de Marclos.

Continuant à capter le regard de mon interlocuteur, je dirigeai ma monture vers lui. Sans arme ni armure, je n'étais pas bien menaçant.

— J'ai entendu dire que le prince d'Ancrath avait mis la colonne de Marclos en déroute avec une douzaine d'hommes, ajouta Bortha.

— En avait-on bien une vraie douzaine, sieur Makin ? m'enquis-je sur mon plus beau ton de courtisan. (Je ne quittais pas Alain des yeux et ne tenais pas compte de la présence de ses gardes.) Peut-être était-ce le cas. Allons, peu importe, je préfère notre situation actuelle.

— De quoi… ? commença Alain en lorgnant rapidement la haie qui bordait les deux côtés de la voie et regorgeait de possibilités.

— Vous craignez une embuscade, Alain ? demandai-je. Vous pensez que l'honoré prince Jorg Ancrath et le capitaine de la garde de son père ne sont pas capables de se mesurer à six chiens de Kennick sur la route ?

Quoi qu'Alain puisse bien penser, il était manifeste que ses hommes avaient eu leur content d'histoires concernant Norbois. Ils avaient entendu parler du Prince Fou et de ses mâtins vagabonds. On leur avait raconté comment des guerriers dépenaillés surgissaient des décombres, tenaient bon et brisaient des soldats dix fois plus nombreux qu'eux.

Quelque chose gronda dans la pénombre, sur notre droite. Si les hommes d'Alain doutaient encore d'être d'ores et déjà la cible de bandits cachés parmi les ombres, le grognement d'un petit animal fouisseur suffit à les en convaincre.

— Maintenant ! À l'attaque ! braillai-je à l'intention de mon inexistante escouade embusquée et, m'élançant de ma selle, j'entraînai Alain à terre.

Celui-ci perdit toute combativité dès l'instant où nous heurtâmes le sol, ce dont je ne pouvais que me féliciter, car la chute m'avait coupé le souffle et je voyais trente-six chandelles, étant donné que nos têtes s'étaient entrechoquées.

J'entendis Makin jouer du fléau, et le son sourd de sabots battant en retraite. D'une poussée laborieuse accompagnée d'un cliquetis, je me dépêtrai d'Alain.

— Mieux vaut ne pas s'éterniser, Jorg. (Makin revenait d'une course-poursuite des plus brèves.) Ils vont pas tarder à se rendre compte qu'on est seuls.

Je trouvai l'épée d'Alain.

— Ils ne reviendront pas.

— Rentrer la tête la première dans le heaume d'un chevalier t'a secoué la cervelle ? demanda Makin en prenant un air sévère.

Je frottai mon crâne endolori, tachant mes doigts de sang.

— On a Alain. Otage ou cadavre.

— Il m'a l'air mort, remarqua Makin.

— Il s'est cassé le cou, je pense. Mais là n'est pas la question. L'important, c'est qu'ils savent qu'ils ne le récupéreront pas en un seul morceau, et donc ils vont chercher à se sauver eux-mêmes. Ces gars ne peuvent plus retourner auprès de Kennick. Ils ne seront pas non plus les bienvenus à La Hantise, et ils le savent. Renar ne voudra pas être impliqué.

— Alors quoi, maintenant ?

— On l'éloigne de la route. Le chariot à bière va passer par ici dans quelques minutes. (J'observai succinctement le chemin.) Attache-le à son cheval. On va le traîner dans le champ.

Nous lui ôtâmes son armure dans la semi-obscurité, au milieu du blé encore humide de la pluie tombée durant la journée. Ça sentait un peu – Alain s'était souillé en mourant – mais l'équipement, quoique un peu large au niveau de la taille, m'allait bien.

— Qu'est-ce que t'en penses ?

Je reculai un peu pour que Makin puisse m'admirer.

— J'y vois que dalle.

— J'ai fière allure, crois-moi. (Je dégainai partiellement l'épée d'Alain, puis la rendis d'un geste brusque à son fourreau.) Je pense que je vais passer mon tour, s'agissant des joutes.

— Très sage.

— La Grand'Mêlée me correspond mieux. Sans compter que le vainqueur reçoit son prix du comte Renar lui-même !

— C'est pas un plan. C'est une façon de te récolter une mort tellement stupide qu'elle te rendra célèbre et qu'on en rira dans les estaminets pendant les cent ans à venir.

Menant la monture d'Alain par la bride, je commençai à regagner la route dans un bruit de ferraille.

— Tu as raison, Makin, mais je commence à être à court d'options.

— On pourrait reprendre la route. Amasser un peu d'or ensemble, puis encore un peu plus, assez pour vivre décemment quelque part où les gens n'ont jamais entendu parler d'Ancrath.

Une partie de lui aspirait vraiment à ça. Je le lisais sur ses traits.

J'eus un large sourire.

— Je commence sans doute à être à court d'options, mais la fuite n'en est pas une. Pas pour moi.

Nous chevauchâmes vers La Hantise. Lentement. Je ne voulais pas visiter le site du tournoi dans l'immédiat. Nous n'avions pas de tente à planter, et les couleurs de Kennick m'attireraient inévitablement dans les profondeurs d'un rôle qui dépassait mes compétences d'acteur.

Quand nous quittâmes les terres agricoles au profit de l'étendue d'habitations qui se déployait à partir du château, un chevalier errant nous rattrapa et s'arrêta à notre hauteur.

— Salutations, sieur… ?

À l'entendre, l'homme était essoufflé.

— Alain de Kennick.

— Kennick ? Je pensais…

— Nous sommes à présent alliés, Renar et Kennick sont les meilleurs amis du monde, ces jours-ci.

— Bonne nouvelle. Un homme a besoin d'amis par les temps qui courent, répondit le chevalier. Au fait, je suis sieur Keldon. Je viens pour le tournoi. Le comte Renar octroie des bourses bien garnies à ceux qui manient assez bien la lance pour s'en saisir.

— C'est ce que j'entends dire, répliquai-je.

Sieur Keldon se plaça à nos côtés.

— Je suis content d'avoir quitté les plaines, déclara-t-il. Elles grouillent d'éclaireurs d'Ancrath.

— Ancrath ?

Makin ne parvint pas à dissimuler son inquiétude.

— Vous ne connaissez pas la nouvelle ? Il paraît que le roi Olidan masse ses armées. Nul ne sait exactement quand il frappera, mais le Guet Forestier s'est mis en branle. La plupart de ses membres sont là-bas, pour autant que je sache ! (Lançant un regard en arrière dans la nuit, il pointa un doigt ganté accusateur dans la direction d'où nous venions.) Et vous savez ce que ça a signifié pour Gelleth !

Il se passa le même doigt en travers de la gorge.

Nous atteignîmes un croisement, au centre de la ville. Sieur Keldon orienta son cheval vers la gauche.

— Vous allez à la lice ?

— Non, nous devons présenter nos hommages, dis-je en désignant La Hantise du menton. Bonne chance pour demain.

— Mes remerciements.

Nous le regardâmes s'éloigner.

J'orientai le cheval d'Alain de manière à rebrousser chemin.

— Je pensais qu'on allait présenter nos hommages, remarqua Makin.

— C'est le cas. (Je poussai mon destrier au trot d'un coup de talons.) À Coddin, le maître du Guet.

Chapitre 45

J'aime les montagnes, je les ai toujours aimées. De grands bouts de roche qui s'accrochent obstinément là où on ne veut pas d'eux et qui barrent le passage aux gens. Formidable. Cela étant dit, les gravir est vraiment une tout autre histoire. Ça, je déteste.

— Putain ! quel intérêt de voler un cheval si je dois traîner ce satané animal dès que ça grimpe un peu ?

— Pour être honnête, prince, on a plutôt affaire à un versant abrupt, dit Makin.

— Je reproche à sieur Alain d'avoir été en possession d'un cheval déficient. J'aurais dû garder ma carne.

Seul le souffle laborieux de Makin me répondit.

— Il faudra que je touche un mot au baron Kennick au sujet de son garçon, un jour, poursuivis-je.

Un caillou roula alors sous mon pied, et j'entendis en tombant le cliquetis des quelques éléments d'armure que je portais encore.

— Tout doux, vous avez trois arcs braqués sur chacun de vous.

La voix émanait d'un endroit situé plus haut sur la pente, où le clair de lune ne permettait pas de distinguer nettement les amas de roche éboulée.

Makin se redressa lentement et avec souplesse, me laissant me débrouiller pour me remettre sur mes pieds.

—J'ai apparemment affaire à un honnête homme d'Ancrath, dis-je à la cantonade, suffisamment fort pour qu'on m'entende. Si tu as l'intention de tirer sur quelqu'un, puis-je suggérer ce cheval-ci ? Ce bougre est une meilleure cible, et c'est un flemmard.

—Posez vos épées.

—À nous deux, on n'en a qu'une, répondis-je. Et je répugne à la perdre. Alors maintenant, oublions ça, et puis tu pourras nous emmener voir le maître du Guet.

—Posez…

—Oui, oui, tu l'as déjà dit. Regarde. (Je me tins bien droit et tournai sur moi-même pour essayer de capter le clair de lune.) Le prince Jorg. C'est moi. J'ai poussé le dernier maître en date dans la cascade. Maintenant, emmène-moi voir Coddin avant que je perde ma bonne humeur proverbiale.

Nous aboutîmes à un accord, et deux des individus eurent tôt fait de tirer le cheval d'Alain par la bride tandis qu'un autre nous éclairait le chemin avec une lanterne sourde.

Ils nous conduisirent jusqu'à un campement dressé une paire de kilomètres plus loin, et qui se résumait à cinquante hommes blottis juste en dessous de l'ensellement d'une colline. La colline de Brot, à en croire le chef de nos guides. C'était bon de constater que quelqu'un avait une idée de ce qui se passait.

Nos accompagnateurs signalèrent notre arrivée aux sentinelles par des sifflements. Le campement était plongé dans l'obscurité, ce qui était plutôt judicieux, étant donné que moins de quinze kilomètres le séparaient de La Hantise.

Nous nous frayâmes tant bien que mal un chemin entre les soldats endormis, trébuchant sur les cordes des diverses tentes du commandement.

—Éclairez un peu ! dis-je, assez bruyamment pour éveiller les dormeurs. (Un prince mérite bien de faire une entrée un peu remarquée, même s'il doit organiser lui-même la fanfare.) De la lumière ! Renar n'est même pas encore au courant que vous avez franchi la frontière. Doux Jesu, il organise un tournoi à l'ombre de sa muraille !

— Faites ce qu'il dit.

Je reconnus la voix.

— Coddin ! Vous êtes venus !

Des lanternes s'illuminèrent au fur et à mesure. Des lucioles prenant vie dans la nuit.

— Votre père a insisté, prince Jorg. (Le maître du Guet sortit de son pavillon en se baissant, sans la moindre trace d'humour sur ses traits.) Je dois rapporter votre tête, mais pas le reste.

— Je suis volontaire pour la lui couper !

Ric, plus grand que dans mon souvenir, comme toujours, apparut dans le halo de la lanterne.

Des hommes s'écartèrent, et Gorgoth surgit de la pénombre, plus colossal encore que Ric, ses côtes pointant hors de son torse telle une main griffue.

— Prince Noir, nous avons un compte à régler, dit le leucrota.

— Ma tête ? (Je portai la main à ma gorge.) Je vais la garder, je pense. (Me tournant, j'aperçus Burlow qui arrivait, une miche dans chaque main.) Je crois que la période durant laquelle j'avais l'heur de plaire au roi Olidan est révolue. En fait, j'en ai même assez d'attendre qu'il meure. Je conserverai le bénéfice de ma prochaine victoire. Ses fruits resteront en ma possession, et entre les mains de ceux qui me servent.

Gorgoth garda les yeux rivés sur moi, impassible ; le petit Gog observait la scène, caché dans l'ombre de son aîné. Elban et Baratin jouèrent des coudes au milieu des soldats qui se réunissaient en cercle autour de nous, de plus en plus nombreux.

— Et quel trésor ce serait, Jorz ?

— Tu verras ça au lever du soleil, vieil homme, répliquai-je. Je m'empare des Hautes Terres de Renar.

— On le capture, je dis. (Ric se tenait derrière moi, menaçant.) Sa tête est forcément mise à prix. Un prix princier !

Il rit de sa propre plaisanterie, encore le vieux « heur, heur, heur ! » de celui qui a avalé une arête de poisson.

— C'est marrant que tu mentionnes Prix, mon frère, dis-je en gardant le dos tourné. Je me remémorais justement l'épisode avec Makin, l'autre jour, aux *Trois Grenouilles*.

Il cessa de rigoler.

— Je ne vous mentirai pas, ce ne sera pas facile. (Je pivotai sur moi-même lentement et gentiment afin de m'adresser à tout le monde.) Je prendrai son comté à Renar, et j'en ferai mon royaume. Les hommes qui m'assisteront dans cette tâche deviendront les Chevaliers de ma Table.

Je localisai Coddin au sein de la foule. Il avait amené les Frères à ma rencontre sur la seule foi de mon message, mais jusqu'où me suivrait-il ? Ça, c'était un autre problème. Il était difficile de prédire son attitude.

— Qu'en dites-vous, maître du Guet ? Le Guet Forestier suivra-t-il son prince une fois encore ? Ferez-vous couler le sang au nom de la vengeance ? Demanderez-vous des comptes pour la reine, ma mère ? pour mon frère qui aurait occupé le trône d'Ancrath si j'étais tombé ?

Rien chez Coddin ne bougeait, hormis la lueur vacillante des lanternes qui soulignait le tracé de sa pommette. Au bout d'un silence bien trop long, il s'exprima :

— J'ai vu Gelleth. J'ai vu le Castel Rouge, et un soleil infligé aux montagnes pour brûler la roche même. Une œuvre puissante.

Dans l'auditoire, certains hochèrent la tête, tapèrent du pied en guise d'approbation. Coddin leva la main.

— Mais c'est son entourage immédiat qui donne sa mesure à un roi. Un souverain doit être un prophète en son pays natal.

Je n'aimais pas la tournure que ça prenait.

— Le Guet vous servira si ces… Frères de route vous demeurent loyaux une fois que vous leur aurez révélé la teneur de leur tâche, dit-il.

Pendant tout ce temps, il avait gardé rivé sur moi son regard, calme et posé.

Je continuai à tourner sur moi-même jusqu'à ce que Ric emplisse mon champ de vision. Il sentait mauvais.

— Christ Jesu, Ric ! tu pues autant qu'un tas de fumier avarié.

— Qu… ? (Il plissa le front et pointa carrément le doigt sur Coddin.) Il a dit que tu devais gagner les Frères à ta cause. Et c'est de moi que ça parle, oui ! Les Frères font ce que je dis, maintenant.

Il fit un large sourire, dévoilant les creux correspondant aux dents que je lui avais fait sauter, sous le mont Honas.

— J'ai dit que je ne vous mentirais pas. (J'écartai les mains.) Fini les mensonges. Vous êtes mes Frères. Ce que j'ai à vous demander laisserait la majorité d'entre vous sur le carreau. (Je pinçai les lèvres, comme si je considérais la question.) Non, je ne vous le demanderai pas.

— Qu'est-ce que tu demanderas pas, espèce de petite fouine ?

Les plis du front de Ric se creusèrent encore.

— Mon propre père m'a poignardé, Petit Riquet, répliquai-je en portant deux doigts à ma poitrine. Ici. N'importe qui en serait tout retourné.

» Prends la route avec les Frères. Casse quelques têtes, vide quelques tonneaux, et puisse l'ange qui veille sur les vagabonds te remplir les mains d'argent.

— Tu veux qu'on s'en aille ? articula-t-il lentement.

— J'irais sur la côte du Cheval, à ta place. C'est par là, indiquai-je d'un geste.

— Et toi, qu'est-ce que tu vas faire ? demanda Ric.

— Je vais accompagner maître Coddin ici présent. Peut-être que je peux me réconcilier avec mon père.

— Mon cul, oui ! s'exclama Ric en frappant Burlow au bras, sans malveillance aucune – c'était juste un débordement de sa tendance naturelle à la violence. T'as tout prévu, espèce de petit salopard. Toujours à tenter ta chance, toujours avec des as cachés dans ta manche. Nous, on va trimer dans la poussière et dans la boue pour aller sur la côte du Cheval, pendant que toi tu joueras au prince ici, avec une coupe en or à la main et de la soie pour te torcher. Je te colle aux basques jusqu'à ce que j'aie mon dû.

— Je te le dis en tant que frère, espèce de gros sac de bouse tout moche, pars tant que t'en as l'occasion, dis-je.

— Va chier.

Ric s'autorisa un sourire triomphant.

Je laissai tomber.

— Les hommes de Coddin ne sont pas en mesure de s'approcher du tournoi de Renar. Nous, en revanche, on se fait enrôler dans n'importe quelle troupe, on rôde partout où y a du sang, de l'argent et de la chair féminine.

Les Frères étaient capables de se mêler discrètement à la foule, lors d'un tournoi.

» Quand j'agirai, j'aurai besoin que vous teniez jusqu'à ce que le Guet puisse arriver à nous. Il faut que vous contrôliez les portes de La Hantise. Pendant seulement quelques minutes, mais ne vous méprenez pas : ce seront les minutes les plus rouges que vous aurez jamais vues.

— On tiendra, dit Ric.

— On tiendra.

Makin leva son fléau.

— On tiendra ! s'exclamèrent Elban, Burlow, Baratin, Rang, Kent le Rouge et la dizaine de Frères qui me restait.

Je me tournai à nouveau vers Coddin.

— On dirait qu'ils vont tenir.

Chapitre 46

— Sieur Alain, héritier du baronnage de Kennick.

Et me voilà, entrant en lice pour y prendre ma place, accompagné d'applaudissements modérément enthousiastes.

— Sieur Arkle, troisième fils du seigneur Merk, retentit à nouveau la voix de l'annonceur.

Sieur Arkle entra à ma suite, une masse de cavalier à la main. La plupart des participants à la Grand'Mêlée possédaient des ouvre-boîtes en tout genre. La hache, la masse, le fléau ; des instruments pour fendre une armure, ou pour briser les os abrités à l'intérieur. Quand vous combattez un homme protégé de la tête aux pieds, ça consiste normalement à le tabasser jusqu'à ce qu'il soit si mal en point que vous puissiez porter le coup de grâce en glissant un couteau entre son gorgerin et son plastron, ou bien par la fente du casque.

J'avais mon épée. Celle d'Alain, en tout cas. S'il disposait d'une arme mieux adaptée à la joute, alors celle-ci était repartie au galop en même temps que les gardes de Kennick.

— Sieur James de Hay.

Un homme imposant dans une armure qui avait connu des jours meilleurs, muni d'une lourde hache prête à s'abattre, avec, à l'autre extrémité du manche, une pique capable de percer une cuirasse.

— William de Brond.

Grand, un sanglier écarlate représenté sur son bouclier, un fléau à pointes.

Il continuait d'en arriver. Treize à la douzaine. Enfin, nous fûmes tous déployés sur le terrain. Un treize porte-bonheur. Chevaliers venus de nombreux royaumes, caparaçonnés pour la guerre. Silencieux, si on exceptait le doux hennissement des chevaux.

Au fond du champ, dans l'ombre des murs du château, cinq rangées de gradins et, au centre, un siège à haut dossier drapé de la pourpre impériale. Le comte Renar se leva. À côté de lui, sur le banc des communs, Corion, silhouette banale qui attirait pourtant le regard comme l'aimant le fer.

Me trouvant à deux cents pas de là, je ne distinguais du visage de Renar que l'éclat de ses yeux sous un cercle d'or et une masse de cheveux sombres.

— Battez-vous !

Il leva le bras puis le baissa.

Un des chevaliers lança sa monture vers la mienne. Je ne m'étais pas soucié d'apprendre son nom. Je n'avais écouté que les présentations qui avaient suivi celle me concernant.

Partout autour de nous, on engagea le combat. Je vis William de Brond cueillir un homme et le faire tomber de sa selle d'un ample geste de son fléau.

Mon assaillant tenait fermement une masse à ailettes, et l'acier de son gantelet avait été poli avec tant de soin qu'il éblouissait comme de l'argent. Il poussa un cri de guerre en m'attaquant, son arme légèrement en retrait pour amorcer un arc de cercle au-dessus de sa tête.

Je me dressai sur mes étriers et me penchai vers lui, le bras tendu le plus loin possible. L'épée d'Alain trouva le chemin et traversa la grille perforée du heaume de mon adversaire.

— On se rend ?

Il refusait de répondre, aussi le laissai-je glisser à bas de sa monture.

Un autre chevalier s'avança dans ma direction, dirigeant subtilement sa monture pour rester hors de portée des gestes frénétiques de sieur William. Il ne me regardait même pas.

Au dos d'un plastron se trouve un creux, juste en dessous des reins. Une armure digne de ce nom protège les organes vitaux concernés en comblant l'espace séparant le plastron de la selle du cheval par des mailles métalliques. C'était le cas pour celle de mon adversaire. Mais de l'acier-de-bâtisseur manié avec un peu de fougue perce les mailles. L'homme s'effondra avec une expression de vague surprise, me laissant face à William.

— Alain !

À l'entendre, on avait l'impression que tous les Noëls de son existence venaient de lui tomber dessus à la même heure.

— Je sais, moi aussi je le déteste.

Je soulevai ma visière d'une pichenette.

Une chose à savoir au sujet des fléaux d'armes : vous devez les agiter en permanence. Un point important que sieur William oublia en découvrant un visage qu'il ne connaissait pas. Saisissant l'occasion qui m'était offerte, je talonnai le cheval d'Alain dont la réactivité (je me dois de le féliciter pour ça) me permit de franchir la garde de mon adversaire et de lui planter dans le corps une lame d'un mètre vingt coupante comme un rasoir.

Ce n'est pas la chose à faire, de transformer un tournoi en bain de sang. Il est rare qu'une Grand'Mêlée s'achève sans le moindre décès, mais les participants meurent normalement le jour d'après sous le couteau des chirurgiens. L'ennemi est généralement jeté à bas de sa monture, ou bien sonné s'il se trouve encore en selle. Quelques fractures et un bon paquet de contusions sont les lots de consolation distribués à ceux qui ne remportent pas de victoire. Quand un chevalier devient trop sanguinaire, il rencontre souvent, peu de temps après, les amis et la famille de son concurrent dans des circonstances déplaisantes.

Bien entendu, j'avais une vision différente des choses. Moins il resterait d'hommes valides en lice à l'issue du tournoi, mieux ça vaudrait. Par ailleurs, une épée lourde n'est pas l'arme adéquate pour frapper quelqu'un jusqu'à ce que capitulation s'ensuive. Elle est faite pour tuer, purement et simplement.

Sieur Arkle, presque à l'autre extrémité de la lice, fonça vers moi au grand galop, un chevalier vaincu dans son sillage. Tandis qu'il comblait la distance qui nous séparait, il commença à décrire avec sa masse de courts arcs de cercle, en un rythme légèrement décalé par rapport au pas de sa monture. Je m'inquiétai de constater qu'il avait l'air bien entraîné.

Si la vue d'un lourd cheval de guerre fondant sur vous ne vous donne pas au moins une petite envie de vous lever et de partir en courant, alors c'est que vous êtes un cadavre. Pas moyen d'arrêter ce genre d'engin. Cinq cents kilos de muscle et d'os qui se ruent sur vous, haletants et écumants de sueur.

Je roulai de côté à l'instant où sieur Arkle m'atteignait. Je ne me contentai pas de plonger. Ça, il s'y serait attendu. Je tombai de ma selle. Et ça fit mal, oui. Mais pas assez pour m'empêcher de fourrer l'épée de ce cher Alain en plein dans la masse mouvante que constituaient les jambes de la monture de mon adversaire, quand celui-ci passa à côté de moi à toute allure.

Encore une chose qu'on ne fait pas, lors d'un tournoi. Vous vous en prenez à l'homme, pas à l'animal. Un cheval de guerre entraîné est monstrueusement onéreux, et soyez assuré que si vous en cassez un, son propriétaire n'aura de cesse de vous réclamer la somme nécessaire pour le remplacer.

Je me redressai à la force des bras en jurant, éclaboussé du sang de la bête.

Le calme et l'immobilité mortels de sieur Arkle, couché sous son destrier, contrastaient avec les hennissements suraigus de la monture qui se débattait.

Nombre d'animaux endurent des blessures atroces en silence, mais lorsqu'ils décident de se plaindre ils n'ont plus aucune retenue. Si vous avez déjà entendu les hurlements d'un lapin qu'on passe par le fil de la lame, vous savez le raffut dont ces créatures sont capables, si menues soient-elles. Il fallut deux coups assenés à pleine volée pour venir à bout du cheval d'Arkle. Deux autres pour faire bonne mesure et lui couper la tête.

Lorsque j'en eus fini, j'incarnais à merveille le Chevalier Rouge, avec mon armure luisante de sang artériel. À ce moment-là, la puanteur de la bataille – sang et merde – m'avait empli les narines ; j'en avais le goût de sueur salée sur les lèvres.

Nous n'étions plus que quelques-uns en lice. Sieur James, debout à l'autre extrémité du champ au milieu de plusieurs chevaliers vaincus, affrontait un individu portant une armure enduite de pâte de bronze. Dans des alentours plus immédiats, un concurrent sans monture, armé d'un marteau de guerre, venait de terrasser son adversaire. Et c'était tout.

L'homme au marteau s'approcha de moi en boitant, les plaques de fer de sa genouillère gauchies et grinçantes.

— Rendez-vous, dit-il.

Je ne bougeai pas. Je ne levai même pas mon épée.

Un moment de silence. Rien d'autre que le fracas lointain des armes, lorsque sieur James de Hay vint à bout de son adversaire. Rien que le « plic-ploc » ténu du sang qui gouttait de mon armure.

L'homme au marteau lâcha ledit marteau.

— Vous n'êtes pas Alain Kennick.

Il se tourna et s'éloigna en direction de la tente où patientaient les guérisseurs.

J'étais partagé entre l'envie de combattre et celle de m'arrêter là. Je me demandais surtout si la perspective d'être frappé entre les deux yeux par un marteau ne valait pas cent fois mieux que celle de revoir Corion. Il me semblait inenvisageable qu'il ne se soit pas encore aperçu de ma présence, que ces yeux vides n'aient pas vu à travers l'armure d'Alain dès le premier instant. Je jetai un coup d'œil aux tribunes, à présent que j'étais plus près. Le sorcier me regardait, tout le monde me regardait, mais il était celui qui m'avait octroyé le pouvoir de vaincre frère Prix, l'homme qui murmurait dans la bruyère-aiguillon, qui empoisonnait le moindre de mes gestes, tirant mes ficelles à des fins obscures. M'avait-il attiré jusqu'à cet endroit, en manipulant les fils de sa marionnette ?

Sieur James de Hay mit un terme à mes interrogations. Il mit pied à terre – ayant remarqué le peu de cas que je faisais de la viande chevaline, présumai-je – et se dirigea vers moi à longues foulées décidées. Le soleil cajoleur n'obtenait que quelques chatoiements de la part des plaques éraflées de son armure. Sa lourde hache avait fait du beau travail, ce jour-là. Je vis du sang sur la pique qui dépassait de son plastron.

— Vous fichez la frousse, dis-je.

Il continua à avancer, contournant le cheval d'Arkle.

— Pas du genre bavard ? m'enquis-je.

— Rends-toi, gamin. Je ne le dirai pas deux fois.

— Je ne suis pas du tout certain que nous ayons le choix, James, et je ne parle même pas de chance. Vous devriez lire...

Il chargea, brandissant sa fameuse hache à la vitesse de l'éclair. Je parai tant bien que mal, mais mon épée s'envola, laissant ma main droite engourdie jusqu'au poignet. Sieur James frappa dans l'autre sens avec une force phénoménale, et je faillis en perdre ma tête. J'esquivai en me penchant de côté tant bien que mal, la lame passa à un cheveu, et je reculai en chancelant.

Sieur James prépara une nouvelle offensive. Je sus alors ce que ressent la vache à l'abattoir. Je plaide coupable ; j'ai bel et bien eu de bons mots au sujet de la peur et du tranchant des couteaux, mais, les mains vides devant un boucher compétent comme sieur James, je me découvris une soudaine et saine terreur. Je ne voulais pas que tout s'achève là, qu'on me mette en pièces sous les vivats de la foule, qu'on me découpe devant des étrangers qui ignoraient jusqu'à mon nom.

— Attendez ! fis-je.

Mais il n'obéit pas, évidemment. Il vint à moi promptement, en armant son coup. Si je n'avais pas trébuché en battant en retraite, j'aurais été pourfendu ou ç'aurait été tout comme. Je tombai à plat dos, le souffle coupé, et sieur James, emporté par son élan, fit deux pas de trop et me dépassa. Tâtant le sol de la main droite, je trouvai le manche du marteau de guerre abandonné. Ma chance ne m'avait pas fui.

Je fis volter l'arme qui rencontra le creux du genou du chevalier avec un « crac » satisfaisant, et celui-ci s'effondra, en découvrant au passage qu'il avait une voix. Malheureusement, cette brute n'eut pas la grâce de reconnaître qu'elle était censée capituler. Sieur James pivota, en appui sur son genou valide, et brandit sa hache au-dessus de ma tête. Elle se découpait en noir sur le ciel bleu. Au moins le soleil s'était-il caché. Une visière dissimulait le visage de mon adversaire, mais j'entendais son souffle rauque derrière le métal; les trous de ventilation étaient mouchetés de salive.

— Ton heure a sonné.

Il avait raison. Avec un marteau de guerre, on a les mains liées en combat rapproché. Surtout quand on est étendu sur le dos de tout son long.

« Schlac ! »

La tête de mon adversaire sortit brusquement de mon champ de vision, ne laissant rien qu'un paradis bleu.

— Dieux ! comme je chéris cette arbalète ! m'exclamai-je.

Je me redressai. Sieur James était couché à côté de moi, sa visière poinçonnée d'un trou net, une mare de sang se formant sous sa nuque.

Je ne distinguais pas le tireur. Sans doute Makin, qui avait repris l'arbalète du Nubain à l'un des Frères. Il avait dû décocher son tir depuis les communs, où se trouvait la populace. Renar avait forcément posté des gardes aux endroits depuis lesquels on pouvait viser avec aisance la tribune comtale, mais il était nettement plus aisé de prendre pour cible les combattants en lice.

Je récupérai mon épée avant que la foule ait vraiment compris ce qui venait de se passer. Une échauffourée s'était déclenchée autour des communs, et une silhouette imposante se détachait du lot. Ric en train de casser des têtes, peut-être.

Je ramassai la hache de sieur James et rattrapai le cheval d'Alain. Une fois en selle, je m'armai aussi de l'épée.

Des villageois commencèrent à entrer en lice avec des velléités d'en découdre. L'objet de leur colère n'était pas clairement identifié, mais j'avais la certitude que le sieur Alain de Kennick était le premier concerné.

Une rangée d'hommes en armes s'était positionnée devant la tribune comtale. Une escouade de six soldats portant la livrée du château, jusque-là postés près de la tente des blessés, se dirigeait vers moi.

Je levai hache et épée à hauteur d'épaule. La première pesait autant qu'une enclume ; il aurait fallu un homme de la trempe de Ric pour la manier aussi aisément que sieur James.

Du coin de l'œil, j'apercevais les gardes des portes du château qui contribuaient à apaiser le désordre ambiant et venaient prêter assistance à leur seigneur.

Corion, juste en dessous du comte, se leva d'une curieuse façon qui m'évoqua un épouvantail. Renar, pour sa part, restait immobile sur son siège, les mains sur les genoux, les doigts appuyés les uns contre les autres.

Corion m'avait-il identifié ? Forcément, non ? Quand j'avais rompu son sortilège, quand je m'étais éveillé des sombres songes induits par le tendre coup de poignard de père et que je m'étais enfin remémoré comment le sorcier m'avait détourné de ma vengeance, comment il avait fait de moi son pion dans le jeu occulte de l'Empire, ne s'en était-il pas rendu compte ?

Il était temps d'en avoir le cœur net.

Je poussai le cheval d'Alain au petit galop et le dirigeai droit vers Renar, hache et épée dans mes mains tendues. J'espérais ressembler à l'Enfer sur terre, à la Mort venue au galop faucher le comte. J'avais le goût du sang dans la bouche, et j'en voulais encore.

Ça en impose, un lourd cheval de guerre qui vous arrive dessus. La tribune commença à se vider rapidement, ceux de la gentilhommerie s'escaladant les uns les autres pour se mettre hors de ma portée. L'espace s'ouvrit autour de Renar. Juste autour de lui, de Corion et des deux gardes qui les flanquaient.

Il y eut un flottement dans la rangée de soldats postée devant les gradins, mais ceux-ci tinrent leur position.

Du moins jusqu'au moment où je forçai vraiment l'allure.

Chapitre 47

Je passai au milieu des soldats sur le cheval d'Alain, et nous gravîmes la tribune comme s'il s'agissait d'un escalier géant, jusqu'au siège de Renar, qui fut pulvérisé.

Si le comte n'avait pas été tiré de là quelques instants plus tôt par un garde du corps doté de bons réflexes, tout aurait pu s'achever ainsi.

— Arrêtez-le ! ordonna Corion.

Le second soldat se dirigea droit sur moi tandis que ma monture paniquait, peu habituée à fouler ce sol étrange. Je ne parvenais pas à la maîtriser et, ne voulant pas qu'elle m'écrase quand elle tomberait, je bondis de la selle. Ou du moins, je sautai aussi loin que peut le faire un homme entièrement caparaçonné, ce qui signifie que je choisis l'emplacement où j'allais me réceptionner. Me fiant à mon armure, je m'abattis sur le garde du corps de Renar.

L'homme amortit ma chute, en échange de quoi il se brisa la plupart des côtes. Je les entendis craquer telles des branchettes vertes. Je me remis sur mes pieds difficilement pendant que le cheval hennissait derrière moi, tournant dans tous les sens en agitant les sabots et en ruant, menaçant de trébucher d'un moment à l'autre.

Je visai le dos de Renar avec la hache de sieur James, mais l'arme se révéla trop lourde et trop mal équilibrée pour pouvoir être lancée proprement. Elle cueillit entre les omoplates le second garde du corps, qui s'effondra. Pour sa part, le comte réussit à rejoindre les soldats qui s'étaient dispersés lorsque j'avais chargé, et ceux-ci l'entourèrent pour l'escorter jusqu'au château.

Tenant mon épée à deux mains, je m'apprêtai à les suivre.

— Non.

Corion se mit en travers de mon chemin, une main levée, un seul doigt dressé.

J'eus la sensation qu'on m'embrochait sur place à l'aide d'un clou géant qu'on me plantait au sommet du crâne et qu'on enfonçait jusque dans le soubassement rocheux, sous mes pieds. Le monde parut tourner autour de moi en cercles lents, à la cadence d'un cœur battant. Bras ballants et mains engourdies, je perdis ma prise sur mon arme.

— Jorg, dit-il. (J'étais incapable de me résoudre à croiser son regard.) Comment avez-vous pu penser pouvoir me défier ?

— Comment avez-vous pu croire que je n'essaierais pas ?

À mes oreilles, ma voix paraissait lointaine, comme si c'était quelqu'un d'autre qui s'exprimait. Je réussis maladroitement à tirer la dague suspendue contre ma hanche.

— Cessez.

Et mes bras perdirent le peu de force qui leur restait.

Corion s'approcha. Je luttais pour ne pas le perdre de vue, tandis que le monde tournoyait sous mes yeux. Derrière moi, le bruit, étouffé et lointain, du cheval affolé.

— Vous êtes un enfant, dit le sorcier. Vous jouez votre va-tout à chaque coup de dés, sans garde-fou, sans réserve. Ce genre de stratégie se solde toujours par la défaite.

Il sortit un petit couteau de sa poche, huit centimètres étincelants propres à vous trancher la gorge.

— Mais Gelleth ! Nous avons tous été fort surpris. Sur ce point, vous avez dépassé toutes nos attentes. Sagien a même quitté sa place auprès de votre père plutôt que de vous affronter à votre retour. Il est maintenant revenu, bien entendu.

Il plaqua la lame latéralement sur mon cou, entre casque et gorgerin. Ses traits n'exprimaient aucune émotion, ses prunelles étaient des puits vides qui semblaient m'aspirer en eux.

— Sagien avait raison de fuir, dis-je, ma voix s'élevant comme d'un abîme.

Je n'avais pas de plan, mais j'avais connu la crainte face à sieur James, et je n'avais pas l'intention de récompenser le sorcier en recommençant à avoir peur.

Je puisai dans le pouvoir inconnu que m'avait donné le cœur du nécromancien. Je scrutai le lieu où marchent les fantômes, et un frisson de froide excitation me brûla la peau.

— La nécromancie ne vous sauvera pas, Jorg. (Le couteau me mordit le cou.) Même Chella n'a pas assez confiance en sa magie de mort pour m'affronter. Et quoi que vous ayez pu dérober sous la montagne, ce n'est rien de plus qu'une ombre de son talent.

La volonté. En définitive, tout se résume à ça. Corion me tenait, cloué à l'intérieur du corps qui me trahissait, parce qu'il en avait décidé ainsi, parce que son désir avait pris l'ascendant sur le mien.

Du sang chaud coulait le long de ma gorge. Il passait sous mon armure.

Je lui jetai à la figure tout ce que j'avais. Toute ma fierté, ma colère – un plein océan de colère –, la fureur, la blessure. Je puisai au fond des années écoulées. Je dénombrai mes morts. Je me tendis vers la bruyère-aiguillon et touchai l'enfant exsangue qui y était accroché. Je pris tout ça et en fit un marteau.

Rien ! Je ne réussis qu'à baisser lamentablement la tête, de telle sorte que je ne voyais plus le visage du sorcier. Il rit. Je sentis ce rire vibrer dans la lame du couteau. Il voulait que je meure lentement.

Je distinguais mes bras habillés de métal, la dague que je tenais mollement. La vie, vibrant au rythme de chaque battement de mon cœur, mêlée à la magie sombre qui m'avait épargné de mourir de la main du roi, animait ces membres. Je revis les traits de père à l'instant où il m'infligeait le coup, sa barbe hérissée, sa bouche pincée. Je revis le visage de Katherine, la lueur de son regard tandis qu'elle me prodiguait ses soins. Et je mobilisai tout ce que je possédais, l'amertume et la douceur, pour simplement réussir à mouvoir mes bras pendants. Je mis mon existence entière dans cette supplique.

Je ne réussis qu'à tourner la pointe de ma dague vers Corion.

— Ils sont en train de mourir, Jorg, dit celui-ci. Voyez avec mes yeux.

Et je devins le faucon. Une partie de moi resta dans la tribune, lentement saignée comme un porc, et l'autre s'envola au-dessus de la lice, libre et sauvage.

Au milieu de la foule rassemblée autour des communs, Elban défendait les arrières de Ric. Les soldats de Renar, semblables à des limiers fendant l'herbe haute, les cernaient progressivement. Une lance perça l'estomac d'Elban. Il parut surpris. Vieux, tout à coup, portant toutes ses années de vie. Il cria, et cracha du sang par sa fameuse bouche édentée. Mais je ne l'entendais pas. Je l'entraperçus pourfendant l'homme qui l'avait embroché, et puis nous poursuivîmes notre chemin, le sorcier et moi.

Baratin, ce méchant bout de barbaque, se tenait au bord de la lice, l'arc en main, des projectiles plantés à ses pieds. Il abattait méthodiquement les gardes du château qui s'avançaient vers la tribune comtale en un flot ininterrompu. Il enchaînait les tirs sans hâte excessive, un mince sourire aux lèvres, et chaque flèche trouvait sa cible. Ils l'eurent par-derrière. Le premier soldat arrivé à sa hauteur lui plongea sa lance dans le dos.

Nous volâmes à tire-d'aile vers les portes. La carriole d'un rétameur. La toile grossière qui la recouvrait s'écarta, et Gorgoth descendit du véhicule en roulant de côté, touchant terre sur un genou et sur les deux mains. Il courut vers La Hantise. Les gens du château se dispersèrent devant lui, certains en hurlant. Quelques soldats même tournaient les talons, constatant subitement que le devoir les appelait sur les lieux du tournoi. Deux hommes, pour leur part, se découvrirent de la bravoure et se dressèrent sur le chemin du leucrota, lances dressées. Gorgoth ne ralentit pas. Il saisit une pique dans chaque main et en brisa l'extrémité, qu'il planta ensuite dans le cou des deux individus. Il les dépassa avant même qu'ils se soient effondrés. Trois flèches le touchèrent tandis qu'il disparaissait de ma vue.

Corion nous fit prendre de la hauteur. Dans la carriole, la toile remua à nouveau. Une créature rayée s'en extirpa vivement. Gog. L'enfant leucrota suivit le chemin emprunté par Gorgoth.

Le monde s'éloigna. À l'extrémité la plus éloignée de la lice, où une vingtaine de soldats se rapprochaient de la tribune comtale, Burlow montait la garde. Homme solitaire interposé entre les lances de Renar et le jeune prince d'Ancrath, votre cher et tendre. Comment il était arrivé là, et pour quelle raison, je l'ignorais. Mais il n'avait aucune échappatoire, et de toute façon il était trop gras pour espérer pouvoir se dégager.

Il régla son compte à son premier assaillant d'un coup de hache qui fendit la tête de l'homme jusqu'aux épaules. Ramenant vivement sa lame dans l'autre sens, il la planta entre les yeux du soldat suivant. Puis il fut débordé. Une unique flèche décrivit une trajectoire en cloche et dénicha un garde de Renar.

Nous prîmes à nouveau de la distance. Je me vis dans la tribune, face à face avec Corion. Je saignais. Le cheval d'Alain continuait à se débattre, comme si quelques secondes seulement, et non une existence entière, s'étaient écoulées depuis que nous avions embouti les gradins.

Et nous fûmes séparés. Je contemplai à nouveau le monde de mes propres yeux. Le couteau dans ma paume, dressé mais impotent ; les planches fendues sous mes pieds. L'agonie de Burlow. Les hennissements suraigus du cheval. Je songeai à Gog qui suivait les traces de Gorgoth, au cri d'Elban l'édenté, à Makin qui se battait et mourait quelque part.

Rien de tout ça ne faisait une différence. Je ne pouvais pas bouger.

— C'est fini, Jorg. Au revoir, dit le magus, positionnant la lame pour me trancher la gorge.

Qui aurait pensé qu'il puisse être opportun de recevoir un coup de sabot ?

Le cheval incontrôlable me frappa en plein milieu du dos. J'aurais probablement volé à dix mètres de là si je n'avais pas heurté Corion. Toujours est-il que nous parcourûmes environ cinq mètres ensemble. Nous atterrîmes dans l'herbe, sur le côté de la tribune, enlacés comme des amants. Les yeux qui m'avaient tenu captif étaient plissés sous l'effet de la douleur. Je tentai à nouveau de brandir ma dague. Elle resta immobile. Mais la situation avait changé sur un point : je sentais l'effort que fournissaient les muscles de mon bras. Avec un grognement, je poussai le sorcier. La poignée de mon arme dépassait entre ses côtes. Là où toute ma volonté, ma rage et ma souffrance avait échoué, un cheval pris de panique avait obtenu le résultat escompté.

J'imprimai une torsion au couteau, l'enfonçai. Corion laissa échapper un ultime souffle. Ses yeux se révulsèrent, vitreux, privés de tout pouvoir.

Le garde du corps du comte était lui aussi tombé non loin de là, la hache qui en avait fini avec lui toujours plantée dans son dos. Je la libérai d'une traction. Quel vilain son que celui du fer qu'on remue dans la chair. En deux coups, je tranchai la tête de Corion. Il semblait mort, mais je ne me fiais pas aux apparences.

Les hommes qui étaient venus à bout de Burlow commencèrent à se masser sur le côté de la tribune. Je brandis la tête du magus.

Curieusement, une tête coupée pèse un certain poids. Celle du sorcier se balançait au bout de la poignée de cheveux gris que je serrais, et j'avais le goût de la bile au fond de la gorge.

— Vous connaissez cet homme ! criai-je.

Les trois premiers arrivés s'arrêtèrent net, peut-être par peur, peut-être pour attendre d'avoir l'avantage du nombre avant de charger.

— Je suis l'honoré Jorg Ancrath ! Le sang de l'Empire coule dans mes veines. Seul le comte Renar m'intéresse.

D'autres soldats surgirent au détour de la tribune. Cinq, sept, douze. Pas davantage. Burlow avait de quoi être fier.

— Voici l'homme à qui vous avez obéi. (Je fis un pas vers les soldats en brandissant la tête de Corion devant moi.) Ça fait des années que le comte Renar est son pantin. Vous savez que c'est la vérité.

J'avançai. Pas d'hésitation. Ayez foi dans le fait qu'ils vont se pousser, et c'est ce qu'ils feront.

Ils ne me regardaient pas. Ils regardaient la tête. Comme si la crainte que le sorcier leur avait inspirée était enracinée si profondément qu'ils craignaient que ces yeux morts se tournent vers eux pour exercer leur force d'attraction creuse.

Les gardes s'écartèrent sur mon passage et je traversai la lice en direction de La Hantise.

D'autres unités surgirent à gauche du champ, là où Ric et Elban s'étaient battus, et entreprirent de m'intercepter. Deux groupes de cinq. Ils commencèrent à tomber avant d'avoir entamé les cinquante derniers mètres qui les séparaient de moi. Le Guet Forestier s'avançait le long de la route d'Orme. Je distinguais les archers alignés sur la crête du haut de laquelle j'avais posé les yeux sur La Hantise pour la première fois.

Je lâchai la tête de Corion. Je me contentai d'ouvrir les doigts et de laisser les cheveux glisser. Elle mit un temps infini à tomber, comme si sa chute était ralentie par des toiles d'araignées, ou par des songes. Elle aurait dû toucher le sol aussi bruyamment qu'un marteau frappant un gong, mais il n'y eut aucun bruit. Silence ou bruit tonitruant, je ne l'en entendis pas moins, je ne l'en ressentis pas moins. Un grand fardeau me quitta. Un fardeau si lourd que je n'aurais jamais imaginé être capable de le porter.

L'entrée se profilait devant moi. La grande arche de La Hantise. Contre toute attente, la herse n'était pas baissée.

En dessous, un personnage esseulé soutenait l'impossible masse de bois et de fer. Gorgoth !

Je m'élançai.

Chapitre 48

Je courus vers les portes du château. Je portais toujours mon armure, du moins les éléments que je n'avais pas perdus pendant le tournoi, mais je ressentais à peine son poids. Les flèches sifflaient aux alentours. D'autres hommes tombèrent. Grâce aux archers émérites du Guet Forestier, la voie restait libre devant moi.

Je me demandai où j'allai, et pour quelle raison. J'avais laissé Corion dans la boue. Quand il avait expiré, j'avais eu l'impression qu'on me retirait une flèche d'une blessure, qu'on m'ôtait des fers, qu'on enlevait la corde comprimant mon cou empourpré.

Quelques projectiles tirés par les gardes postés sur les remparts m'atteignirent. L'un vola en éclats sur mon plastron. Mais la garnison avait déjà fort à faire pour choisir ses cibles dans la confusion ambiante, sans se soucier par-dessus le marché d'un chevalier prenant d'assaut La Hantise par ses seuls moyens.

J'abandonnai les commandes de mon corps à mes pieds. La sensation de vide refusait de me quitter. À la place de la voix intérieure qui m'avait permis d'aller de l'avant à force de m'aiguillonner, je n'entendais plus que le son légèrement éraillé de ma respiration.

Je fus plus sérieusement ralenti dans la rue qui montait vers les portes, où les membres du Guet ne pouvaient pas me voir. Des soldats s'étaient regroupés entre les tavernes et les tanneries. Ils tenaient la route que j'avais empruntée la première fois que je m'étais rendu à La Hantise avec le Nubain, à l'époque où j'étais un enfant cherchant sa revanche.

Vingt hommes me barraient le chemin, des lanciers dont le capitaine portait la livrée de Renar et une cotte de mailles à l'éclat terne. Derrière eux, je distinguais Gorgoth qui soutenait la herse. Plus loin, la cour grouillait elle aussi de gardes. Ils n'avaient pas abattu le leucrota pour ensuite fermer les portes, et je ne m'expliquais pas leur conduite.

Je m'arrêtai devant la rangée de lanciers, et constatai que je n'avais plus le souffle nécessaire pour m'adresser à eux. Une rafale froide et chargée de pluie vint tournoyer entre nous.

Que faire ? Subitement, l'impossible me paraissait... impossible à surmonter.

Je jetai un coup d'œil en arrière. Deux silhouettes suivaient au pas de course l'itinéraire que j'avais emprunté. La première, par sa taille, ne pouvait être que Ric. Je distinguais l'empenne d'une flèche dépassant de l'articulation à la base de son épaule gauche. Le second individu était couvert de tant de boue et de sang que je ne pouvais pas l'identifier par son armure. Mais c'était Makin. Je le voyais à la façon dont il tenait son épée.

Je me retournai vers les soldats, examinai les pointes des piques alignées, ordonnées avec soin.

Qu'est-ce que ce sera, alors ? me demandai-je.

Une nouvelle salve de gouttes éparses.

— Maison de Renar ? appela le capitaine, peu sûr de lui.

Ils ne savaient pas ! Ces hommes étaient sortis du château sans avoir la plus petite idée de la nature de l'attaque. Comment ne pas aimer le flou de la guerre ?

Je passai mon gantelet sur mon plastron pour bien en montrer les armoiries.

— Refuge ! Alain Kennick, allié de la Maison de Renar, cherche refuge. (Je montrai Ric et Makin.) Ils tentent de me tuer !

La mort de Corion ne m'avait peut-être pas ôté toute perversité, en fin de compte. En partie, mais pas toute.

Je courus, et la rangée s'ouvrit devant moi.

— Ils ne passeront pas, monseigneur, dit le capitaine en m'adressant un bref salut.

— Il faudra vous en assurer, répliquai-je.

Il était peu probable qu'ils y parviennent.

Je m'empressai d'atteindre les portes, sentant désormais peser mon armure. L'air était chargé d'une étrange puanteur, un riche fumet de viande, de bacon grillant dans l'âtre. Ça m'évoqua Mabberbourg, où nous avions fait flamber tous ces paysans, il y avait une vie entière de ça, me semblait-il.

Des hommes qui n'avaient pas fini de s'équiper, certains dotés d'un bouclier, d'autres non, constituaient des escouades dans la grande cour du château. Nombre d'entre eux étaient à n'en pas douter imbibés de bière, en ce jour de tournoi.

M'approchant, j'aperçus les cadavres. Des dépouilles calcinées, fumant dans leur propre graisse liquéfiée, comme lors de funérailles misérables où l'on manque de bois et où les corps ne sont pas réduits en cendres.

Gorgoth se tenait là, me tournant le dos. Ses membres étaient percés de flèches. Au début, je le pris pour une statue, mais en m'avançant je vis trembloter les grandes plaques musculeuses de son échine.

Je le dépassai et franchis la herse en me baissant. Dans la cour, une centaine d'hommes m'observaient. Le leucrota plissait les paupières sous l'effort. Il m'examinait à travers la fente extrêmement mince par laquelle il voyait encore les alentours. D'autres flèches étaient plantées dans son torse, parmi les griffes tendues qui sortaient de sa cage thoracique difforme. Du sang bouillonnait autour des projectiles chaque fois qu'il expirait, et était aspiré à nouveau à l'intérieur quand il inspirait.

Je donnai un coup de pied dans une tête fumante. Elle roula à bonne distance du corps carbonisé.

— Tu as là un sacré ange gardien qui veille sur toi, Gorgoth, remarquai-je.

Les soldats qui l'avaient attaqué avaient brûlé jusqu'au dernier.

Un infime signe négatif de sa part.

— Le gamin. Là-haut.

Au-dessus de Gorgoth, tapi dans l'un des espaces qui séparaient les poutres de la herse, Gog était à l'affût. Les abîmes sombres qui lui servaient d'yeux brûlaient désormais tels des charbons ardents sous le soufflet du forgeron. Son corps frêle s'était recroquevillé sur lui-même plus que je l'aurais cru possible. Quelques flèches émaillaient les madriers qui l'entouraient.

— C'est le petit qui a fait tout ça ? (Je cillai.) Mince, alors.

Gorgoth m'avait prévenu que les changements chez Gog et son petit frère surviendraient bien trop rapidement. Et que ça mettrait leur vie en danger.

— Abattez-moi ce chien fou, retentit une voix derrière moi.

Elle m'était familière. On aurait dit mon père.

— Tirez-lui dessus.

Ce n'était pas le genre de voix à laquelle on désobéit. Mais personne n'avait encore fait feu sur moi, aussi me tournai-je vers la cour de La Hantise.

Le comte Renar se tenait devant le grand donjon, flanqué de deux dizaines d'hommes en armes. À gauche et à droite, des groupes de lanciers, une vingtaine de chaque côté. D'autres gardes descendaient des remparts qui surplombaient les portes.

J'esquissai une révérence.

— Salut, mon oncle.

Avant le tournoi, je ne connaissais Renar que par portrait interposé, et c'était donc la première fois que j'avais l'occasion de le voir de si près. Il avait le visage plutôt plus fin, les cheveux plus longs et moins gris que son frère aîné, mais la ressemblance n'en demeurait pas moins frappante et, à la vérité, il n'était pas non plus si différent de votre cher et tendre. Quoique bien moins avenant, évidemment.

— Je suis l'honoré Jorg Ancrath. (J'ôtai mon heaume et m'adressai à tous les hommes présents.) Héritier du trône de Renar.

Ce n'était pas vrai à strictement parler, mais ça le deviendrait dès que j'aurais tué le fils survivant du comte. Où que Jarco puisse se trouver, ce n'était certainement pas ici, sans quoi j'aurais aperçu ses couleurs pendant le tournoi. Je les laissai donc penser qu'il était mort. Je leur donnai tout loisir de se le représenter brûlant sur le même bûcher que celui que j'avais allumé pour son frère Marclos.

— Toi. (Le comte désigna un des gardes tout proches.) Fais-moi un trou dans la tête de ce bâtard, ou bien je te coupe la tienne !

— C'est une affaire entre mon oncle et moi. (Je braquai mon regard sur le tireur.) Quand ce sera terminé, vous deviendrez mes soldats, ma victoire sera vôtre. Il n'y aura plus de sang.

L'homme leva son arbalète. Une vague de chaleur me brûla la nuque comme si on avait ouvert la porte d'un fourneau derrière moi. Des cloques apparurent sur le visage du tireur, telles des bulles à la surface d'une soupe brûlante. Il tomba en hurlant, et ses cheveux s'enflammèrent avant qu'il ait heurté le sol. Autour de lui, les autres reculèrent, horrifiés.

Je vis le fantôme de l'homme quitter son corps qui se contorsionnait, des grumeaux de chair brûlée adhérant aux dalles. Je vis son fantôme, et j'allai à lui. Avec mes mains, et avec l'amer pouvoir des nécromanciens. La noire énergie des sorciers de mort vibra dans ma poitrine, s'échappa par la blessure que père m'avait infligée.

J'offris au spectre du défunt une voix, et j'en donnai une aux autres présences éthérées qui planaient, vaporeuses, autour des corps étendus à mes pieds.

Les soldats pâlirent et se mirent à trembler. Certains lâchèrent leur épée et la terreur se répandit telle une traînée de poudre.

Au milieu des plaintes des brûlés, écho venu d'outre-tombe, je saisis mon épée à deux mains et courut vers le comte

Renar, mon oncle, qui avait envoyé des assassins à la poursuite de la femme et des fils de son frère. Et je joignis le hurlement au geste, car, avec ou sans Corion, le besoin de le tuer me rongeait comme de l'acide.

Chapitre 49

Et me voilà, assis dans la haute tour de La Hantise, l'endroit vide que Corion s'était approprié. Un feu crépite dans l'âtre, des fourrures sont étendues sur les dalles, des coupes sont posées sur la table, il y a du vin dans le carafon. Et des livres, bien entendu. L'exemplaire de Plutarque avec lequel je voyageais repose dorénavant sur un rayonnage de chêne en compagnie d'une soixantaine d'ouvrages frottant leurs épaules de cuir les unes contre les autres. C'est un modeste début, mais même les étagères ont commencé à l'état de gland.

Je suis assis à la fenêtre. Une dizaine de panneaux de verre en forme de losange, constitués de carreaux d'une paume d'épaisseur emboîtés à l'aide de baguettes de plomb, protègent hermétiquement la pièce du vent. Croyez-le ou non, ce verre thurtain a parcouru tout le chemin qui sépare la côte Sauvage des Hautes Terres, et il a traversé les montagnes dans une charrette tirée par des bœufs. Sa surface est si plane qu'on peut regarder à travers sans que la perception en soit affectée outre mesure.

J'étudie la page que j'ai sous les yeux, et la plume que je tiens, et l'encre qui perle à sa pointe, luisant de sombres potentialités. Ma vision ne fut-elle pas déformée ? Quand on se retourne sur les années écoulées, dans quelle mesure les souvenirs ne sont-ils pas faussés ?

Le Nubain m'a raconté que son peuple fabriquait de l'encre en broyant des secrets. Me voilà démêlant les secrets en question, et c'est un lent processus.

Dehors, dans la cour, j'aperçois Ric, silhouette massive à l'aune de laquelle les soldats qu'il entraîne apparaissent comme rapetissés. Je me suis laissé dire qu'il avait pris femme. Je n'ai pas cherché à en savoir davantage.

J'étale les pages devant moi. Il faudra qu'un scribe les copie. J'écris en pattes de mouche, serrant les mots sur une ligne ininterrompue, la ligne que j'ai suivie de là-bas à ici, de l'autrefois au maintenant.

Je vois mon existence déployée sur la table. Je vois le fil de mes jours, la façon dont je tournais sur moi-même, sans objectif, telle une toupie d'enfant. Corion a peut-être cherché à m'imposer une destination, mais le voyage, le voyage meurtrier, errant, brisé, n'a jamais appartenu qu'à moi.

Gog est accroupi à côté du feu. Il a grandi, mais ça ne se résume pas à une histoire de taille. Il façonne des formes dans les flammes, il les fait danser. Il joue à ça jusqu'au moment où ça finit par l'ennuyer. Alors, il retourne à son soldat de bois, il le fait marcher au pas, courir ici et là, assaillir les ombres.

Je songe à la route. Moins souvent qu'avant, mais il m'arrive d'y repenser. À la vie qui recommence chaque matin ; la distance qu'on parcourt, à la poursuite de sang, d'argent ou de mirages. C'était un autre moi qui aspirait à ce genre d'existence, un moi différent qui voulait tout casser pour le simple plaisir de détruire, pour l'excitation que ça pouvait susciter. Et pour voir qui se soucierait de mon attitude.

J'étais comme le petit soldat en bois de Gog, je courais en rond follement, vainement. Je ne peux pas dire que je sois désolé de mes actes. Mais j'en ai fini avec eux. Je ne ferais pas les mêmes choix si des situations identiques se présentaient à nouveau à moi. Je me rappelle néanmoins mes agissements. Il y a du sang sur ces mains, ces mains tachées d'encre, mais je n'ai pas l'impression d'avoir péché. Je pense que peut-être nous mourons chaque jour. Peut-être renaissons-nous à chaque aube nouvelle, un peu changés, un peu plus avancés sur notre route personnelle. Quand suffisamment de jours vous séparent de la personne que vous étiez, alors vous devenez des étrangers, elle et vous. Sans doute que c'est ça, grandir. Sans doute ai-je grandi.

J'avais dit qu'à quinze ans je serais roi. Et je le suis. Et je n'ai même pas eu besoin de tuer mon père pour obtenir une couronne. Je possède La Hantise et les terres de Renar. Je possède des villes et des villages, et les gens m'appellent « roi ». Si les gens vous nomment ainsi, c'est que vous l'êtes, roi. Pas de quoi se vanter.

Sur la route, j'ai fait des choses qu'on pourrait qualifier de maléfiques. Des crimes furent commis. Les gens mentionnent la mort de l'évêque, le plus souvent, mais il y eut tant d'autres morts, certaines plus noires, certaines plus sanglantes. Une fois, je me suis demandé si c'était Corion qui m'avait transmis cette maladie, si j'avais été l'instrument et lui l'architecte de cette violence et de cette cruauté. Je me demande si le fait de lui avoir coupé la tête, d'être passé de l'état de garçon à celui d'homme m'a rendu meilleur. Je me demande si je peux devenir l'adulte que le Nubain voulait que je sois, celui que le précepteur Lundist avait espéré.

Un tel individu accorderait au comte Renar le bénéfice d'une mort rapide. Il saurait que sa mère et son frère ne désireraient rien de plus. La justice, pas la vengeance.

De ma fenêtre, je vois les montagnes. Au-delà s'étendent Ancrath, et le Château-Cime. Père en compagnie de son nouveau fils. Katherine dans ses appartements, me haïssant probablement. Et plus loin encore Gelleth, et Storn, et toute une mosaïque de terres qui formaient autrefois un empire.

Je ne resterai pas ici indéfiniment. J'atteindrai la dernière page et je poserai ma plume. Quand j'aurai fait ça, je sortirai et je m'emparerai de tout. J'ai dit à Bovid Tor qu'à quinze ans je serais roi. Je lui ai dit ça devant ses tripes fumantes. À vous, je dis qu'à vingt ans je deviendrai empereur. Soyez reconnaissant, je me contente de vous en informer par page interposée.

À présent, je descends voir Renar. Je le garde dans le cachot le plus exigu. Chaque jour, il me demande de mourir, et puis je l'abandonne à sa souffrance. Je pense que je vais finir d'écrire et que je vais exaucer son souhait. Ce n'est pas ce que je veux, mais je sais que c'est ce que je devrais faire. J'ai grandi. L'ancien Jorg l'aurait gardé là pour toujours. J'ai grandi, mais si tant est que j'abrite un monstre, celui-ci m'a toujours appartenu. Il fut mon choix, ma responsabilité ; mon mal, en quelque sorte.

Je suis ainsi fait, et si vous voulez des excuses, venez les chercher.

CPI
AUBIN IMPRIMEUR

Achevé d'imprimer en mai 2012
N° d'impression 1204.0137
Dépôt légal, juin 2012

35294572-1
Imprimé en France